아포칼립스

아포칼립스

초판 1쇄 발행 | 2022년 08월 05일

지은이 데이비드 허버트 로렌스
옮긴이 문형준
펴낸이 조기조
펴낸곳 도서출판 b

등   록 2003년 2월 24일 제2006-000054호
주   소 08772 서울특별시 관악구 난곡로 288 남진빌딩 302호
전   화 02-6293-7070(대) | 팩 스 02-6293-8080
누리집 b-book.co.kr | 전자우편 bbooks@naver.com

ISBN 979-11-89898-77-9 03840
값   16,000원

아포칼립스

Apocalypse

데이비드 허버트 로렌스 | 문형준 옮김

도서출판 b

| 일러두기 |

이 책은 D. H. 로렌스의 *Apocalypse*(1931)와 아포칼립스에 대해 로렌스가 쓴 두 편의 서평을
완역한 것이다. 번역의 대본으로는 Mara Kalnins가 책임 편집한 펭귄판 *Apocalypse*(1995)를
사용했다. 이 책의 모든 각주는 옮긴이의 것이고 일부는 펭귄판의 각주를 참조했다.

| 차 례 |

1

아포칼립스는 단순히 계시록을 의미할 뿐이지만, 그렇다고 이 책이 단순치만은 않은 것이, 이 책을 온통 뒤덮은 신비의 난교 속에 계시된 바가 정확히 무엇인지 알아내기 위해 사람들은 거의 2,000년 동안 애를 먹어왔기 때문이다.[1] 대체로 현대의 정신은 신비를 싫어하기에 성경의 전체 책 중 계시록을 가장

---

1. 로렌스가 밝히고 있듯이 이 책의 제목이기도 한 '아포칼립스'는 '종말의 계시'라는 본래의 의미 이전에 성경의 마지막 책인 「요한계시록」을 지칭한다. 이 책에서 '아포칼립스'와 '계시록(the Revelation)'은 특별한 다른 설명이 없는 한 모두 「요한계시록」을 의미한다. '아포칼립스(Apocalypse)'는 '신이 그동안 감춰두었던 세계의 비밀을 드러낸다(그리스어 ἀποκαλύπτω에서 유래)는 의미로, 이 드러나는 비밀이 곧 세계의 종말과 심판, 새 하늘과 새 땅을 지칭한다. 이로 인해 아포칼립스 자체가 '종말'이라는 2차적 의미로 사용되기도 하지만, 기본 의미는 '비밀을 드러낸다, 계시(啓示)한다'이고 이것의 영어 번역어가 'revelation(계시)'이다. '종말론'을 더 정확히 의미하는 단어는 'eschatology'로, 기독교와 이슬람 신학에서의 세계 종말 담론과 연구 자체를 뜻한다.

매력이 덜한 것으로 여길 것이다.

나 자신이 이 책에 대해 처음 가졌던 느낌도 그랬다. 어린 시절부터 막 성년에 이를 때까지, 다른 비국교도 아이들처럼 나 역시 거의 포화점에 이를 때까지 무력한 나의 의식 속에 성경을 쏟아부었다. 생각을 하거나 그저 모호하게라도 이해할 수 있게 되기 오래전부터 이 성경의 언어, 성경의 이 특정 '부분'이 내 정신과 의식에 **흩뿌려진** 나머지 결국 나를 흠뻑 젖게 만들어서는 감정과 사유 과정 전체에 작동하는 영향력이 되었다. 그래서 비록 내가 성경을 '잊어버린' 오늘에도 성경의 한 장을 읽기 시작하기만 하면 나는 거의 메스꺼울 정도로 변함없이 내가 그것을 '알고' 있음을 깨닫게 된다. 내 최초의 반응은 반감, 혐오, 심지어 분개였음을 고백해야겠다. 내 본능 자체는 성경에 대해 분개한다.

이제 와서 보면 그 이유는 내게 꽤 명백하다. 의식이 그것을 흡수할 수 있든 말든 일부분씩 나누어 매일매일 해마다 닥치는 대로 성경이 내 어린애 같은 의식 속으로 쏟아져 들어왔을 뿐 아니라, 학교든 주일학교든 집이든 소년금주단이든 공려회 共勵會든 가리지 않고 어디에서나 매일매일 매년마다 교조적으로, 그리고 언제나 도덕적으로, 해설되었던 것이다.[2] 설교단에

••

2. 소년금주단(Band of Hope), 공려회(Christian Endeavour) 등은 장로교, 조합교회, 침례교, 퀘이커교, 감리교 등 비국교회 청소년들이 참여했던 신앙모임이다. 어린 로렌스

선 신학박사든 주일학교 교사였던 큰 덩치의 대장장이든 간에 해석은 언제나 동일했다. 성경은 땅 표면을 딱딱하게 밟는 수많은 발자국처럼 내 의식 속을 언어로 밟아댔을 뿐 아니라, 그 발자국들은 언제나 기계적일 만큼 닮아 있고 해석은 고정되어 있었기에 제대로 된 흥미가 전부 사라져버렸다.

과정이 자신의 목적을 배신해버린 것이다. 유대인의 시가詩歌가 감정과 상상력을 파고들고 유대인의 도덕률이 본능을 파고드는 동안, 정신은 완고해지고, 저항적이 되며, 결국에는 성경의 권위 전체를 거부하고는 일종의 반감과 함께 성경에서 아예 등을 돌려버리게 된다. 내 세대의 많은 이들이 이러한 상태에 있다.

책은 그것이 완전히 헤아려지지 않는 동안 생명을 유지한다. 헤아려지게 되자마자 책은 즉시 죽는다. 5년이 지나 책을 다시 읽는다고 할 때 책이 완전히 다르게 여겨진다면 그건 대단한 일이다. 어떤 책들은 엄청난 뭔가를 얻어 새 책처럼 된다. 너무나 놀랄 만큼 달라져서 진짜 자기가 읽은 게 맞는지 자문하게 하는 것이다. 반대로 다른 책들은 엄청나게 뭔가를 잃어버린다. 『전쟁과 평화』를 다시 읽으며 이 소설이 나에게 거의 감동을 주지 않는다는 걸 발견하고 놀랐던 적이 있는데,

· ·

는 조합교회 소속으로 공려회에 참여한 적이 있다.

예전에 느꼈지만 지금은 더 이상 느끼지 못하는 그 황홀감을 떠올리자 나는 거의 섬뜩할 정도였다.

　그런 것이다. 헤아려지자마자, 속살이 알려지고 그 의미가 고정되거나 확정되자마자 책은 죽은 것이 된다. 우리를 뒤흔들, 나아가 우리를 다르게 뒤흔들 힘을 가지고 있는 동안만, 우리가 그 책을 읽을 때마다 그것이 다르게 느껴지는 동안만 책은 살아 있는 것이다. 한 번의 독서로 다 파악되는 얄팍한 책들의 홍수로 말미암아 현대의 지성은 모든 책이 다 똑같다고, 한 번 읽으면 끝이라고 생각하는 경향이 있다. 그렇지 않다. 현대의 지성은 다시 한번 서서히 이를 깨닫게 될 것이다. 책의 진정한 기쁨은 그것을 여러 번 되풀이해서 읽는 데, 또 다른 의미, 의미의 또 다른 차원과 마주치면서 읽을 때마다 그 책이 다르다는 걸 알게 되는 데 있다. 늘 그렇듯 이는 가치의 문제다. 우리는 책들의 양에 과하게 압도된 나머지 한 권의 책을 보석이나 사랑스러운 그림처럼 계속해서 깊이 들여다볼 수 있고 그때마다 더 심오한 경험을 하게 될 정도로 그 책이 가치 있을 수 있다는 점을 더 이상 깨닫지 못하기 일쑤다. 여섯 권의 각기 다른 책을 읽는 것보다 한 권의 책을 시간적 간격을 두고 여섯 번 읽는 것이 훨씬, 훨씬 좋다. 만약 당신이 어떤 책을 여섯 번이나 읽을 수 있다면, 그 책은 읽을 때마다 매번 더 깊은 경험이 될 것이고 정서적이고 정신적인 영혼 전체를 풍부하게 해줄 것이기 때문이다. 반면 오직 한 번만 읽히는 여섯 권의 책은 단지 피상적인 흥미의 축적, 곧 오늘날 유행하듯 진정한 가치는 없이 양만 넘치는 거추장스러운 축적에 불과할 뿐이다.

지금 우리가 보는 것은 다시 두 집단으로 나뉜 독자층이다. 오락과 순간적 흥미를 위해서 책을 읽는 다수의 대중, 그리고 경험을, 훨씬 더 깊은 경험을 제공해주는, 자신들에게 가치를 지닌 책들만을 원하는 소수집단 말이다.

성경은 그 의미를 자의적으로 고정시킴으로써 우리, 혹은 우리 중 일부를 위해 일시적으로 도살된 책이다. 우리는 표면적인 의미든 대중적인 의미든 성경을 너무도 완벽하게 알고 있기 때문에 그것은 죽은 상태이며 우리에게 더 이상 어떤 것도 주지 않는다. 더 심각한 문제는 성경이 거의 본능이 되어버린 오랜 습관을 매개로 해서 이제는 혐오스러워진 어떤 총체적 감정 상태를 우리에게 부과한다는 점이다. 우리는 성경이 우리에게 필연적으로 부과할 수밖에 없는 그 '예배'와 주일학교 감성을 증오한다. 우리는 그 모든 저열함 ― 그것은 실제로 저열하다 ― 을 모조리 없애버리고 싶다.

아마도 성경의 모든 책들 중 가장 혐오스러운 책은 표면적으로는 계시록일 것이다. 내가 열 살이 되었을 무렵 나는 그 책을 알거나 진정 주의를 기울이지도 않은 채로 열 번도 넘게 듣고 읽었을 것임이 분명하다. 내가 그 책에 대해 결코 알지도 못하고 생각도 하지 않았으면서도 그 책이 언제나 내게 제대로 된 반감을 불러일으켰다는 점도 확실하다. 아주 어린 시절 이래 나는 목사든 교사든 보통 사람이든 모든 사람이 행하던 그 성스러운 척 또렷하고 엄숙하고 거창하며 큰 소리로 성경을 읽는 방식을 나도 모르게 혐오했음이 틀림없다. 나는 '목사가 내는' 목소리를 뼈에 사무칠 정도로 싫어한다. 그리고 내 기억에 이 목소리는 「요한계시록」의 일부를 낭독할 때 언제나 최악이었다. 지금까지도 나를 매혹시키는 그 구절마저도 부르르 떨지 않고는 기억해낼 수가 없으니, 나는 그 구절 속에서 여전히 비국교도 목사의 그 거창한 열변을 들을 수 있기 때문이다. "또 내가 하늘이 열린 것을 보니, 보라 백마와 그것을 탄 자가 있으나"— 여기서 내 기억은 그다음에 나올 단어들을 조심스럽게 지우면서 갑자기 중단된다— "그 이름은 충신과 진실이라."[3] 나는 어렸을 때부터도 알레고리를 싫어했다. 백마에 탄 채 "충신과 진실"이라 불리는 이 사람같이 단지 어떤 특성을 이름으로 붙이고 있는 사람들 말이다. 같은 맥락에서 나는 『천로역정』을 도저히 읽을 수가 없었다.[4] 소년 시절에

⋅ ⋅

3. 「요한계시록」 19:11. 이하 이 책의 모든 성경 구절은 대한성서공회의 개역 개정판 번역을 따른다.
4. 존 번연(John Bunyan)의 『천로역정』(*Pilgrim's Progress*)은 1678년에 출간된 기독교

유클리드를 통해 "전체는 부분보다 크다"라는 사실을 배웠을 때, 나는 이것이 나를 괴롭히던 알레고리라는 문제를 해결해주었음을 즉시 알게 되었다. 인간은 크리스천 이상이고, 백마에 탄 자는 단지 충신과 진실에 그치지 않고 분명 그것을 넘어서는 이일 것인바, 인간들이 그저 특성들의 의인화에 불과할 때 그들은 내게 인간으로 여겨지지 않는다. 젊은 시절의 나는 스펜서와 그가 쓴 『선녀여왕』을 거의 사랑할 정도였지만, 그의 알레고리만큼은 획 지나쳐 버려야만 했다.[5]

그러나 아포칼립스는 어린 시절 이래 지금까지도 언제나 내게 혐오스러운 책이다. 첫째로 그 휘황찬란한 이미지는 완벽한 부자연스러움으로 인해 불쾌감을 준다.

"보좌 앞에 수정과 같은 유리 바다가 있고 보좌 가운데와 보좌 주위에 네 생물이 있는데 앞뒤에 눈들이 가득하더라."

"그 첫째 생물은 사자 같고 그 둘째 생물은 송아지 같고 그 셋째 생물은 얼굴이 사람 같고 그 넷째 생물은 날아가는

••

알레고리 문학으로, 주인공인 '크리스천'이 온갖 고난과 어려움을 헤치고 천국에 도달한다는 내용이다. 알레고리 문학답게 이 소설에 등장하는 인물들은 '순진', '나태', '시건방', '소망', '절망', '아침', '자비' 등 로렌스가 말하듯 "특성을 이름으로 붙이고 있"다.

5. 에드먼드 스펜서(Edmund Spencer)가 1589~1596년에 출판한 장편 서사시 『선녀여왕』(The Faerie Queene)은 당시의 영국왕인 엘리자베스 1세에 헌정된 작품으로, 아리스토텔레스가 말한 열두 가지 미덕을 상징하는 기사를 주인공으로 하여 '선녀여왕' 엘리자베스 1세의 치세를 찬미하는 것을 목표로 하는 정치적·종교적·도덕적 알레고리 문학이다.

독수리 같은데."

"네 생물은 각각 여섯 날개를 가졌고 그 안과 주위에는 눈들이 가득하더라. 그들이 밤낮 쉬지 않고 이르기를 거룩하다, 거룩하다, 거룩하다, 주 하나님 곧 전능하신 이여, 전에도 계셨고 이제도 계시고 장차 오실 이시라 하고―."[6]

이런 식의 구절은 그 허황한 부자연스러움 때문에 어린 내 정신을 짜증나고 화나게 했다. 만약 이미지라면 그것은 상상할 수 없는 이미지이다. 어떻게 네 생물이 "앞뒤에 눈들이 가득"할 수 있고, 어떻게 그들이 "보좌 가운데와 보좌 주위에" 있을 수 있는가? 생물은 어떤 곳과 다른 곳에 동시에 존재할 수는 없다. 그러나 그게 바로 아포칼립스가 존재하는 방식이다.

다시 말해 그 이미지의 다수가 극도로 시적이지 않고 자의적이지만 그중 일부는 진정으로 추하니, 가령 핏속을 헤치고 나아간다거나, 피에 젖은 기사의 윗옷이라거나, 어린 양의 피에 씻긴 사람들 같은 이미지가 다 그렇다. 또한 "어린 양의 진노"와 같은 구절 역시 일견 우스꽝스럽다.[7] 그러나 이런 것들이야말로 영국과 미국의 모든 비국교도 예배당 및 모든 구세군에서 쓰이는 장대한 표현법이며 이미지다. 그리고 모든

· ·

6. 「요한계시록」 4:6~8.
7. 「요한계시록」 7:14, 14:20, 16:3~4, 19:13, 6:16~17 참조.

시대에 걸쳐 교육받지 못한 하층민들 사이에서 종교는 필수적인 것이라고들 한다.

당신은 교육받지 못한 하층민들 사이에서 계시록이 여전히 만연해 있음을 알게 될 것이다. 나는 그 책이 과거에도 아마 지금도 실제로 '복음서'나 위대한 '바울서신'보다 더한 영향력을 가지고 있을 것이라고 생각한다.[8] 어두운 겨울밤에 거대한 헛간처럼 생긴 오순절파 예배당[9]에 모인 광부와 광부 아내들의 화요일 저녁 회합에서 왕과 지배자들, 물 위에 앉은 창녀에 대한 거친 비난은 완벽한 동조를 이끌어내게 되어 있다.[10] 그리고 비밀, 큰 바빌론, 땅의 음녀들과 가증한 것들의 어미라는 대문자 이름은 스코틀랜드 청교도 빈농들과 그보다 더 맹렬했

8. '복음서'는 「마태복음」, 「마가복음」, 「누가복음」, 「요한복음」을, '바울서신'은 사도 바울이 교회들에 보냈다고 알려진 서신들로, 저자의 실체에 대한 일부 논란이 있긴 하나 「로마서」, 「고린도 전후서」, 「갈라디아서」, 「에베소서」, 「빌립보서」, 「골로새서」, 「데살로니가 전후서」, 「디모데 전후서」, 「디도서」, 「빌레몬서」, 「히브리서」로 통용된다.

9. 오순절파 운동(The Pentecostal Movement)은 20세기 초 미국에서 시작한 개신교 교파로 성령의 초자연적인 능력과 방언 등의 은사를 강조한다. 전 세계에 약 2억8천만의 교인이 있고, 한국에서는 여의도순복음교회가 대표적이다.

10. 「요한계시록」 17:1~2. "비밀, 큰 바빌론, 땅의 음녀들과 가증한 것들의 어미"는 바빌론을 뜻하며, 역사적으로는 기원전 597년 네부카드네자르 왕에 의해 예루살렘이 정복된 후 유대인들이 추방되었던 칼데아제국의 수도를 의미하지만, 계시록에서는 우상숭배와 배교, 모든 악하고 가증스럽고 사치스럽고 음란한 행위들을 상징하는 단어다. 기독교 역사에서 이 바빌론은 로마, 가톨릭 교황, 왕, 귀족 등 당대의 억압받는 자들에 의해 자신들에게 고통을 주는 정의롭지 못한 권력을 표상하는 상징으로 사용되었다.

던 초기 기독교들을 열광시켰던 것처럼 오늘날의 늙은 광부들을 열광시킨다.[11] 지하에 숨어 있던 초기 기독교인들에게 큰 바빌론은 자신들을 박해했던 위대한 도시이자 위대한 제국이었던 로마를 의미했다. 로마를 비난하면서 로마를 그에 속한 모든 왕, 부富, 귀족과 더불어 완전하고도 완전한 화와 파멸로 이끄는 일이 주는 만족감 또한 거대했다. 종교개혁 이후, 바빌론은 다시 한번 로마와 동일시되었으나 이번에는 교황을 의미했으며, 잉글랜드와 스코틀랜드의 개신교도와 비국교도들은 파트모스의 요한이 했던 다음과 같은 비난을 커다란 외침으로 울려 퍼뜨렸다. "무너졌도다, 무너졌도다, 큰 성 바빌론이여. 귀신의 처소와 각종 더러운 영이 모이는 곳과 각종 더럽고 가증한 새들이 모이는 곳이 되었도다."[12] 오늘날에도 이 단어들은 여전히 낭독되며, 다시 고개를 쳐드는 것처럼 보이는 교황과 로마가톨릭을 향해 욕설을 퍼부을 때 종종 쓰이고는 한다. 그러나 오늘날 바빌론은 런던, 뉴욕, 최악으로는 파리처럼 저 멀리 떨어진 곳에서 사치와 매음에 빠져 살면서 생애 동안 '예배당'이라고는 발을 들여놓은 적도 없는 부유하고

• •

11. 「요한계시록」 17:5.
12. 「요한계시록」 18:2. 파트모스의 요한(John the Divine; John of Patmos)은 1세기 후반에 「요한계시록」을 쓴 저자로 알려져 있다. '파트모스'는 그리스 지역의 섬으로, 개역개정판 성경에는 '밧모'로 표기되어 있다(「요한계시록」 1:1).

사악한 사람들을 더 흔히 의미한다.

만약 당신이 가난하지만 겸손치 않아서— 기독교적인 의미에서 가난한 이들이 비굴할 수는 있지만 진정으로 겸손한 경우는 거의, 절대로 없다 — 당신의 거대한 적들을 완전한 파멸과 괴멸로 끌어내리는 반면 당신 자신은 영광에 이를 수 있다면 그것은 매우 즐거운 일이다. 이런 일이 그토록 화려하게 발생하는 곳은 「요한계시록」 말고는 없다. 예수의 눈에 율법의 문구들만 뇌까리는 바리새인들은 커다란 적이었다.[13] 그러나 광부와 공장 노동자들에게 바리새인이란 너무 멀고 미묘한 존재다. 길모퉁이의 구세군은 바리새인에 대해 거의 열변을 토하지 않는다. 구세군은 대신 어린 양의 피, 바빌론, 시온, 죄인들, 큰 음녀, 화 있으라 화 있으라 화 있으라 울부짖는 천사들, 끔찍한 재앙을 쏟아내는 대접들에 대해,[14] 그리고 무엇보다도 구원받는 것, 어린 양과 함께 보좌에 앉는 것, 영광 속에서 통치하는 것, 영생을 얻는 것, 진주로 된 문이 있는 벽옥으로 만든 거대한 성, 곧 "해나 달의 비침이

• •

13. 바리새인은 유대교 경건주의 분파로 이스라엘이 헬레니즘에 의한 고유의 신앙을 잃을 것을 우려하여 토라의 가르침을 문자 그대로 준수하는 데 철저함을 보였다. 복음서에서 이들은 세례 요한과 예수의 주적으로 설정되어 있다. 예수는 이들이 독선적이며 율법을 겉으로만 준수한다고 비판한다. 예수의 죽음 이후 기독교를 완성하는 사도 바울이 회개 전에 바리새인이었다.

14. 「요한계시록」 16장 참조

쓸데없"는 성에 사는 것에 대해 열변을 토한다.[15] 구세군의 설교에서 당신은 일단 그들이 천국에 들어가게 되면 매우 영광스러워질 것임을, 진정으로 매우 영광스러워질 것임을 듣게 될 터이다. 그러고 나면 그들은 당신에게 무엇이 중요한지를 보여줄 것이다. 즉 그 후에는 우월한 너, 바빌론인 너는 네가 처할 자리, 곧 지옥의 유황불 아래로 내던져질 것이다.

계시록의 어조 전체가 이러하다. 이 귀중한 책을 몇 차례 통독하면, 우리는 표면적으로 성자 요한이 선택된 자들, 요컨대 하나님의 선민이 아닌 모든 이를 모조리 쓸어 몰살시키고 그 자신은 신의 보좌로 즉시 오르는 거창한 계획을 가지고 있었음을 깨닫게 된다. 비국교도인 신도들은 하나님의 선민이라는 유대인의 관념을 자신들의 것으로 취했다. 그들이야말로 '그것', 곧 선택받은 자, 혹은 '구원받은 자'였다. 또 그들은 궁극의 승리와 선민들의 통치라는 유대인의 관념도 취했다. 땅바닥의 개였던 그들은 이제 승리의 개가 될 것이었다. 천국에서 말이다. 실제 왕좌에 앉아 있지는 않지만, 그들은 보좌에 앉은 어린 양의 무릎 위에 앉게 될 터이다. 이것이야말로 당신이 구세군이나 비국교 예배당, 오순절 교회 어느 곳에 가든, 그 어떤 저녁 예배에서든 들을 수 있는 교리다. 예수가

● ●

15. 「요한계시록」 21:9~27.

아니더라도 요한이 있다. 복음서가 아니더라도 계시록이 있다. 이것은 사려 깊은 종교와는 완전히 다른 민중 종교다.

2

적어도 내가 어린 소년이었던 시절에 기독교는 민중 종교였
다. 어린아이였던 나는 교육받지 않은 지도자들, 특히 원시
감리교파 교회의 남자들에게서 느껴지던 기이한 자기 예찬에
경탄하곤 했었다고 기억한다.[16] 강한 사투리를 쓰며 '성령강림
절' 축제를 이끌던 이 광부들은 대체로 경건한 척하거나 솔직
하지 않거나 불쾌한 이들은 아니었다. 하지만 그들은 분명
겸손하지도 겸양하지도 않았다. 아니, 그들은 탄광에서 집으
로 퇴근해 탕 소리를 내며 저녁 식사 자리에 앉았고, 그러면

• •

16. 원시 감리교파 교회(Primitive Methodist Chapels)는 1810년에 영국에서 조직된 감리교
보수파로 감리교를 기초한 존 웨슬리 당대('원시')의 감리교 형식을 따르려 했으나
기존 감리교회에서 받아들이지 않자 따로 교파를 형성했다. 원시 감리교파는
초기 웨슬리언 감리교 당시에 활발했던 야외 집회 및 여성 목회자 역시 받아들였고,
다수의 신도가 노동자였으며 이들은 영국의 초기 노동조합운동에 큰 역할을 했다.

아내와 딸들이 기꺼이 시중을 들기 위해 달려왔으며, 아들들은 크게 원망하지 않으면서 그들에게 순종했다. 가정은 거칠었으나 불쾌한 곳은 아니었고, 마치 이 교인들이 저 높은 곳에서 강력한 권력의 시혜를 진짜로 받은 것처럼 격렬한 신비로움이나 권력에 대한 기묘한 감각이 존재했다. 사랑이 아닌, 거칠고 조금은 격렬한 어떤 '특별한' 권력의 감각 말이다. 그들은 매우 확신에 넘쳤고, 대체로 아내들은 그들에게 꽤 겸손했다. 그들은 예배를 인도했고, 따라서 가정도 이끌 수 있었다. 나는 그 예배에 대해 경탄하곤 했고, 예배를 꽤나 즐겼다. 그러나 그런 나조차도 그 예배가 상당히 '수준 낮다'고 생각했다. 조합교회 신자였던 나의 어머니는 추정컨대 평생 원시 감리교파 교회에 발을 들여놓지 않았던 것 같다. 게다가 확실히 어머니는 남편에게 겸손할 마음도 없었다. 만약 그가 진정 불손한 예배 인도자[17]였다면, 어머니가 그에게 훨씬 온화했었을 것이라는 점은 의심할 여지가 없다. 불손함, 그것은 예배 인도자들의 두드러진 특성이었다. 그러나 그것은 이를테면 저 하늘로부터 부여받은 특별한 종류의 불손함이었다. 이

· ·

17. 로렌스가 이 단락에서 진술하듯, 원시 감리교파에서는 노동자들이 예배 인도를 담당하기도 했다. 원시 감리교파는 웨슬리언 감리교 초기의 관례들을 따르면서 제도화된 예배 형식에서 탈피하려고 했고, 따라서 노동자, 여성 등의 참여가 활발했다. 하지만 이 노동자들이 정식 '목사'는 아니었기에 로렌스 역시 "예배 인도자 (chapel man)"라는 모호한 표현을 쓴다.

특별한 종류의 종교적 불손함이 계시록의 후광을 상당 부분 입고 있었음을 나는 이제 알고 있다.

오순절파 교회의 칠흑 같던 화요일 밤이나 보베일 교회[18]에 있던 광부들에게 특별한 권위와 종교적 불손함이라는 그토록 기묘한 감각을 불어넣었던 그 책[계시록]이 정말로 이상한 책임을 깨달았던 것은 많은 세월이 지나고 나서 내가 비교종교 와 종교사 관련 책들을 읽고 난 후부터였다. 가스등이 쉬잇 소리를 내며 타고, 굵은 목소리의 광부들이 포효하던 북중부 지방의 그 이상하고도 경이로운 어두운 밤들. 민중 종교, 그것 은 자기 예찬과 영원한 권력! 그리고 어둠의 종교다. 거기에는 <따스한 빛으로 이끄소서!>에 깃든 애절함 따위는 존재하지 않는다.[19]

오래 살면 살수록 기독교에는 두 종류가 있다는 점을 더 많이 깨닫게 된다. 하나는 예수와 그의 명령 ─ 서로 사랑하라! ─ 에 집중하는 기독교이고, 다른 하나는 바울이나 베드로나 요한이 아닌 계시록에 집중하는 기독교이다. 부드러움의 기독 교가 분명 있다.[20] 그러나 내가 보기에 그 기독교는 자기 예찬,

● ●

18. 로렌스의 고향인 잉글랜드 북중부 지방 노팅엄셔의 이스트우드에 있던 교회로, 로렌스는 가끔 이 교회의 예배에 참석했다.

19. "Lead, kindly Light!(국역 <이끌어주소서>)"는 영국의 추기경 성 존 헨리 뉴먼이 1833년에 작시한 유명한 찬양이다. 로렌스에게 이 곡은 기독교식 감상주의를 보여주는 대표적 찬양이었다.

비천한 이들의 자기 예찬으로서의 기독교에 의해 완전히 옆으로 밀려나 있다.

여기서 빠져나갈 수는 없으니, 인간은 귀족aristocrat과 민주주의자democrat라는 두 부류로 영원히 나뉘기 때문이다.[21] 기원후 가장 순수한 귀족들은 민주주의를 가르쳐왔다. 그리고 가장 순수한 민주주의자들은 가장 완벽한 귀족으로 변신하려고 노력한다. 예수는 귀족이었고, 사도 요한과 바울도 그랬다. 위대한 부드러움과 온화함과 이타주의가 가능한지 알기 위해서라면 위대한 귀족 한 명만 있으면 된다. 그 부드러움과 온화함은 강함에서 나온다. 민주주의자에게서 가끔 볼 수도

• •

20. "부드러움(tenderness)"은 로렌스에게 중요한 정서이다. 그는 '부드러움'과 '거침(toughness)'을 대비하여 전자를 사랑에, 후자를 기계에 빗대면서, 오직 부드러움의 사랑만이 우리를 구원할 것이라고 말한다. 그 대비가 가장 강렬하게 드러나는 로렌스의 소설인 『레이디 채털리의 연인』(Lady Chatterley's Lover, 1928)에서 부드러움의 사랑, 자연스러운 욕망을 표상하는 인물 올리버 멜러스는 이렇게 외치기도 한다. "오, 삶의 부드러움, 여자들의 부드러움, 욕망의 자연스러운 풍요로움을 보존하기 위해 바깥에 있는 저 빛을 뿜는 전기 '사물'에 맞서 싸울 다른 이들이 함께한다면. 곁에서 함께 싸울 사람들만 있다면! 그러나 사람들은 다 저 바깥에 나가서는 기계화된 탐욕이나 탐욕스러운 기계의 물결 속에서 승리하거나 짓밟히면서 그 '사물'에 영광을 바치고 있었소" (D. H. Lawrence, Lady Chatterley's Lover, New York: Modern Library, 1993, p. 179.) 이 소설에 로렌스가 맨 처음 붙였던 제목 역시 'Tenderness'였다.

21. 로렌스가 쓰는 'democrat'는 '민주주의자'를 뜻하지만 사실 '민중'으로 옮겨도 틀리지 않다. 바로 다음 단락에서도 로렌스는 자신이 말하는 게 정치 집단이 아닌 인간 본성이라고 밝히고 있다. 인간 본성으로서의 '귀족'과 '민중'은 계급이나 신분과는 관련이 없다는 게 중요하다.

있는 부드러움과 온화함은 약함에서 나오며, 그것은 [귀족의 부드러움과 온화함과는] 별개의 것이다. 반면 그들에게서 대체로 목격하는 것은 거친 성질이다.[22]

우리는 지금 정치적 집단이 아닌, 두 종류의 인간 본성에 대해 말하고 있는 것이다. 자신의 영혼이 강하다고 느끼는 이들과 자신들이 약하다고 느끼는 이들 말이다. 예수와 바울과 요한은 스스로 강하다고 느꼈다. 파트모스의 요한은 마음속 깊이 자신이 약하다고 느꼈다.

예수 시대에 어디서든 내면이 강한 이들은 지상을 통치하려 했던 자신들의 열망을 상실했다. 그들은 자신들의 강함을 지상의 통치와 지상의 권력으로부터 떼어내어 다른 형태의 삶에 적용하길 원했다. 그러자 약자들이 깨어나며 **지나친** 자만심을 갖고서는 '명백히' 힘 있는 이들, 곧 세속의 권력자들에 대한 걷잡을 수 없는 증오를 표출하기 시작했다.

그리하여 종교, 특히 기독교는 이중으로 갈리게 되었다. 강자들의 종교는 포기와 사랑을 가르쳤다. 그리고 약자들의

• •

22. 여기서 로렌스는 귀족의 '강함'과 민중의 '약함', '거친 성질'을 구별하고 있다. 민중의 '거친 성질(sense of toughness)'은 귀족의 '강함(strength)'과 다르다. 귀족은 강하기에 오히려 부드럽고 온화하지만, 민중의 거칠고 억센 성질은 폭력적인 성향과 더 닿아 있고, 그것은 로렌스가 보기에 '약함'에 가깝다. 광부의 아들로 자란 로렌스에게 광부로 표상되는 민중의 거친 성질은 때로 연민을 이끌어내기도 했으나 대체로는 혐오의 대상이었다. 그의 자전적 소설 『아들과 연인들』(Sons and Lovers, 1913)에서 주인공 폴 모렐의 아버지인 광부 월터 모렐이 대표적이다.

종교는 강자와 권력자를 타도하고, 가난한 자들에 영광 있으라고 가르쳤다. 세상에는 강자보다 약자가 언제나 많기에 이 두 번째 종류의 기독교가 성공했고 성공하게 될 것이었다. 약자가 통치받지 않는다면 약자가 통치하게 될 것이며, 그것으로 끝이다. 약자의 통치란 이것이다. 강자를 타도하라!

이러한 외침을 가능케 하는 장엄한 성경적 권위가 계시록이다. 약자와 가짜 천민들pseudo-humbles[23]이 지상에서 모든 세속의 권력, 영광, 재물을 쓸어버리고, 이후에는 그들, 곧 진정한 약자들이 군림하게 되는 것이다. 가짜 천민 성인들의 새천년이 올 것이고, 이는 생각만으로도 끔찍한 일이다. 그러나 이는 오늘날 종교가 상징하는 바로 그것, 곧 모든 강하고 자유로운 삶을 타도하고, 약자가 승리하며, 가짜 천민들이 군림케 하라는 것이다. 약자가 자신을 예찬하는 종교이자 가짜 천민들의 군림. 이것이 오늘날 사회의 종교적·정치적 정신이다.

- -

23. 로렌스의 조어로 이들은 겉으로는 천한 사람들(humbles)이지만 내면에서는 권력에 대한 자신들의 욕망을 열렬히 품고 있기에 사실은 '가짜(pseudo-)'라는 뜻이다.

3

바로 그런 모습이야말로 파트모스 요한의 종교와 거의 일치했다. 서기 96년에 계시록 저술을 끝마쳤을 때 그는 이미 노인이었다고들 하는데, 그 해는 '내재적 증거'를 통해 현대 학자들이 집어낸 시기다.[24]

초기 기독교 역사에는 세 명의 요한이 있었다. 세례 요한John the Baptist은 예수에게 세례를 주었고, 예수의 죽음 이후에도 오랜 세월 계속된 이상한 교리를 가지고 하나의 종교를 세웠거나 적어도 자신의 분파를 만들었던 것으로 보인다. 그다음

• •

24. 이 시기를 집어낸 책은 로버트 H. 찰스의 『요한계시록에 대한 비판적·해석적 논평』(*A Critical and Exegetical Commentary on the Revelation of St. John*, 1920)으로, 로렌스는 집필 당시 이 책을 읽고 있었던 것으로 보인다. 이 책에 대한 로렌스의 인용과 비판은 6장에서 등장한다.

사도 요한John the Apostle은 네 번째의 복음서와 몇 편의 서한을 쓴 것으로 알려져 있다.[25] 마지막으로 이 파트모스의 요한은 에페수스[26]에 살다가 종교적으로 로마제국을 공격했다는 이유로 파트모스섬의 감옥에 보내졌다. 하지만 그는 일정 기간을 채운 후 섬에서 풀려나 에페수스로 돌아갔고, 전설에 따르면 그곳에서 장수하며 살았다고 한다.

우리가 네 번째 복음서를 썼다고 여기는 사도 요한이 아포칼립스도 썼다는 의견이 오랫동안 있어 왔다. 그러나 동일 인물이 그 두 저작을 썼을 수가 없는 것이, 이 둘은 서로 너무나도 상이하기 때문이다. 네 번째 복음서의 저자는 분명 교양 있는 '그리스풍' 유대인이었고, 신비와 '사랑의' 기독교에 위대한 영감을 준 이들 중 하나였다. 파트모스의 요한은 그와는 상당히 다른 성향이었음이 틀림없다. 그는 확실히 매우 다른 정서를 불러일으켰던 것이다.

비판적으로 진지하게 읽게 될 때, 우리는 아포칼립스가 그 안에 진정한 그리스도가 없고 진정한 복음이 없으며 기독교의 **창조적 숨결**이 없으면서도, 성경을 통틀어 아마도 가장

• •

25. 복음서 「요한복음」과 서한집 「요한1서~3서」(3권)을 의미한다.

26. 소아시아 서부의 고대도시로 현재 터키 서남부 셀축(Selçuk) 근방이다. 개역개정판 성경에는 '에베소'로 표기되어 있다. 파트모스섬은 소아시아 서남 해안의 작은 섬으로 현재도 같은 이름으로 그리스에 속해 있다.

효과적이며 대단히 중요한 기독교 교리를 드러낸다는 점을
깨닫는다. 다시 말해, 아포칼립스는 기독교 시대를 통틀어
이류二流인 사람들에게 성경의 다른 어떤 책보다도 더 커다란
영향을 끼쳤던 것이다. 요한의 아포칼립스는, 그것이 스스로
보여주듯이, 이류 지성이 만들어낸 작품이다. 이 책은 모든
나라와 모든 시대의 이류 지성들에게 열렬히 호소한다. 대단히
이상하고 이해할 수 없게도, 이 책은 1세기 이래로 방대한
무리의 기독교 지성들 — 방대한 무리는 언제나 이류다 —
에게 가장 위대한 영감의 원천 역할을 의심의 여지 없이 수행했
다.[27] 우리는 끔찍하게도 바로 이것, 즉 예수도 바울도 아닌
파트모스의 요한이야말로 오늘날 우리가 당면한 실체임을
깨닫게 된다.

  사랑이라는 기독교 교리는 가장 좋은 상태일 때도 하나의
회피였다. 심지어 예수조차도 자신의 '사랑'이 확고한 권력으
로 변하게 되는 때, 곧 '추후에hereafter' 군림할 예정이었다.
추후에 도래하는 영광 속의 군림이라는 이 방식은 기독교의

. .
27. 영어의 'mass'는 15세기 이후 '덩어리'를 뜻하는 말로 정착되었고, 1600년대 이래
   '큰 규모, 큰 부분'을 뜻했다가, 1733년부터 '큰 규모로 모인 사람들의 무리'를
   지칭하게 되었고, 이로부터 20세기 초의 '대중(the masses)'이라는 개념도 등장했다.
   이 책에서 로렌스도 "the vast mass(방대한 무리)" 혹은 "the mass(무리, 대중)"라는
   표현을 주요하게 쓰고 있는데, 이를 적절히 지칭하기 위해 문맥에 따라 '무리',
   '대중'을 혼용하여 번역한다. 다만 "people"과 "popular"를 같은 의미로 쓸 경우에는
   '민중'으로 번역한다.

근원이 되었으나, 물론 이는 지금 여기에서 군림하려다 좌절된 욕망의 표현에 불과하다. 유대인들은 좌절 속에 머무르지 않으려 했기에 지상에서 군림하리라는 결심을 굳혔고, 그렇게 기원전 200년경 예루살렘 성전이 두 번째로 박살 난 이후부터 세상을 정복할 전투적인 승리의 메시아가 도래하는 사건을 상상하기 시작했다.[28] 기독교인들은 이 사건을 예수가 이방 세계에 최후의 채찍질을 가하고 성인들의 통치를 확립시키기 위해 오는 '그리스도의 재림'으로 받아들였다. 파트모스의 요한은 이전에는 소박했던 성인들의 통치 기간(약 40년)을 1,000년이라는 어마어마한 어림수로 늘렸고, 그리하여 천년왕 국the Millennium이 사람들의 상상을 장악했다.[29]

• •

28. 예루살렘 성전은 유대인들의 성지로 기원전 586년에 바빌론제국에 의해 파괴되었다가 기원전 520년에 재건축되었다. 그러다 기원전 167년에 시리아의 안티오쿠스 4세에 의해 다시 훼손되었다.

29. "또 내가 보매 천사가 무저갱의 열쇠와 큰 쇠사슬을 그의 손에 가지고 하늘로부터 내려와서 용을 잡으니 곧 옛 뱀이요 마귀요 사탄이라 잡아서 천년 동안 결박하여 무저갱에 던져 넣어 잠그고 그 위에 인봉하여 천년이 차도록 다시는 만국을 미혹하지 못하게 하였는데 그 후에는 반드시 잠깐 놓이리라. 또 내가 보좌들을 보니 거기에 앉은 자들이 있어 심판하는 권세를 받았더라. 또내가 보니 예수를 증언함과 하나님의 말씀 때문에 목 베임을 당한 자들의 영혼들과 또 짐승과 그의 우상에게 경배하지 아니하고 그들의 이마와 손에 그의 표를 받지 아니한 자들이 살아서 그리스도와 더불어 천년 동안 왕 노릇 하니 (그 나머지 죽은 자들은 그 천년이 차기까지 살지 못하더라) 이는 첫째 부활이라. 이 첫째 부활에 참여하는 자들은 복이 있고 거룩하도다 둘째 사망이 그들을 다스리는 권세가 없고 도리어 그들이 하나님과 그리스도의 제사장이 되어 천년 동안 그리스도와 더불어 왕 노릇 하리라." (「요한계시록」 20:1~6)

이렇게 권력혼power-spirit[30]이라는 기독교의 대적大敵이 신약 성경 속으로 기어들어 왔다. 가장 마지막 순간에 이르러 마귀가 그토록 아름답게 괴멸되고 나면, 그[파트모스의 요한]가 아포칼립스로 위장한 옷을 입고 몰래 등장하여 계시록의 마지막 부분에서 스스로 보좌에 앉는다.[31]

그도 그럴 것이, 최종적으로 말하자면 계시록은 인간에게 있는 불멸하는 권력에의 의지, 그것의 신성화, 그것의 최후 승리에 대한 계시인 것이다. 만약 당신이 순교의 고통을 당해야만 한다 해도, 또 그 과정에서 천지가 파괴되어야 한다 해도, 오 그리스도인이여, 여전히, 여전히, 여전히 당신은 왕으로 군림하게 될 것이고 과거 주인들의 목 위에 당신의 발을 올려놓게 될 것이라!

이것이 계시록의 메시지이다.

예수가 그의 제자들 가운데 이스가리옷 유다Judas Iscariot[32]를

• •

30. 지상의 권력이 "마귀요 사탄"으로 치환된 것을 말한다. 천년왕국이 등장하는 위 「요한계시록」 20:1~3에 곧바로 드러나듯이, 이 "뱀이요 마귀요 사탄"은 그동안 "만국을 미혹"해왔던 귀신이었다. 바꿔 말하면, 만국의 권력은 곧 사탄이었던 것이다. 지상의 권력(사탄)은 비록 현재는 우리를 지배하지만 "추후에", 심판의 날이 오면 천상의 권력(그리스도)에 의해 무너지게 되어 있다.

31. "이것들을 보고 들은 자는 나 요한이니 내가 듣고 볼 때에 이 일을 내게 보이던 천사의 발 앞에 경배하려고 엎드렸더니 그가 내게 말하기를 나는 너와 네 형제 선지자들과 또 이 두루마리의 말을 지키는 자들과 함께 된 종이니 그리지 말고 하나님께 경배하라 하더라." (「요한계시록」 22:8~9)

32. 예수의 열두 제자 중 하나로, 예수를 배신하여 은화 30냥에 예수를 로마군에게

두어야만 했듯이 필연적으로 신약 성경 속에는 계시록이 있어야만 했던 것이다.

왜? 인간의 본성이 이를 요청하고, 앞으로도 언제나 이를 요청할 것이기 때문이다.

예수의 기독교는 우리 본성 중 일부에만 적용된다. 그것이 적용되지 않는 큰 부분이 존재한다. 구세군의 예에서 알 수 있듯이 바로 이 부분을 계시록이 파고든다.

포기, 명상, 자기 인식의 종교들은 오직 개인을 위한 것이다. 그러나 인간은 그의 본성 중 오직 일부에서만 개인적이다. 본성 중 또 다른 커다란 부분에 있어 그는 집단적이다.

포기, 명상, 자기 인식, 순수 도덕의 종교들은 개인을 위한 것인데, 그렇더라도 완전한 개인을 위한 것은 아니다. 하지만 이 종교들은 인간 본성의 개인적 측면을 표현한다. 이 종교들은 본성의 개인적 측면을 분리시킨다. 그리고 본성의 다른 측면, 즉 집단적 측면을 잘라내 버린다. 사회의 가장 밑바닥층은 언제나 비개인적이므로, 종교가 다른 측면에서 작동하는 것을 알기 위해선 그곳을 들여다보면 된다.

불교나 기독교, 플라톤 철학 같은 포기의 종교는 귀족, 곧 정신의 귀족aristocrat of the spirit을 위한 것이다.[33] 정신의 귀족은

• •

팔고 나중에 자살한다.
33. 로렌스가 '귀족'과 '민중'을 구분할 때 눈에 보이는 사회적 계층이나 물질의

자기완성과 봉사 속에서 자신을 충족시킨다. 가난한 자들을 위해 봉사하라. 그것 좋다. 그러면 가난한 자들은 누구를 위해 봉사할 것인가? 거대한 질문이다. 파트모스의 요한이 이 질문에 답한다. 가난한 자들은 스스로를 위해 봉사할 것이고, 자신들의 자기 예찬에 힘쓸 것이다. 가난한 자들이라는 말이 그저 궁핍한 이들을 의미하지는 않는다. 그 말은 귀족적 단독성과 고독을 갖지 못한 채 끔찍할 정도로 '범속한', 그저 집단적일 뿐인 영혼을 의미한다.

거대한 대중은 이런 범속한 영혼들이다. 그들은 그리스도나 부처나 플라톤이 요청하는 귀족적 개별성을 가지고 있지 않다. 그래서 그들은 무리 속에 숨어들어서는 자신들의 궁극적 자기 예찬을 위해 비밀스레 열중한다. 파트모스주의자들.

오직 혼자일 때만 인간은 기독교인, 불교도, 플라톤주의자가 될 수 있다. 그리스도상®과 부처상이 이를 증명한다. 다른 이들과 있을 때면 곧바로 구분이 발생하고, 등급이 형성된다. 다른 이들과 있게 되자마자 예수는 귀족이자 주인이 된다.

●●
소유 여부를 의미하고 있지 않음을 알아야 한다. "정신의 귀족"이라는 표현이 말해주듯 로렌스에게 두 집단을 구분하는 기준은 정신적인 측면이다. '귀족'은 자기 인식과 자기 극복, 성취를 위해 애쓰는 '개인'인 반면, '민중'은 스스로 생각하는 대신 권위를 좇는 '집단'이다. 전자가 '강자'라면 후자는 '약자'이다(이 역시 물리적 힘의 강약과는 상관없다). 동일한 분류를 니체도 하고 있으며 기준 역시 유사하다(니체, 『도덕의 계보』(1887) 중 '첫 번째 에세이' 참조).

부처는 언제나 부처님이다. 그토록 겸허하려 노력하는 아시시의 성 프란체스코St. Francis of Assisi[34]는 사실 자기 제자들에게 절대적 권력을 행사할 수 있는 절묘한 수단을 찾는다. 셸리는 자기 동료들 속에서 귀족으로 여겨지지 않는 것을 견딜 수 없었다. 레닌은 누더기를 걸친 극락조였다.

그런 것이다! 권력은 존재하며, 언제나 존재할 것이다. 두세 명이 모이면, 특히 뭔가를 하려고 모이면, 그 즉시 권력이 생겨나 한 사람이 지도자, 주인이 된다. 이는 불가피한 일이다.

이를 받아들이고, 과거 사람들이 그랬듯 인간 안의 자연스러운 권력을 인지하고 거기에 경의를 표하면 커다란 기쁨과 고양高揚이, 권력자에게서 피권력자에게 전달되는 힘이 발생한다. 권력의 흐름이라는 게 있다. 언제나 한결같이, 그 안에서 인간은 최고의 집단적 존재로 발현된다. 권력 혹은 영광의 불꽃을 인지하면, 그에 상응하는 불꽃이 당신 안에서 솟아난다. 영웅에게 경의와 충성을 맹세하면, 당신 자신도 영웅적이 된다. 이것이 인간의 법칙이다. 아마 여성들 사이의 법칙은 다를 것이다.[35]

• •

34. 프란체스코 수도회의 창립자이자 성인이다.
35. 여기서 로렌스는 권력 중심적인 '남성의 법칙'과 구체적으로 설명하지는 않지만 이와는 다른 '여성의 법칙'을 구분하고 있다. 그렇다면 분명 이 문단(과 그 이전)의 'man'은 '남성'을 의미하는 것이지만, 그렇다고 오로지 남성만을 의미한다고 할 수도 없다. 무리와 대중 속에는 여성도 다수이고, 귀족적인 여성도 많을 것이며,

이와 반대로 행동하면 어떤 일이 생길까? 권력을 부정하면, 권력이 쇠퇴한다. 위대한 인물에게서 권력을 부정하면, 당신 자신도 권력을 갖지 않게 된다. 그러나 언제나 한결같이 사회는 통치되고 다스려져야만 한다. 따라서 대중은 자신들이 권력을 부정한 자리에 권위를 부여한다. 이제 권위가 권력의 자리를 취하고, 우리는 '목사들minister'과 관료들과 경찰관들을 갖게 된다.[36] 그리고 나면 거대한 쟁탈전과 경쟁이, 권력을 너무 두려워하는 나머지 서로의 얼굴을 짓밟는 대중의 무리가 생겨 난다.

레닌 같은 사람은 권력을 궁극적으로 파괴하려는 신념을 가진 거대한 악의 성인聖人이다. 이는 사람들을 형언할 수 없을 정도로 헐벗고, 빼앗기고, 비겁하고, 비참하고, 수치스럽게

• •

두 명 이상이 모이면 권력의 체계가 발생하는 것이 '반드시' 남성에게만 해당되는 것도 아닐 것이기에, 'man'은 정말 특정하게 남성을 지칭하는 경우를 제외하고는 기본적으로 '인간', '사람'이라고 번역한다.

남성과는 다른 여성적 특성에 대한 관찰은 로렌스 소설에서 매우 중요한 주제이 자 핵심이라고도 볼 수 있다. 거칠게 말하자면 로렌스에게 여성은 사회적 관습, 계급, 층위, 편견 등에서 남성에 비해 상대적으로 자유로운 영혼과 사유를 가진 존재로 그려지며, 그로 인해 속박되고 갇힌 남성을 해방시킬 수 있는 일종의 구원처럼 묘사되기도 한다. 『무지개』의 어슐라, 『사랑에 빠진 여인들』의 어슐라와 구드룬, 『레이디 채털리의 연인』의 채털리 등이 대표적이다.

36. 목사, 성직자를 뜻하는 'minister'는 '열등한, 하인, 조수(minus, minor)' 등의 의미를 가진 라틴어 'minister'에서 유래했다. 다시 말하면, 하인이 권위를 가짐으로써 역설적으로 신도를 이끄는 지도자 역할을 하는 것이다. 관료나 경찰 역시 공공에 봉사하는 하인의 역할을 수행하는 자로 정의됨으로써 권위를 가지게 된다. 이 권위는 신도와 국민이 부여한 것이다.

만든다. 에이브러햄 링컨은 권력을 궁극적으로 파괴하려는 신념을 거의 가진 절반은 악한 성인이다. 우드로 윌슨 대통령은 권력의 파괴를 꽤 신봉한 상당히 악한 성인이지만, 과대망상과 신경쇠약증적 폭정으로 치닫는다. 모든 성인 — 레닌, 링컨, 윌슨은 그들이 순수한 개인으로 남아 있는 한은 진정한 성인들이다 — 은 악해진다. 모든 성인은 그가 인간의 집단적 자아에 손을 대는 순간 악해진다. 그러고 나면 그는 도착자倒錯者가 되며, 이는 플라톤도 동일하다. 위대한 성인은 오직 개인으로서만, 다시 말해 우리 본성의 한 측면일 경우에만 가능하며, 우리 내면의 깊은 차원에서 우리는 어찌할 수 없이 집단적이다. 그 집단적 자아는 완전한 권력관계 속에서 살고, 움직이고, 존재감을 가지거나, 혹은 반대로 권력을 파괴하려는 저항이 만든 비참함 속에 살다가 자신을 파괴하게 된다.

그러나 오늘날은 권력을 파괴하려는 의지가 최고에 다다른 시대이다. 고인이 된 차르Tsar[37] 같은 위대한 — 지위가 높다는 의미에서 — 왕들이 대중의 어마어마한 반대 의지, 곧 권력을 부정하려는 의지에 의해 거의 백치 취급을 당한다. 현대의 왕들은 그들이 거의 바보로 여겨질 때까지 부정된다. 권력을 가진 누구에게도 이런 현상은 동일하게 나타나며, 그가 권력

• •

37. 러시아제국의 마지막 황제인 차르 니콜라스 2세(1868~1918)는 1917년 2월 혁명 직후 강제로 퇴위당하고 투옥되었다가 소비에트의 명에 의해 총살당했다.

파괴자이자 흰 깃털로 치장한 사악한 새일 경우는 제외된다. 그러할 경우 대중은 그를 지지할 것이다. 어떻게 반권력적 대중이, 특히 엄청나게 다수인 범속한 대중이 조롱이나 연민의 대상을 넘어선 왕을 가질 수 있겠는가?

기독교의 숨은 측면으로서 아포칼립스는 거의 2,000년 동안을 이어져 왔고, 그것의 과업은 거의 달성되었다. 즉 아포칼립스는 권력을 경외하지 않는 것이다. 그 책은 권력자를 살해하고, 약자인 자신들이 그 권력을 쟁취하길 원한다.

유다는 예수의 가르침에 부정과 술수가 내재해 있기에 예수를 배신하고 그를 당국에 넘길 수밖에 없었다. 예수는 심지어 제자들과의 관계에서조차 순전한 개인으로 자신을 위치시켰다. 그는 제자들과 **진정**으로 섞이지 않았으며, 그들과 더불어 진정으로 일하거나 행동조차 하지 않았다. 그는 항상 혼자였다. 그는 제자들을 극도로 혼란스럽게 했고, 그들 중 일부에게는 실망감을 주었다. 예수는 물리적 힘을 가진 그들의 권력자가 되길 거부했다. 유다 같은 이들 안에 웅크리고 있던 권력에의 충성심은 배신감을 느꼈던 것이다! 그래서 그 충성심 역시 한 번의 키스와 함께 배신을 실행했다. 마찬가지로 계시록도 신약 성경에 포함될 수밖에 없었다. 복음서에 죽음의 키스를 해야 했기에.

4

    기이한 일이기는 하지만 한 공동체의 집단적 의지는 사실 개인적 의지의 기반을 드러낸다. 초기 기독교 교회 혹은 공동체는 꽤 이른 시기부터 이상한 종류의 권력에 대한 이상한 의지를 드러냈다. 그들은 모든 권력을 파괴하려는 의지를 가지고 있었기에 스스로 최후의 궁극적인 권력을 찬탈한다. 이는 예수의 가르침과는 그다지 상응하지 않았으나, 약자들과 열등한 자들로 이루어진 방대한 무리의 정신 속에서는 이것이야말로 예수의 가르침이 필연적으로 함축하고 있는 바였다. 예수는 이타적인 이웃 사랑을 향한 탈주와 해방을 가르쳤으니, 이는 오직 강자들만이 알 수 있는 감각이다. 아니나 다를까, 이러한 가르침은 즉시 약자들의 공동체를 득의양양하게 만들었다. 기독교인 공동체의 의지는 반사회적, 아니 거의 반인간적이었고, 처음부터 세계의 종언과 인류 전체의 파괴를 향한 광란의 욕망을 드러냈다. 그러고는 세계의 종언이 오지 않자 성인들의 공동체만을 권력의 최종 부정이자 최종적 권력으로 남긴 채 모든 통치, 모든 지배자, 세계의 모든 인간적 탁월함을 파괴하고픈 음산한 투지가 생겨났다.

암흑시대Dark Ages[38] 시기의 몰락 이후로 가톨릭교회는 다시 반쪽이 아닌 완전히 인간적인 곳으로 부상하여 파종기, 추수기, 크리스마스의 동지와 한여름의 하지에 맞춰 교회를 잘 조율했고, 초기에만 해도 이웃 사랑과 기존의 지배층 및 그들의 영예 사이에서 효과적으로 균형을 맞췄다. 모든 남자에게는 결혼을 통한 작은 왕국이 주어졌고 모든 여자에게는 침범할 수 없는 자신만의 작은 영역이 허용되었다. 가톨릭교회가 이끌었던 이 기독교식 결혼은 진정한 자유, 진정한 충만의 가능성을 위한 위대한 제도였다. 자유란 완전하고 만족스럽게 사는 가능성 그 이상이 아니었고 아닐 수밖에 없었다. 결혼 속에서, 교회 의식과 축제의 커다란 자연적 순환 속에서 초기 가톨릭교회는 이러한 자유를 사람들에게 선사하려 했다. 그러나, 아아, 교회는 이내 균형을 잃어버리고 세속의 탐욕 속으로

· ·

38. 로마제국의 몰락 이후 서유럽에서 인구, 문화, 경제, 종교적인 악화가 일어났던 시기로, 이탈리아의 학자 페트라르카가 맨 처음 고안한 개념이며 대개 5-11세기경까지를 가리킨다.

빠져들어 갔다.

그러다 종교개혁[39]이 일어났고 상황은 처음으로 돌아갔으니, 인간세계의 권력을 파괴하고 이를 대중의 **부정적 권력**으로 대체하려는 기독교 공동체의 오래된 의지가 다시 시작된 것이다. 이 전투는 무한한 공포를 발산하며 오늘도 맹렬히 계속되는 중이다. 러시아에서는 세속 권력에 대한 승리가 실현되었으며, 레닌을 최고 성인으로 삼은 성인들의 통치가 확립되었다.

그리고 레닌은 성인이었다. 그는 성인의 모든 자질을 갖추고 있었다. 그는 오늘날 성인으로 숭배되며, 여기에는 그럴 만한 상당한 근거가 있다. 그러나 인류의 용맹스러운 권력을 전부 없애버리려는 성인들이란, 푸른머리되새의 밝은 깃털을 모조리 뽑아버리려 했던 청교도들과 마찬가지로 악마들이다.[40]

· ·

39. 가톨릭교회 내부의 낡은 관습과 부패를 비판하며 발생한 서유럽 전반의 저항운동을 의미하며, 마르틴 루터가 '95개조 반박문'을 비텐베르크성 교회 대문에 내걸었던 1517년 10월 31일을 종교개혁 사건이 일어난 날로 보기도 한다. 하지만 종교개혁은 루터가 시작한 한 사건이 아니라 독일(멜란히톤, 유스투스 요나스, 요하네스 부겐하임), 스위스와 남독일(츠빙글리, 칼뱅), 잉글랜드(존 녹스, 니콜라스 리들리), 네덜란드, 체코 등 유럽 전역에서 발생했을 뿐 아니라 혁명운동(토마스 뮌처), 재세례파 운동(후터파, 스위스 형제단) 등 급진적 정치혁명으로까지 확장된 거대한 변혁이었다.

40. 개신교의 한 분파인 청교도는 가톨릭의 화려한 의례와 형식, 부정과 부패에 가장 강력하게 반기를 들었으며, 따라서 가톨릭과는 반대의 단순 소박함, 성경 중심주의, 죄 없는 청결함에 대한 의지를 천명하는 개신교 극단파였다. 모든 화려한 빛깔을 제거한 검정색의 단순한 옷차림으로 대표되는 개신교도의 전형적 의복과 메사추세츠주 세일럼에서의 끔찍한 마녀사냥 등은 이러한 청교도의 극단성이 드러난 경우이다. 아름다운 새의 "밝은 깃털을 모조리 뽑아버리려 했"다는

악마들!

레닌의 성인 통치는 지극히 끔찍한 것으로 드러났다. 거기에
는 그 어떤 '짐승'의 통치[41] 혹은 황제의 통치보다 더 많은
'너는—하지—말라thou—shalt—not'가 있다.[42] 그렇게 되기 마련이
다. 성인들의 통치는 어떤 것이라도 끔찍할 수밖에 없다. 왜?
인간의 본성은 성스럽지 않기 때문이다. 인간 영혼 속에 있는
원초적 욕구, 곧 태초의 아담에서부터 기원한 욕구라는 자신만
의 영역에서 그리고 자신이 될 수만 있다면 어떻게든 주인,
지배자, 영예로운 자가 되는 것이다. 모든 수탉은 자신의 배설
물 더미 위에서 울어 젖히면서 번쩍이는 깃털을 뒤흔들 수
있고, 모든 빈농은 살짝 취하기만 해도 자기만의 통나무집
속에서 영광스러운 작은 차르가 될 수 있었다. 모든 빈농은
귀족들의 오랜 늠름함과 화려함을 보며, 차르의 극적인 영예로
움을 보며 완벽함을 느꼈던 적이 있다. 최고의 주인과 지배자와
영예로운 자는 그들이 섬기는 이였고 그들의 영예로운 이였으
니, 그들은 자기 눈으로 그를, 차르를 바라본 적도 있었던
것이다! 이것은 인간의 마음에 있는 가장 깊고, 가장 커다랗고,

● ●

로렌스의 말은 이를 비유적으로 가리킨다.

41. '짐승의 통치'란 신성을 모독하는 우상에 의한 지배를 말하며, 「요한계시록」
13장에 자세히 묘사된다.

42. 'Thou shalt not'은 '너는 ~하지 말라'는 율법의 금지 명령으로, 특히 구약 성경에는
금지 명령이 많으며 가장 유명한 것은 십계명이다.

가장 강력한 욕구 중 하나를 충족시켜주었다. 인간의 마음은 영예, 화려함, 자부심, 장악, 영광, 지배를 필요로 하고, 필요로 하고, 필요로 한다. 아마 인간의 마음은 이런 것들을 사랑보다 더 필요로 할 것이며, 마침내 빵보다도 훨씬 더 필요로 하게 된다. 모든 위대한 왕은 모든 사람을 그만의 작은 영역에서 작은 지배자로 만들고, 그의 상상을 지배와 영예로 채우면서 그의 영혼을 만족시킨다. 세상에서 가장 위험한 것은 인간에게 자신이 울타리에 갇힌 수컷처럼 실은 얼마나 비천한지를 보여주는 일이다. 이것은 그를 우울하게 하고, 그를 비천하게 만들어버린다.[43] 아아, 우리는 우리가 스스로 생각하는 대로 되는 것이다. 남자이자 영예로운 자아로 살았던 이들은 실의에, 나아가 거의 비참에 빠진 채로 오랫동안 우울해하며 지금에 이르렀다. 이는 사악한 일이 아닌가? 그렇다면 사람들이 직접 나서서 이에 대해 조치를 취하게 하라.

레닌 — 혹은 셸리 혹은 성 프란체스코 — 같은 위대한 성인은 그저 자연적이고 오만한 권력의 자아[44]에 대고 오직 배척! 배척!을 외치고, 모든 권력층과 지배층을 의도적으로 파괴하

---

43. 자기의 작은 오두막 속에서 그는 왕 같은 영예를 누리고 살았지만, 그것이 판타지였고 실제 자신의 처지는 지극히 비천함을 깨닫는 순간 그는 '진짜로' 비천하게 된다.
44. 인간이 태생적으로 가진 권력에 대한 욕구를 의미한다.

려 하면서, 민중은 가난한, 오, 그토록 가난한 상태로 내버려두는 일만 할 수 있을 뿐이다! 아무리 돈이 많다 한들 가장 절대적인 민주주의에서만큼 절대적으로 삶이 빈곤해지는 곳은 없지만, 그래도 모든 현대 민주주의 체제에 사는 민중이 그렇듯 이들[레닌 체제하의 민중] 역시 가난하고, 가난하고, 가난하다.

이 공동체는 비인간적이고, 인간 이하다. 피도 눈물도 없이 비정한 폭군으로 인해 이 공동체는 결국 가장 위험해진다. 미국이나 스위스 같은 민주주의 체제조차도 링컨처럼 일종의 진정한 귀족이라 할 수 있을 영웅에 대한 요청을 받고 오랫동안 이에 대응하게 될 터이니, 인간 내면의 귀족적 본능은 너무나 강력한 것이다. 그러나 영웅적이고 진정 귀족적인 요청에 답하려는 모든 민주주의 체제의 열의는 시간이 지날수록 점점 더 약해진다. 역사 전체가 이를 증명한다. 그러면 사람들은 일종의 앙심을 품은 채 그 영웅적 호소에 대해 등을 돌린다. 비정하게 해코지하는, 그래서 사악한, 범속한 권력을 휘두르는 그들은 오직 범속함에 대한 요청에만 귀를 기울이게 될 것이다. 고통스러울 정도로 열등하고 심지어 저열한 정치인들이 성공하는 이유는 여기에 있다.

용감한 이들이 모이면 귀족정이 된다. '너는–하지–말라'의 민주주의는 약자들의 집합이게 마련이다. 뒤이어 그 성스러운

'민중의 의지'는 그 어떤 폭군의 의지보다 더 맹목적이고 더 저열하며 더 위험한 것으로 변한다. 민중의 의지가 약자로 이루어진 다중이 가진 취약성의 총합이 될 때, 그때가 바로 그곳에서 도망쳐야 할 때이다.

그때가 바로 오늘이다. 사회는 공포에 사로잡혀 자신들을 가능한 모든 상상적 악으로부터 보호하려 애쓰는, 자신들의 바로 그 공포에 의해 악을 낳는 약한 개인들의 무리로 이루어져 있다.

이것이 끝없고도 비열한 '너는–하지–말라'에 종속된 오늘날의 기독교 공동체이다. 이것이 기독교 교리가 현실에서 작동해온 방식이다.

5

계시록은 이 모든 일의 전조였다. 무엇보다 그것은 일부 심리학자들이 좌절된 '우월성' 추구와 그 결과 발생하는 열등 콤플렉스의 계시록이라고 부를 만한 책이다.[45] 명상의 평온함, 이타적 봉사가 주는 기쁨, 야망에서의 해방, 앎의 쾌감과 같은 기독교의 긍정적 측면을 우리는 아포칼립스에서 하나도 발견하지 못한다. 명상과 이타적 봉사가 홀로 선 순수한 개인을 위한 것인 반면, 좌절된 집단적 자아에 의해 기록된 아포칼립스는 인간 본성의 비개인적 측면을 위한 것이기 때문이다. 마찬가지로 순수한 기독교는 민족이나 총체적 사회에 어울릴 수가

· ·

45. 오스트리아 심리학자인 알프레드 아들러에 따르면 열등 콤플렉스는 개인이 타인과 비교해 결핍감을 느꼈을 때 발달하며, 그는 결과적으로 이에 대한 보상을 얻기 위해 우월성을 추구한다. 이 두 콤플렉스는 짝을 이룬다.

없다. 제1차 세계대전은 이를 명확히 보여주었다. 순수한 기독교는 오직 개인에만 어울린다. 집단적 총체는 분명 다른 데서 영감을 얻는 게 틀림없다.

 핵심 정신이 혐오스럽기는 해도, 아포칼립스 속에는 역시 또 다른 영감이 담겨 있다. 그 책이 혐오스러운 이유는 좌절당하고 억눌린 집단적 자아, 즉 복수심에 불타는 인간 내면의 좌절한 권력혼이 위험하게 으르렁거리는 소리를 받아 울리기 때문이다. 그러나 그 책은 참되고 긍정적인 권력혼의 계시도 일부 포함하고 있다. 책의 첫 시작은 우리를 놀라게 만든다. "요한은 아시아에 있는 일곱 교회에 편지하노니 이제도 계시고 전에도 계셨고 장차 오실 이와 그의 보좌 앞에 있는 일곱 영과 또 충성된 증인으로 죽은 자들 가운데에서 먼저 나시고 땅의 임금들의 머리가 되신 예수 그리스도로 말미암아 은혜와 평강이 너희에게 있기를 원하노라. 우리를 사랑하사 그의 피로 우리 죄에서 우리를 해방하시고 그의 아버지 하나님을 위하여 우리를 나라와 제사장으로 삼으신 그에게 영광과 능력이 세세토록 있기를 원하노라 아멘. 볼지어다 그가 구름을 타고 오시리라. 각 사람의 눈이 그를 보겠고 그를 찌른 자들도 볼 것이요 땅에 있는 모든 족속이 그로 말미암아 애곡하리니 그러하리라 아멘." ─ 흠정역 성경authorized version, AV에 비해 의미가 조금 더 명쾌하기에 나는 모팻의 번역을 사용했다.[46] 여기서 우리는 색다른 예수의 모습을 보는데, 그는 갈릴리호숫가를 서성이던 사람과는 매우 다르다.[47] 조금 더 이어서 읽어보자. "주의 날에 내가 성령에 감동되어 내 뒤에서 나는 나팔 소리 같은 큰 음성을 들으니, 이르되 '네가 보는 것을 두루마리에 쓰라.' ─ 몸을 돌이켜 나에게 말한 음성을 알아보려고 돌이킬 때에 일곱 금 촛대를 보았는데 촛대 사이에 인자 같은 이가 발에 끌리는 옷을 입고 가슴에 금띠를 띠고 그의 머리와 털의 회기가 흰 양털 같고 눈 같으며 그의 눈은 불꽃 같고 그의 발은 풀무불에 단련한 빛난 주석 같고 그의 음성은 많은 물소리와 같으며

* *

46. "흠정역 성경"이란 1604년에 번역을 시작해 1611년에 출간된 '제임스왕 버전(King James Version; KJV)'을 말하며, 초기 근대 영어의 형성에서뿐 아니라 영어권 성경 번역에서 가장 큰 역사적 권위를 가지고 있다. "모팻의 번역"은 스코틀랜드의 그리스어 학자이자 신학 교수인 제임스 모팻이 1913년에 새로 번역한 신약 성경을 지칭한다(Moffatt, New Translation; MNT). 제임스 왕 버전이 17세기 초의 초기 근대 영어에다 장엄한 스타일을 가진 데 비해 모팻 버전은 현대 영어여서 직관적인 이해가 용이한 측면이 있다. 인용문은 「요한계시록」 1:4~7인데, 그중 4절만을 비교해보자. 제임스 왕 버전은 다음과 같다. "John to the seven churches which are in Asia: Grace be unto you, and peace, from him which is, and which was, and which is to come; and from the seven Spirits which are before his throne;" 이 번역을 보면 문장이 멋있기는 하지만 한 문장에 'which'가 다섯 차례 쓰이는 등 난해한 측면이 있다. 이에 반해 모팻 버전은 다음과 같다. "John to the seven churches in Asia: grace be to you and peace from HE WHO IS AND WAS AND IS COMING, and from the seven Spirits before his throne," 모팻 버전에서는 관계대명사 'who'만 단 한 번 등장하며, 제임스 왕 버전에 비해 훨씬 간결하며 명확한 느낌을 준다.

47. 「마태복음」 4:18~22와 「마가복음」 1:16~20에서 예수는 갈릴리호숫가를 지나다가 그물 던지는 어부들을 보고는 그들에게 다가가 말을 붙이고, 이들을 첫 제자로 삼는다. 갈릴리호수의 예수가 땅을 거니는 서민적 예수라면, 「요한계시록」에 나타난 예수는 하늘에서 빛나는 지엄한 '왕'의 이미지다.

그의 오른손에 일곱 별이 있고 그의 입에서 좌우에 날 선 검이 나오고 그 얼굴은 해가 힘 있게 비치는 것 같더라. 내가 볼 때에 그의 발 앞에 엎드러져 죽은 자같이 되매 그가 오른손을 내게 얹고 이르시되 '두려워하지 말라. 나는 처음이요 마지막이니 곧 살아 있는 자라. 내가 전에 죽었었노라. 볼지어다, 이제 세세토록 살아 있어 사망과 음부의 열쇠를 가졌노니 그러므로 네가 본 것과 지금 있는 일과 장차 될 일을 기록하라. 네가 본 것은 내 오른손의 일곱 별의 비밀과 또 일곱 금 촛대라. 일곱 별은 일곱 교회의 사자요, 일곱 촛대는 일곱 교회니라. 에베소 교회의 사자에게 편지하라.' '오른손에 있는 일곱 별을 붙잡고 일곱 금 촛대 사이를 거니시는 이가 이르시되 —'"[48]

여기, 입에서 로고스의 검the sword of the Logos[49]이 나오고 손에는 일곱 개의 별을 가진 이 존재는 하나님의 아들이고, 따라서 메시아이며, 따라서 예수이다. 이 존재는 겟세마네에서 "내 마음이 심히 고민하여 죽게 되었으니 너희는 여기

...

. .
48. 「요한계시록」 1:10-20, 2:1.
49. 하나님의 말씀을 의미한다. '로고스'는 '말씀, 진술, 이야기, 담론, 이성' 등을 뜻하는 그리스어 'λόγος'에서 온 말로, 3~6세기의 신플라톤주의자들에 의해 '말씀'과 '이성'을 함께 의미하는 형이상학적이며 신학적인 개념으로 사용되었으며, 신약 성경의 저자들은 이를 받아들여 하나님의 말씀이라는 의미로 '로고스'를 썼다. 신약에서 '로고스'는 '빛'이나 '검'의 이미지로 나타나곤 한다. "하나님의 말씀은 살아 있고 활력이 있어 좌우에 날 선 어떤 검보다도 예리하여 혼과 영과 및 관절과 골수를 찔러 쪼개기까지 하며 또 마음의 생각과 뜻을 판단하나니." (「히브리서」 4:12)

...

머물러 깨어 있으라”고 말했던 예수와는 매우 거리가 멀다.[50]
이 존재는 특히 아시아 지역의 초기 교회에서 두드러지게
신봉했던 그 예수인 것이다.

이 예수는 도대체 무엇인가? 그는 커다랗게 ‘빛나는 자
Splendid One’로, 에스겔과 다니엘의 환영 속에 나타났던 그
전능한 하나님과 거의 동일하다.[51] 태양, 달, 다섯 개의 별이라
는 고대의 행성을 나타내는 일곱 개의 영원한 촛대를 발 주변에
두고 그 사이에 서 있는 그는 거대한 ‘우주의 주인Cosmic lord’이
다. 하늘 위 그의 빛나는 머리는 성스러운 북극에 있고, 그는
오른손에 영국인들이 ‘쟁기’라 부르는 곰 자리의 일곱 개의
별을 쥐고는 그 별들을 북극성 주위로 돌리는데, 지금도 우리는
그 별들이 하늘의 보편 공전, 즉 우주의 원형적 움직임을
만들어내면서 도는 것을 관찰한다. 그는 모든 움직임의 주인으

• •

50. 「마가복음」 14:34.
51. “그 머리 위에 있는 궁창 위에 보좌의 형상이 있는데 그 모양이 남보석 같고
그 보좌의 형상 위에 한 형상이 있어 사람의 모양 같더라. 내가 보니 그 허리
위의 모양은 단 쇠 같아서 그 속과 주위가 불 같고 내가 보니 그 허리 아래의
모양도 불 같아서 사방으로 광채가 나며 그 사방 광채의 모양은 비 오는 날 구름에
있는 무지개 같으니 이는 여호와의 영광의 형상의 모양이라. 내가 보고 엎드려
말씀하시는 이의 음성을 들으니라.” (「에스겔」 1:26~8); “내가 보니 왕좌가 놓이고
옛적부터 항상 계신 이가 좌정하셨는데 그의 옷은 희기가 눈 같고 그의 머리털은
깨끗한 양의 털 같고 그의 보좌는 불꽃이요 그의 바퀴는 타오르는 불이며 불이
강처럼 흘러 그 앞에서 나오며 그를 섬기는 자는 천천이요 그 앞에서 모셔
선 자는 만만이며 심판을 베푸는데 책들이 펴 놓였더라.” (「다니엘」 7:9~10)

로 우주를 잡고 흔들어 그것이 자기 경로 속에 있게 만든다. 다시금, 그의 입에서는 말씀의 양날 검, 곧 세계를 내리치게 될 (그리고 결국 세계를 파괴할) 로고스의 강한 무기가 나온다. 이것은 예수가 인간들 사이로 가져왔던 바로 그 칼이다. 마지막으로 생명 자체의 근원인 태양이 만개하듯 그의 얼굴이 빛나 눈을 뜨지 못하게 되니 그 앞에서 우리는 죽은 듯이 엎드린다.

이것이 예수다. 초기 교회의 예수였을 뿐 아니라 오늘날 민중 종교 속의 예수다. 여기에는 어떠한 겸양도 고통도 없다. 사실 이것은 우리의 '우월성 추구'인 것이다. 그리고 이것은 인간이 신에 대해 가진 다른 개념, 아마도 더 거대하고 더 근본적인 개념일 위대한 '우주의 운행자Mover of the Cosmos'에 대한 진정한 기술記述이다! 파트모스의 요한에게 주님이란 '코스모크라토어Kosmokrator', 나아가 '코스모디나모스Kosmodynamos', 즉 위대한 '우주의 지배자'이자 '우주의 힘'이다.[52] 그러나, 아아, 아포칼립스에 따르면 인간은 죽기 전까지는 우주의 지배에 관여하지 않는다. 기독교인이 순교로 죽음에 처해지면, 그제

· ·

52. '우주의 운행자'는 현재까지도 기독교에서 자주는 아니지만 종종 쓰는 신에 대한 이미지이다. 미국 복음성가 "Symphony of Praise"를 번안해 복음성가 가수 박종호가 불렀던 〈찬양의 심포니〉를 들어보라. 이 웅장한 복음성가의 첫 부분은 이런 가사로 시작한다. "우주의 작곡자요 지휘자가 주의 오케스트라 앞에 서네. 피조물은 정교한 악기들로 하늘의 무리 환호하네. 찬란한 사계절 박자를 알리네. 주님 신호에 태양 새벽 나팔 부네. 회오리바람 힘차게 불어와 지휘봉에 맞춰 몰아치네. 대양의 파도가 해안을 두들기고 은하수 춤추며 회전하네."

야 그는 그리스도 재림 때 다시 살아나 1,000년 동안 통치하는 작은 코스모크라토어가 된다. 이것이 약자가 절정기에 도달하는 방식이다.

그러나 하나님의 아들, 즉 요한의 환영 속 그 예수는 이를 능가한다. 그는 죽음과 하데스[53]의 잠금을 푸는 열쇠를 쥐고 있다. 그는 저승의 주인이다. 그는 지옥의 개울 너머 죽음세계를 통과하는 영혼의 안내자인 헤르메스이다. 그는 망자들의 신비를 관장하는 자이고, 홀로코스트holocaust[54]의 의미를 알고 있으며, 저승의 권력을 능가하는 최종 권력을 가진다. 망자들과 죽음의 주인들, 곧 종교의 뒤편에 가려진 채 언제나 사람들 사이를 맴도는 고대 그리스인들의 이 크토니오스들the Cthonioi 역시 예수를 최상의 주인으로 인정하고 있음이 분명하다.

이 망자들의 주인은 미래의 주관자이고 현재의 신이다. 그는 있었고, 있으며, 있게 될 것에 대한 환영幻影을 제시한다.

● ●

53. 그리스 신화에서 죽은 자들이 머무는 저승, 지하세계이다.
54. 그리스어 'ὁλόκαυστος'에서 기원한 단어로 '전부(holo) 태우다(caust)'라는 의미다. 고대 그리스에서는 번제의 의미로 사용되어 망자들과 죽음의 신들인 크토니오스들을 달래기 위해 제물을 완전히 태우는 의식을 가리켰다. 로렌스가 쓰는 의미는 이것이다. 20세기에 와서 홀로코스트는 1914~25년 사이 터키의 아르메니아, 그리스, 아시리아인 살상을 지칭하면서 '대학살'의 의미로 변경됐고(1925년 경 최초 사용), 이후 제2차 세계대전 당시 나치의 유대인 대학살을 가리키는 의미로 굳어졌다.

여기 당신을 위한 예수가 있다! 현대 기독교는 이를 어떻게 이해하게 될 것인가? 우주를 잘라내 버리고 하데스를 잘라내 버리고 별의 운행자가 가진 위대함을 잘라내 버렸던 현대 개신교와 가톨릭의 작고 소소한 사적 모험과 대비를 이루는 이것, 암흑시대에서 발흥하여 인간 영혼의 거대하고 총체적 모험인 삶, 죽음, 우주에 다시금 적응했던 이것이야말로 최초 공동체들의 예수이자 초기 가톨릭교회의 예수란 말이다. 우주 적 광휘 대신 작고 소소한 사적 구원과 소소한 도덕이 있지만, 우리는 태양과 행성과 오른손에 북두칠성을 쥔 주님을 잃어버렸다. 우리가 사는 이 가난하고 초라하고 비굴한 조그만 세계에 서는 심지어 죽음과 하데스의 열쇠마저도 사라져버렸다. 우리는 얼마나 갇혀만 있는가! 이웃 사랑으로 우리가 할 수 있는 일은 그저 서로서로를 가두는 것뿐이다. 우리가 그럴 수 없는 상황에서 다른 누군가가 영광과 광휘를 입게 되는 가능성을 우리는 너무나 두려워한다. 소심하고 작은 볼셰비키주의자들인 오늘의 우리 모두는 그 누구도 태양이 만개하듯 빛나게 만들지 않기로 각오하고 있으니, 그는 분명 우리보다 뛰어날 것이기 때문이다.

이제 우리는 아포칼립스에 대해 우리 스스로가 가진 이중 감정을 다시금 깨닫는다. 갑자기 우리는 우주의 힘과 위대함을 즐겼던 고대의 어떤 이교도적 광휘와 함께 우주 속의 별 같았던 인간을 본다. 갑자기 우리는 요한의 시대보다 훨씬 이전의 그 고대 이교도 세계에 대한 향수를 다시 느끼고, 보잘것없는 삶에 소소하고 사적으로 얽혀 있는 것에서 벗어나 인간이 '두려워하는' 존재가 되기 이전의 아득히 먼 옛날의 세계로 되돌아가고픈 강렬한 동경을 느낀다. 우리는 이 빠듯하고 비좁은 자동반사적 '천지'에서 해방되어 '무지몽매한' 이교도들의 위대하게 살아 숨 쉬는 우주로 되돌아가기를 원한다![55]

우리와 이교도 간의 가장 큰 차이는 아마도 우주와 관계 맺는 방식의 차이에 있을 듯싶다. 우리에게 모든 것은 사적이다. 풍경과 하늘, 우리에게 이것들은 사적 삶의 기분 좋은 배경일 뿐 그 이상은 아니다. 과학자의 천지조차 우리에게는 인격의 확장에 지나지 않는다. 이교도에게 있어 풍경과 사적 배경은 전체적으로 무관심의 대상이었다. 반면 우주는 대단히

· ·

55. 이 책에서 로렌스는 'universe'와 'cosmos'를 구분해서 쓰고 있다. 로렌스에게 'cosmos'는 고대인들이 태양, 달, 별, 행성 전체와 교감하고 감응했던 광활한 우주이고, 'universe'는 그런 감응 관계에서 벗어난 인간, 특히 과학과 합리성이라는 철창에 갇힌 현대인이 바라보고 분석하는 죽어 있는 우주, 좁은 우주이다. 실제 영어에서 두 단어 사이에는 그러한 구분이 없으며, 로렌스가 자신의 목적에 맞게 의도적으로 구분해서 쓰는 것이다. 'universe'와 'cosmos'를 공히 한국어로 '우주'라고 번역하는데, 이럴 경우 로렌스의 구분을 나타낼 길이 없다. 그래서 'universe'를 '천지(天地)'로, 'cosmos'를 그대로 '우주'로 번역했다. '천지'는 '하늘과 땅', 곧 지상을 포함한 세상과 우주까지 가리킬 수 있는 단어라서 'universe'와 어긋나지 않는다. 로렌스가 쓰는 'world'는 '세상/세계'로, 'earth'는 '지상/현세'로 번역하면 적절하다.

현실적인 것이었다. 인간은 우주와 더불어 살았고, 자기 자신보다 우주를 훨씬 더 많이 알았던 것이다.

옛 문명들이 태양을 봤듯이 우리도 그렇게 태양을 보고 있다고 상상하지 말자. 우리가 보는 것이란 뜨거운 가스 덩어리로 쪼그라든, 조그마한 과학적 발광체일 뿐이다. 에스겔과 요한 이전의 시대에 태양은 여전히 위대한 실제였고, 인간들은 그로부터 힘과 광휘를 흡수했으며, 그에게 경의와 찬사와 감사를 되돌려 주었다. 그러나 우리에게 있어 그 결합은 망가졌고, 감응의 중심부responsive centres[56]는 죽어버렸다. 우리의 태양은 고대인들의 우주적 태양과는 지극히 다른, 훨씬 더 사소해진 사물일 뿐이다. 우리는 태양이라 불리는 것을 볼 수는 있겠지만, 헬리오스는 영원히 잃어버렸고, 하물며 칼데아인들의 위대한 구체球體는 말할 것도 없다.[57] 우리는 우주와의 감응적 결합 관계에서 벗어남으로써 그것을 상실했으니 이것이 우리의 주된 비극이다. 우주와 위대하게 함께 살면서 우주에 의해 영광을 입었던 고대에 비한다면, 옹졸하고 하찮은 우리의 자연 사랑 — 자연이라니!! — 이란 도대체 무엇이란 말인가!

• •

56. 인간과 서로 빛과 경배를 주고받는 감응적 결합을 가졌던 태양, 그리고 지상에서 그러한 감응적 결합을 만들어냈던 고대인들의 종교를 의미한다.

57. 헬리오스는 그리스 신화 속 태양의 신. 칼데아(Chaldea)는 기원전 10세기 후반부터 존재했다가 바빌로니아에 흡수된 고대 왕국으로, 천문학, 점성술, 마술 등이 발전했던 곳으로 알려져 있다. "칼데아인들의 위대한 구체"는 태양을 의미한다.

아포칼립스에 담긴 몇몇 거대한 이미지들은 낯선 깊은 곳으로 우리를 끌어들이며, 낯설고 야생적인 자유의 펄럭임으로 우리를 이끄는바, 이것은 실로 진짜 자유이고, 아무 데도 아닌 곳으로의 탈출이 아닌 어딘가로의 탈출이다. 천문학자가 온갖 거대하고 상상 불가능한 방식으로 공간을 확장시킨다고 해도 비좁고, 아무 의미도 없이 계속되는 팽창이자 끝없이 지속되는 따분함일 뿐이기 때문에 이 천지라는 비좁고 작은 철창으로부터의 탈출이란 활력 있는 우주로의 탈출이자, 위대한 야생의 생명을 가지고 자신의 행로를 가면서 힘을 받을 것인지 시들어 버릴 것인지 물으며 우리를 뒤돌아보는 경탄스러운 태양으로의 탈출이다. 태양이 내게 말을 걸 수 없다고 말하는 자가 누구인가! 태양은 거대하게 이글거리는 의식을 가지고 있고, 나는 작게 이글거리는 의식을 가지고 있다. 내가 사적 느낌과 생각이라는 쓰레기를 벗겨내고 벌거벗은 내 태양의 자아에 이를 수 있을 때, 그때야 비로소 태양과 나는 이글거리는 교류라는 소통을 시간마다 할 수 있으니, 그는 내게 삶, 곧 태양의 삶을 선사하고 나는 그에게 반짝이는 피의 세계에서 나오는 작지만 새로운 반짝임을 바친다. 위대한 태양은 분노한 용이 그렇듯 우리 안에 있는 신경과민의 사적인 자의식을 경멸한다. 일광욕에 몰두하는 모든 현대인들은 [이 점을] 깨달아야만 하니, 그들은 자신의 몸을 구릿빛으로 만드는 바로 그 태양에 의해 붕괴되고 있기 때문이다. 그러나 태양은 사자가 그렇듯 생명에서 흘러나오는 반짝이는 붉은 피를 사랑하며, 태양은 그 피에 무한한 풍요를 줄 수 있으니 오직 우리가 이를 받아들일 방법을 알 때 그러하다. 그러나 우리는 알지 못한다. 우리는 태양을 잃어버린 것이다. 태양은 그저 우리를 비추며 우리 안의 무언가를 해체함으로써 우리를 파괴할 뿐으로, 생명의 전달자 대신 파멸의 용이 되어버렸다.

우리는 달, 그 서늘하고 밝으며 늘 변화하는 달도 잃어버렸다. 빛나는 비단 손으로 우리의 신경을 어루만지고, 자신의 서늘한 존재로 신경을 다시 평온하게 달래주는 이가 그녀다. 달은 물기 많은 우리의 몸, 신경과민적 의식과 촉촉한 살로 이루어진 창백한 우리 몸의 안주인이자 어머니이기 때문이다.[58] 오, 서늘하고 위대한 아르테미스가 그녀의 팔로 하듯이 달은 우리를 달래고 치유해줄 수 있었다. 그러나 우리는 그녀를 잃어버렸고, 우리의 어리석음으로 그녀를 모른 척했으니, 그녀는 분노로 우리를 내려다보며 신경nerve의 채찍으로 우리를 매질한다.[59] 오, 밤의 장막 속 분노한 아르테미스Artemis를 조심

• •

58. 로렌스는 태양을 남자로, 달을 여자로 여기는 전통적 방식을 따르고 있다. 이 책에서도 태양은 '그(he)'로, 달은 '그녀(she)'라는 대명사로 표현된다.

59. 로렌스가 달과 인간의 관계를 이야기하면서 반복적으로 "신경"을 끌어들이는 이유는 전통적으로 달이 인간의 심리와 행동에 영향을 끼친다는 신화가 존재하기 때문이다. 태양과 달리 달은 약 29.5일의 주기로 기울고 차는데, 이 변화는 약

하라, 키벨레Cybele의 앙심을 조심하라, 뿔 달린 아스타르테 Astarte의 보복을 조심하라.[60]

밤중에 끔찍한 사랑의 자기 살해에 사로잡혀 자신들을 쏜 연인들의 경우, 그들은 아르테미스의 독 묻은 화살에 의해 미쳐버린 것이니 달은 그들에게 반대한다, 달은 그들에게 사납게 반대한다. 오, 만약 달이 당신을 반대한다면, 오, 상처받은 밤을, 특히 취한 밤을 조심하라.

지금 한 이야기가 헛소리처럼 들릴지도 모르지만 그건 단지 우리가 바보들이기 때문이다. 우리의 피와 태양 사이에는 영원한 생명의 결합 관계가 존재하고, 우리의 신경과 달 사이에도 영원한 생명의 결합 관계가 존재한다. 만약 우리가 태양과 달과 맺었던 접촉과 조화를 벗어나 버린다면, 이 둘은 우리에

· ·

28일의 생리 주기를 가진 여성과 연관 지어져 달을 여성으로 표상하거나 달을 다산성에 연결시키는 경우가 생겨났다. 차고 기우는 달의 변화와 달이 뜨는 시간이 밤이라는 점은 변동하는 인간의 신경증적 감정 변화와도 연결되어 달의 변화에 함께 광기를 발산하는 식의 이야기(늑대인간, 귀신, 연쇄살인범)도 흔하다.

60. 그리스 신화에서 아르테미스는 제우스의 딸이자 태양신 아폴로의 쌍둥이 누이로, 자연과 야생과 정절의 여신이다. 그리스 신화에서 정확히 '달의 여신'으로 등장하는 신은 셀레네이지만, 후에 셀레네와 아르테미스가 동일시되면서 아르테미스를 달의 여신으로 칭하게 된다. 키벨레는 소아시아의 고대국 프리지아의 지모신이자 자연과 다산의 여신으로, 이후 크로노스의 아내이자 제우스의 어머니인 레아와 동일시되지만 정확히 달의 여신으로 칭해지지는 않는다. 아스타르테는 지중해와 레바논산맥에 걸쳐 존재했던 고대국 페니키아의 지모신으로 성과 전쟁의 여신이다. 신화사에서 달의 여신이라고 정확히 말할 수는 없는 키벨레와 아스타르테를 로렌스가 달과 연결시키는 이유는 두 여신 모두 지모신이자 다산, 성의 여신으로 달과 연관되어 있기 때문으로 보인다.

대항하는 강력한 파괴의 용으로 변한다. 태양은 혈액 활력의 위대한 원천으로, 우리에게 원기를 흘려보내 준다. 그러나 우리가 태양에 저항하면서 '태양은 단지 가스 덩어리일 뿐이야!'라고 말하는 순간, 다름 아닌 그 햇빛의 흐르는 활력은 우리 안에서 절묘한 분해력으로 변모하여 우리를 망가뜨린다. 달, 행성, 거대한 별과 [우리가] 맺는 관계 역시 동일하다. 그들 모두는 우리의 생성자이거나 아니면 해체자이다. 출구는 없다.

우리와 우주는 하나다. 우주는 하나의 거대한 생명체이고 우리는 여전히 그 일부다. 태양은 거대한 심장으로 그 진동은 우리의 가장 작은 혈관으로까지 퍼져나간다. 달은 빛을 반사하는 거대한 신경 중추로 그것을 통해 우리는 영원히 전율한다. 토성이, 혹은 금성이 우리에게 미치는 힘을 누가 아는가? 허나 그 힘은 **시종일관** 우리를 관통해 절묘하게 퍼지는 생명력이다. 우리가 알데바란Aldebaran[61]을 부정하면, 알데바란은 무한히 단검을 휘둘러 우리를 뚫어버릴 것이다. 나와 함께 아니하는 자는 나를 반대하는 자니라![62] — 이것이 우주의 법칙이다.

• •

61. 황소자리의 머리 부분에 위치한 적색 거성으로, '황소의 눈(bull's eye)'이라고도 불린다.
62. "나와 함께 아니하는 자는 나를 반대하는 자요, 나와 함께 모으지 아니하는 자는 헤치는 자니라." (「마태복음」 12:30)

머나먼 과거에 사람들이 알고 있었듯, 그리고 그들이 앞으로 다시 알게 될 것이듯, 이 모든 것은 문자 그대로 진실이다.

파트모스의 요한의 시대에 이르면, 사람들, 특히 교육받은 사람들은 이미 우주를 거의 상실하다시피 했다. 태양, 달, 행성은 교감하는 자, 함께 섞이는 자, 생명 부여자, 빛나는 자, 두려운 자가 되는 대신 이미 일종의 죽음에 빠져버린 상태였으니 그들은 숙명과 운명의 임의적인, 거의 기계적인 작동자에 불과하게 되었다. 예수의 시대가 되면, 사람들은 천국을 숙명과 운명의 기계 장치로, 일종의 감옥으로 바꾸어버린 후였다. 기독교인들은 육신 전체를 부정함으로써 이 감옥에서 탈출했다. 그러나, 아아, 이 하찮은 탈출이라니! 무엇보다 부정을 통한 탈출이라니! — 이런 탈출은 회피 중에서도 가장 위태로운 것이다. 기독교와 이상화된 우리 문명은 하나의 장기적 회피였다. 이는 끝없는 거짓과 비참, 오늘날 사람들이 겪는 물리적 결핍이 아닌 그보다 훨씬 더 치명적인 활력의 결핍이라는 비참을 야기했다. 생명이 없느니보다 빵이 없는 게 낫다. 하나의 장기적 회피, 거기서 나온 유일한 열매는 기계다!

우리는 우주를 잃어버렸다. 태양은 더 이상 우리에게 힘을 주지 않고, 달도 마찬가지다. 신비주의의 언어로 말하자면 우리에게 달은 암흑이고, 태양은 베옷과도 같다.[63]

이제 우리는 우주를 되찾아야만 하는데, 이는 그저 속임수로 할 수 있는 일이 아니다. 우리 안에 떨어져 죽어버린 그 거대한 규모의 응답이 다시 생명을 회복해야만 한다.[64] 그 응답을 죽이는 데 2,000년이 걸렸다. 그것을 되살리는 데 얼마나 많은 시간이 걸릴지 누가 알까?

현대인들이 외롭다고 불평하는 말을 들을 때면 나는 그게 무엇 때문인지 안다. 그들은 우주를 잃어버린 것이다. — 우리에게 부족한 것은 인간적이고 사적인 것이 아니다. 우리가 결핍하고 있는 것은 우주적 생명, 곧 우리 안의 태양과 우리 안의 달이다. 해변의 돼지들처럼 벌거벗고 누워 있다고 해서 우리가 태양을 얻을 수 있는 게 아니다. 살갗을 구릿빛으로 만드는 바로 그 태양은— 우리는 나중에야 알아차리겠지만 — 내부에서 우리를 분해하는 중이다. 이화작용 과정.[65] 우리

· ·

63. "화 있을진저 고라신아, 화 있을진저 벳새다야, 너희에게 행한 모든 권능을 두로와 시돈에서 행하였더라면 그들이 벌써 베옷을 입고 재에 앉아 회개하였으리라"(「마태복음」 11:21)라는 구절에서 보이듯, 고대 이스라엘에서 베옷을 입고 재를 머리에 뿌리는 일은 애도 혹은 회개를 뜻하는 행위였다. 달이 암흑이 되고(=재), 태양이 베옷을 입었다는 말은 그들이 인간의 죽음, 활력 없음, 생명의 부재를 애도한다는 의미로 해석할 수 있다.

64. 앞에서 로렌스는 고대인들과 태양이 "감응적 결합"을 맺고 있다고 말한 바 있다. 태양은 인간에게 생명과 활력을, 인간은 태양에게 경배를 바치며 서로 소통하고 교감하는 관계였다. 하지만 인간이 그 감응적 관계에서 벗어남으로써 태양이 주었던 활력은 다시 되돌려지지 못한 채 인간 안에서 소멸되어 버린 것이다. "우리 안에 떨어져 죽어버린 그 거대한 규모의 응답"에서 "응답"이란 바로 태양이 인간에게 주었던 그 생명과 활력을 의미한다.

는 일종의 경배에 의해서만 태양을 얻을 수 있으며, 달의 경우도 마찬가지다. 태양을 경배하러, 핏속에서 약동하는 경배를 하러 앞에 나섬으로써 말이다. 속임수와 가식은 상황을 악화시킬 뿐이다.

• •

65. 생물의 조직 내에 들어온 복잡한 분자들이 분해되어 단순한 분자로 바뀌면서 에너지원으로 사용되는 일로 파괴적 신진대사라 할 수 있으며, 대표적인 예로 호흡을 들 수 있다.

6

이제 우리는 우리에게 위대한 우주의 징후를 선사하고 우리가 잠시나마 [우주와] 접촉하게 해준 데 대해 성 요한의 계시록에 고마워하기도 한다는 점을 인정해야만 한다. 진실로 접촉은 순간들일 뿐이었으나, 곧이어 희망—절망이라는 다른 정신[66]에 의해 깨지게 된다. 그러나 그 짧은 순간들에 대해서조차 우리는 고마워한다.

· ·

66. 「요한계시록」에 잘 나타나듯 기독교인에게 희망과 절망은 서로 얽힌 동전의 양면 같은 것이다. 거칠게 말하면, 절망이 크므로 희망이 생기는 것이다. 여기서 희망은 자연스러운 활력이나 원기에서 나온 게 아니라 절망의 부산물 혹은 절망의 대체물 같은 것이다. 로렌스가 고대 종교에서의 우주 경배가 계시록의 우주와 비슷하면서도 완전히 다르다고 보는 이유가 이것인데, 전자가 영원히 반복되는 인간과 우주의 감응이라면 후자는 세속의 절망을 없애기 위해 등장하는 구원으로서의 우주이다. 곧이어 등장하는 "기독교인들의 장대한 희망이란 자신들의 완전한 절망을 재는 척도다"라는 표현은 이를 요약해준다.

계시록의 앞부분에 걸쳐 진정한 우주적 경배가 섬광처럼 비친다. 비록 암흑시대의 몰락 이후 초기 가톨릭교회가 어느 정도 회복시키긴 했지만, 우주는 기독교인들에게 배척 대상을 의미하게 되었다. 이후 다시 한번 우주는 종교개혁 이후의 개신교도들에게 배척 대상이 되었다. 그들은 [우주를] 물리력과 기계적인 질서를 가진 비생명의 천지로 대체했고 나머지는 전부 관념이 되었으니, 이로써 인간의 길고 느린 죽음이 시작된다. 이 느린 죽음은 과학과 기계를 생산했지만, 둘 모두 죽은 산물일 뿐이다.

의심의 여지 없이 죽음은 필연적이었다. 예수와 다른 죽어가던 신들의 빠른 죽음과 함께 나란히 진행된 것은 사회의 길고 느린 죽음이다. 이것[사회의 죽음] 역시 죽음이며, 변화, 부활, 우주로의 회귀가 없다면 결국은 인류의 절멸 — 파트모스의 요한이 열렬히 희망했듯이 — 로 귀결될 것이다.

그러나 계시록에 등장한 이 우주의 섬광들이 파트모스의 요한에게서 기원한다고 보기란 무척 어렵다. 종말론자apoc-alyptist로서 그는 자기 방식대로의 비통과 희망을 밝히기 위해 다른 이들의 섬광을 이용하는 것이다. 기독교인들의 장대한 희망이란 자신들의 완전한 절망을 재는 척도다.

하지만 아포칼립스는 기독교인들 이전에 시작되었다. 유대교적이고 동시에 유대–기독교적인 것으로서, 아포칼립스는 기이한 형식의 문학이다. 이 새로운 형식은 예언자들의 시대가 종언을 고한 이후인 기원전 200년경 어딘가에서 발흥했다. 초기 아포칼립스는 「다니엘」로, 적어도 후반부가 이에 해당하고, 또 한 권은 에녹의 아포칼립스로, 그중 가장 오래된 부분은 기원전 2세기에 쓰였다고 알려져 있다.[67]

'선택받은 민족'인 유대인들은 자신들이 장대한 제국의 신민이라는 관념을 항상 품고 있었다. 그들의 시도[제국 건설]는 비참하게 실패했다. 이후 그들은 포기했다. 안티오코스 에피파네스Antiochus Epiphanes[68]에 의해 성전이 파괴된 이후 민족적 상상력은 위대하고 자연적인 유대제국을 상상하는 일을 멈추었다. 예언자들은 영원히 침묵했다. 유대인들은 지연된 운명postponed destiny을 가진 민족이 되었다.[69] 그리고 예견자들 seers은 아포칼립스들을 쓰기 시작했다.

· ·

67. 「다니엘」은 기원전 2세기 중반경에 기록된 것으로 알려져 있다. 「에녹서」역시 기원전 2세기경에 쓰인 노아의 증조할아버지인 에녹에게 돌리는 저작물들로, 여러 저자들이 썼으며 선과 악, 천사의 무리, 운명, 지옥(Gehenna)과 천국의 특성 등에 대한 일련의 계시로 구성되어 있다. 로렌스는 1929년 12월에 「에녹서」를 읽었다. 「다니엘」이 구약 성경에 포함된 데 반해, 「에녹서」는 외경으로 구분되어 성경에서 제외되었고 에티오피아 정교회에서만 인정된다.

68. 시리아의 왕 안티오코스 4세로, 그는 기원전 167년에 예루살렘을 공격해 성전을 훼손했다.

69. 현실에서 이루어지지 않은 유대제국의 꿈은 종말 이후로 지연되고, 오직 세상의 종말 이후에야 유대인의 왕국이 도래한다는 점에서 그들의 운명은 "지연된 운명"이다.

이 예견자들은 지연된 운명이라는 사안과 씨름해야 했다. 그것은 더 이상 예언의 문제가 아니었으며, 환영幻影의 문제였다. 하나님은 더 이상 자신의 종에게 무슨 일이 일어날지를 말하지 않았을 것이니, 무슨 일이 일어날지를 말로 하기란 거의 힘들기 때문이다. 하나님은 종에게 환영을 보여주었을 것이다.[70]

모든 강력한 새 운동은 더 오래되고 반쯤은 잊힌 형태의 의식으로 크게 되돌아가고는 한다. 마찬가지로 종말론자들은 고대의 우주적 환영으로 되돌아갔다. 성전의 2차 파괴 이후 유대인들은 '선택받은 민족'의 현세적 승리에 대해 의식적이든 무의식적이든 체념했다. 그리하여 그들은 비현세적 승리를 끈덕지게 준비했다. 종말론자들이 착수했던 것은 바로 이것, 곧 선민들의 비현세적 승리를 내다보는 일이었다.

이를 위해 그들은 전면적인 시야를 필요로 했으니, 그들은 시작뿐 아니라 끝도 알 필요가 있었던 것이다. 이전의 인간들은 결코 창조의 끝을 알려고 하지 않았었다. 창조된 것으로 충분했

• •

70. '예언'을 의미하는 'prophecy'는 '앞(pro)'과 '말하다(phanai)'가 결합된 단어다. 구약의 예언자들(prophets)은 신의 도움으로 말씀을 듣고 유대 민족의 앞날을 '말하는' 자들이었다. 로렌스에 따르면 예루살렘의 파괴로 예언의 시대가 끝난 후 나타난 "예견자들"은 말 대신 신이 보여준 '환영'을 '보는' 사람들이었다.

고, 영원토록 계속될 것이었으므로. 그러나 이제 종말론자들은 끝의 환영을 보아야만 했다.

그러더니 그들은 우주로 눈을 돌렸다. 우주에 대한 에녹의 환영은 매우 흥미로우며, 그다지 유대교적이지 않다. 그보다는 오히려 이상하리만큼 지리적이다.

요한의 아포칼립스에 이르러 그 책을 알게 되면, 몇몇 점들이 우리의 눈길을 끈다. 첫째로, 상당한 불협화음을 이루는 두 개의 의도를 가지고 책을 두 부분으로 분할하는 명확한 전략이 있다. 아기 메시아의 탄생 이전을 다루는 전반부는 세상이 계속 재생의 길을 가게 두면서 구원과 회복의 의도를 표출하는 것으로 보인다.[71] 그러나 '짐승들'이 깨어나는 후반부에서는 세상, 세속적 권력, 메시아를 향해 철저히 복종하지 않는 모든 것과 모든 이에 대한 기이하고 신비주의적인 증오가 전개된다. 아포칼립스의 후반부는 현란한 증오와 더불어 세상의 종말을 향한 순전한 욕정 — 욕정이야말로 [이를

· ·

71. "아기 메시아의 탄생"은 「요한계시록」 12:1-5에 기록되어 있다. "하늘에 큰 이적이 보이니 해를 옷 입은 한 여자가 있는데 그 발아래에는 달이 있고 그 머리에는 열두 별의 관을 썼더라. 이 여자가 아이를 배어 해산하게 되매 아파서 애를 쓰며 부르짖더라. 하늘에 또 다른 이적이 보이니 보라 한 큰 붉은 용이 있어 머리가 일곱이요 뿔이 열이라. 그 여러 머리에 일곱 왕관이 있는데 그 꼬리가 하늘의 별 삼분의 일을 끌어다가 땅에 던지더라. 용이 해산하려는 여자 앞에서 그가 해산하면 그 아이를 삼키고자 하더니 여자가 아들을 낳으니 이는 장차 철장으로 만국을 다스릴 남자라. 그 아이를 하나님 앞과 그 보좌 앞으로 올려 가더라." 로렌스가 나누는 계시록의 전반부는 1~12장, 후반부는 13~22장이다.

표현할] 유일한 단어다—이다. 이 종말론자는 그저 천상의 도시와 지옥의 유황 못[72]만을 남겨둔 채로 천지, 혹은 우리가 알고 있는 우주가 완전히 지워져 버리는 꼴을 보아야만 한다.

이 두 의도의 간극이 우리의 눈길을 끄는 첫 번째 사항이다. 더 간략하고, 응축되거나 생략된 전반부는 후반부보다 훨씬 더 난해하고 복잡하며, 그 안에 깃든 정조는 훨씬 더 극적이면서도 더 보편적이고 의미심장하다. 왜 그런지 모르면서도 우리는 전반부를 읽으며 이교도 세계의 공간과 화려함을 느낀다. 후반부에는 오늘날 비국교도와 부흥회 신도들의 모습과 상당히 닮은 저 초기 기독교인들의 개인적 광분이 담겨 있다.

또 한편, 전반부에서 우리는 먼 과거의 시간과 이교도적 풍경으로 우리를 이끄는 위대한 옛 상징들과 접촉하는 느낌을 받는다. 후반부의 이미지는 현재도 익숙한 유대교적 알레고리이며, 여기에 상당히 쉬운 시공간적 설명이 뒤따른다. 진정한 상징이 살짝 등장할 때는 현재의 구조에 뿌리박고 있는 폐허나 유적에서 느낄 법한 성질의 것이 아닌 까마득한 태곳적의 연상 작용에 가깝다.

우리 눈길을 끄는 세 번째 지점은 하나님과 '사람의 아들Son

• •
72. 「요한계시록」 20:10.

of Man'[73] 모두에 대해 유대인들의 군주 칭호뿐 아니라 위대한 이교도들의 칭호까지 지속적으로 사용한다는 것이다. 만왕의 왕이요 만주의 주King of Kings and Lord of Lords[74]는 매우 전형적 표현이고, 코스모크라토어와 코스모디나모스가 이에 속한다. 언제나 권력의 칭호만 있으며, 사랑의 칭호는 절대로 없다. 언제나 거대한 검을 번쩍이며 말고삐 높이로 피가 차오를 때까지 엄청난 무리의 사람들을 파괴하고, 또 파괴하는 전능한 정복자 그리스도만 있다. 구세주 그리스도는 절대로 없다, 절대로. 아포칼립스 속 '사람의 아들'은 새롭고 무시무시한 권력, 어떤 폼페이우스나 알렉산더나 키루스보다도 큰 권력을 지상에 실현하기 위해 온다.[75] 권력, 강력하게 내리치는 권력. '사람의 아들'을 향한 찬양이나 찬송이 그에게 바치는 것은 권력, 부, 지혜, 힘, 명예, 영광, 축복이다 — 이 모든 덕목은

• •

73. "사람의 아들"은 예수 그리스도가 스스로를 지칭하면서 반복적으로 사용하는 표현이다.

74. 「요한계시록」 17:14, 19:16.

75. 이 고대의 세 인물은 권력과 정복의 동의어이며, 모두에게 '대(the Great)'라는 칭호가 붙는다. 폼페이우스(기원전 106-48년)는 로마의 장군으로 시저, 크라수스와 함께 기원전 60년에 제1차 삼두정치를 실시하였으나, 기원전 49-48년에 일어난 내전에서 시저에게 패한다. 알렉산더(기원전 356-323년)는 기원전 336년에 마케도니아의 왕이 되었다. 역사상 가장 위대한 군사 운용의 천재로서 그는 페르시아제국을 정복했고, 이집트, 투르케스탄, 인도를 침략해 광활한 제국을 세운다. 키루스 2세는 당시 가장 강력한 제국이었던 페르시아의 황제(재위 기원전 559-530년)였고, 바빌론 정복 후 유대인들이 고국에 돌아갈 수 있게 허락했다.

지상의 대왕들과 파라오들에게 속한 것이었지, 십자가에서 죽은 예수에게 어울리는 것은 아니다.

그렇기에 우리는 곤혹스러울 수밖에 없다. 파트모스의 요한이 아포칼립스를 96년에 완성한 게 맞다면, 그는 예수 전설에 대해 이상하리만큼 알지 못했으며 이 책 이전에 이미 나와 있었던 복음서의 정신도 전혀 갖고 있지 않았던 것이다.[76] 그가 실제로 어떤 사람이든 간에 파트모스의 요한이라는 이 노인은 이상하다. 하지만 어쨌든 그는 수 세기가 지나 도래할 특정 유형의 인간들이 가지게 될 감정에 초점을 맞추긴 했다.

우리가 아포칼립스에 대해 느끼는 것은 그것이 한 권의 책이 아니라 몇 권, 아마도 다수의 책이라는 점이다. 그러나 에녹의 책처럼 여러 책들에서 나온 부분들이 하나로 묶여

· ·

76. 공관 복음서는 모두 그리스어로 쓰였으며, 「마가복음」은 66~70년경, 「마태복음」과 「누가복음」은 85~90년경, 「요한복음」은 90~110년경에 저술된 것으로 본다. 예수가 죽은 이후 제자들과 신도들은 그가 약속한 대로 곧, 자신들이 살아 있을 때 재림할 것이라고 믿었기에 예수의 삶을 저술하지 않았다. 하지만 재림이 늦어지고 예수를 눈으로 직접 본 이들이 죽기 시작하고 교회가 퍼져가기 시작하자 예수의 삶에 대한 저술이 시작되었고, 그 대표적인 저술이 네 편의 복음서이다. 복음서에 붙은 이름과는 달리 대부분의 학자들은 이 저술이 실제 제자나 예수와 함께 있던 증인에 의해 쓰인 것이라고 믿지 않는다. 다시 말해 예수의 삶과 죽음은 그가 죽은 지 30~60년이 지날 때까지 일종의 '전설'처럼 구전으로 널리 전해졌던 것이다. 따라서 로렌스는 파트모스의 요한이 전해진 예수 전설이나 복음서에 대해 전혀 모르는 사람처럼 전혀 다른 예수의 모습을 그린 것이 곤혹스럽다고 말한다.

만들어진 것은 아니다. 계시록은 고대 도시를 발굴하기 위해 깊이 더 깊이 파고들 때 나오는 문명의 층처럼 여러 층들로 이루어진 한 권의 책이다. 가장 밑바닥에 있는 것은 이교도 기층基層인데, 아마 에게문명[77]의 고대 저술들 중 하나로 일종의 이교도 신비주의에 관한 책일 것이다. 그 책을 유대교 종말론자들이 다시 썼고, 그 내용이 확장되었다가, 마지막에 유대-기독교 종말론자인 요한이 이를 다시 고쳐 썼으며, 요한 사후에 이 책을 기독교 저작으로 만들려 했던 기독교도 편집자들에 의해 삭제되고 교정되고 다듬어지고 추가되었던 것이다.

파트모스의 요한은 분명 이상한 유대인이었다. 그는 히브리 구약 성경에 박식한 열성분자였을 뿐 아니라, 온갖 종류의 이교도 지식과 더불어 그리스도 재림에 대한 정열, 그 억누를 수 없는 정열에 도움이 될 수 있는 모든 지식으로 가득한 사람이었다. 그리스도의 거대한 검으로 로마인들을 완전히 박살 내고, 온 인류를 하나님의 진노의 포도주 틀에 넣어 말고삐에 피가 차오를 때까지 짓이긴 후,[78] 어떤 페르시아 왕보다 더 위대한 백마 탄 기사의 승리, 뒤이어 순교자들의

• •

77. 헬레니즘 이전 시대(기원전 1200년 전)의 문화권으로 그리스, 크레테, 키프로스, 키클라데스 제도, 소아시아와 시리아의 해안지역을 포괄한다.
78. 「요한계시록」 14:19~20.

천 년간 통치, 그다음, 오 그다음 온 천지의 파괴, 마지막엔 최후의 심판. "오소서 주 예수여 오시옵소서!"[79]

요한은 그리스도의 재림을, 그것도 즉각적인 재림을 확고히 믿었다. 초기 기독교인들의 놀랍고도 무시무시한 희망이 만들어낸 전율은 바로 이 지점에서 발생하는바, 당연히 이교도들의 시각에서 볼 때 기독교인을 인류 전체의 적으로 만들었던 것은 이 희망의 전율이었던 것이다.[80]

그러나 그리스도는 다시 오지 않았으니, 우리는 그 부분에 대해선 그다지 흥미를 갖지 않는다. 우리를 흥미롭게 하는 것은 이 책에 담긴 기묘한 이교도적 반향, 이교도의 흔적이다. 이방의 세상을 실제로 들여다볼 때 유대인들이 어떻게 이교도의 혹은 비유대인의 눈으로 그 세상을 볼 수밖에 없었는지 우리는 깨닫는 것이다. 다윗왕 이후의 시대[81]를 살던 유대인들은 세상을 바라볼 자기만의 눈을 구비하고 있지 않았다. 그들은 자신들의 여호와를 향해 눈이 멀 때까지 내면을 응시했고, 그러다가 세상을 볼 때는 자기 이웃들의 눈으로 보았다. 예언자들이 환영을 보아야만 했을 때 그들은 아시리아Assyri

- -

79. 「요한계시록」 22:20.
80. 바로 위 문단에서 나오듯, 기독교인들의 "희망의 전율"은 자신들을 제외한 모든 인류가 압살되고 전멸하는 것에서 발생한다.
81. 다윗(기원전 970년경 사망)은 고대 유대왕조의 첫 번째 왕이었다.

ᵃ[82]나 칼데아의 환영을 보아야만 했다. 자신들의 보이지 않는 하나님을 보기 위해 그들은 다른 민족의 신들을 빌렸던 것이다.

아포칼립스에서 광범위하게 반복되는 에스겔Ezekiel의 위대한 환영[83]이, 필시 그를 시샘한 유대인 필경사들에 의해 흉하게 변하긴 했지만, 이교도적이지 않다고 할 수 있겠는가. 「에스겔」은 시간의 영과 코스모크라토어와 코스모디나모스 같은 거대한 이교도적 개념 아닌가![84] 여기에 더해지는 것은 아낙시

● ●

82. 기원전 25세기에서 기원전 609년 사이에 존재했던 중동 근처 서남아시아의 제국이다.

83. 선지자 에스겔은 바빌론 유수 시절에 22년간(기원전 593~571년) 억류되었던 사람으로, 그의 환영에 등장하는 천상의 보좌와 영광 같은 요소는 많은 아포칼립스 저서들과 「요한계시록」에 큰 영향을 주었다. 가령 다음과 같은 구절에 나타난 이미지들이 계시록의 그것과 얼마나 유사한지 보라. "그 머리 위에 있는 궁창 위에서부터 음성이 나더라. 그 생물이 설 때에 그 날개를 내렸더라. 그 머리 위에 있는 궁창 위에 보좌의 형상이 있는데 그 모양이 남보석 같고 그 보좌의 형상 위에 한 형상이 있어 사람의 모양 같더라. 내가 보니 그 허리 위의 모양은 단 쇠 같아서 그 속과 주위가 불 같고 내가 보니 그 허리 아래의 모양도 불 같아서 사방으로 광채가 나며 그 사방 광채의 모양은 비 오는 날 구름에 있는 무지개 같으니 이는 여호와의 영광의 형상의 모양이라 내가 보고 엎드려 말씀하시는 이의 음성을 들으니라." (「에스겔」 1:25~28) 「에스겔」은 크게 세 부분으로 구성되어 있으니, 이스라엘에 대한 하나님의 심판(1~24장), 열방 나라들에 대한 하나님의 심판(25~32장), 마지막으로 이스라엘의 앞날에 대한 축복(33~48장)이 그것이다.

84. 「에스겔」에서 여호와는 이스라엘뿐 아니라 열방의 나라들을 의지대로 심판하는 자로서 거대한 "우주의 지배자(Kosmokrator)"라 할 만하다. 하지만 로렌스가 말하는 "시간의 영(Time Spirit)"이 무엇을 말하는지 정확하지는 않다. 다만 추측건대, 「에스겔」의 하나님은 언제나 '영'으로 등장하고, 그는 과거-현재-미래를 자유로

만드로스의 바퀴들the wheels of Anaximander[85]로 알려진 천상의 바퀴들 사이에 그 코스모크라토어가 서 있는 장면으로, 우리는 여기서 우리가 어디에 있는지를 알게 된다. 우리는 위대한 이교도적 우주 세계 속에 있는 것이다.

그러나 에스겔의 텍스트는 절망적일 정도로 훼손되었는데, 이교도적 환영을 얼룩지게 하고 싶었던 광신적 필경사들에 의해 의도적으로 훼손되었다는 것은 의심할 여지가 없다. 이런 일은 흔히 발생한다.

그렇다 해도 에스겔에게서 아나시만드로스의 바퀴를 발견하는 건 굉장한 일이다.[86] 이 바퀴들은 질서정연하면서도 복잡

• •

이 주관하는 자로 재현된다는 점에서 '시간의 영'이라고 칭할 수 있지 않을까 싶다. 실제로 「에스겔」 37장에서 여호와의 '영'은 골짜기를 덮은 뼈들에게 생기를 불어넣어 이들을 되살려 큰 군대로 만들기도 한다. 여호와의 영이 여기서 시간을 되돌리는 것이다.

85. 아나시만드로스(기원전 610~540년경)는 그리스의 철학자이자 천문학자로, 만물의 근원이 되는 물질을 무규정적이고 무한정한 것, 즉 '아페이론(apeiron)'이라 이름 붙였다. 그는 이 아페이론으로부터 뜨거움과 차가움, 축축함과 건조함이라는 원초적 대립자들이 분리되어 나오고, 이들은 각각 불, 공기, 물, 흙이 되며 이 네 가지 물질의 분리와 결합을 통해 만물이 생겨난다고 주장했다. 아나시만드로스는 우주의 탄생과 운동에 대해서도 설명한다. 그는 우주를 완전한 원기둥이라고 보았고, 이 원기둥을 세 개의 불의 바퀴, 곧 불, 달, 별이 둘러싸고 있다고 주장했다. 가장 큰 불의 바퀴는 지구의 27배, 달의 바퀴는 18배, 별의 바퀴는 9배 정도로, 이 바퀴들은 위에서 볼 때 크기가 다른 동심원들이 서로 중첩되어 있는 것으로 보인다.

86. "내가 그 생물들을 보니 그 생물들 곁에 있는 땅 위에는 바퀴가 있는데 그 네 얼굴을 따라 하나씩 있고 그 바퀴의 모양과 그 구조는 황옥같이 보이는데 그 넷은 똑같은 모양을 가지고 있으며 그들의 모양과 구조는 바퀴 안에 바퀴가

한 하늘의 운동을 설명하려는 한 고대인의 시도이다. 이 바퀴들은 이교도들이 천지에서 발견했던 최초의 '과학적' 이원성, 즉 촉촉함과 건조함, 차가움과 뜨거움, 공기(혹은 구름)와 불에 기반하고 있다. 하늘에 회전하는 거대한 바퀴들이 있다는 것은 기묘하고도 매혹적인 일이다. 하늘은 자욱한 공기 혹은 밤 구름으로 이루어졌으며 뜨거운 우주의 불로 가득하고, 이 불은 바퀴 테에 있는 구멍들을 통과하며 소리를 내거나 불을 뿜을 뿐 아니라 이글거리는 태양 혹은 뾰족한 별들을 만들어낸다. 모든 구체들[87]은 검은 바퀴 테 속에 있는 불로 가득 찬 작은 구멍들이고, 회전하는 바퀴 안에는 이와 다르게 회전하는 바퀴가 있다.

　거의 최초의 고대 그리스 사상가 중 하나인 아낙시만드로스는 기원전 6세기에 이오니아에서 이 천공의 '바퀴' 이론을 만들어낸 것으로 알려져 있다. 어쨌든 에스겔은 이 이론을 바빌로니아에서 배웠으며, 이 아이디어 전체가 칼데아에서

있는 것 같으며 그들이 갈 때에는 사방으로 향한 대로 돌이키지 아니하고 가며 그 둘레는 높고 무서우며 그 네 둘레로 돌아가면서 눈이 가득하며 그 생물들이 갈 때에 바퀴들도 그 곁에서 가고 그 생물들이 땅에서 들릴 때에 바퀴들도 들려서 영이 어떤 쪽으로 가면 생물들도 영이 가려 하는 곳으로 가고 바퀴들도 그 곁에서 들리니 이는 생물의 영이 그 바퀴들 가운데에 있음이니라. 그들이 가면 이들도 가고 그들이 서면 이들도 서고 그들이 땅에서 들릴 때에는 이들도 그 곁에서 들리니 이는 생물의 영이 그 바퀴들 가운데에 있음이더라." (「에스겔」 1:15~21)
87. 태양, 달, 그리고 모든 행성[별]을 의미한다.

나온 것인지 아닌지를 알고 있었다. 이 이론의 배후에 수세기에 걸친 칼데아의 천문학이 있었다는 점은 확실하다.

에스겔에게서 아낙시만드로스의 바퀴들을 발견하는 일은 크나큰 위안을 준다. 성경이 마개가 꽉 막힌 '영감inspiration'의 병이 아니라, 인류의 책으로 즉시 돌변하는 것이다. 그리하여 천공의 사방에 날개를 달고 별처럼 반짝이는 네 생물이 있음을 알게 되는 일은 위안을 준다.[88] 유대인의 성소 안에 꼼짝없이 갇혀 있는 대신, 우리는 일순간 바깥으로 나가 저 거대한 칼데아의 별 공간 속에 있게 된다. 유대인들이 끔찍한 의인화를 통해 심지어 미가엘Michael과 가브리엘Gabriel이라는 이름까지

· ·

88. "내가 보니 북쪽에서부터 폭풍과 큰 구름이 오는데 그 속에서 불이 번쩍번쩍하여 빛이 그 사방에 비치며 그 불 가운데 단 쇠 같은 것이 나타나 보이고 그 속에서 네 생물의 형상이 나타나는데 그들의 모양이 이러하니 그들에게 사람의 형상이 있더라. 그들에게 각각 네 얼굴과 네 날개가 있고 그들의 다리는 곧은 다리요 그들의 발바닥은 송아지 발바닥 같고 광낸 구리같이 빛나며 그 사방 날개 밑에는 각각 사람의 손이 있더라. 그 네 생물의 얼굴과 날개가 이러하니 날개는 다 서로 연하였으며 갈 때에는 돌이키지 아니하고 일제히 앞으로 곧게 행하며 그 얼굴들의 모양은 넷의 앞은 사람의 얼굴이요 넷의 오른쪽은 사자의 얼굴이요 넷의 왼쪽은 소의 얼굴이요 넷의 뒤는 독수리의 얼굴이니 그 얼굴은 그러하며 그 날개는 들어 펴서 각기 둘씩 서로 연하였고 또 둘은 몸을 가렸으며 영이 어떤 쪽으로 가면 그 생물들도 그대로 가되 돌이키지 아니하고 일제히 앞으로 곧게 행하며 또 생물들의 모양은 타는 숯불과 횃불 모양 같은데 그 불이 그 생물 사이에서 오르락내리락하며 그 불은 광채가 있고 그 가운데에서는 번개가 나며 그 생물들은 번개 모양같이 왕래하더라. 내가 그 생물들을 보니 그 생물들 곁에 있는 땅 위에는 바퀴가 있는데 그 네 얼굴을 따라 하나씩 있고 그 바퀴의 모양과 그 구조는 황옥같이 보이는데 그 넷은 똑같은 모양을 가지고 있으며 그들의 모양과 구조는 바퀴 안에 바퀴가 있는 것 같으며" (「에스겔」 1:4~16)

써가며 이 네 거대 생물을 대천사들Archangels로 변모시킨 것은 유대인들의 상상력의 한계를 보여줄 뿐으로, 이 상상력은 인간적 자아라는 측면 외에는 그 어떤 것도 알지 못한다.[89] 그럼에도 불구하고, 하나님의 경찰들인 이 거대한 대천사들이 실은 한때 칼데아 신화 속에서 천공의 사방에 존재하며 날개를 달고 별처럼 반짝이며 공간을 가로질러 날개를 펄럭였던 존재들이었음을 아는 일은 위안을 준다.

파트모스의 요한에게서 '바퀴'는 사라지고 없다. 바퀴는

••

89. '대천사'는 '케룹(cherub)' 혹은 복수형인 '케루빔(the cherubim)'이라고 하며 구약 성경 전반에 등장한다(한글 개역개정판 성경에는 '그룹'으로 표기되어 있다). 이 케루빔의 유래는 아시리아로 알려져 있으며, 성경에서는 하나님이 아담과 하와를 에덴동산에서 쫓아낼 때 맨 처음 등장하며("이같이 하나님이 그 사람을 쫓아내시고 에덴동산 동쪽에 그룹들과 두루 도는 불칼을 두어 생명 나무의 길을 지키게 하시니라" 「창세기」 3:24), 「에스겔」에서는 네 개의 얼굴과 날개를 가지고 바퀴 곁에 있는 거대 생물로 표현된다. "그룹들에게는 각기 네 면이 있는데 첫째 면은 그룹의 얼굴이요 둘째 면은 사람의 얼굴이요 셋째는 사자의 얼굴이요 넷째는 독수리의 얼굴이더라 (…) 그룹들이 날개를 들고 내 눈앞의 땅에서 올라가는데 그들이 나갈 때에 바퀴도 그 곁에서 함께 하더라. 그들이 여호와의 전으로 들어가는 동문에 머물고 이스라엘 하나님의 영광이 그 위에 덮였더라. 그것은 내가 그발 강가에서 보던 이스라엘의 하나님 아래에 있던 생물이라. 그들이 그룹인 줄을 내가 아니라. 각기 네 얼굴과 네 날개가 있으며 날개 밑에는 사람의 손 형상이 있으니" (「에스겔」 10:14, 19~21) 에스겔이 그려낸 이 생물/대천사=케루빔은 「요한계시록」에도 등장한다. "그 첫째 생물은 사자 같고 그 둘째 생물은 송아지 같고 그 셋째 생물은 얼굴이 사람 같고 그 넷째 생물은 날아가는 독수리 같은데, 네 생물은 각각 여섯 날개를 가졌고 그 안과 주위에는 눈들이 가득하더라. 그들이 밤낮 쉬지 않고 이르기를 거룩하다 거룩하다 거룩하다 주 하나님 곧 전능하신 이여 전에도 계셨고 이제도 계시고 장차 오실 이시라 하고" (「요한계시록」 4:7~8)
유대교, 기독교, 이슬람 경전들에서 모든 천사들 중 가장 높은 대천사는 '미가엘'이고, '가브리엘'은 두 번째로 높은 지위를 가진 대천사이다.

이미 천국의 공간으로 대체된 지 오래다.[90] 반면 전능한 하나님은 이제 훨씬 더 분명하게 하늘의 불처럼 호박색을 띤 우주적 경이, 별이 총총한 천상의 위대한 창조자이자 위대한 통치자, 우주의 바퀴를 굴리는 자인 데미우르고스Demiurge[91]와 코스모크라토어로 나타난다. 하나님은 위대한 실제적 형상이자 위대한 역동적 신으로, 영적이지도 도덕적이지도 않으며 오직 우주적이고 활력적이다.

자연스러운 반응인지 부자연스러운 반응인지 몰라도, 주류 정통파 평자들은 이를 부정한다. 국교회 부주교인 찰스는 "사람의 아들"이 오른손에 쥐고 있는 일곱 개의 별이 극지방을 원형으로 돌고 있는 북두칠성이며 이 상징 자체가 바빌로니아에서 온 것임을 인정한다.[92] 그리고 나서는 "그러나 우리 저자는 이를 알 리가 없었다"고 이어 말한다.

물론 우리 시대의 탁월한 성직자 나리들은 "우리 저자"가

• •

90. 「요한계시록」에서 대천사들("네 생물")은 '바퀴'가 아니라 하나님이 앉은 천상의 "보좌 가운데와 보좌 주위에" 있다(「요한계시록」 4:6).

91. '만드는 자, 장인'이라는 뜻의 그리스어로, 플라톤이 우주를 만든 신성한 존재를 설명하면서 사용했다. 이후 그리스의 기독교 저자들은 이 단어를 가져와 '창조주 하나님(God the Creator)'이라는 표현을 만든다. 이 책에서 빈번히 등장하는 '우주의 창조자' 혹은 '코스모크라토어'와 동일한 의미를 가지고 있다.

92. 로버트 H. 찰스(1855~1931)는 북아일랜드 출신의 영국 국교회 신학자이자 성직자로, 고대 히브리어로 쓰인 종말론 자료들을 영어로 다수 번역했다. 여기서 로렌스의 비판은 찰스의 책, 『요한계시록에 대한 비판적·해석적 논평』(1920)에 대한 것이다.

무슨 생각을 가지고 있었는지 정확히 알고 있다. 파트모스의 요한은 기독교 성자이기 때문에 그는 그 어떤 이교 신앙을 생각 속에 품었을 수가 없는 것이다. 이것이 주류 정통파의 비평이 결국 다다르는 종착점이다. 반면, 사실 우리는 "우리 저자" 파트모스의 요한의 거의 노골적인 이교도성에 감탄한다. 그가 실제로 어떤 사람이었든 간에 그는 이교도 상징을 두려워하지 않았으며, 심지어는 이교도의 컬트cult[93] 전체에 대해서도 두려움이 없었던 것으로 보인다. 고대 종교들이 생명력, 효능, 힘의 컬트였다는 점을 우리는 결코 잊어서는 안 된다. 오직 히브리인들만이 도덕적이었으나, 그들은 그마저도 소수에 불과했다. 옛 이교도들에게 있어 도덕은 단지 사회 예절, 바른 행동 이상이 아니었다. 그러나 그리스도의 시대에 이르면, 모든 종교와 모든 사상이 생명력, 효능, 힘에 대한 오랜 숭배와 탐구에서 죽음, 죽음 보상, 죽음 처벌, 도덕에 대한 탐구로 완전히 방향을 바꾸는 것처럼 보인다. 모든 종교가 생명, 여기, 지금의 종교가 아닌, 지연된 운명, 죽음, "네가

---

93. 아직 체계화되지 않은 고대의 종교집단, 신화적 제의, 광신적 종교집단 등 다양한 의미를 가지고 있다. 이 책에서 로렌스가 쓰는 '컬트'는 언제나 고대-이교도의 종교적 제의 혹은 종교집단을 의미하며, 유대-기독교 전통의 반대편에 위치해 있다. '컬트'를 '제의, 제례, 고대 종교' 등 어떤 단어로 번역해도 그 의미가 충분히 담기지 않는 측면이 있고, 이미 한국어에서도 이 단어가 익숙하게 사용되기에 이 책에서는 그대로 '컬트'로 옮겼다.

선한 경우에 한해" 사후에 받을 보상의 종교로 변했던 것이다.

파트모스의 요한은 극단적인 방식으로 운명의 지연을 수용했으나, '선하게 살기'에 대해서는 거의 신경 쓰지 않았다. 그가 원했던 것은 **궁극**의 권력이었다. 그는 자신의 장대한 운명이 지연된 데 대해 이를 갈며 부끄러운 줄 모르고 권력을 숭배하는 이교도 유대인이었다.

내 생각에 그는 심지어 [상징이] 유대교적 혹은 기독교적 가치와 상반됨에도 불구하고 상징의 이교도적 가치에 대해 꽤 많이 알고 있었다. 소심한 인간이 아니었던 그는 자신의 편리에 따라 그 이교도적 가치를 활용했다. 천공의 바퀴를 돌리는 코스모디나모스의 형상, 오른손에 북두칠성을 쥔 채 우주적 불을 내뿜는 거대한 형상에 대해 파트모스의 요한이 무지했다고 주장하는 것은 국교도 부주교라 해도 불가능한 일이다. 1세기 무렵 세상은 별 숭배 제의로 가득했고, '천공의 운행자'라는 형상은 동방에 사는 어린아이에게도 익숙했음이 틀림없다. 정통과 평자들은 "우리 저자"가 이교도 별 숭배는 전혀 몰랐다고 일제히 주장한 다음, 바로 이어서 인간이 기독교의 도움으로 무의미하고 기계적인[94] 하늘의 지배, 불변하는 행성의 법칙, 고정된 천문적·점성술적 운명에서 벗어난 것에

· ·

94. 우주의 지배자는 '원기둥'처럼 생긴 우주에서 태양(불), 달, 별이라는 '바퀴'를 돌리며, 이 설정 자체가 거대한 기계장치에 대한 상징이다.

대해 얼마나 감사했었을지에 대해 공들여 설명한다. 오늘도 여전히 "아이고 하느님!"[95]이라고 습관처럼 내뱉는 우리가 조금만 멈춰 생각해본다면, 움직이면서 운명을 결정짓는 반은 우주적이고 반은 기계적인, 그러나 아직은 의인화되지 않은 하늘이라는 관념이 얼마나 강력했을지 이해되고도 남을 것이다.

나는 파트모스의 요한뿐 아니라 성 바울, 성 베드로, 성 사도 요한 역시나 별과 이교도 컬트에 대해 상당히 잘 알고 있었을 것이라고 확신한다. 이들은 어쩌면 현명하게도 그 앎을 확실히 억누르는 쪽을 택했다. 파트모스의 요한은 그렇게 하지 않았다. 따라서 2세기부터 시작해 찰스 부주교에 이르기까지 그의 기독교 평자들과 편집자들은 요한 대신 [그 앎을] 억눌러 온 것이다. 성공하지는 못했다. 신성한 권력을 숭배하는 식의 정신은 언제나 상징 속에서 생각하는 경향이 있기 때문이다. 상징을 통한 직접적 생각 회로는, 왕, 왕비, 병졸이 있는 체스 게임이 그렇듯, 권력을 가장 절실히 채워져야 할 결핍으로

· ·

95. 영어에서 "Good Heavens!"라는 관용구는 화자가 갑작스레 놀라거나 화가 났을 때 쓰는 표현이며, 현재도 흔히 쓰인다. 갑작스러운 상황에서 인간은 본능적으로 '하늘'을 찾는다는 데서 로렌스는 고대인들의 하늘 숭배를 보편적인 인류 문화로 바라보는 것이다. 한국어의 '하느님' 역시 '하늘'과 '님'이 결합한 단어이며, 비록 오늘날에는 기독교적 의미로 굳어지긴 했으나 실은 기독교 전래 이전인 17세기 편지글에서 가장 먼저 나타날 뿐 아니라 동학의 '한울님'이 그렇듯 민중들에게 힘을 가진 상징이었다는 점에서 로렌스의 설명과 상통하는 면이 있다.

보는 인간들의 특징이다. 최하층의 민중은 여전히 권력을 숭배하고, 여전히 상징을 통해 단순하게 생각하고, 여전히 아포칼립스에 집착하며 산상 수훈에 대해서는 완전히 냉담하다.[96] 교회와 국가의 최상층 역시 여전히 권력의 측면에서 종교 활동을 하는 것으로 보인다, 진정 자연스럽게도.

그러나 찰스 부주교 같은 정통파 평자들은 두 마리 토끼를 다 잡고 싶어 한다. 그들은 아포칼립스에 담긴 고대 이교도의 권력 감각을 원하면서, 나머지 절반은 권력 감각이 거기에 들어 있음을 부정하는 데 쓰는 것이다. 그들이 이교도적 요소를 인정해야만 한다면, 아마 사제복 치맛자락을 들어 올리고 냅다 도망칠 것이다. 동시에 아포칼립스는 이들을 위해 차려진 진정한 이방의 잔칫상이다. 음식을 집어삼키되 단지 성스러운 모양새로 집어삼켜야 하는 것뿐이다.

물론 기독교 평자들의 이러한 부정직성 — 이보다 덜한 말로는 표현할 수 없다— 은 공포에서 나온다. 일단 성경에 들어 있는 어떤 것도 이교도적이고, 이교도적 기원과 의미에서 왔음을 인정하기 시작해버리면 지는 것이어서 어찌할 바를

• •

96. 산상 수훈은 「마태복음」 5:1~7.27에 등장하는 예수의 산 위에서의 설교로, 복음서의 가장 중요한 부분이자 신약 성경의 핵심이라고 할 수 있다. 여덟 가지의 복, 빛과 소금, 원수에 대한 사랑, 주기도문 등 예수 가르침의 정수가 모두 이 부분에 담겨 있다. 로렌스는 앞에서부터 「요한계시록」의 예수가 복음서의 예수와 얼마나 대비되는지 말했다.

모르게 된다. 불경스럽게 말하자면, 하나님은 막혀 있던 병에서 최종적으로 빠져나와 버리는 셈이다. 성경은 너무나 찬란하게도 이교도성으로 충만해 있으며 거기에 성경의 보다 큰 흥미로움이 담겨 있다. 그러나 일단 그 점을 인정하고 나면 기독교는 자신을 덮고 있던 껍질에서 빠져나와야만 하는 것이다.

그렇다면 한 번 더 아포칼립스를 보면서 수평적으로뿐 아니라 수직적으로 그 구조를 감지하려고 해보자. 이 책을 더 많이 읽으면 읽을수록, 우리는 이 책이 메시아적 신비인 동시에 시간을 통과해가며 잘렸음을 느끼게 된다. 이 책은 한 사람의 작품이 아니며, 심지어 한 세기의 작품도 아니다. 이에 대해서 우리는 확신한다.

가장 오래된 부분은 분명 이교도 저작이었는데, 아마도 아르테미스, 키벨레, 심지어 오르페우스[97]를 따르는 이교도 신비주의 중 하나로 들어가는 '비밀' 입문 의식의 묘사였을 것이고, 그 저작은 필시 동지중해 쪽에서도 실제로 에페수스에

· ·

97. 오르페우스교(Orphics; Orphism)는 그리스 신화 속 전설적인 시인–영웅인 오르페우스를 숭배하는 신비주의 컬트로, 오르페우스와 관계 있는 페르세포네와 디오니소스 역시 섬긴다. 오르페우스교도들은 영혼이 순수하게 유지될 경우 영혼이 죽음을 넘어설 수 있다고 믿었고, 이 믿음을 예시하는 디오니소스 혹은 오르페우스를 핵심으로 하는 믿음을 만들어냈다. 이 집단은 기원전 5세기경에 출현했으나 이들의 경전은 기원전 3세기경에 등장한다.

속해 있었다는 게 자연스러워 보인다. 만약 그런 저작이 예컨대 그리스도보다 2세기 혹은 3세기 전에 존재했었다면 모든 종교의 신도들에게 알려져 있었을 것이며, 당시 특히 동방에 살던 모든 지성인은 종교의 신도였다고 해도 과언이 아니다. 사람들은 종교에 광분하면 광분했지, 종교로 인해 제정신이 되는 게 아니었다. 유대인들도 다른 이방인들과 마찬가지였다. 흩어져 있던 유대인들은 손에 잡히는 것이라면 무엇이든 읽고 토의했다.[98] 우리는 억압된 유대인들이 자신들의 여호와 외에는 어떤 것도 생각하지 않았다는 주일학교 식의 생각에서 영원히 벗어나야 한다. 실제로는 매우 달랐다. 기원전 마지막 수 세기 동안의 유대인들은 오늘날의 유대인만큼 호기심 많고 독서 폭이 넓고 세계주의적이었다. 물론 몇몇 광신주의 무리와 종파들은 존재했지만 말이다.

• •

98. 아마도 '유대인 디아스포라'가 큰 역할을 했을 것이다. 유대인 디아스포라는 기원전 722년에 아시리아가 이스라엘 왕국을 멸망시킨 후 유대인들이 메소포타미아로 이주했고, 이어서 기원전 586년에 바빌로니아가 유다 왕국을 멸망시킨 후 '바빌론 유수'에서 시작된다. 바빌론 유수 이후 아케메네스 왕조가 바빌로니아를 무찌르자 유대인들은 다시 이스라엘 땅으로 돌아와 성소를 재건했으나, 알렉산더 대왕이 아케메네스 왕조를 붕괴시키고 본격적으로 헬레니즘 시대가 열린 이후에 유대인 공동체는 이미 이집트와 알렉산드리아에 크게 존재했다. 마케도니아 왕국 멸망 이후 잠시 유대 독립국가가 들어섰으나 다시 기원전 7세기에 폼페이우스의 동방원정으로 무너졌고 이후 유대인들은 로마제국의 지배를 받는다. 이후 서기 132년 유대인들의 반란을 진압한 로마 하드리아누스 황제가 유대교를 믿는 유대인들의 예루살렘 거주를 금지하면서 많은 유대인이 현재의 이집트, 소아시아, 그리스, 이탈리아 등 로마제국 전역으로 퍼져나갔다.

그리하여 이 오래된 이교도 저작은 순전히 개인적인 체험으로서의 이교도 입문 의식을 메시아라는 유대교적 관념과 세계 전체의 유대교적 구원(혹은 파괴)으로 대체하려는 목적을 가진 한 유대교 종말론자에 의해 꽤 이른 시기에 완전히 다시 쓰였음이 틀림없다. 아마 한 차례 이상 다시 쓰였을 이 유대교 아포칼립스는 복음서 저자들을 포함해 예수 시대의 모든 종교 구도자들에게 알려져 있었다. 그리고 아마도 파트모스의 요한이 저술을 시작하기 전에도, 한 유대–기독교 종말론자가 로마의 궁극적 몰락을 예언하기 위해 예언자 다니엘의 방식으로 확장시키면서 또 한 번 이 아포칼립스를 다시 썼을 것인바, 이방 왕국들의 완전한 멸망에 대한 예언보다 유대인들이 더 사랑하는 것은 세상에 없기 때문이다. 그 이후 요한이 파트모스섬에서 감옥살이를 하던 세월 동안 자신만의 독특한 스타일로 이 아포칼립스 전체를 다시 한번 썼던 것이다. 우리는 그가 새로 만들어낸 것이 거의 없고 새로 고안해낸 관념도 거의 없다고 느끼지만, 동시에 그가 자신을 처벌했던 로마인들에 맞서는 격렬하고도 화급한 정열을 분명히 갖고 있었다는 점도 느낀다. 하지만 그는 동방의 이교도적 그리스 문화에 대해서는 증오를 표출하지 않는다. 아니, 실제로 그는 자신의 히브리 문화만큼이나 자연스럽게, 그리고 자신에게 생경하던 새로운 기독교 정신보다도 훨씬 더 자연스럽게 이교도적 그리스 문화를 받아들이는 것이다. 오래된 아포칼립스를 다시 쓰는 과정에서, 요한은 이교도주의에 대해 어떤 반대도 하지 않았음에도 불구하고 그저 메시아주의적 반反로마의 취지를 담고 있지 않다는 이유로 이교도적 구절들을 훨씬 많이 들어내 버렸을 공산이 크다. 그러고 나서 그는 책의 후반부로 나아가, 거기서 로마(혹은 바빌론)라는 짐승, 네로 혹은 귀환한 네로 Nero redivivus[99]라는 짐승, 적그리스도 혹은 황제 숭배를 하는

. .

99. 율리우스-클라우디우스 왕조의 마지막 로마 황제(54-68년)인 네로는 폭정과 잔인함으로 유명했다. 결국 네로는 그의 정치에 분노한 원로원, 귀족에 의해 실각당하고 죽었지만, 그동안 그의 기행을 그리 나쁘게 보지 않았던 민중과 노예, 극장가 사람들은 그의 죽음을 슬퍼했다. 결국 네로 시대에 대한 민중의 향수가 "귀환한 네로"라는 전설을 낳았는데, 이에 따르면 네로는 죽지 않았으며 동방의 한 동굴에서 잠자고 있다가 어느 날 대군을 이끌고 돌아온다는 것이다. 네로에 의해 탄압을 당했던 기독교도들은 또 다른 의미에서 이 '귀환한 네로'의 전설을 두려워했으니, 「요한계시록」은 13장과 17장에서 '귀환한 네로'를 '짐승'으로 언급한다. "내가 본 짐승은 표범과 비슷하고 그 발은 곰의 발 같고 그 입은 사자의 입 같은데 용이 자기의 능력과 보좌와 큰 권세를 그에게 주었더라. 그의 머리 하나가 상하여 죽게 된 것 같더니 그 죽게 되었던 상처가 나으매 온 땅이 놀랍게 여겨 짐승을 따르고 용이 짐승에게 권세를 주므로 용에게 경배하며 짐승에게 경배하여 이르되 누가 이 짐승과 같으냐 누가 능히 이와 더불어 싸우리요 하더라." (「요한계시록」 13:2-4) 네로는 마지막 순간에 자살을 하려 했으나 실행하지 못했고, 결국 자신의 비서 에파프로디토스에게 자신을 살해하라 명령해서 죽는데, 또 다른 이야기에서는 네로가 스스로 자기 머리를 찔러서 죽었다고도 한다. "머리 하나가 상하여 죽게 된 것 같더니"라는 표현은 아마 이 이야기에서 나왔을 것이다. "네가 본 짐승은 전에 있었다가 지금은 없으나 장차 무저갱으로부터 올라와 멸망으로 들어갈 자니 땅에 사는 자들로서 창세 이후로 그 이름이 생명책에 기록되지 못한 자들이 이전에 있었다가 지금은 없으나 장차 나올 짐승을 보고 놀랍게 여기리라. 지혜 있는 뜻이 여기 있으니 그 일곱 머리는 여자가 앉은 일곱 산이요 또 일곱 왕이라 다섯은 망하였고 하나는 있고 다른 하나는 아직 이르지 아니하였으나 이르면 반드시 잠시 동안 머무르리라. 전에 있었다가

로마 성직자라는 짐승을 후려갈기는 것이다. 그가 어떻게 새 예루살렘에 관한 마지막 장들을 남겼는지에 대해서 우리는 알 수 없으나, 현재 그 마지막 장들에 관련해서는 이야기가 분분한 상태다.

우리는 요한이 폭력적이었으며 매우 심오한 사람은 아니었다고 느낀다. 만약 그가 일곱 교회에 보낸 편지들을 처음 썼다면, 그 편지들은 꽤 지루하고 약소한 공헌에 속한다.[100] 그럼에도 계시록이 그 끔찍스러운 힘을 가질 수 있게 된 것은 그의 기이하고도 열정적인 강렬함 덕이다. 게다가 우리는 위대한 상징들을 전체적으로 손상시키지 않고 남긴 그를 좋아하지 않을 수가 없다.

그러나 요한이 일을 끝낸 이후, 진짜 기독교인들이 들어오기 시작했다. 우리는 여기에 진정 분노한다. 이교도적 세계관에 대한 기독교인의 공포는 인간의 의식 전체에 해를 끼쳤다. 이교도의 종교적 환영에 대한 기독교의 태도 중 한 가지 변치 않는 점이 있으니, 그것은 이교도들에게는 짐승 같은 성질 말고는 아무것도 없다는 식의 부정, 어리석은 부정의 태도였

<hr />

지금 없어진 짐승은 여덟째 왕이니 일곱 중에 속한 자라 그가 멸망으로 들어가리라."(「요한계시록」 17:8~11) 여기서 "전에 있었다가 지금 없어진 짐승은 여덟째 왕이니 일곱 중에 속한 자"가 '귀환한 네로' 전설을 가리킨다.

100. 「요한계시록」 2장과 3장이다.

다. 따라서 성경의 책들에 담긴 모든 이교도적 증거들이 삭제되거나, 무의미한 것으로 비틀리거나, 기독교 혹은 유대교적 외양을 지닌 것으로 덧칠되어야 했던 것이다.

이것이 요한 이후 아포칼립스에 벌어졌던 일이다. 이 하찮은 기독교 필경사들이 얼마나 많은 구절들을 잘라냈는지, 얼마나 많은 구절들을 붙여넣었는지, 얼마나 빈번히 "우리 저자"의 스타일을 위조해냈는지 우리는 결코 알 수 없을 테지만, 그들의 좀스러운 작업에 대해서는 분명 많은 증거들이 남아 있다. 이 모든 일은 이교도적 흔적을 덮고, 명백하게 비기독교적인 이 작품을 그런대로 괜찮은 기독교적 작품으로 만들어내기 위해 행해졌다.

우리는 그 시작에서부터 자신과 맞지 않는 것은 모조리 부정해버리는, 혹은 가능만 하다면 억눌러버리는 형태를 띠었던 이 기독교적 공포를 증오하지 않을 수가 없는 것이다. 1세기부터 현재에 이르기까지, 모든 이교도적 증거를 압살해왔던 이 체계는 기독교 세계에서는 공포 본능이라고 할 만큼 본능적이었고, 철저했으며, 참으로 범죄적이었다. 네로 황제 시대에서부터 자기 교구 안의 책들 중 이해되지 않는, 따라서 잠재적으로 이단적일 수 있는 책이라면 어떤 책이든 아직도 불태우고 있는 오늘날의 이름 없는 교구 목사에 이르기까지 기독교인들이 굳센 의지로 파괴해버렸던 더없이 소중한 이교

도 자료들의 그 방대한 양을 생각해보노라면, 이러한 정신상
태는 아직까지도 여전한 것이다! ─ 우리는 랭스 대성당Rheims
Cathedral을 둘러싼 시끄러움을 아이러니와 함께 되돌아본
다.[101] 우리가 손가락을 바쳐서라도 소유하고 싶었지만 그럴
수 없었던 책들이 기독교인들에 의해 의도적으로 불타 사라져
버린 경우가 얼마나 많은가! 그들은 자신들의 두 친척이라고
느꼈던지 플라톤과 아리스토텔레스는 남겨두었다. 그러나
나머지는─!

　이교도적 흔적으로 확정된 것들 전체에 대한 기독교의 본능
적 정책은 과거나 현재나 동일하다. 억눌러라, 파괴해라, 부정
해라. 이 부정직성은 기독교 사상을 시작에서부터 망가뜨려
왔다. 이보다 훨씬 기이한 점은 기독교가 민족에 대한 과학적
사유[102] 역시 동일하게 망가뜨렸다는 것이다. 참으로 이상하게

• •

101. 프랑스 고딕양식 건축의 가장 대표적 건물 중 하나인 랭스 대성당은 제1차
　　세계대전 동안 독일군의 폭격에 의해 심하게 훼손되었다. 프랑스인들은 자국의
　　자존심 중 하나인 이 대성당을 독일군이 의도적으로 파손시켰다고 생각하며
　　분해했다. 전쟁 후 세계대전의 참혹함을 알리는 기념물로 이 대성당의 파괴된
　　상태를 보존하자는 의견이 생겨났으나 결국 복원하기로 결정되어 1919년부터
　　복원 기획이 시작되었다. 미국 록펠러재단이 대규모 자금을 복원 공사에 지원했고,
　　당대의 최첨단 공법이 동원되어 1938년에 최종 복원이 완성되어 대중에 공개되었
　　다. 로렌스의 관점에서 폭력으로 파괴된 랭스 대성당을 되살리려는 이 '시끄러운'
　　분위기는 기독교가 자행했던 또 다른 폭력을 생각하지 못하게 만드는 '아이러니컬
　　한' 풍경이기도 하다.
102. '민족학(ethnology)'을 의미한다. 이후 등장하는 '과학(science)'은 자연과학과 인문
　　과학을 포함한 '학문'으로 이해하는 게 맞다.

도 우리는 기원전 600년경 이후의 그리스인과 로마인을 진짜 이교도라고 여기지 않는다. 예컨대 힌두인이나 페르시아인, 바빌론인, 이집트인, 심지어 크레타인처럼[103] 보지 않는다는 말이다. 우리는 그리스인과 로마인을 우리의 지적·정치적 문명의 선구자로, 유대인을 우리의 도덕·종교적 문명의 아버지로 받아들인다. 그러니까 이들은 '우리 쪽 사람들'인 것이다. 나머지 전부는 아무 의미 없으며, 거의 바보들이다. 그리스 경계 너머의 '야만인'에 속할 수 있는 모든 이들, 즉 미노아인, 에트루리아인, 이집트인, 칼데아인, 페르시아인, 힌두인은 한 유명한 독일 교수의 표현을 빌리자면 '우어둠하이트'이다. 우어둠하이트Urdummheit,[104] 즉 근원적 어리석음은 소중한 호메로스 이전의 모든 인간과 모든 인종에 해당하는 정신상태다.

• •

103. 크레타섬은 지중해 동쪽에 있는 거대한 섬으로 고대부터 그리스 문명권이어서 그리스 신화에도 자주 등장하는, 서양문명에는 익숙한 이름이다.

104. 영국의 고전학자 길버트 머리(Gilbert Murray, 1866~1957)는 고대 그리스의 언어와 문화 전문가로, 1912년 4월 컬럼비아대학에서 한 대중강연을 같은 해에 『그리스 종교의 네 단계』(*Four Stages of Greek Religion*, New York: Columbia University Press, 1912)라는 책으로 발간했다. 이 책의 1장 16페이지에는 다음과 같은 구절이 등장한다. "그리스 종교의 발전은 자연발생적으로 세 단계를 거치며, 모든 단계가 역사적으로 중요하다. 첫째는 원시 단계로 유테이아, 즉 '무지의 시대'가 있는데, 제우스가 인간의 정신을 괴롭히며 등장하기 이전의 단계로, 인류학자들과 탐험가들은 세계 모든 곳에서 이 단계와 병행하는 요소들을 발견했다. 프로이스 박사(Dr. Preuss)는 이 단계에 '우어둠하이트', 즉 '근원적 어리석음(Primal Stupidity)'이라는 매력적인 단어를 붙였다." (원문은 https://archive.org/details/fourstagesofgree00 murruoft/page/16/mode/2up에서 볼 수 있다.)

그리스인, 유대인, 로마인, 그리고 — 우리만 빼고!

초기 그리스인에 대해 학문적이고 공정한 책들을 쓰는 진정한 학자들마저도 지중해의 토착 종족들이나 이집트인이나 칼데아인에 대해 언급하는 때가 오기만 하면, 즉각 이 민족들의 유치함, 이들의 하찮은 성취, 이들의 불가피한 우어둠하이트를 강조한다. 이 위대한 문명인들은 사실 아무것도 몰랐으며, 모든 진정한 지식은 탈레스와 아낙시만드로스와 피타고라스와 함께, 그리스인과 더불어 시작했다는 것이다.[105] 칼데아인은 진정한 천문학을 알지 못했고, 이집트인은 수학도 과학도 몰랐고, 수 세기 동안 저 중요한 실재인 산술상의 영zero을 발명한 것으로 알려져 있던 불쌍한 힌두인은 심지어 이 자격마저도 박탈당한 상태다. 영을 발명했던 이들은 '우리'에 거의 가까운 아랍인이었던 것이다.

정말 이상한 일이다. 우리는 이교도적 앎의 방식에 대한 기독교인의 공포를 이해할 수는 있다. 그러나 과학적 공포는 무엇 때문인가? 왜 과학은 우어둠하이트 같은 표현 속에서

· ·

105. 탈레스(기원전 640-546)는 그리스의 철학자이자 과학자로 그리스 기하학, 천문학, 철학의 창시자였다. 그는 물/수분이 모든 창조의 근원이 되는 물질이라고 가르쳤다. 앞에 등장했던 아낙시만드로스는 탈레스의 제자였다. 피타고라스(기원전 570-495경)는 그리스의 사모스섬에서 태어난 수학자이자 철학자로 신비주의적 경향을 띠며, 자신들만의 폐쇄적인 비밀 공동체에서 윤회설과 영혼정화설을 가르쳤다.

자신의 공포를 드러내야만 하는가? 우리는 이집트, 바빌론, 아시리아, 페르시아, 고대 인도의 놀라운 유적들을 바라보며 스스로 되풀이해 말한다. 우어둠하이트! 우어둠하이트라고? 우리는 에트루리아의 고분을 바라보며 스스로에게 다시 묻는다, 우어둠하이트? 근원적 어리석음? 아니, 가장 옛날 사람들에게서, 이집트와 아시리아의 장식에서, 에트루리아의 그림과 힌두의 조각에서 우리는 찬란함과 아름다움을, '노이프레히하이트Neufrechheit'[106]로 가득한 우리의 [서구] 세계에 확실히 결핍된 환희에 차고 세심한 지성을 빈번히 보게 되지 않느냔 말이다. 근원적 어리석음과 새로운 뻔뻔함 사이에서 선택하라는 것이라면, 나는 근원적 어리석음의 편이다.

찰스 부주교는 제대로 된 학자이고 아포칼립스의 권위자이며 자신의 분야에 광범위한 관심을 가진 연구자이다. 그는 이교도적 기원이라는 문제에 대해 공정하려고 노력하지만 성공하지는 못한다. 그의 경향성, 그의 엄청난 편견은 그가 다루기에 너무 강력하다. 그러다 한번 그가 속내를 드러내고, 그로 인해 우리는 전체 과정을 이해하게 된다. 그가 전쟁 시기 — 지난 세계대전 말기 — 에 글을 쓰고 있으므로 우리는

---

106. '새로운(neu-) 뻔뻔함(Frechheit)'이라는 의미의 독일어이다. 서구 세계가 고대 이교도 동방을 지칭하는 'Urdummheit'라는 표현에 대응하기 위해 로렌스가 서구 세계에 붙이려고 만든 말로 보인다.

과열된 부분이 보인다는 점을 받아들일 필요가 있다. 그럼에도 불구하고, 그는 실수를 저지른다. 계시록을 논평하는 책 2권의 86쪽에서 그는 아포칼립스에 나타난 적그리스도에 대해 이렇게 쓴다.[107] 적그리스도는 "종말 이후에 발흥하는, 신에 맞서는 거대한 힘에 대한 놀라운 초상으로, 그는 정의를 위반하며 세력을 확대하고, 성공하든 실패하든 세계 전역의 주권을 장악하려 시도한다. 적그리스도를 뒷받침하는 이들은 수많은 지식 노동자들로, 이들은 그의 모든 가식을 옹호하고, 모든 행위를 정당화하며, 오만하고 무신론적인 주장에 머리를 숙이지 않는 모든 것을 파괴하겠다고 위협하는 경제 전쟁을 통해 그의 정치적 목표를 강제할 것이다. 어떤 통찰력을 가지고 이 주제에 접근하는 연구자에게, 그리고 현재의 세계대전 경험을 통해 이 주제에 접근하는 모든 연구자들에게 있어 이러한 예측이 가진 타당성은 명백하지만, 우리는 가장 최근으로는 1908년에 헤이스팅스가 편집한 『종교와 윤리 백과사전』의 '적그리스도' 항목에서 부세가 다음과 같이 글을 쓰고

· ·

107. 로렌스가 되풀이해서 인용하는 로버트 H. 찰스의 『요한계시록에 대한 비판적·해석적 논평』(*A Critical and Exegetical Commentary on the Revelation of St. John*, Volume. 1 and 2, Edinburgh: T. & T. Clark, 1920)을 말한다. 이 책은 총 2권으로 발간되었다. 원문은 https://archive.org/details/acriticalandexeg01charuoft/page/n9/mode/2up에서 읽을 수 있다. "과열된 부분"이 보인다는 말은 뒤에 인용될 찰스의 글에 나타나는 독일 황제와 독일제국을 적그리스도에 비견하는 부분을 의미하는 것으로, 제1차 세계대전에서 독일은 영국의 적국이었다.

있음을 알게 된다."[108]

"(적그리스도) 전설에 대한 관심은 (…) 현재로서는 기독교 공동체의 하층 계급들, 즉 종파들, 극단적 개인들과 광신도들 사이에서만 나타난다."

"어떤 위대한 예언도 단일 사건이나 일련의 사건 속에서 충분하고 최종적으로 실현되지 않는다. 실제로, 예언자 혹은 예견자가 원래 언급했던 그 대상과 관련해서는 아예 실현되지 않을 수도 있다. 그러나 만약 그 예언이 위대한 도덕적·영적 진리가 담긴 표현이라면, 그것은 여러 시대에, 다양한 방식으로, 각양각색의 완성도로 반드시 실현되게 되어 있다. 정의에 맞서는 세력, 종교에 맞서는 전제정치, 하나님에 맞서는 국가라는 문제에 대한 오늘날 유럽 열강의 태도는 요한이 13장에서 했던 예언을 지금에까지 이르던 중 가장 완벽히 실현하는 모양새다. 심지어 13장에서 주요 적그리스도의 정체가 분명히 규정되지 않았다는 바로 그 점마저도 악한 세력이 격변에 휩싸인 현재 속에서 되풀이되고 있다. 13장에서 적그리스도는 한 명의 개인으로 집약되는바, 곧 악마 같은 네로가 그다. 그럼에도, 그의 뒤에는 네로와 기질 및 목표가 동일한 로마제국

• •

108. 『종교와 윤리 백과사전』(*Encyclopaedia of Religion and Ethics*)은 제임스 헤이스팅스의 편집으로 1908~1927년 사이 총 12권으로 발간된 백과사전이다. 빌헬름 부세 (Wilhelm Bousset, 1865~1920)는 독일의 신학자이자 신약 성경 연구자이다.

이 서 있으니 그것 자체가 제4왕국 혹은 적그리스도 왕국으로, 실제로 이것이 바로 적그리스도인 것이다. 현재의 전쟁과 관련해서, 현대의 적그리스도라는 타이틀에 가장 적합한 존재가 카이저인지 그의 국민인지를 결정하기란 힘들다. 만약 카이저가 적그리스도의 현대적 화신이라면, 그의 뒤에 버티고 있는 제국 역시 적그리스도의 화신임이 분명한 것이다. 제국은 그 지도자와 더불어 정신과 목표 — 군사적 측면이든 지성적 측면이든 산업적 측면이든 간에 — 에서 한 몸이기 때문이다. 이들은 '지상을 파괴하는' 고대 로마제국과 그 황제를 어떤 면에서는 훨씬 능가하는 중이다."

그러니까 우리는 찰스 부주교에게서 독일어로 말하는 적그리스도를 보는 셈인데, 이와 동시에 찰스 부주교는 아포칼립스에 대한 책을 쓰는 데 독일 학자들이 쓴 책들의 도움을 받고 있다. 이건 마치 기독교와 민족학이 그 반대인 적그리스도나 우어둠하이트로 상쇄되지 않는다면 둘 다 존재할 수 없다는 것과 마찬가지다. 적그리스도와 우어둠하이트는 그저 나와는 다른 녀석일 뿐이다. 오늘 적그리스도는 러시아어를 말하고, 100년 전에는 프랑스어를 말했으며, 내일은 어쩌면 런던 억양이나 글라스고 사투리를 말할지도 모른다. 우어둠하이트의 경우, 그것은 옥스퍼드의 언어나 하버드의 언어, 아니면 그 둘 중 하나를 비굴하게 모방하는 언어가 아닌 어떤 언어라도

다 말한다.[109]

• •

109. 풍자적인 위트가 넘치는 이 문단에서 로렌스는 찰스 부주교가 적그리스도를
    독일제국과 동일시하는 주장을 하면서 동시에 독일 학자들의 연구 성과를 열심히
    참고하는 '모순'을 지적한다. 마치 서로를 상쇄해야만 존재할 수 있는 모순적
    존재처럼 기독교는 적그리스도를 '필요'로 하고, 과학은 우어둠하이트를 '필요'로
    하는 것이다. 마치 기독교는 적그리스도가 자기와는 다르다고 여기고, 과학은
    우어둠하이트를 자기와는 다르다고 여기는 것 같지만, 사실 각각의 짝은 서로
    비슷한 특성을 가졌다. 적그리스도의 정체는 시대의 변화에 따라 계속 바뀌고,
    우어둠하이트는 일류 대학 학자들이 거드름 피우며 하는 말을 제외한 나머지
    전부다. 기독교는 시대의 변화에 따라 계속 사탄을 만들어야 세력을 유지할
    수 있고, 과학자들은 자신을 제외한 나머지를 다 바보로 만들어야 권위를 유지할
    수 있다. 결국, 다시, 기독교와 적그리스도, 과학과 우어둠하이트는 서로 손잡고
    권력을 유지하는 짝패라는 것이 로렌스의 생각이다.

7

    유치하다. 지금 우리가 인정해야 하는 것은 (우리의) 새 시대의 시작이 진정한 이교도 혹은 그리스적인 의미로는 야만인들의 옛 시대의 죽음과 동시에 일어났다는 점이다. 우리의 현재 문명이 예컨대 기원전 1000년경에 생명의 첫 불꽃을 일으킴에 따라 유프라테스강, 나일강, 인더스강의 위대한 하천 문명과 좀 더 소규모인 에게해의 바다 문명 같은 옛 세계의 위대한 고대 문명은 이지러지고 있었다. 세 하천 문명과 그 중간에 끼어 있던 페르시아나 이란, 에게해, 크레타, 미케네 문화의 시대와 그 위대함을 부정하는 것은 어리석은 짓이다. 우리는 이 고대 문명들 중 하나가 긴 나눗셈 계산을 할 수 있었다는 식의 허위 주장을 하는 게 아니다. 이 문명들은 외바퀴 손수레조차도 발명하지 못했을 수 있다. 우리 시대의 열 살짜리 꼬마는 산수, 기하학, 심지어 어쩌면 천문학에서도 이 고대 문명을 짓밟아버릴 수 있다. 그래서 그게 뭐 어떻다는 말인가?

그게 뭐 어떻다는 말인가? 그들이 우리 현대의 정신적·기계적 성과를 결여했다고 해서 그들이, 즉 이집트인, 칼데아인, 크레타인, 페르시아인, 인더스강의 힌두인들이 우리보다 '문명화'가 덜하고 '문화'가 뒤처졌는가? 람세스의 거대 좌상이나 에트루리아의 고분을 보고, 아슈르바니팔이나 다리우스 시대에 관해 읽어보고 나서 말해보자.[110] 이집트 평민들이 만든 섬세한 이집트 장식 옆에서 현대의 공장 노동자들은 뭘 보여주는가? 아시리아 장식 옆에서 카키 군복을 입은 영국 병사들이 보여주는 것은? 미케네의 사자문 옆에서 트래펄가 광장의 사자가 보여주는 게 무엇인가? 문명인가? 문명, 그것은 발명품보다는 섬세한 삶 속에서 더 잘 드러난다. 우리는 그리스도가 오기 2,000~3,000년 전의 이집트인들에 비견할 만한 좋은 것을 뭐라도 가지고 있는가? 문화와 문명은 생명력에 대한 의식con-

‥

110. 람세스는 고대 이집트 신왕국의 제19왕조와 제20왕조에서 사용된 왕의 이름이다. '거대 좌상'은 람세스2세(기원전 1279~1213년)가 건설한 아부심벨 대신전에 있다. 아슈르바니팔은 아시리아의 마지막 왕(기원전 669~626년)이다. 다리우스 1세는 페르시아제국의 왕(기원전 521~485년)으로 페르세폴리스를 건설했고, 페르시아제국의 영토를 확장했으며 기원전 499년에 그리스를 침공해 페르시아전쟁을 일으켰다.

sciousness 상태를 보면 알 수 있다. 우리는 기원전 3000년의 이집트인보다 생명력을 더 의식하는가? 우리가 그런가? 아마 덜 의식할 것이다. 우리의 의식 범위는 넓지만, 종잇장만큼이나 얇다. 우리는 우리의 의식에 관해서는 전혀 깊이가 없다.

발흥하는 것은 지나가는 것이라고 부처는 말한다. 발흥하는 문명은 지나가는 문명이다. 그리스는 에게해가 지나감에 따라 발흥했으며, 에게해는 이집트와 바빌론을 잇는 고리였다. 그리스는 에게문명이 지나가면서 발흥했고, 로마 역시 마찬가지였으니, 로마는 에게문명의 마지막 강자였던 에트루리안문명으로 인해 제대로 발흥했다. 페르시아는 유프라테스강과 인더스강의 문화 사이에 있었고, 의심할 여지 없이 저 두 문명이 지나가면서 발흥했다.

아마 발흥하는 모든 문명은 지나가는 문명을 격렬히 부정해야만 할 것이다. 그것은 자기 자신과의 싸움이다. 그리스인은 야만인을 격렬하게 부정했다. 그러나 우리는 지중해 동부의 야만인들이 그리스인 자신만큼이나 그리스인이었다는 사실을 이제 알고 있다. 그들은 그야말로 그리스인들, 혹은 새로운 문화를 취하는 대신 옛 문화를 지켰던 토착 그리스인들이었다. 에게문명은 원시적 의미에서 언제나 그리스적이었던 게 확실하다. 그러나 고대 에게 문화는 특히 종교적인 기반에 있어서 우리가 그리스적이라고 부르는 것과 다르다. 모든 옛 문명이 확실히 종교적인 기반을 가지고 있었다는 점은 거의 확실시된다. 민족은 아주 오래된 의미에서 하나의 교회, 혹은 거대한 컬트 단위cult-unit였다. 컬트에서 문화로 가는 것은 단지 한 걸음 차이뿐이지만, 그 걸음을 떼는 데는 오랜 시간이 걸렸다. 컬트 전통은 옛 민족들의 지혜였다. 오늘 우리는 문화라는 걸 갖고 있다.[111]

한 문화가 다른 문화를 이해하기란 꽤 어렵다. 그러나 문화가 컬트의 전통을 이해하기란 극도로 어려우며, 어리석은 사람들에게는 불가능하다. 문화는 대개 정신의 활동이고, 컬트의 전통은 감각의 활동이기 때문이다. 그리스 이전의 고대 세계는 정신 활동에 수반될 수 있을 길이lengths 개념에 대해 희미한 깨달음마저도 갖고 있지 않았다. 심지어 피타고라스마저도, 그가 누구였든 간에, 그런 깨달음이 없었고, 헤라클레이

· ·

111. '컬트'와 '문화'는 한국어의 경우 그 유사성과 차이점이 외형에서 잘 드러나지 않지만, 영어에서 'cult'와 'culture'는 형태에서부터 유사성을 보인다. 둘 다 '경작하다, 보살피다'라는 뜻을 가진 라틴어 'cultus'에서 유래한 한 뿌리의 단어인 것이다. 그러나 'cult'는 원시·고대의 종교집단, 광신적 숭배 등의 의미에 고착됐고, 'culture'는 현대적인 교양과 생활방식을 뜻하는 단어가 되었다. 이 두 단어는 그저 한 걸음 차이지만, 그 차이는 고대와 현대, 광신과 절제, 비합리와 합리, 부정과 긍정 등 뛰어넘기 힘든 차이이기도 하다. 물론 고대인의 종교를 'cult'로, 현대인의 교양을 'culture'로 구분하면서 거기에 위계를 담은 것은 현대인들이고, 로렌스는 오히려 'cult'를 'culture'보다 높이 평가한다. 고대인의 'cult' 속에는 현대인의 'culture'에는 없는 생명력, 활력을 추구하고 숭배하는 의식이, 인간과 우주 전체를 하나의 감응적 관계로 바라보는 상생의 의식이 담겨 있기 때문이다.

토스도 엠페도클레스나 아낙사고라스조차도 마찬가지였다.[112] 이를 최초로 지각했던 이는 소크라테스와 아리스토텔레스였다.

다른 한편, 우리는 고대인의 감각 의식이 포괄하던 그 방대한 범위에 대해서는 희미한 개념조차도 없다. 우리는 고대인들이 위대하고 복잡하게 발전시켰던 그 감각적 인식 혹은 감각지각력, 감각 지식 등을 거의 전적으로 상실했다. 그것은 이성이 아니라 이른바 본능과 통찰에 의해 직접적으로 획득된 진정 깊이 있는 지식이었다. 이 지식의 기반은 단어가 아니라 이미지였다. 추상 관념은 일반화나 특징 분류가 아니라 상징으로 만들어졌다. 그 결합은 논리적이 아니라 감정적이었다. '그러므로'라는 단어는 존재하지 않았다. 이미지나 상징은 본능적이고 자의적인 물리적 결합 과정 ─ 「시편」의 일부가

● ●

112. 이 세 철학자는 흔히 소크라테스 이전 시대(pre-Socratic) 철학자라고 불린다. 에페수스 출신 그리스 철학자인 헤라클레이토스(기원전 535~475년경)는 모든 사물이 반대되는 것들끼리의 충돌을 통해 존재가 생기고 사라지는 끝없는 유동성의 상태에 놓여 있고, 이 지속적 변화를 이루는 기원은 불, 즉 에너지라고 가르쳤다. 엠페도클레스(기원전 493~433년경)는 피타고라스의 제자로 우주가 불, 공기, 물, 흙이라는 네 개의 '뿌리'로 이루어진 공간이고, 이 네 개의 뿌리는 사랑과 싸움이라는 상반된 힘 아래에서 결합과 분리를 반복하며 이것이 모든 사물의 창조와 해체를 만들어내는 원인이라고 보았다. 아낙사고라스(기원전 500~428년경)는 모든 물질은 온갖 성질이 합쳐진 미세한 분자들로 구성되어 있고, 정신이나 지성은 눈에 보이는 물체를 만들어내는 이 분자 덩어리를 바탕으로 작동한다고 가르쳤다.

그 사례를 보여준다— 을 통해 꼬리에 꼬리를 물고 이어지는데, 어떤 지점에 이르려는 목표를 가지지 않고 있기에 어떤 '성과물도 내지 않'으며, 오직 특정한 의식 상태를 완성시키고 특정한 감정 인지 상태를 충족시키는 것만을 유일한 추동력으로 삼는다. 아마도 이러한 고대식 '사고 과정'이 오늘날 유일하게 남아 있는 분야가 체스와 카드 같은 게임일 것이다. 체스의 말과 카드의 그림은 상징이고, 각 상징의 '가치'는 고정되어 있으며, 각 상징의 '행마'는 비논리적이고 자의적이며 권력 본능에 기반하고 있다.

우리가 이 고대 정신의 작동을 조금이라도 파악하지 못하면 그들이 살았던 세계의 '마법'을 제대로 알아볼 수가 없다. 스핑크스의 수수께끼를 예로 들어보자.[113] 처음에는 네 다리로 가다가, 그다음 두 다리로, 그다음 세 다리로 가는 것이 무엇이냐? 정답은 인간이다. 스핑크스의 이 위대한 질문은 우리에게는 조금 우스꽝스럽게 보인다. 그러나 비판적으로 사고하는 대신 이미지를 느끼던 고대인들에게는 엄청나게 복잡한 감정과 공포심이 솟아났을 것이다. 네 다리로 가는 것은 동물이다.

· ·

113. 인간의 머리에 사자의 몸을 한 신화 속 동물인 스핑크스는 헤라 여신에 의해 고대 테베로 보내져서 테베인들에게 인간이 나이 들어가는 세 과정에 관한 수수께끼를 내고 맞히지 못한 이들을 잡아먹는다. 결국 오이디푸스가 문제를 풀고, 스핑크스는 수치심을 견디지 못해 절벽에서 떨어져 자살한다.

차이와 잠재성이 다 다르고, 인간의 고립된 의식에서 비켜나 미지의 의식을 가진 동물 말이다. 그러다 정답을 통해 네 다리로 가는 것이 아이임을 알게 되면, 인간은 자신이 동물임을 깨닫는 과정에서 즉각 반은 공포이자 반은 즐거움인 또 하나의 복잡한 감정에 북받친다. 특히 유아기에 그는 원시적 관념에 따라 배를 태양에 자석처럼 향하는 진짜 인간이 아닌, 얼굴을 땅으로 향하고 배와 배꼽을 지구의 중심에 자석처럼 붙인 채 진짜 동물처럼 네 다리로 기었던 것이다. 두 번째 항목인 두 다리로 가는 존재에 이르면 인간, 원숭이, 새, 개구리의 복잡한 이미지가 떠오를 것이고, 나아가 이 넷의 관계망 속으로 들어갈 수 있을 기묘한 존재에 대한 즉각적인 상상이 작동될 터인데, 이는 아이들에게는 여전히 가능하지만 우리가 해내기에는 매우 힘들다. 마지막 항목인 세 다리로 가는 존재에 이르면 경이, 희미한 두려움이 생겨나면서 아직 알려지지 않은 어떤 짐승을 떠올리기 위해 사막과 바다 너머의 거대한 미지의 땅을 뒤지게 되는 것이다.

　이렇게 우리는 그런 수수께끼 하나로 생겨나는 감정적 반응이 얼마나 거대한지를 알게 된다. 헥토르나 메넬라오스 같은 왕과 영웅마저도[114] 오늘날의 아이가 하는 것과 동일하게,

114. 트로이의 영웅 헥토르는 프리암 왕과 헤카베 왕비의 장자로 전장에서 아킬레우스
　　의 애인 파트로클로스를 아킬레우스로 잘못 알고 죽임으로써 아킬레우스와의

하지만 그보다 천 배나 강력하고 폭넓게, 반응했을 것이다. 그렇다고 해서 옛사람들이 바보였던 게 아니다. 자신에게서 감정적·상상적 반응을 제거해버린 채로 아무것도 느끼지 못하는 오늘날의 사람들이야말로 훨씬 더 바보다. 그로써 우리가 지불해야 하는 대가는 권태와 무기력이다. 우리의 헐벗은 사고 과정은 더 이상 우리에게 생명을 전해주지 않는다. 인간에 관한 스핑크스 수수께끼는 오이디푸스 이전만큼이나 오늘에도 무시무시한 것이며, 어쩌면 더욱 그러하다. 오늘날 그 수수께끼는 이전에는 결코 존재한 적이 없던 인간, 곧 죽은 채로 살아 있는 인간에 관한 것이 되었기 때문이다.

• •

결투에서 죽는다. 메넬라오스는 스파르타의 왕이자 아가멤논의 동생이다. 아내 헬렌이 트로이 왕자 파리스에게 '납치'되자 그는 그리스 국가들을 결합해 트로이전 쟁을 시작한다.

8

인간은 이미지로 생각했고 지금도 여전히 그렇다. 그러나 오늘날 우리의 이미지들에는 감정적 가치가 거의 없다. 우리는 언제나 '결론'을, 끝을 원하고, 정신의 과정 속에서 결정에, 끝맺음에, 마침표에 도달하기를 원한다. 그래야만 만족감을 얻는 것이다. 우리의 정신적 의식 전체가 마치 우리가 쓰는 문장처럼 앞으로 나아가는 것, 단계적으로 움직이는 것이며, 모든 마침표는 우리가 '전진'했음을, 어딘가에 도착했음을 표시하는 이정표이다. 정신적 의식은 어딘가 갈 곳이 있으며 의식이 도달할 목표가 있다는 환상 속에서 일하기에 우리는 계속, 계속 나아간다. 물론 목표 같은 것은 존재하지 않는다. 의식이란 그것 자체가 하나의 목표인 것이다. 우리는 어딘가에 도달하려고 자신을 고통스럽게 만들지만, 우리가 막상 거기에 도달했을 때 그곳은 아무 데도 아니다. 도달할 곳이란 애초에 없기 때문이다.

의식이 위치하는 곳을 여전히 심장이나 간이라고 생각했던 무렵의 인간은 이런 식의 계속적인 사고 과정에 대해서는 전혀 알지 못했다. 그들에게 생각이란 느낌의 인지가 완료된 상태, 누적되는 것, 충만함의 감각에 이를 때까지 [순간의] 느낌이 의식에 박힌 느낌으로 깊어지는 것이었다. 생각이 완료되었다는 말은 감정을 인지할 때의 그 소용돌이 같은 깊이를 헤아렸다는 것이었으며, 이후 이 감정의 소용돌이가 가진 깊이 속에서 결의라는 것이 형성되었다. 그러나 이 여행에 무슨 단계가 있는 것은 아니었다. 더 멀리까지 끌어당겨야 하는 논리 사슬 같은 것은 없었다.

이런 방식은 우리로 하여금 과거의 예언과 신탁 방법을 제대로 인식하는 데 도움을 준다. 옛 신탁은 어떤 상황의 전체 연결고리가 분명하게 맞아떨어지는 말을 하는 것으로 여겨지지 않았다. 신탁은 진정 역동적인 가치를 가진 일련의 이미지나 상징을 전달하는 것이었고, 질의자는 자신이 받은 이미지나 상징을 더욱더 다각도로 열심히 숙고하여 궁극적으로는 격렬한 감정적 몰두 상태에 이르러 결의를 형성하거나, 다르게 말하자면, 결정을 내렸다. 사실 우리도 위기에 닥치면 이와 거의 동일하게 행동한다. 매우 중요한 무언가를 결정해야 할 때가 되면 우리는 한발 물러나 깊은 감정들이 작동해 그들이 서로 뒤섞여 돌고 돌고 돌 때까지, 그래서 [소용돌이처럼] 중심부가 형성되어 우리가 '뭘 해야 할지 알' 때까지 숙고하고 또 숙고한다. 이러한 집중적 '사고' 방법을 따를 용기를 가진 정치가가 오늘날 존재하지 않는다는 사실이야말로 작금의 정치적 지성이 절대적으로 빈약해진 이유인 것이다.

9

자 그러면, 아포칼립스가 여러 움직임들 속에서도 여전히 고대 이교도 문명이 낳은 저작 중 하나라는 것, 그리고 아포칼립스 속에는 현대의 전진적 사유 과정이 아닌 고대 이교도의 회전적 이미지 사유 과정이 담겨 있다는 것을 마음에 새기고 아포칼립스로 돌아가 보자. 모든 이미지는 행위와 의미가 연결된 자신만의 작은 순환 주기를 충족시키고 나면 다른 이미지로 대체된다. 이는 어린아이의 탄생[115] 이전인 책의 전반부에서 특히 잘 드러난다. 모든 이미지는 그림–문자이고, 이미지들 간의 결합은 모든 독자에 의해 다소간 다르게 읽힐 것이다. 아니, 모든 이미지는 모든 독자에 의해, 그의 감정반응

• •

115. 예수 그리스도이다. "여자가 아들을 낳으니 이는 장차 철장으로 만국을 다스릴 남자라 그 아이를 하나님 앞과 그 보좌 앞으로 올려가더라" (「요한계시록」 12:5)

에 따라, 다르게 이해될 것이다. 그렇다 하더라도 [이미지의 결합 속에는] 어느 정도 엄밀한 계획이나 구성이 존재한다.

우리는 옛 인간의 의식 과정에서 매 순간 반드시 뭔가가 가시화한다는 점을 기억해야 한다. 모든 것은 구체적이며 추상은 없다. 그리고 모든 것은 뭔가를 행한다.

고대인의 의식 속에서는 질료, 물질, 실체적인 것들이 하나님[116]이다. 거대한 암석은 신이다. 물웅덩이는 하나님이다. 왜 아니란 말인가? 더 오래 살면 살수록 우리는 가장 오래된 심상으로 더 많이 회귀한다. 거대한 암석은 하나님이다. 나는 그것을 만질 수 있다. 이는 부정할 수 없다. 그것은 하나님이다.

움직이는 사물은 두 배나 더 하나님이다. 즉, 우리는 그들의 신성神性을 두 배로 인식하는 것이다. 존재하고, 움직이는 것은 이중으로 신적이다. 모든 것은 '사물'이고, 모든 '사물'은 행위하고 효력을 발한다. 우주란 존재하고 움직이고 효력을 발하는 사물들의 거대하고 복잡한 행위 그 자체다. 그리고 이 모든 것이 하나님이다.[117]

· ·

116. 영어에서 'god'은 모든 종류의 '신'을 뜻하고 대문자 'God'은 '기독교의 신'으로 한정된다. 이를 구분하기 위해 이 책 전체에서 'god'은 '신'으로, 'God'은 '하나님'으로 번역한다. 로렌스가 고대 이교도들의 일종의 범신론을 설명하면서 이 각각의 신을 'God'(하나님)이라고 칭하는 것은 주목할 만하다. 그는 이교도의 신과 기독교의 하나님 사이의 구분을 흩트리고 있는 것이다.

117. 로렌스의 「신의 몸」("The Body of God")은 이러한 로렌스의 사상을 잘 보여준다. 로렌스에게 있어 '신'은 눈에 보이는 모든 사물이며, 그렇게 사물이 되려는 충동

옛 그리스인들이 신 혹은 '테오스Θεός'[118]라는 말로 무엇을 의미했는지를 오늘날의 우리가 깨닫는 것은 거의 불가능하다. 모든 것이 '테오스'였으나, 동시에 신이 되는 것은 아니었다. 지금 이 순간, 당신에게 갑자기 다가온 것이 신이었다. 만약 그것이 물웅덩이였다면 바로 그 물웅덩이가 당신에게 갑자기 다가왔을 것이고, 그것이 신이었다. 혹은 푸르스름한 빛이 갑자기 당신의 의식을 차지했다면, 그것이 신이었다. 혹은 저녁에 솟아오르는 희미한 수증기가 상상을 자극했다면 그것이 '테오

•   •

(urge)이다. 전통적인 플라톤–소크라테스식 형이상학, 혹은 기독교의 보이지 않는 신, 정신으로서의 신은 로렌스에게는 완전한 신이 아닌 이류의 신(demi-urge), 혹은 절반의 충동(demi-urge)에 불과하다.

신의 몸

신은 아직 몸을 발견하지 못한 강력한 충동
위대한 창조적 충동으로 현현하려는 충동,

그러다 결국은 정향나무로 현현한다. 보라! 저것이 신이다!
그러다 결국은 헬렌이, 니논이 된다. 사랑스럽고 너그러운 여인이라면 누구나 드러낸다, 그녀의 최고의 모습, 그녀의 가장 아름다운 모습 속에 신이 있음을, 냉철하고 두려움 없는 남자라면 누구나 신이다, 진짜 신이다.

신은 없다
양귀비와 날치 외에는,
노래하는 남자와 태양 아래서 머리를 빗는 여자 외에는.
사랑스러운 것들은 출현하는 신이다, 예수가 출현했듯이.
나머지는, 찾아낼 수 없는 것들은 반신(半神; demi-urge)이다.

118. 고대 그리스어로 '신'을 의미한다. 복수형은 'Θεοί(테오이)'이다.

스'였다. 혹은 물을 보자 갑자기 갈증에 사로잡힐 수 있었을 텐데, 그렇다면 갈증 자체가 신이었다. 혹은 당신이 물을 마셨다면, 말할 수 없이 기분 좋게 갈증이 해소된 것이 신이었다. 혹은 당신이 물을 만졌을 때 갑작스러운 냉기를 느꼈다면, '차가움'이라는 또 하나의 신이 생겨난 것이었다. 이 차가움은 성질이 아니라 실존하는 독립체이자 거의 피조물에 가까운 것으로, 차가움은 확실히 하나의 '테오스'였다. 혹은 메마른 입술에 뭔가가 갑자기 내려앉았다면, 이것은 '촉촉함'으로 다시 하나의 신이 되었다. 최초의 과학자들이나 철학자들에게도 '차가움', '촉촉함', '뜨거움', '메마름'은 그 자체로 사물이었던 것, 곧 실재, 신들, '테오이'였다. 그리고 이들은 행위를 했다.

소크라테스와 '영靈, the spirit'이 등장함에 따라 그 우주가 죽었다.[119] 2,000년 동안 인간은 내세에 올 천국을 바라면서,

<hr />

119. 소크라테스에 이르러 철학은 '진리'에의 추구를 핵심으로 삼게 되는데, 이 진리란 보이지 않는 것이었다. "영"은 기독교를 상징하는 말로, 기독교의 신은 언제나 영의 형태(성령)로 등장하며 보이지 않고 볼 수 없는 존재다. 소크라테스의 진리와 기독교의 영은 모두 로렌스에게는 관념적이고 추상적인 것이다. 이에 반해 고대 그리스의 수많은 구체적인 신들— 그 총합이 '우주(the cosmos)'이다— 은 "행위를 했다(did things)." 즉 사람의 몸, 감정, 의식에 자극을 주고, 실체로서 영향을 끼쳤다는 점에서 소크라테스와 영의 반대편에 있다. 『레이디 채털리의 연인』에서 로렌스는 '영이 등장하여 우주가 죽었다'는 동일한 이야기를 '그리스 철학과 기독교가 육체를 죽였다'는 표현으로 이미 짚어낸 바 있다. "그리스인들과 더불어 육체는 사랑스럽게 빛났지만, 후에 플라톤과 아리스토텔레스가 육체를 죽였고,

죽은 혹은 죽어가는 우주 속에서 살고 있다, 모든 종교들은 죽은 몸과 지연된 보상을 믿는 종교였으니, 학자들이 애호하는 단어를 쓰자면 종말론적[120]이었던 것이다.

우리가 이교도의 정신을 이해하기란 매우 어려운 일이다. 고대 이집트인의 이야기를 번역본으로 읽을 때 우리는 그 이야기들을 거의 전적으로 이해하지 못한다. 그건 어쩌면 번역가의 오류일 수도 있으리라. 상형문자로 된 문서를 제대로 읽는 척을 누가 할 수 있단 말인가? 그러나 부시먼족[121]의 민담을 번역본으로 읽을 때도 우리는 거의 비슷하게 당황스러운 상황에 처한다. 글자를 이해할 수는 있다 해도, 글자들 사이의 결합까지 따라가기란 불가능한 것이다. 심지어 헤시오도스[122]나 플라톤의 번역본을 읽을 때도 우리는 의미가 작품에 자의적으로 붙여졌으며 따라서 그 의미가 작품의 실제 의미가 아니라는 걸 느낀다. 틀린 것은 움직임, 곧 단어들 사이의 내적 결합 관계이다.[123] 우리가 너무 자신하는 것일 수도 있겠

· ·

예수는 육체를 완전히 끝장내버렸어요." (D. H. Lawrence, *Lady Chatterley's Lover*, New York: Modern Library, 1993, p. 353)

120. 'Eschatology'는 '최후'를 뜻하는 그리스어 'ἔσχατον'에서 나온 말로, 세계의 종말을 다루는 연구, 담론, 학문(-logy)을 가리키며 특히 기독교와 이슬람 신학의 종말론 맥락에서 사용된다.

121. 남아프리카 칼라하리사막 부근에 사는 키 작은 종족이다.

122. 그리스의 서사시인으로, 생몰연대가 명확하지 않으나 기원전 750~650년 사이에 활동했던 것으로 알려져 있다. 대표작으로 『노동과 날』, 『신통기』가 있다.

지만 조웨트 교수의 사고방식과 플라톤의 사고방식 사이의 간극은 거의 건널 수 없을 만큼 멀고, 조웨트 교수의 플라톤은 따지고 보면 살아 있는 플라톤의 숨결이 느껴지지 않는, 그저 조웨트 교수만의 플라톤일 뿐이다.[124] 위대한 이교도적 배경에서 도려내어진 플라톤이란 토가 혹은 클래미스[125]만 걸쳤을 뿐이지 그저 또 하나의 빅토리아풍 조각상과 다를 바 없다.

아포칼립스를 알기 위해서는 이미지에서 시작해서, 이미지를 요리조리 움직이고, 이미지가 자신만의 어떤 흐름이나 순환을 이루도록 놔두고, 또 하나의 이미지를 취하는 이교도 사상가 혹은 시인 ─ 이교도 사상가들은 필연적으로 시인이었다 ─ 의 정신적 작동 방식을 이해해야 한다. 신화가 증명하듯이 옛 그리스인들은 매우 훌륭한 이미지-사상가들이었다. 그들이 활용하던 이미지는 굉장히 자연스럽고 조화로운 것이었다. 그들은 이성의 논리보다는 행위의 논리를 따랐으며 도덕의 도끼날을 세울 일도 없었다. 그렇다 해도 그리스인들이 여전히 동방인들the orientals보다는 우리와 더 닮아 있는 것이,

──

123. 단어 하나하나의 의미가 아닌, 단어들 사이의 결합 관계로서의 움직임을 제대로 파악하지 못하기에 진짜 의미를 이해하지 못한다는 것이다.
124. 벤자민 조웨트(Benjamin Jowett, 1817~1893)는 옥스퍼드대학 발리올 칼리지 학장이자 그리스어 문학 교수로, 플라톤 『대화』의 영어 번역으로 유명하다.
125. 토가는 고대 로마인이 입던 헐렁한 겉옷이고, 클래미스는 고대 그리스인이 걸치던 망토이다.

동방인들은 이미지로 사고를 하는 데 있어 행동 순서는 말할 것도 없고 그 어떤 계획도 대체로 따르지 않기 때문이다. 필수적 결합 관계없이 단지 기묘한 이미지–연상 관계만으로 이미지에서 이미지로 스쳐 가는 이런 모습은 「시편」 일부에서 찾아볼 수 있다. 동방인들은 이런 방식을 사랑했다.

　이교도적 사고방식을 이해하기 위해서는 처음부터 끝까지 계속, 계속, 계속 앞으로 나아가려는 우리 자신의 태도를 버려야 하고, 정신이 순환 속에서 움직이도록 혹은 이미지들 뭉치를 가로지르며 스쳐 가도록 놔두어야 한다. 영원한 직선을 이어가는 연속성으로 시간을 보는 우리의 시간관념은 우리의 의식을 심각한 불구로 만들었다. 순환하는 움직임으로 시간을 보는 이교도적 시간관념은 움직임을 위아래로 훨씬 더 자유롭게 허용하며, 그 어느 때든 정신상태를 완벽하게 변화시키는 일을 가능하게 한다. 하나의 순환이 종결되면 우리는 또 하나의 차원으로 떨어지거나 오름으로써 즉시 새로운 세계 속에 존재하게 된다. 그러나 연속적 시간성의 체계 속에서 우리는 지친 몸을 이끌고 또 하나의 산마루를 넘어 터벅터벅 발을 옮겨야만 한다.

　아포칼립스의 옛 방식[126]에 따르면 [종말의] 이미지를 내세

● ●
126. 유대인에게 수정되기 전의 이교도 아포칼립스를 의미한다.

우고, 세계를 만들어내고, 그 후 시간과 운동과 사건의 순환, 즉 '에포스ἔπος'[127] 속에서 이 세계를 갑자기 벗어나고, 마지막에 기존의 세계와 꽤 다른 것을 넘어 새로운 차원에 있는 세계로 다시 회귀하게 된다. 이 [새로운] '세계'는 12에 자리를 잡고 있으니, 숫자 12는 확립된 우주의 기본 수이다. 그리고 순환은 7단위로 한 번씩 움직인다.[128]

이 옛 도면[129]은 여전히 남아 있으나 아주 많이 훼손되었다. 유대인들은 윤리적 의미 혹은 민족적 의미를 강제로 집어넣음으로써 언제나 도면의 아름다움을 망가뜨렸다. 유대인들은 도안에 맞서는 도덕적 본능을 갖고 있다. 도안, 멋진 도면은 이교도적이고 부도덕한 것이다.[130] 그렇기 때문에, 에스겔과

..

127. 로렌스는 여기서 단어를 착각해서 사용하고 있다. '에포스'는 '서사시, 노래, 단어'라는 뜻을 가졌기에 순환(cycle)을 가리키는 적절한 단어가 아니다. 여기에 맞는 단어는 '시대, 주기, 순환'을 뜻하는 그리스어 '에포케(ἐποχή)'일 것이다.

128. 로렌스는 프레데릭 카터의 이교도적 점성술 이론을 인용하며 태양, 달, 별(행성)의 운행과 숫자 사이의 관련성을 말하고 있다. 숫자 12는 '우주'를, 숫자 7은 '행성'의 숫자(태양, 달, 수성, 금성, 화성, 목성, 토성)를 뜻하는데, 이 부분의 정확한 의미는 모호하다. 숫자 12를 다루는 이 책의 21장에서 로렌스는 이렇게 말한다. "숫자 12는 확정되고 변치 않는 우주의 숫자로, 다른 모든 움직임과 떨어져서도 언제나 움직이는 (고대 그리스적 의미에서) 물리적 우주인 방랑하는 행성들의 숫자 7과는 대비를 이룬다."

129. 이 부분부터 9장 끝까지 이교도 아포칼립스가 유대교 아포칼립스에 의해 수정되어 나타난 결과가 자세히 묘사된다. 로렌스는 여기서 '도면(plan)', '도안(design)', '미장센(mise en scène, 장면 배치)' 등 주로 건축용어를 쓰고 있다. 오리지널한 이교도적 아포칼립스 '설계도'가 어떻게 훼손되었는지를 보여주기 위해서다.

130. 유대인(과 기독교)에서는 '외면'의 아름다움이 아닌 '내면'의 진실, 순결, 아름다움

다니엘의 체험 이후,[131] 우리가 환영의 '미장센mise en scène'[132]이 뒤죽박죽된 모습, 유대교 사원의 물품들이 빽빽이 들어찬 장면, 더 이상 자신들이 누구인지 모르는 채로 그저 가능한 한 유대인처럼 행동하려고 애쓰는 스물네 명의 원로 혹은 장로를 발견한다고 해서 놀라울 게 없는 것이다.[133] 유리 같은 바다는 천공의 반짝이는 하천이라는 바빌로니아식 우주에서 유래한 것으로 지상의 바다에 넘실거리는 격렬하고 죽은 물과 대비를 이루는데, 물론 저 유리 같은 바닷물 역시 성전의 놋대반이라는 접시에 담겨야만 한다.[134] 모든 유대적인 것은 내부에 들어 있다. 천국의 별과 창천의 물마저도 답답한 성막이

• •

이 핵심이다.

131. 「에스겔」과 「다니엘」은 구약에서의 마지막 환영 체험을 다룬 책이고, 그 이후 신약의 마지막에 가서야 환영 체험인 「요한계시록」이 등장한다.

132. '장면 배치'를 의미하는 프랑스어로, 여기에서는 아포칼립스에 원래 담긴 도면, 도안이 환영 속에서 구체화된 시각적 장면을 가리키고 있다.

133. 유대교의 성전 내부는 대체로 다른 종교의 넓은 성전과 달리 원로들이 앉는 의자들로 가득 차 있는 모습을 하고 있다. 또한 파트모스의 요한이 환영 속에서 본 하늘의 성전에도 역시 24명의 원로들이 앉는 의자들이 가득 차 있다. "또 보좌에 둘려 이십사 보좌들이 있고 그 보좌들 위에 이십사 장로들이 흰옷을 입고 머리에 금관을 쓰고 앉았더라."(「요한계시록」 4:4) 의자 앞에는 일곱 개의 '등불'이 있고(「요한계시록」 4:5), "보좌에 앉으신 이"는 '두루마리'를 들고 있다 (「요한계시록」 5:1). 의자, 등불, 두루마리 등은 모두 유대교 성전의 핵심 물품들로, 파트모스의 요한은 천국의 성전을 유대교 성전처럼 그려낸 것이다.

134. "보좌 앞에 수정과 같은 유리 바다가 있고"(「요한계시록」 4:6) 계시록에는 접시가 있다고 쓰여 있지는 않지만, 로렌스는 이 "유리 바다"가 유대교 성전에서 사제가 손발을 씻는 데 쓰는 놋대야(laver)에 담긴 물이라고 본다.

나 성전의 커튼 안쪽에 모셔져야만 하는 것이다.

그러나 실제로 파트모스의 요한이 보좌와 별과 같은 네 생물과 스물네 명의 원로 혹은 증인이 등장하는 시작 부분의 환영을 우리가 보는 바와 같이 뒤죽박죽된 채로 남겨두었는지, 아니면 이후의 편집자들이 진정한 기독교적 정신으로 무장하고 의도적으로 도안을 망쳤는지 우리는 모른다. 파트모스의 요한은 유대인이었고, 따라서 자신의 환영이 상상 가능한지 아닌지에 대해 별 신경을 쓰지 않았다. 설령 그렇더라도 우리는 기독교 필경사들이 '안전을 담보하기' 위해서 패턴을 훼손시켰다는 느낌을 받는다. 기독교인들은 지금까지도 언제나 '안전을 담보해오고 있다.'

동방 교부들이 이 책을 매우 격렬하게 반대하는 통에 이 책은 성경에 정전으로 채택되는 과정에서 어려움을 겪었다.[135]

· ·

135. 기독교 초기에 서아시아, 이집트, 북동아프리카, 동유럽, 소아시아에 기반을 두고 발전했던 기독교 전통을 동방 기독교라고 하며, 서유럽과 로마에 기반을 둔 기독교 전통을 서방 기독교라고 한다. 초기 기독교의 역사에서 서방 기독교의 4대 교부는 밀라노의 성 암브로시우스, 스트리돈의 성 히에로니무스, 히포의 성 아우구스티누스, 성 그레고리우스 교황, 동방 기독교의 4대 교부는 알렉산드리아의 성 아타나시우스, 나지안조스의 성 그레고리우스, 카이사리아의 성 바실레이오스, 성 요하네스 크리소스토모로 삼는다.

주지하다시피 구전을 비롯해 다양한 문서들로 이루어져 있던 기독교 기록들은 이후 초기 기독교 교회의 전통이 수립된 이후에 '정전(canon)'과 '외경(apocrypha)'으로 구분되기 시작한다. 「요한계시록」을 포함한 신약 성경 27권은 4세기경에 비로소 정전으로 확립되었다.

그래서 '안전을 담보하기 위해' 크롬웰식으로 이교도 형상들의 코와 손을 잘라버렸는지는 알 길이 없다.[136] 우리가 할 수 있는 일은 이 책에 어쩌면 이교도적 씨앗이 남아 있을 것이라는 점을, 이 책이 유대교 종말론자들에 의해서 그리스도 시대 이전에 최소 한 번 이상 다시 쓰였음을, 파트모스의 요한이 이 책을 기독교적으로 만들기 위해 책 전체를 다시 썼음을, 그 이후 기독교 필경사와 편집자들이 이 책의 안전을 담보하기 위해 다시 땜질했음을 기억하는 것이다. 기독교 필경사와 편집자들은 이후로도 백 년 넘게 땜질을 지속할 수 있었다.

이교도 상징들이 유대교 지성들과 기독교 우상 파괴자들에 의해 다소간 왜곡되었고, 광활한 천공이 그 존귀한 이스라엘의 성막 내부로 들어가기 알맞도록 유대교 성전과 의례의 상징들이 자의적으로 [이 책 안에] 도입되었음을 우리가 일단 감안한다면, 이 책에 나타난 '미장센', 즉 우주적 짐승들이 찬양을 드리는 보좌, 무지개에 덮인 코스모크라토어 주위에 찬란한

· ·

136. 올리버 크롬웰(Oliver Cromwell, 1599~1658)은 청교도혁명 이후 왕당파와 의회파가 맞붙었던 영국 내전에서 의회파를 이끌며 승리해 영국 왕 찰스1세의 목을 자르고 호국경(1653~1658)이 되어 영국을 청교도식으로 통치했던 인물이다. 크롬웰은 청교도적 원칙에 입각해 강력한 군사독재를 시행했는데, 당시 엄격한 청교도적 도덕성을 지키기 위해 극장, 춤, 노래 등을 모조리 금지했고, 우상숭배를 금지하는 성경 말씀에 따라 교회에서 사용하는 이미지들, 조각상들을 훼손하기도 했다.

영광이 무지개이자 구름처럼 빛을 뿜는 모습을 담은 환영에 대해 꽤 잘 이해할 수가 있다.[137] "이리스Iris 역시 구름인 것이다."[138] 이 코스모크라토어는 벽옥jasper과 홍보석sardine stone의 색깔을 발산한다. 논평자들은 이 색을 녹황색이라고 말하는 반면, 에스겔의 환영 속에서는 우주의 불에서 나는 광휘와 같은 호박색으로 표현되었다. 벽옥은 물고기자리Pisces와 같은데, 물고기자리는 우리 시대의 별자리이다.[139] 지금에야 우리

• •

137. 각각 다음 두 구절을 가리킨다. "네 생물은 각각 여섯 날개를 가졌고 그 안과 주위에는 눈들이 가득하더라. 그들이 밤낮 쉬지 않고 이르기를 거룩하다 거룩하다 거룩하다 주 하나님 곧 전능하신 이여 전에도 계셨고 이제도 계시고 장차 오실 이시라 하고, 그 생물들이 보좌에 앉으사 세세토록 살아 계시는 이에게 영광과 존귀와 감사를 돌릴 때에"(「요한계시록」 4:8~9), "내가 곧 성령에 감동되었더니 보라 하늘에 보좌를 베풀었고 그 보좌 위에 앉으신 이가 있는데 앉으신 이의 모양이 벽옥과 홍보석 같고 또 무지개가 있어 보좌에 둘렸는데 그 모양이 녹보석 같더라." (「요한계시록」 4:2~3)

138. 그리스의 시인이자 철학자 크세노파네스(기원전 570~478년경)가 무지개의 여신 이리스를 언급한 다음 구절을 다르게 표현한 것이다. "모든 것들은 흙에서 오고 흙으로 돌아간다. (…) 탄생해서 자라는 모든 것들은 흙과 물이다. (…) 바다는 물의 원천이자 바람의 원천이다. (…) 사람들이 이리스라고 부르는 그녀 역시 보라색, 빨강색, 녹황색이 보이는 구름이다. (…) 우리는 모두 흙과 물에서 태어난다." 이처럼 크세노파네스는 우주의 생성과 작동에 대해 쓰고 있지 특정한 신에 대해 쓰고 있는 게 아니기 때문에 로렌스가 크세노파네스의 구절을 이 부분에서 인용한 이유는 모호하다.

139. 물고기자리는 서양 점성술에서 황도12궁의 열두 번째 자리이다. 각 별자리는 탄생일과도 연관되는데, 물고기자리는 2월 18일~3월 20일이다. 물고기자리의 탄생석은 남옥(aquamarine), 홍옥(ruby), 자수정(amethyst), 옥(jade), 벽옥(jasper), 혈석(bloodstone) 등으로 알려져 있다. 로렌스는 물고기자리와 벽옥을 연결하지만, 정확히 벽옥만이 물고기자리와 연관된 보석인 것은 아니다.

　　점성술에서 물고기자리는, 설이 다 다르긴 하지만, 기원후 1년에 시작해 2150년

는 물고기자리의 경계를 지나 새로운 별자리와 새로운 시대에 접어드는 중이다.[140] 같은 이유로 1세기에 예수는 '물고기'라고

경에 끝나는 것으로 알려져 있다. 즉, 물고기자리의 시작은 예수 그리스도의 탄생과 맞물려 있으며, 이것은 이미 초기 기독교 시대에서부터 자신들의 시대를 '새 시대'라고 여길 근거가 되었다. 기독교인들이 예수를 일컫던 코드명은 'ΙΧΘΥΣ(물고기; 익투스)'로 이는 Ἰησοῦς("Jesus") Χριστός("Christ") Θεοῦ ("of God") υἱός("son") σωτήρ("saviour")의 머리글자로 만든 단어이다. 지금도 교회의 설교 단상에는 '익투스'를 뜻하는 물고기 문양이 새겨져 있다.

140. 물고기자리 시대는 2150년경까지이기 때문에 로렌스가 이 책을 집필하던 1929~1930년은 물고기자리가 끝나는 시대가 아니다. 하지만, 이 시간 계산은 매우 거칠고 학자들마다 이견이 많다. 물고기자리 이후에 도래하는 시대는 '물병자리 시대(Age of Aquaris)'인데, 일부 학자들은 물병자리 시대가 이미 20세기에 도래했다고 하고, 일부 학자들은 2020년 3월 혹은 12월에 도래했다고 하고(가령, 물병자리 시대를 기정사실화하고 있는 2021년 1월 30일자 <보그>지 기사를 보라. https://www.vogue.in/culture-and-living/content/according-to-astrology-the-age-of-aquarius-is-coming-this-is-what-it-means-for-you), 또 다른 학자들은 24세기에 이르러 도래한다고 주장하기도 한다. 로렌스 역시 이 사실을 알고 있었기에 이렇게 썼던 것으로 보인다. 한 별자리의 시대가 다른 별자리의 시대로 바뀌면 인간의 자기 이해나 인식 역시 크게 변화하는 것으로 알려져 있다. 당연히 로렌스는 이 '변화'를 염두에 두면서, 혹은 열렬히 희망하면서 이 책을 집필했다. 로렌스의 시 「천문학적 변화」("Astronomical Change")를 읽어보자.

천문학적 변화

새벽은 더 이상 물고기의 집 안에만 있지 않다
물고기자리, 오 물고기, 물기에 젖은 예수,
당신의 2,000년이 다 끝나간다.

십자가 둥치는 더 이상 태양의 탄생 자리에 박혀 있지 않다.
거대한 천공 전체가 변했고, 천천히 밀어젖혔다
물 위에 정액을 뿌리고도 성교를 하지 않는
십자가를, 처녀자리를, 물고기자리를, 성스런 물고기를.
이 모두를 밀어젖히고, 모두를 버리고, 다른 것을 위해 길을 연다.

불렀다. 그런 강력한 존재도 사람의 마음속에서는 원래 칼데아 인의 것이었던 별자리 설화로 남아 있었던 것이다!

보좌에서는 천둥, 번개, 음성이 울려 나온다.[141] 진정 천둥은 최초의 거대한 우주적 발화였다. 그것은 자체로 하나의 존재였으니 '전능한 신' 혹은 '조물주'의 또 다른 양상이었으며, 그것의 소리는 창조를 의미하는 최초의 거대한 우주적 소음이었다. 태초의 거대한 '말씀Logos'[142]이란 카오스[혼돈] 사이에서 웃어 젖힘으로써 코스모스[질서, 우주]를 만들어내는 우르릉 소리였다. 그러나 최초의 생명 불꽃 — 불같은 '말씀' — 을 분출시키는 '전능한 신' 천둥과 '불같은 전능자' 번개는 모두 분노하거나 파괴하는 측면도 가진다. 천둥은 우주 공간을 뚫고 창조의 손뼉을 치고, 번개는 풍요의 불을 발사하거나, 그게 아니면

· ·

극마저도 이제는 북극성을 떠났고
보이지 않는 것을 중심으로 돈다.
북극성은 바퀴에서 뜯긴 낡은 차축처럼 나가떨어져 있다.

141. "보좌로부터 번개와 음성과 우렛소리가 나고 보좌 앞에 켠 등불 일곱이 있으니 이는 하나님의 일곱 영이라." (「요한계시록」 4:5)

142. '로고스(λόγος)'란 그리스어로 '말, 발화, 담론, 이야기, 계산, 이성'을 뜻하며, 성경에서는 하나님의 말씀이라는 의미로 사용된다. "태초에 말씀이 계시니라. 이 말씀이 하나님과 함께 계셨으니 이 말씀은 곧 하나님이시니라." (「요한복음」 1:1); "또 내가 하늘이 열린 것을 보니 보라 백마와 그것을 탄 자가 있으니 그 이름은 충신과 진실이라. 그가 공의로 심판하며 싸우더라. 그 눈은 불꽃 같고 그 머리에는 많은 관들이 있고 또 이름 쓴 것 하나가 있으니 자기밖에 아는 자가 없고 또 그가 피 뿌린 옷을 입었는데 그 이름은 하나님의 말씀이라 칭하더라." (「요한계시록」 19:11~13)

파괴해버린다.

보좌 앞에 일곱 개의 등불이 있는데, 그 등불은 하나님의 일곱 영이라고 설명된다.[143] 이런 저작에서 이렇게 설명이 붙는다는 건 의심스럽다. 일곱 개의 등불이란 천공에서 지상과 인간을 통치하는 일곱 통치자인 (태양과 달을 포함한) 일곱 개의 행성을 말한다. 날을 만들어내고 지상의 모든 생명을 빚어내는 위대한 태양, 조수를 조절하고 우리의 신체를 조절하고 숨은 채로 여자의 생리 주기와 남자의 성적 리듬을 조절하는 달, 그리고 다섯 개의 큰 행성이자 우리의 주중 요일이기도 한 화성, 금성, 토성, 목성, 수성은 그들이 전부터 언제나 그랬던 만큼 지금도 우리의 통치자이다. 혹은 그렇지 않을 수도 있다. 우리는 태양이 있기에 살아간다는 것은 알고 있으되, 어떻게 다른 별들로 인해 우리가 살아가는지에 대해서는 모르니까. 우리는 그저 모든 것을 만유인력으로 축소해버리는 것이다. 그럼에도, 이상하게 가느다란 실들이 우리를 달과 별들에 묶어놓는다. 이 실들이 우리에게 심리적 인력引力을 행사하고 있다는 것을 우리는 달을 통해 안다. 그렇다면 다른 별들은 어떤가? 우리가 무슨 말을 할 수 있겠는가? 그런 식의 앎을 이미 상실해버린 우리가.

• •

143. "보좌로부터 번개와 음성과 우렛소리가 나고 보좌 앞에 켠 등불 일곱이 있으니 이는 하나님의 일곱 영이라." (「요한계시록」 4:5)

하지만, 우리는 아포칼립스의 드라마가 펼쳐지는 '미장센'을 알고 있다. 원한다면 그곳을 천국이라 불러라. 그곳이 진짜로 의미하는 것은 우리가 현재 가지고 있는 그 완전한 우주, '변할 마음 없이 그대로인' 우주다.[144]

'전능한 신'은 손에 책을 들고 있다.[145] 이 책은 의심할 여지없이 유대인들의 상징이다. 그들은 책을 좋아하는 민족이고, 언제나 장부의 대차대조를 잘하는 민족으로, 모든 시대를 통틀어 죄를 합산하는 것이다. 그러나 유대인들의 상징으로서 일곱 개의 봉인을 가진 책은 7로 이루어진 순환[146]을 꽤 잘 나타내고 있으나, 각 봉인을 뜯으면서 어떻게 책을 조금씩

• •

144. 로렌스가 앞에서부터 말해왔듯이 오늘날 '우리의' 우주란 과학의 합리성으로 설명되는 "완전한" 우주, 고대인의 감응 관계가 사라져버린 우주, 따라서 과학이 그렇듯 "변할 마음 없이 그대로인" 우주일 뿐이다.

145. "내가 보매 보좌에 앉으신 이의 오른손에 두루마리가 있으니 안팎으로 썼고 일곱 인으로 봉하였더라. 또 보매 힘 있는 천사가 큰 음성으로 외치기를 누가 그 두루마리를 펴며 그 인을 떼기에 합당하냐 하나, 하늘 위에나 땅 위에나 땅 아래에 능히 그 두루마리를 펴거나 보거나 할 자가 없더라." (「요한계시록」 5:1~3)

146. 유대-기독교 전통에서 숫자 '7'은 흔하게 등장하며, 「요한계시록」에서는 거의 중심적 역할을 담당한다. 파트모스의 요한은 일곱 교회에 서신을 보내고(1~2장), 금 촛대는 일곱이고(1:12), 일곱 별이 있고(1:16), 일곱 개의 등불은 하나님의 일곱 영이고(4:5), 두루마리에는 일곱 개의 봉인이 있고(5:1), 일곱 천사가 일곱 나팔을 받고(8:2), 일곱 천사가 일곱 재앙을 내리고(15:1), 금 대접 일곱 개를 일곱 천사에게 주고(15:7), 일곱 우레가 소리를 내고(10:3), 어린 양에게 일곱 뿔과 일곱 눈이 있고(5:6), 큰 붉은 용의 머리는 일곱이고 머리에는 일곱 왕관을 썼다(12:3).

펼치는지에 대해서 나 자신은 알 길이 없다.[147] 이 책은 둘둘 말린 두루마리라서 일곱 개의 봉인이 전부 뜯겨야만 제대로 펼칠 수 있기 때문이다. 하지만 종말론자에게나 나에게나 이런 부분은 세부 사항일 뿐이다. 어쩌면 마지막까지도 두루마리를 펼칠 의도는 없는지도 모르겠다.

그 책을 열기로 되어 있는 존재는 유다 지파의 사자이다.[148] 그러나 보라! 이 장엄한 짐승이 무대에 오르자, 이 짐승은 일곱 뿔(권력, 즉 일곱 개의 권력 혹은 가능성)과 일곱 눈(앞과 동일한 일곱 행성들)을 가진 어린 양으로 변한다. 우리는 언제나 사자가 내는 엄청난 으르렁거림을 듣고, 우리는 언제나 이 [사자의] 분노를 드러내는 어린 양을 본다. 추측건대, 파트모스의 요한의 어린 양은 양가죽을 뒤집어쓴 전형적인 사자이다. 이 사자는 가장 무서운 사자처럼 행동한다. 오직 요한만이 그것이 어린 양이라고 주장한다.

비록 사자를 더 선호함에도 불구하고 요한이 어린 양을

147. 「요한계시록」 5~8장에서 어린 양은 이 두루마리의 일곱 인을 하나씩 차례로 떼는데, 각 봉인을 뜯음으로써 최후의 심판이 시작된다.
148. "그 두루마리를 펴거나 보거나 하기에 합당한 자가 보이지 아니하기로 내가 크게 울었더니 장로 중의 한 사람이 내게 말하되 울지 말라 유대 지파의 사자 다윗의 뿌리가 이겼으니 그 두루마리와 그 일곱 인을 떼시리라 하더라. 내가 또 보니 보좌와 네 생물과 장로들 사이에 한 어린 양이 서 있는데 일찍이 죽임을 당한 것 같더라. 그에게 일곱 뿔과 일곱 눈이 있으니 이 눈들은 온 땅에 보내심을 받은 하나님의 일곱 영이더라. 그 어린 양이 나아와서 보좌에 앉으신 이의 오른손에서 두루마리를 취하시니라." (「요한계시록」 5:4~7)

밀어붙여야 하는 이유는 사자자리Leo가 이제 양자리Aries에 길을 비켜줘야 하기 때문이다. 세계 전체에서, 사자처럼 피의 제물을 받았던 하나님은 뒷자리로 밀려나야 하고 자신이 제물이 되었던 신이 앞자리를 차지해야만 하기 때문이다.[149] 더 위대한 부활을 위해 신이 제물로 바쳐지는 이교도 신비주의들은 기독교보다 더 오래되었으며, 아포칼립스는 이 신비주의 중 하나에 기반하고 있다. 그래서 어린 양이어야만 하는 것이다. 미트라 숭배Mithraism의 경우, 이 [어린 양] 자리에는 황소가 오는데, 황소의 잘린 목에서 흐르는 피가 입회자를 적시면(황소의 목을 그을 때 황소의 머리를 들어 올린다) 비로소 그는 새사람이 된다.[150]

• •

149. "피의 제물을 받았던" 사자 같은 신은 분노하는 구약의 신이고, "자신이 제물이 되었던" 어린 양 같은 신은 신약의 신, 예수 그리스도를 말한다. 파트모스의 요한은 유대교적 여호와, 구약의 신에 더 기울어 있지만("사자를 더 선호함에도"), 그는 어떻게든 어린 양 예수를 전면에 내세워야 한다. 로렌스가 앞에서부터 「요한계시록」 속 예수의 모습이 복음서 속 예수의 모습과는 딴판임을 강조했던 것을 기억하라. 따라서 파트모스의 요한이 그리는 어린 양은 사실은 양의 가죽을 쓴 사자이다.

150. 미트라 숭배는 조로아스터교보다 앞선 고대 동방의 진리와 빛의 신 '미트라'를 숭배하는 고대 종교로 알렉산드로스 대왕의 제국과 로마제국 전역으로 퍼져 1~4세기에 로마인들에게 매우 유행하였다. 초기 기독교와 라이벌 관계였으나 4세기경에는 기독교에 의해 완전히 대체되었다. 미트라 숭배의 핵심 의식은 황소를 제물로 바치는 것이었는데, 신자들은 황소의 피가 모든 생명을 잉태시켰다고 믿었다.

'어린 양의 피로 나를 씻어주소서
내가 눈보다 더 희게 되리니—'[151]

라고, 시장에서 구세군 신도들이 소리 높여 찬양한다. 그들에게 그 어린 양이 황소일 수 있었다고 말해준다면 그들이 얼마나 경악할까. 그러나 아마 그러지 않을 것이다. 그들은 즉시 그럴수도 있겠다며 이해할지 모른다. 모든 시대에 걸쳐, 사회의 최하층민에게 종교란 언제나 거의 동일하게 남아 있는 것이다.

(그러나 대제사hecatomb[152]일 경우에 신자들은 황소의 머리를 아래로, 땅 쪽으로 향하게 해서 구덩이에 대고 목을 그었다. 우리는 요한의 어린 양이 대제사를 위한 것이라는 느낌을 받는다.)

살육하는 동물이 아니라 살육당하는 동물이 신이 되었다. 그렇다면 유대인들에게는 그 동물이 양이어야 했으니, 부분적으로는 그들의 고대 유월절 제사 때문이었다.[153] 유다 지파의 사자는 양털을 뒤집어쓰고 있지만, 물어뜯는 걸 보면 당신들은

• •

151. 새뮤얼 H. 호지스가 작곡한 구세군 찬송가인 〈피의 분수여 찬양받으라〉('Blessed Be the Fountain of Blood', 1899)에 E. R. 라타가 인용된 후렴구를 붙였다. 로렌스의 주장처럼, "피의 분수"라는 제목과 그 핏속에 씻겨 새사람이 된다는 가사에서 미트라 숭배 의식의 뉘앙스를 느낄 수 있다. 한국에서는 〈이 세상의 모든 죄를〉이라는 제목으로 찬송가 261장에 실려 있다.

152. 황소 100마리를 제물로 바치는 제의를 의미한다.

153. 전통적으로 유대인들이 여호와에게 제물을 바칠 때 쓰는 동물이 양이다.

이 동물이 무엇인지 알게 될 것이다. 요한은 "죽임을 당한"
어린 양을 내세우지만,[154] 우리는 그것이 죽임을 당한 것은
보지 못했으며 오직 그것이 인간을 수백만씩 죽이는 것만
본다. 마지막에 어린 양이 피에 젖은 승리의 옷을 걸치고
등장할 때마저도 그 피는 **자신의 피**가 아닌 악한 왕들의 피다.

　　'내 적들의 피로 나를 씻어주소서

　　내가 나로 남으리니 ―'[155]

　파트모스의 요한은 사실상 이렇게 노래하는 셈이다.
그리고는 찬가가 이어진다.[156] 이게 무엇이냐면 모습을 드러

* *

154. "내가 또 보니 보좌와 네 생물과 장로들 사이에 한 어린 양이 서 있는데 일찍이
　　죽임을 당한 것 같더라." (「요한계시록」 5:6)
155. 앞의 찬송가 261장의 가사를 로렌스가 변형시켰다.
156. 이 문단은 다음 구절의 해설이다. "그 두루마리를 취하시매 네 생물과 이십사
　　장로들이 그 어린 양 앞에 엎드려 각각 거문고와 향이 가득한 금 대접을 가졌으니
　　이 향은 성도의 기도들이라. 그들이 새 노래를 불러 이르되 두루마리를 가지고
　　그 인봉을 떼기에 합당하시도다. 일찍이 죽임을 당하사 각 족속과 방언과 백성과
　　나라 가운데에서 사람들을 피로 사서 하나님께 드리시고 그들로 우리 하나님
　　앞에서 나라와 제사장들을 삼으셨으니 그들이 땅에서 왕 노릇 하리로다 하더라.
　　내가 또 보고 들으매 보좌와 생물들과 장로들을 둘러선 많은 천사의 음성이
　　있으니 그 수가 만만이요 천천이라. 큰 음성으로 이르되 죽임을 당하신 어린
　　양은 능력과 부와 지혜와 힘과 존귀와 영광과 찬송을 받으시기에 합당하도다
　　하더라. 내가 또 들으니 하늘 위에와 땅 위에와 땅 아래와 바다 위에와 또 그
　　가운데 모든 피조물이 이르되 보좌에 앉으신 이와 어린 양에게 찬송과 존귀와
　　영광과 권능을 세세토록 돌릴지어다 하니 네 생물이 이르되 아멘 하고 장로들은

내려고 하는 신을 향해 바치는 진정한 이교도적 찬양의 노래 자체다. 실제로 자신의 '자리'에 위치한 황도 12궁을 상징하는 이 질서 잡힌 우주의 수 12를 둘로 곱한 [스물네 명의] 장로들은 마치 짚단들이 요셉에게 하듯이[157] 보좌를 향해 일어나 절하기를 반복한다. 달콤한 향이 나는 병들이 등장하고, 성인들의 기도가 들리는바, 이는 아마 후에 어떤 하찮은 기독교인이 살짝 덧붙였을 공산이 크다. 유대의 천사 무리가 떼를 지어 들어온다. 이제 진짜 드라마가 시작된다.

• •

엎드려 경배하더라." (「요한계시록」 5:8~14)

157. 「창세기」에서 야곱의 열 번째 아들 요셉은 아버지에게 특히 사랑을 받았기에 그의 형제들이 모두 그를 시기한다. 열일곱 살 때 요셉은 두 개의 꿈을 꾼다. 첫 번째 꿈에서 요셉과 그의 형제들이 곡식을 수확하여 짚단을 쌓았는데, 형제들의 짚단들이 모여서는 요셉의 짚단들에게 절한다. 두 번째 꿈에서 태양(아버지 야곱), 달(어머니 라헬), 그리고 열한 개의 별(형제들)이 요셉에게 절한다. 이 꿈 이야기를 들은 요셉의 형제들은 작당하여 요셉을 이집트 상인에게 노예로 팔아버리고 아버지에게는 죽었다고 보고한다. 로렌스는 요셉의 첫 번째 꿈을 언급하고 있다. "요셉이 꿈을 꾸고 자기 형들에게 말하매 그들이 그를 더욱 미워하였더라. 요셉이 그들에게 이르되 청하건대 내가 꾼 꿈을 들으시오 우리가 밭에서 곡식 단을 묶더니 내 단은 일어서고 당신들의 단은 내 단을 둘러서서 절하더이다. 그의 형들이 그에게 이르되 네가 참으로 우리의 왕이 되겠느냐 참으로 우리를 다스리게 되겠느냐 하고 그의 꿈과 그의 말로 말미암아 그를 더욱 미워하더니" (「창세기」 37:5~8)

10

유명한 네 기수가 등장하면서 진짜 드라마가 시작한다.[158]

• •

158. 드디어 어린 양이 일곱 개의 봉인으로 잠긴 두루마리의 봉인 첫 네 개를 하나씩 뗄 때마다 말을 탄 기수가 하나씩 등장한다. 유명한 '계시록의 네 기수(Four Horsemen of the Apocalypse)'이다. 흰 말의 기수는 정복을, 붉은 말의 기수는 전쟁, 검은 말의 기수는 기근, 청황색 말의 기수는 죽음을 불러일으킨다. 이들은 하나님의 진노와 심판을 극적으로 상징하는 이미지로, 게임, 영화, 음악 등 각종 대중매체에서도 자주 등장한다. "내가 보매 어린 양이 일곱 인 중의 하나를 떼시는데 그때에 내가 들으니 네 생물 중의 하나가 우렛소리 같이 말하되 오라 하기로 이에 내가 보니 흰 말이 있는데 그 탄 자가 활을 가졌고 면류관을 받고 나아가서 이기고 또 이기려고 하더라. 둘째 인을 떼실 때에 내가 들으니 둘째 생물이 말하되 오라 하니 이에 다른 붉은 말이 나오더라. 그 탄 자가 허락을 받아 땅에서 화평을 제하여 버리며 서로 죽이게 하고 또 큰 칼을 받았더라. 셋째 인을 떼실 때에 내가 들으니 셋째 생물이 말하되 오라 하기로 내가 보니 검은 말이 나오는데 그 탄 자가 손에 저울을 가졌더라. 내가 네 생물 사이로부터 나는 듯한 음성을 들으니 이르되 한 데나리온에 밀 한 되요 한 데나리온에 보리 석 되로다. 또 감람유와 포도주는 해치지 말라 하더라. 넷째 인을 떼실 때에 내가 넷째 생물의 음성을 들으니 말하되 오라 하기로 내가 보매 청황색 말이 나오는데 그 탄 자의 이름은 사망이니 음부가 그 뒤를 따르더라. 그들이 땅

이 네 기수는 명백히 이교도적이다. 이들은 심지어 유대인도 아니다. 이들은 말을 탄 채 하나씩 등장한다— 왜 책의 봉인들을 떼는 첫 부분에 이들이 등장해야 하는지는 알 수 없지만 말이다. 이들은 말을 타고 짧고 예리하게 등장했다가 곧 사라진다. 이들의 분량은 최소한으로 축소되었다.

명백히 천문학적이며 황도 12궁과 얽힌 이 기수들은 목적을 이루기 위해 날뛰면서 여기 존재한다. 어떤 목적인가? 이번 경우는 우주적이라기보다는 진정 개인적이고 인간적이다. 여기 놓인 그 유명한 일곱 봉인의 책은 인간의, 한 인간의, 아담의, 누군가의 몸이고, 일곱 개의 봉인은 그의 역동적 의식이 머무는 일곱 개의 중심부 혹은 문이다. 우리는 인간 신체의 중대한 심적psychic 중심부들이 열리고 정복되는 모습을 목격하는 중이다. 옛 아담은 정복되고, 죽은 다음, 새 아담으로 다시 태어날 것이다. 그러나 거기엔 단계가 있으니, 일곱 단계가 이어지거나 혹은 여섯 단계 이후 클라이맥스로서의 일곱 번째 단계가 올 수도 있다. 인간은 더 심오하고 더 고등하게 이어지는 일곱 개의 인식 층위, 혹은 일곱 개의 의식 권역을 갖고 있기 때문이다. 이 일곱 단계가 하나씩 하나씩 정복되고, 변형되고, 변모되어야만 한다.[159]

● ●

사 분의 일의 권세를 얻어 검과 흉년과 사망과 땅의 짐승들로써 죽이더라." (「요한계시록」 6:1~8)

그러면 인간에게 있는 의식의 일곱 권역이란 무엇인가? 마음대로 답해보라, 어떤 사람도 자기만의 대답을 내놓을 수 있다. 그러나 일반적인 '대중적' 견해를 취하자면, 이것은 역동적 인간 본성 네 가지와 '고등한' 본성 세 가지라고 할 수 있다.[160] 상징은 무언가를 의미하지만, 모든 사람들 각자에게 다른 의미를 가진다. 상징의 의미를 고정하면, 당신은 알레고리의 일반성에 도달하는 것이다.

말馬, 언제나 말이다! 말이 고대인들의 정신, 특히 지중해인들의 정신을 얼마나 지배했던가! 말을 소유한다면 당신은 지배자가 되는 것이다. 저 뒤편, 우리의 어두운 영혼 속 저 뒤편에서는 그 말이 날뛴다. 말은 지배적 상징으로, 그는 우리

· ·

159. 일곱 봉인을 떼는 이 구절을 역사적이고 실제적인 세계사적 사건으로서가 아니라 인간의 내적 성장, 변형, 재탄생 과정으로 바라보는 로렌스의 시각은 제임스 프라이스(James M. Pryse)의 책 『아포칼립스의 개봉』(The Apocalypse Unsealed, 1910)에 등장하는 해석으로, 로렌스는 이 책을 1917년에 읽었다고 한다. 이 책에서 프라이스는 고대 종교, 설화, 신비주의 등이 서로 영향을 주고받는 관계에 있었고 초기 기독교의 신약 성경 역시 그 영향 관계에서 자유롭지 않다고 전제하면서, 특히 초기 기독교 교회 중 영적 신비주의를 신봉했던 '영지주의(Gnosis)'가 신약, 특히 계시록의 핵심을 차지하고 있다고 주장한다. 그의 관점에서는 일곱 봉인을 떼는 행위 역시 내적, 영적 변화의 일곱 단계에 대한 알레고리인 것이다.

160. 프라이스에 따르면 인간의 신체는 네 개의 핵심 생명-중심부를 가지며, 이는 영혼이 가진 네 개의 힘이다. 첫 번째는 머리 혹은 두뇌이고, 이것은 고등한 정신이 담긴 장기다. 두 번째는 심장이고, 이것은 심리를 포함해 고등한 정신보다는 하위의 정신이 담긴 장기다. 세 번째는 배꼽으로, 이곳은 감정, 욕망, 식욕, 정열 등 격정이 담긴 영역이다. 네 번째는 성기로, 이곳은 존재의 최하위층에 활력을 부여하는 장소다.

에게 지배자의 위치를 부여하고, 손에 잡힐 것 같은 흥분을
안기며 우리와 혈색 좋게 빛나는 정력의 신 사이를 연결시키는
고리이며, 우리 살 속에 있는 신성神性의 시작점이기도 하다.
하나의 상징으로서 그는 영혼의 어두운 지하세계 속 풀밭을
배회한다. 그는 당신과 내 영혼의 어두운 초원에서 발을 구르며
요동친다. 하늘에서 내려와 사람의 딸들을 취해 거인들을
낳았던 신의 아들들, 그들은 "말의 성기"를 가졌다고 에녹은
말한다.[161]

지난 50년 사이에 인간은 그 말을 잃어버렸다. 지금 인간은
길을 잃었다. 인간은 생명과 힘에 무관심한 채로 그저 허접한
탕자가 되어버렸다. 말들이 런던 거리를 활보했을 때 런던은
살아 있었다.

인간 안에 있는 치밀어오르는 정력과 운동력, 행동을 상징하

● ●
161. 「에녹서」 6-8장 및 「창세기」 6:1-4. 하지만 어디에도 신의 아들들이 "말의 성기(the
members of horses)"를 가졌다는 명확한 표현은 없다. 유일하게 있는 곳은 「에녹서」
90:21로, "그리고 주님이 여섯 명의 흰 이들을 불러 첫 번째 별부터 시작해 말의
성기와 비슷하게 생긴 성기를 가진 모든 별들과 최초에 타락한 첫 번째 별을
앞으로 데려오라고 명령했고, 그들이 이들을 모두 주님 앞에 데려왔다." 이 부분에
서 에녹은 "양들의 주님"이 최후의 심판을 벌이는 환영을 묘사하는데, 여기서
"말의 성기와 비슷하게 생긴 성기를 가진 모든 별"들은 양들의 적으로 불구덩이에
던져진다. 하늘에서 내려와 인간의 여자를 취해 거인을 낳은 이들은 "최초에
타락한" 별을 위시한 이 별들, 곧 "신의 아들들"을 의미할 수 있다. 「에녹서」의
영어 번역본은 인터넷에서 열람할 수 있다. https://www.holybooks.com/wp-content
/uploads/The-book-of-Enoch.pdf

는 말, 말! 영웅들은 말을 탄 채 성큼성큼 이동했다. 심지어 예수도 겸손한 권력의 말인 당나귀를 탔다. 그러나 진정한 영웅들에게는 말이 필요하다. 다양한 영웅적 불꽃과 격정을 가진 각기 다른 권력은 각기 다른 말을 요청한다.

흰 말을 탄 기수! 그렇다면 그는 누구인가? 설명을 필요로 하는 사람은 결코 알지 못할 것이다. 하지만 설명이란 피할 수 없는 우리의 운명인 것을.

인간의 네 가지 성질에 대한 전통적 설명을 보자. 다혈질, 담즙질, 우울질, 점액질![162] 여기서 당신은 [기수들이 탄] 말의 네 가지 색상, 곧 흰색, 붉은색, 검은색, 그리고 창백한 혹은 황색[163]을 보게 된다. 그런데 다혈질이 어떻게 흰색인가? — 아하, 왜냐하면 피는 생명, 바로 생명 그 자체이고, 생명 자체의 힘은 눈부신 흰색이기 때문이다. 옛 시대에 피는 생명이었고, 힘으로 시각화되었을 때는 흰 빛 같은 것이었다. 진홍색과 자주색은 그저 피에 입혀진 옷일 뿐이었다. 아, 반짝이는 붉은 옷을 입은 생생한 피 — 그 자체가 순수한 빛과 같았다.

* *

162. 고대 그리스의 히포크라테스 학파에서 시작하여 로마의 갈레노스에 의해 정리된 후, 근대 의학이 자리 잡기 전까지 서양 의학에서 큰 영향을 끼쳤던 생리학적 가설로, '4체액설'이라고도 한다. 혈액, 황담액, 흑담액, 점액의 네 가지 체액이 인체를 이루는 기본 성분으로, 넷 중 어느 것 하나가 우세하면 그에 따른 몸의 상태, 나아가 성격적 기질까지 정해진다.
163. 네 번째 기수가 탄 말의 색은 '제임스왕 버전'에는 "창백한 말(pale horse)"로 표현되며, 한국어 개정개역판에는 "청황색 말"로 번역되었다.

붉은 말은 담즙질이다. 단지 화뿐 아니라, 우리가 정열이라 부르는 자연적인 격렬함이다.

검은 말은 흑담즙으로, 다루기가 힘들다.

그리고 점액질, 혹은 몸의 림프액은 창백한 말로, 과도할 경우 죽음을 부르며 그다음은 하데스 행이다.

혹은 인간의 행성적 성질 네 가지를 보자. 쾌활한, 싸우는, 음침한, 변덕스러운.[164] 우리가 이 단어들의 라틴어 의미 뒤편으로 조금 더 나아가 고대 그리스어를 뒤진다면, 이 단어들은 또 다른 연관성을 찾게 될 것이다. 거대한 유피테르Jove는 태양이자 생동하는 피, 그래서 흰 말이다. 화난 마르스Mars는 붉은 말을 탄다. 사투르누스Saturn는 검고, 완고하고, 다루기 힘들며 암울하다. 메르쿠리우스Mercury는 사실 헤르메스, 즉 지하세계의 헤르메스로, 영혼의 안내자이고 두 개의 길을 살피는 자이며 두 개의 문을 여는 자이고 지옥 혹은 하데스를 샅샅이 뒤지는 자이다.[165]

여기에는 두 세트의 연관성이 존재하며,[166] 모두 신체적인

<hr>

164. 이 각각의 기질은 행성과 연결된 형용사로 표현된다. '쾌활한(jovial)'은 '목성(Jove; Jupiter)', '싸우는(martial)'은 '화성(Mars)', '음침한(saturnine)'은 '토성(Saturn)', '변덕스러운(mercurial)'은 '수성(Mercury)'에서 나왔다. 이는 또 각각 다혈질, 담즙질, 우울질, 점액질과 연결되어 있다.

165. 로마신 '유피테르'는 그리스신 '제우스'에서, '마르스'는 '아레스', '사투르누스'는 '크로노스', '메르쿠리우스'는 '헤르메스'에서 왔다.

166. 로렌스는 네 기수와의 연관성을 체액적 성질과 행성적 성질의 두 세트에서

것이다. 이 맥락에서 우리의 의도는 우주적인 것보다는 신체적인 것에 있으므로, 우주적 의미는 덮어놓기로 한다.

당신은 상징으로서의 흰 말을 계속해서 만나게 될 것이다. 나폴레옹 역시도 흰 말을 타지 않는가? 우리의 정신이 무기력한 상황에서조차도, 우리의 행동은 이 오래된 의미들에 의해 지배받는다.

흰 말에 탄 기수는 왕관을 썼다.[167] 그는 왕 같은 나, 그는 바로 나 자신, 그의 말은 인간의 마나mana 전체이다.[168] 그는 어린 양에 의해 호출되어 새로운 행동의 순환을 명받고, 새로운 자신의 탄생을 위해 옛 자신을 정복하려고 말을 타고 떠나는 진정한 나, 내 성스러운 자아이다. 그는 진정 자신이 가진 모든 다른 '힘들'을 정복하게끔 되어 있는 자다. 그래서 그는 심판을 암시하는 검이 아닌 화살을 쥐고는 태양처럼 말을 탄 채 나아가는바, 이는 역동적이거나 강력한 나 자신이다. 그의 활은 초승달 같은 그 몸처럼 굽어 있는 활이다.[169]

• •

보고 있다.

167. "이에 내가 보니 흰 말이 있는데 그 탄 자가 활을 가졌고 면류관을 받고 나아가서 이기고 또 이기려고 하더라." (「요한계시록」 6:2)
168. '마나'는 힘, 생명력, 권위, 신성함, 마법 등을 모두 아우르는 고대인들의 말이다.
169. 여기서 "그 몸"이란 프라이스가 묘사하는 아포칼립스 황궁(the apocalyptic Zodiac)의 이미지에 담긴 소위 우주적 인간(cosmic man)의 몸을 의미한다. 그의 몸은 활처럼 굽어 있다. Pryse, *The Apocalypse Unsealed, being an Esoteric Interpretation of the*

신화 혹은 의례 이미지에 담긴 진짜 행동은 모두 잘려 나갔다. 백마 탄 기수는 나타났다가 곧 사라진다. 그러나 우리는 그가 왜 나타났는지를 안다. 또한 우리는 왜 그가 아포칼립스의 말미에 등장하는 백마에 탄 마지막 기수와 평행선에 있는지를 안다.[170] 이 마지막 기수는 지상의 '왕들'을 최후이자 궁극적으로 정복한 후 나아가는 하늘 위 '사람의 아들'인 것이다. 사람의 아들, 당신이나 나는 작은 정복을 수행하지만, 이 '위대한 사람의 아들'은 최종적 보편 정복 이후에 그의 백마에 올라타고 자신의 무리를 이끈다. 그의 겉옷은 군주들의 피로 붉어졌고 넓적다리에는 그의 칭호가 쓰여 있다. '만왕의 왕이요 만주의

• •

Initiation of Iôannês (New York: J. M. Pryse, 1910) p. 41의 그림 참조

170. "백마 탄 마지막 기수"는 「요한계시록」 19장에 등장한다. "또 내가 하늘이 열린 것을 보니 보라 백마와 그것을 탄 자가 있으니 그 이름은 충신과 진실이라. 그가 공의로 심판하며 싸우더라. 그 눈은 불꽃 같고 그 머리에는 많은 관들이 있고 또 이름 쓴 것 하나가 있으니 자기밖에 아는 자가 없고 또 그가 피 뿌린 옷을 입었는데 그 이름은 하나님의 말씀이라 칭하더라. 하늘에 있는 군대들이 희고 깨끗한 세마포 옷을 입고 백마를 타고 그를 따르더라. 그의 입에서 예리한 검이 나오니 그것으로 만국을 치겠고 친히 그들을 철장으로 다스리며 또 친히 하나님 곧 전능하신 이의 맹렬한 진노의 포도주 틀을 밟겠고 그 옷과 그 다리에 이름을 쓴 것이 있으니 만왕의 왕이요 만주의 주라 하였더라. (⋯) 또 내가 보매 그 짐승과 땅의 임금들과 그들의 군대들이 모여 그 말 탄 자와 그의 군대와 더불어 전쟁을 일으키다가 짐승이 잡히고 그 앞에서 표적을 행하던 거짓 선지자도 함께 잡혔으니 이는 짐승의 표를 받고 그의 우상에게 경배하던 자들을 표적으로 미혹하던 자라 이 둘이 산 채로 유황불 붙는 못에 던져지고 그 나머지는 말 탄 자의 입으로부터 나오는 검에 죽으매 모든 새가 그들의 살로 배불리더라." (「요한계시록」 19:11~21)

주.' (왜 넓적다리인가? 스스로 답해보라. 피타고라스는 사원에서 자신의 황금 넓적다리를 보여주지 않았는가?[171] 지중해 지역에서 오래되고 강력한 상징으로 넓적다리가 쓰이는 걸 모르는가?) 백마 탄 마지막 기수의 입에서는 심판의 말씀이라는 저 치명적 검이 나온다. 다시, 심판의 권능이 주어지지 않은 백마 탄 기수가 쥔 활과 화살로 돌아가자.

이 신화는 가장 기본적인 상징들만 남긴 채 축소되었다. 첫 번째 기수는 그저 말을 타고 나아가기만 한다. 두 번째 기수가 등장한 이후 평화는 사라지고 다툼과 전쟁이 세계 — 곧 우리 자신의 내면세계 — 에 펼쳐진다. 무게를 재거나 몸의 '구성 요소들'의 진정한 비율을 측정하는 저울을 들고 흑마에 탄 기수가 등장한 이후, 포도주와 감람유는 영향을 받지 않았으나 빵이 부족해진다. 빵, 그러니까 여기서 보리는, 그리스 희생 제의에서 희생자에게 뿌려지는 보리가 그렇듯, 상징적으로 희생되는 몸 혹은 살이다. "이 빵은 내 몸이니 네가 먹으라."[172] 살로 된 몸은 이제 줄어들어 기아 상태에

● ●

171. 전설에 따르면 신들은 피타고라스에게 황금 넓적다리를 주었고, 피타고라스는 올림픽 제전 기간에 히페르보레이의 사제인 아바리스에게 그 넓적다리를 보여주었다고 한다. 넓적다리는 남성적 힘, 단단함, 위용을 상징하는 부위이다. 때로는 남성 성기의 비유로도 사용된다. 가령 아브라함은 종에게 맹세를 받으면서 자신의 '넓적다리'에 손을 대라고 한다. "아브라함이 자기 집 모든 소유를 맡은 늙은 종에게 이르되 청하건대 내 허벅지 밑에 네 손을 넣으라." (「창세기」 24:2)
172. 예수는 최후의 만찬에서 빵을 떼어 제자들에게 주며 먹으라 하신다. 한국어

접어든다. 마침내 마지막 창백한 말을 탄 기사가 등장함과 더불어 신체적 혹은 역동적 자아는 입문자가 맞이하는 '작은 죽음' 속에서 죽고, 우리는 하데스 혹은 존재의 지하세계로 들어간다.

우리의 몸이 이제 '죽은 상태'이기에 우리는 하데스 혹은 존재의 지하세계로 들어간다. 그러나 이 지하세계의 권력자들 혹은 악마들은 지상의 1/4만을, 즉 살로 된 몸의 1/4만을 해칠 수 있을 뿐이다. 이 말은 죽음이 단지 신비주의적인 것이며 상한 것은 기성의 피조물에 속한 몸일 뿐이라는 의미이다. 이 작은 죽음 가운데 배고픔과 신체적 고통이 신체로서의 몸에 닥치지만, 아직까지 더 큰 상처가 오지는 않는다. 다시 말해, 신의 분노인 재난이 닥치지 않았으니, 여기서는 아직 전능한 신의 화가 미치지는 않은 것이다.

네 명의 기수에 대한 거칠고 표피적인 설명이 존재하는데, 어쩌면 그것이 진정한 의미를 암시할 수도 있다. 티투스나 베스파시아누스 시대[173]의 기근에 대해 말하는 정통 주류 논평

· ·

번역본에는 우리의 식생활에 맞게 '떡'으로 번역되어 있다. "그들이 먹을 때에 예수께서 떡을 가지사 축복하시고 떼어 제자들에게 주시며 이르시되 받아서 먹으라 이것은 내 몸이니라 하시고"(「마태복음」 26:26; 「마가복음」 14:22; 「누가복음」 22:19에도 같은 말씀이 있다.)

173. 베스파시아누스(9~79)는 로마 플라비우스 왕조의 첫 번째 황제(69~79)였고, 그의 장자 티투스(39~81)는 79~81년까지 로마를 통치했다.

자들은 이후에 등장한 종말론자가 쓴 보리와 밀에 관한 기록 몇 개를 꼼꼼히 읽고 있는 중일 수도 있겠다. 이교도적이었던 그 本來 의미는 '그리스도의 교회 대 사악한 이방 권력자들'이라는 사안에 딱 들어맞게 만들어진 의미에 의해서 의도적으로 흐릿해진다. 그럼에도 네 기수들 자체는 삭제되지 않고 남아 있다. 아마 이 책의 다른 어떤 곳보다도 바로 이 부분에서, 우리는 구조의 뼈대는 남기되 원래의 의미는 의도적으로 잘리고 어지럽혀지고 변형되는 특유의 방식을 볼 수 있는 것이다.

그러나 아직 세 개의 봉인이 남았다. 이 봉인들이 뜯기면 무슨 일이 벌어지는가?

네 번째 봉인이 뜯긴 이후 창백한 말을 탄 기수, 즉 이교도 제의 속 입문자는 육체적인 죽음을 맞이했다. 하지만 지하세계를 거치는 여행이 남았으니, 이곳에서 살아 있는 '나'는 궁극적으로 저 지옥의 문에서 맨몸으로 일어나 새날을 맞이할 수 있도록 자신의 영혼과 정신을 벗어던져야만 한다. 영혼, 정신, 살아 있는 '나'는 인간이 가진 세 가지의 신성한 성질인 것이다. [앞에서 말한] 네 가지의 육체적 성질은 지상에 남겨둔다. 하데스에서는 신성한 성질 중 두 가지만 벗어던질 수 있다. 마지막 성질[살아 있는 '나']은 새날이 되면 완전한 불길로 말미암아 정신적 몸과 영혼의 육신이라는 새 옷을 연속해서 입고, 이어서 네 개의 현세적 성질을 가진 살로 된 '의복'을

137

걸치게 된다.[174]

의심할 여지 없이 이교도 문서는 하데스를 거치는 이 여정, 영혼과 그에 이어 정신을 벗어던지는 이 과정을 여섯 겹에 걸친 신비로운 죽음에 이를 때까지 기록했다.[175] 그리고 일곱 번째 봉인은 마지막 죽음의 천둥소리인 동시에 새로운 탄생과 더불어 엄청난 환희를 맞이하는 최초의 웅장한 찬가가 된다.

그러나 유대인의 정신은 인간이 산 채로 지상에서 신성을 획득하는 것을 싫어하며, 이 점에 있어서는 기독교 정신도 똑같다. 인간은 오직 나중에야, 즉 그가 죽어서 천국에 갔을 때에야 신성해진다. 그는 살이 붙어 있는 상태로 신성을 얻어서는 안 된다. 따라서 유대교와 기독교 종말론자들은 지옥에 들어가는 개인의 모험이라는 신비주의 의식을 없애버리고, 이것을 순교 당한 수많은 영혼들이 제단 아래서 복수— 유대인에게 복수는 성스러운 의무였다— 를 외치는 장면으로 대체했다.[176] 이 영혼들은 더 많은 순교자들이 죽을 때까지 잠시

• •

174. 이교도적 입문 의식에서 '작은 죽음'을 당한 과거의 나, 육체적 나는 이제 죽은 상태로 지하세계에 들어가 그곳에서 기존의 영혼과 정신을 벗어던진 후, 새로운 영혼과 정신을 장착한 후 진정한 "살아 있는 '나'"의 모습으로 재탄생한다. 이렇게 재탄생한 입문자는 세상에서 살아가야 하기에 다시금 앞에서 말한 네 가지의 육체적 성질을 가진 "살"을 부여받는다.

175. 네 번째 봉인이 뜯길 때까지가 지상에서의 육체적 '작은 죽음'이고, 지하세계로 들어가 영혼과 정신을 벗어던진 후 새로운 영혼과 정신을 입을 때까지 두 단계가 더 추가되어 죽음은 "여섯 겹"이 된다.

기다리라— 언제나 지연된 운명인 것이다— 는 말을 듣게
된다. 이들에게는 흰 두루마기가 주어지는데, 흰 두루마기는
새로 부활한 몸[의 상징]이므로[177] 시기상조인바, 도대체 이
울부짖는 "영혼들"이 하데스에서 어떻게 그 두루마기를 입을
수 있겠는가? 무덤 속에서 입는가? 어쨌든 이런 것이 다섯
번째 봉인을 뜯는 과정에서 유대-기독교 종말론자들이 만들
어낸 오점이다.[178]

　여섯 번째 봉인, 곧 살아 있는 '나'의 마지막 속살로부터
영혼을 벗겨내는 일을 종말론자는 뒤죽박죽된 우주적 재앙으
로 변형시킨다.[179] 태양은 검은 털로 짠 상복같이 검어지는데,

* *

176. "다섯째 인을 떼실 때에 내가 보니 하나님의 말씀과 그들이 가진 증거로 말미암아
　　죽임을 당한 영혼들이 제단 아래에 있어 큰 소리로 불러 이르되 거룩하고 참되신
　　대주재여 땅에 거하는 자들을 심판하여 우리 피를 갚아 주지 아니하시기를 어느
　　때까지 하시려 하나이까 하니, 각각 그들에게 흰 두루마기를 주시며 이르시되
　　아직 잠시 동안 쉬되 그들의 동무 종들과 형제들도 자기처럼 죽임을 당하여
　　그 수가 차기까지 하라 하시더라." (「요한계시록」 6:9~11)
177. "장로 중 하나가 응답하여 나에게 이르되 이 흰옷 입은 자들이 누구며 또 어디서
　　왔느냐. 내가 말하기를 내 주여 당신이 아시나이다 하니 그가 나에게 이르되,
　　이는 큰 환난에서 나오는 자들인데 어린 양의 피에 그 옷을 씻어 희게 하였느니라."
　　(「요한계시록」 7:13~14)
178. 이교도 입문 의식의 맥락에서는 지하세계에서 완전히 새롭게 태어난 후에야
　　입문자는 다시 살이 붙은 몸으로 되살아오고 그전에는 벌거숭이 상태일 뿐이므로
　　옷을 입을 수 없다. 옷은 모든 의식이 끝나서 재탄생한 후에야 입을 수 있다.
　　이것이 유대-기독교적으로 다시 쓰이는 과정에서 재탄생이 완료되지 않았는데도
　　부활한 몸을 상징하는 흰옷을 입는다는 것은 로렌스가 볼 때 본래 맥락에서
　　이탈한 서사이자 모순적 요소이다.
179. "내가 보니 여섯째 인을 떼실 때에 큰 지진이 나며 해가 검은 털로 짠 상복같이

이는 태양이 뚜렷한 암흑을 발산하는 거대한 검정 구체가
되었음을 의미한다. 달이 피로 물든다는 것은 이교도 정신을
공포로 반전시킨 장면들 중 하나이다. 달은 물기 머금은 인간의
몸을 만든 어머니이고 피는 태양에 속하기 때문에, 살로 이루어
진 몸의 원천에 시원한 물을 주어야 하는 그녀는 음녀나 악녀가
그렇듯 오직 극도로 사악한 음행 속에서만 붉은 피에 취한
술꾼이 될 수 있는 것이다. 별들은 하늘에서 떨어지고 하늘은
두루마리가 말리는 것처럼 떠나가고 "각 산과 섬이 제자리에
서 옮겨진다." 이는 혼돈이 되돌아왔음을, 우주적 질서 혹은
창조가 종언을 맞이했음을 의미한다. 하지만 이것이 절멸은
아니다. 지상의 왕들을 비롯해 남아 있는 모든 인간들이 영원히
반복되는 어린 양의 분노를 피하기 위해 흔들리는 산속에서
계속 몸을 숨기고 있기 때문이다.

　　의문의 여지 없이 이 우주적 재앙은 입문자가 맞이하는
원래의 최종적 죽음, 즉 지하 하데스에서 그의 정신이 그에게서
빠져나감으로써 진정 죽음을 맛보게 되지만 여전히 마지막

• •

　　검어지고 달은 온통 피같이 되며 하늘의 별들이 무화과나무가 대풍에 흔들려
　　설익은 열매가 떨어지는 것 같이 땅에 떨어지며 하늘은 두루마리가 말리는 것
　　같이 떠나가고 각 산과 섬이 제 자리에서 옮겨지매 땅의 임금들과 왕족들과
　　장군들과 부자들과 강한 자들과 모든 종과 자유인이 굴과 산들의 바위틈에 숨어
　　산들과 바위에게 말하되 우리 위에 떨어져 보좌에 앉으신 이의 얼굴에서와 그
　　어린 양의 진노에서 우리를 가리라. 그들의 진노의 큰 날이 이르렀으니 누가
　　능히 서리요 하더라." (「요한계시록」 6:12~17)

생명의 불꽃은 유지하고 있는 상태와 부합한다. 그러나 종말론자들이 이런 식으로 암시를 쓰고 있다는 점은 애석한 일이다. 아포칼립스가 단조롭기 그지없는 일련의 우주적 재앙이 되어버린 것이다. 이교도 입문 의식 기록의 본 모습을 되찾을 수만 있다면 '새 예루살렘'[180] 따위는 흔쾌히 양보할 수 있을 텐데. 지루하게 지속되는 이 '어린 양의 분노'라는 장사는 이빨이 다 빠진 노인들에게서 끝없이 협박받는 것처럼 우리를 짜증 나게 한다.

어쨌든, 신비주의적 죽음의 여섯 단계가 끝난다. 일곱 번째 단계에서는 죽음과 탄생이 동시에 일어난다. 인간의 영원한 자아라는 최종적 화점火點이 지옥에서 떠오르고, 그것은 소멸되려는 바로 그 찰나에 황금 넓적다리에 영광의 얼굴을 하고 새 육신을 입은 인간이라는 새롭게 박차고 올라온 불꽃으로 변모한다. 그러나 일단은 중단, 자연스러운 중단이 생긴다.[181] 사건은 유예되고, 또 하나의 세계로, 외부의 우주로 옮겨간다. 일곱 번째 봉인, 그 충돌과 그 영광 이전에 실현되어야 할 일련의 소규모 의례가 남아 있는 것이다.

• •

180. 「요한계시록」 21장에 등장하는 이미지로, 모든 심판과 재앙이 끝난 후 세워지는 새로운 세계의 대표적 상징이다.
181. 「요한계시록」 6장에서 일곱 봉인 중 여섯 개의 봉인을 떼지만, 마지막 일곱 번째의 봉인은 일시 중단되었다가 8장에서 이루어진다.

11

알다시피 천지는 정사각형이고, 천지 혹은 창조된 우주를 나타내는 숫자는 4이다. 세계의 네 모퉁이에서는 네 개의 바람이 불 수 있는데, 셋은 나쁜 바람이고 하나는 좋은 바람이다.[182] 모든 바람이 풀려나오는 것은 하늘의 혼돈과 지상의 파괴를 의미한다.

따라서 바람의 천사 넷[183]에게 바람을 중지하고, 지상, 바다,

• •

182. 고대인들은 세계가 사각형이고, 사각형의 각 모서리는 하늘의 기둥과 산을 떠받친다고 생각했으며, 대개 네 개의 강이 각 모서리로 흐른다. 이는 유대–기독교 전통, 메소포타미아 문명, 힌두교에서 공히 발견되는 세계관이다. 「창세기」에서 여호와가 처음 세상을 창조했을 때도 강은 에덴동산에서 흘러나와 세계의 네 모서리를 적신다. "강이 에덴에서 흘러나와 동산을 적시고 거기서부터 갈라져 네 근원이 되었으니 첫째의 이름은 비손이라. 금이 있는 하윌라 온 땅을 둘렀으며 그 땅의 금은 순금이요 그곳에는 베델리엄과 호마노도 있으며, 둘째 강의 이름은 기혼이라 구스 온 땅을 둘렀고, 셋째 강의 이름은 힛데겔이라 앗수르 동쪽으로 흘렀으며, 넷째 강은 유브라데더라." (「창세기」 2:10~14)

나무, 즉 실제 세계를 해하지 말라는 명령이 내려진다.[184]

그러나 태양과 달을 들어 올려 돛을 펼치고 천천히 항해하는 배처럼 하늘을 가로지르게 하는 신비의 동풍이 존재 ─ 기원전 2세기 무렵에는 이런 믿음이 있었다 ─ 한다.[185] 이 동쪽에서 천사가 떠올라 자신이 하나님의 종들의 이마에 인장을 찍는 동안 파괴의 바람을 중단하라고 외친다.[186] 그 후, 이스라엘 열두 지파의 이름이 지루하게 열거되며 이들에게 인장이 찍히는 유대인의 지겨운 의식이 열린다.[187]

장면이 바뀌고, 우리는 흰 가운을 입고 손에 종려나무 가지를 든 엄청난 수의 다중多衆이 큰 목소리로 외치는 모습을 본다. "구원하심이 보좌에 앉으신 우리 하나님과 어린 양에게 있도다." 그러자 천사들과 장로들과 날개 달린 네 생물들이 엎드려 하나님을 경배하며 말한다. "찬송과 영광과 지혜와

• •

183. 바람의 천사는 우리엘(남풍), 미카엘(동풍), 라파엘(서풍), 가브리엘(북풍)이다.
184. "이 일 후에 내가 네 천사가 땅 네 모퉁이에 선 것을 보니 땅의 사방의 바람을 붙잡아 바람으로 하여금 땅에나 바다에나 각종 나무에 불지 못하게 하더라." (「요한계시록」 7:1)
185. 동쪽에서 부는 바람이란 북아프리카에서 불어오는 뜨거운 바람으로 열풍(sirocco)이며, '하나님의 바람(wind of God)'이라고도 한다.
186. "또 보매 다른 천사가 살아 계신 하나님의 인을 가지고 해 돋는 데로부터 올라와서 땅과 바다를 해롭게 할 권세를 받은 네 천사를 향하여 큰 소리로 외쳐 이르되 우리가 우리 하나님의 종들의 이마에 인치기까지 땅이나 바다나 나무들을 해하지 말라 하더라." (「요한계시록」 7:2~3)
187. 「요한계시록」 7:4~8.

143

감사와 존귀와 권능과 힘이 우리 하나님께 세세토록 있을지어다. 아멘."[188]

이 장면은 일곱 번째 봉인이 열렸음을 암시한다. 천사가 네 바람에게 잔잔하라고 외치는 동안 축복받은 이들 혹은 새로 태어난 이들이 나타나는 것이다. "큰 환난을 겪었던" 이들, 즉 죽음과 재탄생의 의식에 입문했던 이들이 새 몸을 상징하는 희게 빛나는 가운을 입고 손에는 생명의 나뭇가지를 든 채로 전능한 신 앞에서 장엄한 광휘를 받으며 영광 속에 등장한다. 이들은 찬송가를 부르고 천사들은 호응한다.[189]

종말론자의 노력에도 불구하고,[190] 여기서 우리는 키벨레 사원 같은 장소에서 어떤 이교도 입문자가 사원의 깜깜한 지하에 있다가 사원 기둥 앞의 장엄한 광휘 앞으로 갑자기 불려 나온 모습을 떠올린다. 다시 태어나 눈이 부신 그는 흰 가운을 입은 채 종려나무 가지를 들고 있고, 그를 둘러싼 피리들은 황홀한 소리를 연주하고, 춤추는 여인들은 그에게 화환을 씌워준다. 빛이 반짝이고, 향이 타오르고, 그의 주변에 모여 일종의 황홀경에 빠져 칭송하는 눈부신 남녀 사제들이 팔을 들고 다시 태어난 자의 새 영광을 위해 찬송가를 부른다.

• •

188. 「요한계시록」 7:9~12.
189. 「요한계시록」 7:13~14.
190. 계시록의 필자들이 이교도 아포칼립스를 다시 쓰며 왜곡했음에도 불구하고

뒤편에 모인 군중은 숨을 죽이고 있다.

외경심에 휩싸인 구경꾼들이 몰려 있는 사원 앞에서 새 입문자가 피리 소리와 종려나무 가지가 흔들리는 가운데 장엄한 광휘와 경이감에 휩싸여 신과 동일시 혹은 동화되는 영광을 그리는 이 생생한 장면은 우리가 알다시피 이시스 신비주의[191] 의식의 마지막 장면이었다. 이러한 정경이 종말론자들에 의해 기독교적 환영으로 변환되었던 것이다. 그러나 이 장면이 진짜로 일어나는 것은 일곱 번째 봉인을 연 이후이다. 개인의 입문에서 일어나는 하나의 순환cycle이 충족되는 것이다.[192] 엄청난 충돌과 정복은 끝난다. 입문자는 죽고, 새 몸을 입어 다시 살아난다. 그는 죽음을 겪었고, 일곱 번째의 자신을 완성했고, 두 번 태어났으며, 신비주의적 눈 혹은 '제3의 눈'을

• •

191. 고대 이집트의 주요 여신으로, 오시리스의 여동생이자 아내이며 호루스의 어머니인 이시스는 헌신적인 어머니와 정결한 아내의 전형이었다. 그녀의 조각상에는 다음과 같은 글귀가 쓰여 있었다. "나는 지금도 있고, 전에도 있었고, 앞으로도 있을 자이다. 나의 베일을 들춘 이는 아무도 없다." 「요한계시록」에는 하나님과 관련해 이와 유사한 구절이 자주 등장한다. "요한은 아시아에 있는 일곱 교회에 편지하노니 이제도 계시고 전에도 계셨고 장차 오실 이와 그의 보좌 앞에 있는 일곱 영과"(1:4); "주 하나님이 이르시되 나는 알파와 오메가라 이제도 있고 전에도 있었고 장차 올 자요 전능한 자라 하시더라"(1:8); "네 생물은 각각 여섯 날개를 가졌고 그 안과 주위에는 눈들이 가득하더라. 그들이 밤낮 쉬지 않고 이르기를 거룩하다 거룩하다 거룩하다 주 하나님 곧 전능하신 이여 전에도 계셨고 이제도 계시고 장차 오실 이시라 하고." (4:8)

192. 새롭게 믿으려는 입문자가 입교하여 육체의 죽음과 지하세계로의 이동, 새로운 영과 정신과 몸을 입어 다시 재탄생/부활하는 하나의 순환을 겪어내야만 그는 이제 신자로 인정받는다.

이제 떴다는 징표로, 불교 승려가 하듯 이마에 인장印章을 받는다. 그의 눈은 두 세계를 본다. 똬리를 틀고 있는 뱀 우라에우스Uraeus를 이마 가운데에 달고 있는 파라오처럼, 그는 태양에게 속해 있는 최후의 자랑스러운 힘을 받아 가지게 된 것이다.[193]

그러나 이는 전부 이교도적이고 불경스러운 것이다. 기독교인에게는 지상에서 살아 있을 적에 신성한 몸을 입고 새롭게 태어나는 것은 허용되지 않는다.[194] 따라서 그 대신 천국에서의 순교자 무리가 등장하는 것이다.

이마의 인장이란 재, 곧 육체의 죽음의 표식일 수 있고, 혹은 영광을 나타내는 진홍색이나 새로운 빛 또는 환영을 나타낼 수도 있다. 그것은 사실 그 자체로 일곱 번째 봉인이다. 자, 이제 장면은 끝나고, 천국에는 약 반 시간가량의 정적이 흐른다.[195]

• •

193. 불교 신앙에서 모든 인간은 신비적 힘의 진원지인 제3의 눈을 이미 한가운데에 갖고 있다. 고대 이집트의 신들과 파라오들은 최고 권력의 상징으로 성스러운 뱀 우라에우스를 머리 장식물의 이마 한가운데 부분에 달고 있다. 꼿꼿하게 머리를 들고 있는 코브라 우라에우스는 권력뿐 아니라 영적인 힘의 상징으로 승격된다. 태양을 주요 신으로 여겼던 고대 이교도들에게 있어 태양에게는 보이지 않는 모든 것을 꿰뚫어 볼 수 있는 힘이 있었으니, "태양에게 속해 있는 최후의 자랑스러운 힘"이란 바로 이 영적인 힘을 의미한다.

194. 기독교의 믿음과 회개, 새 삶이라는 것은 어디까지나 영적인 측면을 이르는 것인 반면, 로렌스가 예로 드는 이교도 의례에서는 영, 정신, 육체가 모두 새로 태어나게 된다.

195. "일곱째 인을 떼실 때에 하늘이 반 시간쯤 고요하더니" (「요한계시록」 8:1)

12

아마도 이쯤에서 가장 오래된 이교도 문서는 끝났던 것 같다. 적어도 이 드라마의 첫 번째 주기가 여기서 끝난다. 다양한 방식으로 주저하면서 어떤 늙은 종말론자가 두 번째 주기를 시작하는데, 이번에는 개인이 아닌 지상 혹은 세계의 죽음과 재생이라는 주기가 된다. 이 부분 역시 파트모스의 요한보다는 훨씬 더 오래되었다는 느낌을 받는다. 그럼에도 불구하고 이 부분은 유대인의 도덕적·대재앙적 환영을 가지고 기묘한 방식으로 이교도성을 왜곡시킨다는 점에서 매우 유대적이다. 다시 말해, 처벌과 화라는 편집증적 일관성이 아포칼립스를 관통하는 것이다. 우리는 이제 진정한 유대적 분위기 속으로 들어온 셈이다.

그러나 여전히 옛 이교도의 관념들은 남아 있다. 향이 커다란 연기구름을 이루며 피어올라 전능한 신의 콧구멍 속으로 들어간다.[196] 이 향 연기구름은 알레고리로, 성자들의 기도를 [하나님 앞에] 나르기 위해 만들어진 것이다. 그러자 신성한 불길이 지상에 쏟아져 세계, 지상, 다중의 작은 죽음과 최후의 재탄생을 촉발시킨다. 일곱 천사, 즉 하나님의 역동적 성질 일곱 가지를 나타내는 일곱 천사[197]에게는 일곱 개의 선포를 위한 일곱 개의 나팔이 주어진다.

이어서 유대적 아포칼립스가 일곱 나팔이라는 두 번째 주기를 펼치기 시작한다.[198]

* *

196. "내가 보매 하나님 앞에 일곱 천사가 서 있어 일곱 나팔을 받았더라. 또 다른 천사가 와서 제단 곁에 서서 금향로를 가지고 많은 향을 받았으니 이는 모든 성도의 기도와 합하여 보좌 앞 금 제단에 드리고자 함이라. 향연이 성도의 기도와 함께 천사의 손으로부터 하나님 앞으로 올라가는지라. 천사가 향로를 가지고 제단의 불을 담아다가 땅에 쏟으매 우레와 음성과 번개와 지진이 나더라." (「요한계시록」 8:2~5)

197. 하나님의 일곱 천사는 전통적으로 일곱 행성(수성, 금성, 화성, 목성, 토성, 태양, 달)을 표상했다. 이들 중 여섯의 이름은 「에녹서」 20장에 등장한다. "다음은 웅위하는 임무를 담당한 천사들의 이름이다. 우리엘은 거룩한 천사 중 하나로 천둥과 전율의 천사이다. 라파엘은 거룩한 천사 중 하나로 인간 영의 천사이다. 라구엘은 거룩한 천사 중 하나로 지상과 빛에 복수한다. 미카엘은 거룩한 천사 중 하나로 인류 가운데에 가장 우수한 부분인 [이스라엘] 백성을 지킨다. 사라카엘은 거룩한 천사 중 하나로 영을 죄로 꾀어내는 인간의 자식들의 영을 지킨다. 가브리엘은 거룩한 천사 중 하나로 뱀과 (에덴) 동산과 케루빔을 지킨다." (「에녹서」 20) 정전으로 인정된 기독교 경전에는 일곱 천사의 이름이 등장하지 않는다. 미카엘과 가브리엘, 라파엘은 개신교와 천주교에서 '대천사'로 인정하지만, 특히 개신교에서는 신앙적인 측면에서 천사들을 거의 언급하지 않는다.

198. 일곱 천사의 일곱 나팔과 그에 따른 재앙은 「요한계시록」 8:6~11장까지 이어진다.

여기서 다시 4와 3의 분할이 발생한다. 우리는 신성한 명령에 따른 우주의 죽음(작은 죽음)을 목격하는데, 나팔 소리가 날 때마다 세상의 1/4이 아닌 1/3이 파괴된다. 신성한 숫자는 3이고, 정사각형으로 된 세상의 숫자는 4이다.

첫 번째 나팔 소리에 식물의 1/3이 파괴된다.[199]

두 번째 나팔 소리에 심지어 배까지 포함한 모든 해양 생물의 1/3이 파괴된다.[200]

세 번째 나팔 소리에 지상의 담수 1/3이 쓴맛으로 변하더니 독이 된다.[201]

네 번째 나팔 소리에 태양, 달, 별들, 즉 하늘의 1/3이 파괴된다.[202]

이 부분은 첫 번째 주기에 등장했던 네 명의 기수들에 부응하

* *

199. "첫째 천사가 나팔을 부니 피 섞인 우박과 불이 나와서 땅에 쏟아지매 땅의 삼분의 일이 타 버리고 수목의 삼분의 일도 타 버리고 각종 푸른 풀도 타 버렸더라." (「요한계시록」 8:7)

200. "둘째 천사가 나팔을 부니 불붙는 큰 산과 같은 것이 바다에 던져지매 바다의 삼분의 일이 피가 되고 바다 가운데 생명 가진 피조물들의 삼분의 일이 죽고 배들의 삼분의 일이 깨지더라." (「요한계시록」 8:8~9)

201. "셋째 천사가 나팔을 부니 횃불같이 타는 큰 별이 하늘에서 떨어져 강들의 삼분의 일과 여러 물샘에 떨어지니 이 별 이름은 쓴 쑥이라 물의 삼분의 일이 쓴 쑥이 되매 그 물이 쓴 물이 되므로 많은 사람이 죽더라." (「요한계시록」 8:10~11)

202. "넷째 천사가 나팔을 부니 해 삼분의 일과 달 삼분의 일과 별들의 삼분의 일이 타격을 받아 그 삼분의 일이 어두워지니 낮 삼분의 일은 비추임이 없고 밤도 그러하더라." (「요한계시록」 8:12)

149

는데, 여기에는 투박한 유대–아포칼립스적 유사성이 작동한 것이다. 이제 물질적 우주가 작은 죽음을 겪었다.

뒤에 이어지는 것은 "화, 화, 화"로, 이는 물질적 영역 대신 (이제 인간으로 상징화된) 세상의 정신과 영혼에 영향을 끼친다.[203] 별 하나가 땅에 떨어지며, 이는 땅에 내려오는 천사를 나타내는 유대적 형상이다. 그는 심연의 열쇠를 가지고 있는데, 심연은 하데스에 대응하는 유대적 상징이다.[204] 그리고 첫 번째 주기에 등장하는 자아의 지하세계 대신 사건은 이제 우주의 지하세계로 옮겨간다.

이제 전부가 더 이상 상징적이지 않으며 그저 온통 유대적이고 알레고리적인 것이 된다. 우리가 지하세계에 있기 때문에 태양과 달은 어두워진다.[205]

심연은, 지하세계가 그렇듯, 인간에게 해로운 사악한 힘들로 가득하다.

심연은, 지하세계가 그렇듯, 대체된 창조의 힘을 표상한다.[206]

• •

203. "내가 또 보고 들으니 공중에 날아가는 독수리가 큰 소리로 이르되 땅에 사는 자들에게 화, 화, 화가 있으리니 이는 세 천사들이 불어야 할 나팔 소리가 남아 있음이로다 하더라." (「요한계시록」 8:13)
204. "다섯째 천사가 나팔을 불매 내가 보니 하늘에서 땅에 떨어진 별 하나가 있는데 그가 무저갱의 열쇠를 받았더라." (「요한계시록」 9:1)
205. "그가 무저갱을 여니 그 구멍에서 큰 화덕의 연기 같은 연기가 올라오매 해와 공기가 그 구멍의 연기로 말미암아 어두워지며" (「요한계시록」 9:2)

인간의 옛 본성old nature은 새로운 본성에 굴복하며 길을 내어 주어야만 한다.[207] 굴복하는 과정에서 옛 본성은 하데스 속으로 넘어가는데, 거기서 영원히 소멸되지 않고 사악함을 유지한 채로, 즉 [새로운 본성으로] 대체되면서도 지하세계에서는 악한 힘을 유지한 채로 남는다.[208]

매우 심오한 이 진리는 모든 고대 종교에 구현되어 있으며, 지하세계의 힘에 대한 숭배의 뿌리에 놓여 있다. 지하세계의

● ●

206. 창조로 인해 생긴 피조물/세계의 밝은 면이 지상에 있다면("보시기에 좋았더라"), 심연/지하세계는 그것의 어두운 면, 사악하고 해로운 면을 담고 있다. 사악하고 해로운 창조물은 새롭고 밝은 창조물에 의해 "대체된(superseded)" 상태로 숨겨져 있다(지하세계에 있다). 이 사악한 힘은 "이전의/옛 본성(old nature)"이라고 반복해서 표현된다. 즉 이 힘이야말로 원래부터 존재하던 힘이었던 것이고, "새로운 본성", "새로운 힘"은 그것을 극복하고 나오는 국면이다. 다만 새로운 본성, 새로운 힘이 약하거나 타락했을 때, 즉 이전의 자신을 제대로 제어하지 못하고 지하세계의 힘과의 싸움에서 질 때 그는 새로운 인간으로 재탄생하지 못한다. 이교도적 제의에서 이전의 본성과 새로운 본성의 대결이 언제나 자신 안에서 이루어지는 것이라면, 유대-기독교적 아포칼립스 상상력에서 이전의 힘, 심연의 힘은 심판의 날에 지상으로 터져 나와 재앙을 만들어낸다.

207. 여기서 "옛 본성"은 새사람이 되기 '이전의' 옛 본성을 뜻한다.

208. 이교도적 의식이든 유대-기독교 전통이든 '새사람'으로 재탄생하는 과정의 핵심은 자신의 '이전의 오래된 본성'을 버리고 '새로운 본성'으로 그것을 대체하는 것이다. 하지만, 로렌스는 그렇게 버려진 자신의 죄 많은 옛 본성이 '지하세계' 속에서 불멸한 채 남아 있다고 말한다. 외부로 표출되지 못하고 억압된 욕망은 없어지는 게 아니라 무의식 속에 끈질기게 남아 있다는 프로이트의 이론을 연상케 한다. 로렌스는 정신분석, 특히 '무의식'이라는 개념에 관심이 많았던 것으로 보인다. 그는 『정신분석과 무의식』(Psychoanalysis and the Unconscious, 1921)과 『무의식의 판타지아』(Fantasia of the Unconscious, 1923)라는 두 권의 정신분석 책을 썼다.

힘인 크토니오스들chthonioi에 대한 숭배야말로 어쩌면 가장 오래된 고대 그리스 종교의 기반 그 자체였을 것이다. 인간에게 지하세계의 힘 — 이것은 사실 대체된 옛 자신이다 — 을 굴복시킬 기력이 없을 뿐 아니라, 희생과 번제로 그 힘을 달랠 지혜도 없을 때, 그때 지하세계의 힘은 인간에게 되돌아와 그를 다시 파괴한다. 그렇기에 새롭게 삶을 정복하는 모든 사건은 '그리스도의 황천 강하harrowing of Hell'를 의미하는 것이다.[209]

동일한 방식으로, 모든 거대한 우주적 변화 이후에는 옛 우주가 가졌던 힘, 즉 대체되었던 힘이 새로운 창조물에게

· ·

209. '그리스도의 황천 강하'란 라틴어 'Descensus Christi ad Inferos'의 영어 번역으로, 기독교 교리에서 십자가에 달려 죽으신 그리스도가 부활하기 전에 지하세계(지옥)로 내려가 지옥의 힘과 싸워 이겨 모든 의인을 구원한 일을 의미한다. 이 일을 마치고 그리스도는 부활한다. '그리스도의 황천 강하'는 중세 기독교 예술과 극에서 매우 자주 사용되던 테마였다. 기독교인의 신앙고백인 「사도신경」의 라틴어 버전에도 *"crucifixus, mortuus, et sepultus, descendit ad inferos; tertia die resurrexit a mortuis"*라는 구절이 등장하며, 이는 "십자가에 못 박혀 돌아가시고 묻히셨으며 저승에 가시어 사흗날에 죽은 이들 가운데서 부활하시고"(가톨릭) 혹은 "십자가에 못 박혀 죽으시고 장사한 지 사흘 만에 죽은 자 가운데서 다시 살아나시며"(개신교)로 번역되어 있으나 개신교 버전에서는 그리스도가 죽은 후 '지하세계에 갔다'는 이 문구가 제대로 번역되어 있지 않다.

"새롭게 삶을 정복하는 모든 사건"이라는 것은 로렌스가 전 챕터부터 반복해서 설명하고 있는 이 고대 종교의 재탄생 의식을 말한다. '작은 죽음' 이후 지하세계로 내려간 자신이 옛 자신을 모두 죽이는 것이 역설적으로 새로 삶을 정복하는 것(새로 삶을 얻어내는 것, 재탄생/부활하는 것)이므로, 이는 '그리스도의 황천 강하'에 담긴 의미이기도 하다.

있어서는 악마적이고 해로운 것이 된다. 이는 일련의 게아–우라노스–크로노스–제우스 신화 뒤에 놓인 위대한 진리다.[210]

따라서 전체 우주가 사악한 측면을 동시에 지닌 것이다. 태양, 위대한 태양도 그가 대체된 우주의 날에 속한 옛 태양인 한, 새로 태어난 유약한 나에게는 해롭고 악한 존재다. 여전히 내 옛 자아에 지배력을 행사하기에 그는 발버둥 치는 내게 해를 끼치며 적대적이다.

마찬가지로 옛 성질뿐 아니라 대체되었던 심연의 본성을 가지고 있는 우주의 물 역시 생명에게, 특히 인간의 생명에 해롭다. 위대한 달이자 내 내면의 물줄기가 되는 어머니라

· ·

210. 그리스 신화에서 땅의 여신 게아(Gea 혹은 Gaia)는 카오스에서 처음 나온 신적 존재다. 게아에게서 하늘인 우라노스(Uranus)와 바다인 폰투스(Pontus)가 나왔다. 게아는 우라노스와 관계하여 많은 자식을 낳는데, 이 자식들의 안전을 염려하여 낫을 만들어 자신의 막내아들인 크로노스(Chronos)가 우라노스를 거세하게 만든다. 크로노스는 남매인 레아(Rhea)와 관계하여 올림퍼스의 신들, 즉 헤스티아, 데메테르, 헤라, 하데스, 제우스, 포세이돈을 낳는다. 자식 중 하나가 자신을 폐할 것이라는 경고를 받은 크로노스는 자식을 낳을 때마다 집어삼켜 버린다. 하지만 레아는 제우스를 낳고는 그를 숨긴 채 크로노스에게 돌을 주어 그것을 집어삼키게 한다. 제우스는 게아에게서 받은 구토제를 크로노스에게 먹여 크로노스의 배 속에 있던 형제들이 되살아난다. 제우스는 결국 티탄 신족들의 도움을 받아 크로노스를 무찌른다. 이 신화에서 반복되는 모티프는 아버지(오래된 힘)와 자식(새로운 힘) 간의 갈등이다. 아버지(우라노스, 크로노스)는 자식을 낳은 창조의 힘이지만 자식을 죽이려는 사악하고 해로운 힘이기도 하며, 자식은 이 아버지, 곧 이전의 본성을 죽여야만 새로운 자신을 확립하고 홀로 설 수 있다. 크로노스에게 집어삼켜진 자식들은 지하세계에 들어간 자아와 유사하며, 이들은 거기서 튀어나옴으로써 올림퍼스의 신이 될 수 있다.

해도, 그녀가 죽어버린 옛 달인 한, 내 옛 몸에 여전히 지배력을 행사하는 그녀는 내 몸에 해롭고 적대적이며 불쾌한 존재이다.

이것이 "두 화two woes"[211]의 뒤에 숨은 의미로, 매우 깊은 이 의미는 파트모스의 요한에게는 너무 심오한 것일 터이다. 첫 번째 화의 유명한 메뚜기는 다섯 번째 나팔로 열린 심연에서 솟아 나오며, 복잡하긴 하나 이해 못 할 상징은 아니다.[212] 메뚜기 떼는 지상의 수목은 그대로 두고 오직 이마에 새 인장을 받지 못한 인간들만 다치게 한다. 메뚜기 떼는 이 인간들을

· ·

211. 다섯 번째 나팔부터 일곱 번째 나팔까지 등장할 화는 셋이다. 「요한계시록」 9:3~12절에는 다섯 번째 나팔과 함께 첫 번째 화가 펼쳐진다. 이 재앙 이후에는 "첫째 화는 지나갔으나 보라 아직도 이 후에 화 둘이 이르리로다"(9:12)라는 구절이 나온다. 로렌스의 "두 화"는 이 "화 둘"을 가리키는데, 그렇다고 앞의 첫 번째 화에 "심오한 의미"가 없는 것이라고 보아서는 안 된다. 로렌스가 앞에서 말하듯 다섯 번째 나팔부터 일곱 번째 나팔에 따르는 세 개의 화는 앞의 네 화의 '물질적' 재앙과 달리 '정신적' 재앙이라는 점에서 함께 묶인다.

212. "또 황충이 연기 가운데로부터 땅 위에 나오매 그들이 땅에 있는 전갈의 권세와 같은 권세를 받았더라. 그들에게 이르시되 땅의 풀이나 푸른 것이나 각종 수목은 해하지 말고 오직 이마에 하나님의 인침을 받지 아니한 사람들만 해하라 하시더라. 그러나 그들을 죽이지는 못하게 하시고 다섯 달 동안 괴롭게만 하게 하시는데 그 괴롭게 함은 전갈이 사람을 쏠 때에 괴롭게 함과 같더라. 그날에는 사람들이 죽기를 구하여도 죽지 못하고 죽고 싶으나 죽음이 그들을 피하리로다. 황충들의 모양은 전쟁을 위하여 준비한 말들 같고 그 머리에 금 같은 관 비슷한 것을 썼으며 그 얼굴은 사람의 얼굴 같고 또 여자의 머리털 같은 머리털이 있고 그 이빨은 사자의 이빨 같으며 또 철 호심경 같은 호심경이 있고 그 날개들의 소리는 병거와 많은 말들이 전쟁터로 달려 들어가는 소리 같으며 또 전갈과 같은 꼬리와 쏘는 살이 있어 그 꼬리에는 다섯 달 동안 사람들을 해하는 권세가 있더라. 그들에게 왕이 있으니 무저갱의 사자라 히브리어로는 그 이름이 아바돈이요 헬라어로는 그 이름이 아볼루온이더라." (「요한계시록」 9:3~11)

지독하게 괴롭히지만 죽일 수는 없으니, 이것은 작은 죽음이기 때문이다. 괴롭힘은 다섯 달 동안만 이어지는데, 이 기간은 한 계절, 태양의 계절이며 1년 중 약 1/3에 해당한다.

자, 이 메뚜기 떼는 전투를 위해 준비된 말들 같으니, 이는 이 말들, 말들이 적대적 역량 혹은 힘이라는 것을 의미한다.

이들은 여자의 머리털 같은 털을 가졌다 — 이 털은 태양광선 혹은 태양열에서 뿜어져 나오는 빛줄기이다.

이들은 사자의 이빨을 가졌다 — 사악한 측면을 가진 태양은 붉은 사자이다.

이들이 사람 같은 얼굴을 하고 있다는 것은 이들이 인간의 내적 생명에만 맞서기 때문이다.

이들이 금 같은 관을 썼다는 것은 이들이 왕이라는 의미이며, 금관은 태양의 왕홀에 달린 것이다.

이들의 꼬리에는 침이 있으니, 이는 이들이 역전된 혹은 악독한 측면을 가지고 있음을 의미한다. 이 메뚜기들은 과거 한때 선했으나 과거의 질서에서 대체되어 지금은 말하자면 뒤에서 침을 쏘는 식으로 역전되고 악독해진 것이다.

이들의 왕은 아폴리온Apollyon이다 — 그는 (이교도적인, 따라서 악독한) 태양의 위대한 주인인 아폴로이다.[213]

. .

213. 아폴리온은 '파괴자'를 의미하는 히브리어 '아바돈(Abaddon)'의 그리스어식 표기이다. 「요한계시록」 9:11에 나와 있듯 그는 "무저갱의 사자"로 사실 선한 힘을

자신이 만든 이상하고 혼란스럽게 합성된 상징을 결국 이해할 수 있게 만들어놓고, 이 늙은 유대인 종말론자[214]는 첫 번째 화가 지나갔고, 두 화가 더 내리기로 되어 있다고 선언한다.[215]

<hr />

가진 천사이며, 하나님의 종이다. 하지만 주술적이고 이단적인 문서들에서는 악하게 그려지는데, 대표적으로 존 번연의 『천로역정』에서 그는 악마로 등장한다.

214. 로렌스의 추측에 따르면 이교도 아포칼립스를 유대식으로 다시 수정하고 가필한 필자를 의미한다.

215. "첫째 화는 지나갔으나 보라 아직도 이 후에 화 둘이 이르리로다." (「요한계시록」 9:12)

13

여섯 번째 나팔이 울린다. 황금 제단에서 나온 목소리가 말한다. "큰 유프라테스강 속에서 결박된 네 천사를 놓아주라."

이들은 분명, 바람의 천사 넷처럼, 네 모서리에 있는 네 천사이다. 따라서 바빌론의 악한 강인 유프라테스가 지상 아래에 있는, 혹은 대양 밑 심연에 있는 사악한 측면을 가진 물을 표상함에 틀림없다.

그리고 천사들이 풀려나자마자, 바로 직후 심연으로부터 총 2억의 악마 기수들로 이루어진 거대한 군대가 솟아 나온다.[216]

• •

216. "여섯째 천사가 나팔을 불매 내가 들으니 하나님 앞 금 제단 네 뿔에서 한 음성이 나서 나팔 가진 여섯째 천사에게 말하기를 큰 강 유브라데에 결박한 네 천사를 놓아주라 하매 네 천사가 놓였으니 그들은 그 연 월 일 시에 이르러

2억의 기수들이 탄 말들의 머리는 사자의 머리와 같고, 말의 입에서는 불과 유황이 뿜어 나온다. 말의 입에서 나오는 불, 연기, 유황에 의해 인간의 1/3이 죽는다. 그리고는 예상치 못한 순간에 우리는 이 말들의 힘이 입과 꼬리에 있다는 말을 듣게 되는데, 이들의 꼬리는 뱀과 같이 생겼고 머리를 가지고 있어서 그것으로 해를 입힌다.[217]

이 기묘한 존재들은 확실히 종말론적 이미지이지만, 이것은 상징이 아니고 파트모스의 요한보다 훨씬 이전에 어떤 늙은 종말론자가 만들어낸 개인적 이미지이다. 말은 힘이자 화를 부르는 신성한 장치이다. 이 말들이 인간의 1/3을 죽이고, 이후에는 이들 자체가 재앙이라고 일컬어지기 때문이다. 재앙은 하나님의 채찍이다.

자, 이들은 심연 혹은 지하세계의 물이 가진 역전되었거나 해로운 힘이어야만 한다.[218] 그 대신 유황불을 가진 이들은

• •

사람 삼분의 일을 죽이기로 준비된 자들이더라. 마병대의 수는 이만만이니 내가 그들의 수를 들었노라." (「요한계시록」 9:13~16)

217. "이 같은 환상 가운데 그 말들과 그 위에 탄 자들을 보니 불빛과 자줏빛과 유황빛 호심경이 있고 또 말들의 머리는 사자 머리 같고 그 입에서는 불과 연기와 유황이 나오더라. 이 세 재앙 곧 자기들의 입에서 나오는 불과 연기와 유황으로 말미암아 사람 삼분의 일이 죽임을 당하니라. 이 말들의 힘은 입과 꼬리에 있으니 꼬리는 뱀 같고 또 꼬리에 머리가 있어 이것으로 해하더라." (「요한계시록」 9:17~19)

218. 네 천사가 유프라테스강 속에서 결박되어 있다 풀려났고, 이와 함께 "마병대"가 등장했기 때문이다.

심연 혹은 지하세계의 불, 즉 태양의 지옥 같은 불에서 나온 화염 같은 짐승들임이 분명하다. 이들의 사자 머리는 지옥 같은 태양의 힘과 같은 것이다.[219]

그러다 갑자기 이들에게는 뱀 꼬리가 주어지고, 이 꼬리 안에는 사악한 힘이 담겨 있다. 여기에서 우리는 제자리를 찾게 되는바, 지옥의 짠 물에 사는 말의 몸통을 가진 괴물 뱀이 등장한 것이다. 역전된 측면에서 바라볼 때 지하세계의 물에서 나오는 힘은 아마도 물과 관련된 치명적 역병을 일으켜 인간의 1/3을 사악하게 내리치는 것인데, 이는 마치 다섯 번째 나팔과 함께 나온 메뚜기 떼가 뜨겁고 고통스럽기는 하되 치명적이지는 않은 채로 몇 달간만 지속되는 질병으로 인간들을 벌하는 것과 유사하다.

그러니까 이 부분에서 아마 두 명의 종말론자들이 작업을 했던 것 같다. 뒤에 온 종말론자는 [앞의 종말론자가 짜 놓은] 구성을 이해하지 못했다. 그는 스스로 만든 즐거운 환상을 따라서, 그리고 아마도 자신이 겪은 어떤 화산 분출 사건과 붉고 푸르고 노란 옷을 입은 동방의 화려한 기병을 목격한 이후에 불과 연기와 유황(붉은색, 짙은 푸른색, 노란색)의 흉갑을 입은 기수들이 탄 유황 말들을 [아포칼립스에] 집어넣

219. 사자의 갈기는 태양에서 뻗어 나오는 광선과 유사하다.

었을 것이다. 진정한 유대적 방식이란 그런 것이니까.

그러나 그 후에 그는 과거의 문서로 돌아와야만 했는데, 거기에 뱀 같은 꼬리를 가진 물에서 나온 괴물이 등장했던 것이다.[220] 그러자 그는 자기가 만든 말에 뱀의 꼬리를 덧붙여서 질주하게 한다.

유황 말을 만든 이 종말론자는 아마도 추락한 천사들과 사악한 인간들이 던져져서 영원토록 불타게 되는 "유황불 붙는 못"을 만들어낸 사람일 것이다.[221] 이 멋진 장소는 특별히 아포칼립스를 통해 발명된 기독교 지옥의 원형原型이다. 스올 Sheol과 게엔나Gehenna라는 전통적인 유대인의 지옥은 꽤 순하고 불편할 뿐인 하데스식의 깊은 구렁이고, 하늘 위에 '새 예루살렘'이 건설될 때 이 지옥도 사라졌다.[222] 스올과 게엔나

· ·

220. 어떻게든 수정과 가필을 완료해야 하고 이전의 아포칼립스와의 연속성도 담보해야 하기에 두 번째 종말론자는 앞의 아포칼립스를 살펴야 할 것이다. "뱀 같은 꼬리를 가진 물에서 나온 괴물"이란 이전 챕터에서 설명했던 첫 번째 화로 나온 메뚜기 떼를 말한다. 이들은 심연에서 튀어나왔고, "전갈과 같은 꼬리와 쏘는 살"을 가지고 있었다.

221. "짐승이 잡히고 그 앞에서 표적을 행하던 거짓 선지자도 함께 잡혔으니 이는 짐승의 표를 받고 그의 우상에게 경배하던 자들을 표적으로 미혹하던 자라 이 둘이 산 채로 유황불 붙는 못에 던져지고" (「요한계시록」 19:20)

222. 스올은 '구덩이, 깊은 수렁'이라는 뜻을 가진 말로 구약 성경에서 대체로 '죽은 사람들이 가는 곳'을 의미했다("그[야곱]의 모든 자녀가 위로하되 그가 그 위로를 받지 아니하여 이르되 내가 슬퍼하며 스올로 내려가 아들[요셉]에게로 가리라 하고 그의 아버지가 그를 위하여 울었더라." 「창세기」 37:35). 게엔나는 히브리어 '게 힌놈(힌놈의 골짜기)'의 그리스식 표기로, 구약 성경에서 예루살렘 남동쪽에 있는 좁은 계곡의 지명으로 등장한다. 하나님이 금한 이방신 몰록에게 희생

는 옛 우주의 일부였고, 옛 우주보다 더 오래가지 않았다. 즉 영원하지 않았던 것이다.

유황 종말론자와 파트모스의 요한에게는 이 정도로 충분하지 않았다. 이들에게는 적의 영혼이 끊임없이 뒤틀릴 수 있도록 영원히 불타는 멋지고 엄청난 유황불 호수가 반드시 있어야만 했다. 최후의 심판 이후 땅과 하늘과 모든 피조물이 사라져버리고 오직 영광의 천국만이 남아 있다 해도, 여전히 저 멀리 깊은 곳에는 영혼들이 고통받는 불타는 화염의 호수가 있는 것이다. 영광 속에 빛나는 영원한 저 위의 천국과 유황으로 빛나는 저 아래의 고문 호수. 이것이 모든 파트모스주의자들이 가지는 영원에 대한 비전이다. 자신의 적들이 지옥에서 불행하다는 것을 알지 못하는 한 이들은 천국에서도 행복할 수가 없는 것이다.

바로 이러한 비전이 특별히 계시록과 더불어 세계에 존재하게 된 것이었다. 이전에는 이런 것이 존재하지 않았다.

● ●

제사를 지내던 이스라엘 백성이 자신의 어린 자식들을 불태워 제물로 바치던 곳이 바로 게 힌놈이었다("힌놈의 아들 골짜기에 도벳 사당을 건축하고 그들의 자녀들을 불에 살랐나니 내가 명령하지 아니하였고 내 마음에 생각하지도 아니한 일이니라. 그러므로 여호와께서 말씀하시니라 날이 이르면 이곳을 도벳이라 하거나 힌놈의 아들의 골짜기라 말하지 아니하고 죽임의 골짜기라 말하리니 이는 도벳에 자리가 없을 만큼 매장했기 때문이니라." 「예레미야」 7:31~32). 이후 이 희생 제사가 폐지된 후 이스라엘 백성들은 게 힌놈에 쓰레기, 동물 사체, 처형된 범죄자들의 시체를 태우는 소각장이 된다. 스올과 게엔나를 번역할 때 영어 성경에서 'hell(지옥)'이라고 명명하기도 했다.

이전에는 지옥 같은 지하세계의 물이 바다처럼 썼다. 지하수는 암석들 아래에 위치한 지상의 모든 샘과 개울의 원천이 되는 달콤하고 사랑스러운 물을 담은 어떤 대단한 호수로 여겨졌으며, 지하세계의 물은 바로 이 지하수의 사악한 측면이었다.[223]

심연의 물은 바다가 그렇듯 소금이었다. 소금은 옛 상상력에서 매우 지배적인 위치를 차지했었다. 그것은 '근본적' 불의가 낳은 산물로 여겨졌다. 서로 반대편에 위치해 있으되 생명의 위대한 두 원소인 불과 물은 불확정적이고 불안정한 '결합'을 통해 모든 물질을 만들어낸다. 그러나 둘 중 하나가 다른 하나를 눌러 이기게 되면, '불의'가 생겨났다. 따라서 달콤한 물에게 있어 태양의 불이 너무 강하게 되면 태양의 불은 물을 태워버리고, 물이 불에 의해 타면 그때 물에서는 불의의 자식인 소금이 생겨났다. 이 불의의 자식은 물을 오염시켰고 쓰게 만들었다.[224] 이로써 바다가 생겨났다. 바다의 용인 레비아탄

· ·

223. 로렌스의 해석 속에 사물의 양면성이 반복해서 등장하고 있음에 주목하라. 예컨대 지옥의 물이란 지하수의 사악한 측면이고, 재앙을 내리는 어떤 피조물은 태양 혹은 달의 나쁜 측면이고, 등등. 이는 모두 이교도적 아포칼립스의 근간이 되는 철학 속에 담겨 있는 생각이다. 악인일 수 있는 한 개인이 '동시에' 작은 죽음을 통해 거듭남으로써 거룩한 신앙인이 될 수도 있듯이, 지상의 모든 피조물은 이 양면성 속에서 선택하면서 사는 것이다. 반면, 로렌스가 비판하는 유대-기독교 전통, 특히 아포칼립스에서는 양면성보다는 '영원한 심판', '완전한 응징' 등이 눈에 띄는 것이다.

224. 그리스의 철학자 아낙시만드로스의 이론이다.

Leviathan 역시 거기에서 나왔다.[225]

따라서 지옥의 쓴 물은 영혼이 익사하는 곳, 즉 쓰고 반생명적인 종말의 대양大洋이었다.

수 시대에 걸쳐 바다에 대한 분노가 존재했다. 플라톤이 말하는 그 쓰고 오염된 바다 말이다.[226] 그러나 이런 풍조는 로마 시대에는 약해진 것처럼 보인다. 따라서 우리의 종말론자는 유황이 불타는 호수를 더 끔찍한 곳으로 만들어 [바다를] 대체함으로써 영혼들이 더 고통받는 일을 가능하게 만든다.

인간의 1/3이 이 유황을 내뿜는 기수들에 의해 죽었다. 그러나 살아남은 2/3는 "보거나 듣거나 다니거나 하지 못하는" 우상들을 숭배하는 일을 삼가지 않는다.[227]

●●

225. 레비아탄은 신화 속 바다 괴물로, 기원전 19~12세기 시리아 지역에 존재했던 우가리트의 신화에 등장하는 괴물 샬리트(Slyt)가 그 기원이다. 유대교에서는 바다 뱀(sea serpent)의 형태로 알려져 있으며, 구약 성경의 「욥기」, 「시편」, 「이사야서」에 등장하며 개역개정판에는 '리워야단'이라고 번역되어 있다. "날을 저주하는 자들 곧 리워야단을 격동시키기에 익숙한 자들이 그 밤을 저주하였더라면"(「욥기」 3:8); "네가 낚시로 리워야단을 끌어낼 수 있겠느냐 노끈으로 그 혀를 맬 수 있겠느냐. 너는 밧줄로 그 코를 꿸 수 있겠느냐 갈고리로 그 아가미를 꿸 수 있겠느냐. 그것이 어찌 네게 계속하여 간청하겠느냐 부드럽게 네게 말하겠느냐"(「욥기」 41:1~3); "주께서 주의 능력으로 바다를 나누시고 물 가운데 용들의 머리를 깨뜨리셨으며, 리워야단의 머리를 부수시고 그것을 사막에 사는 자에게 음식물로 주셨으며"(「시편」 74:14) 등이 그 예이다.

226. "바다는 비록 일상의 용도로는 가까울수록 달콤하지만, 진실로 '짜고도 쓸쓸한 이웃이 맞'다네." (플라톤, 『법률』(Laws) 4권 705절)

227. "이 재앙에 죽지 않고 남은 사람들은 손으로 행한 일을 회개하지 아니하고 오히려 여러 귀신과 또는 보거나 듣거나 다니거나 하지 못하는 금, 은, 동과

이 말을 들으면 아포칼립스 중 이 부분은 여전히 꽤 유대적이고 전^前 기독교적인 것처럼 느껴진다. 여기엔 어린 양도 없다.

시간이 지나면서 이 두 번째 화도 늘 그렇듯 지진과 더불어 잦아든다. 그러나 지상의 전율[228]로 인해 즉시 새 움직임이 생겨나야 하기에, 화는 잠시 연기된다.

<hr />

목석의 우상에게 절하고 또 그 살인과 복술과 음행과 도둑질을 회개하지 아니하더라." (「요한계시록」 9:20~21)

228. 강력한 심판으로 인해 지상의 인간들이 느끼는 두려움을 뜻한다.

14

여섯 번째 봉인이 뜯긴 후 그랬던 것처럼, 여섯 번째 나팔이 울린 다음 이제 휴지기가 찾아온다. 바람의 네 천사가 스스로를 정비하고 행위의 주체가 하늘로 이전되게 하기 위해서다.

자, 하지만 다양한 개입이 일어난다. 일단 힘센 천사가 내려오는데, 그는 우주의 주인이며, 앞서 환영 속에 등장했던 '사람의 아들' 같은 자이다. 그러나 '사람의 아들', 아니 실제로 모든 메시아에 관한 언급은 아포칼립스 중 이 부분에 이르면 사라진 것처럼 보인다. 이 힘센 천사는 불타는 한 발은 바다를, 다른 발은 땅을 밟고서 모든 곳에 다 들리도록 사자처럼 포효한다. 그러자 창조적인 일곱 천둥이 창조적인 발언들을 쏟아낸다.[229] 알다시피 이 일곱 천둥은 천지의 조물주인 전능한 신이 가진 일곱 가지 음조적 성질tonal natures인바, 이제 천둥은 우주의 새날, 창조의 새 국면을 열기 위해 거대한 일곱 개의 새 계명을 입 밖으로 내고 있는 것이다. 예견자는 이 일곱 개의 새 단어들을 기록하기 위해 서두르지만, 기록하지 말라는 명령을 받는다.[230] 새 우주의 출현을 가져올 새 계명의 본질을 누설하는 게 그에게는 허락되지 않은 것이다. 우리는 그 [새 우주의] 실현을 기다려야만 한다. 이어서 이 거대한 "천사" 혹은 우주의 주인은 손을 들더니 그리스 신들이 위대한 서약을 하듯이 하늘과 땅과 땅 아래의 물에 대고, 옛 시간은 지나갔으며 하나님의 신비는 곧 성취되리라고 서약한다.[231]

그러자 예견자에게 그가 먹을 작은 책이 주어진다.[232] 이

• •

229. "내가 또 보니 힘센 다른 천사가 구름을 입고 하늘에서 내려오는데 그 머리 위에 무지개가 있고 그 얼굴은 해 같고 그 발은 불기둥 같으며 그 손에는 펴 놓인 작은 두루마리를 들고 그 오른발은 바다를 밟고 왼발은 땅을 밟고 사자가 부르짖는 것같이 큰 소리로 외치니 그가 외칠 때에 일곱 우레가 그 소리를 내어 말하더라." (「요한계시록」 10:1~3)

230. "일곱 우레가 말을 할 때에 내가 기록하려고 하다가 곧 들으니 하늘에서 소리가 나서 말하기를 일곱 우레가 말한 것을 인봉하고 기록하지 말라 하더라." (「요한계시록」 10:4)

231. "내가 본바 바다와 땅을 밟고 서 있는 천사가 하늘을 향하여 오른손을 들고 세세토록 살아 계신 이 곧 하늘과 그 가운데에 있는 물건이며 땅과 그 가운데에 있는 물건이며 바다와 그 가운데에 있는 물건을 창조하신 이를 가리켜 맹세하여 이르되, 지체하지 아니하리니 일곱째 천사가 소리 내는 날 그의 나팔을 불려고 할 때에 하나님이 그의 종 선지자들에게 전하신 복음과 같이 하나님의 그 비밀이 이루어지리라 하더라." (「요한계시록」 10:5~7)

로렌스는 "천사"가 오른손을 하늘과 땅과 바다와 그 사이의 모든 것에 대고 서약하는 것이 그리스 신들의 서약이라고 말하고 있다. 하지만 그리스 신화에서 신들은 지하세계를 흐르는 스틱스강(the Styx)에 대고 서약한다.

책은 옛 세상의 파괴와 새 세상의 창조와 관련된 좀 더 작은 일반적 혹은 보편적 메시지, 즉 일곱 봉인이 있는 책이 말하는 옛 아담의 파괴와 새 인간의 창조에 관한 메시지보다는 더 작은 메시지이다. 그것은 입에는 달지만 ― 복수가 달 듯이 ― 경험하기엔 쓰다.

이어서 또 하나의 개입이 발생한다. 순전히 유대적인 중단인 사원의 측량, 그리고 옛 세상의 종말 이전에 '하나님의 선택을 받은 자들'을 측정 혹은 셈하고 선택받지 못한 자들을 배제하는 일이 그것이다.[233]

그러고는 가장 기이한 개입인 두 증인이 등장한다.[234] 주류 정통파 논평자들은 이 두 증인이 산 위에서 예수의 변형에 함께했던 모세와 엘리야라고 한다.[235] 이 둘은 [모세와 엘리야

• •

232. "하늘에서 나서 내게 들리던 음성이 또 내게 말하여 이르되 네가 가서 바다와 땅을 밟고 서 있는 천사의 손에 펴 놓인 두루마리를 가지라 하기로 내가 천사에게 나아가 작은 두루마리를 달라 한 즉 천사가 이르되 갖다 먹어 버리라 네 배에는 쓰나 네 입에는 꿀같이 달리라 하거늘 내가 천사의 손에서 작은 두루마리를 갖다 먹어 버리니 내 입에는 꿀같이 다나 먹은 후에 내 배에서는 쓰게 되더라. 그가 내게 말하기를 네가 많은 백성과 나라와 방언과 임금에게 다시 예언하여야 하리라 하더라." (「요한계시록」 10:8~11)

233. "또 내게 지팡이 같은 갈대를 주며 말하기를 일어나서 하나님의 성전과 제단과 그 안에서 경배하는 자들을 측량하되" (「요한계시록」 11:1)

234. "내가 나의 두 증인에게 권세를 주리니 그들이 굵은 베옷을 입고 천이백육십 일을 예언하리라." (「요한계시록」 11:3)

235. 예수는 구약의 선지자들이었던 모세와 엘리야와 함께 산에 올라 베드로, 야고보, 요한에게 나타나시며 거기서 소위 '변형'된다. "엿새 후에 예수께서 베드로와 야고보와 그 형제 요한을 데리시고 따로 높은 산에 올라가셨더니 그들 앞에서

167

보다 훨씬 나이가 들었다. 두 증인은 굵은 베옷을 입고 있는데, 이는 그들이 화를 부르는, 곧 적대적이거나 역전된 상태에 있음을 말한다. 이들은 지상의 하나님 '아도나이Adonai' 앞에 선 두 촛대이고 두 올리브나무이다.[236] 이들은 하늘의 물(비)에 대한 지배력, 물을 피로 바꾸는 힘, 땅에 모든 재앙을 풀어놓을 힘을 가지고 있다. 이들이 증언을 마치면 심연에서 짐승이 솟아 나와 이들을 죽인다. 이들의 시체는 거대한 도시의 길거리에 놓이고, 땅의 백성들은 자신들을 괴롭히던 이들의 죽음에 기뻐한다. 그러나 3일 반나절이 지나면, 하나님의 생명의 영이 죽은 두 사람에게 들어가 이들이 두 발로 서고, "이 위로 올라오라"고 하는 거대한 소리가 하늘에서 들린다. 이들은 구름을 타고 하늘로 오르고, 적들은 두려움에 차서 이 모습을 보게 된다.[237]

· ·

변형되사 그 얼굴이 해같이 빛나며 옷이 빛과 같이 희어졌더라. 그때에 모세와 엘리야가 예수와 더불어 말하는 것이 그들에게 보이거늘" (「마태복음」 17:1~3) 같은 장면이 「마가복음」 9:2~13, 「누가복음」 9:28~36에도 나온다.

236. "그들은 이 땅의 주 앞에 서 있는 두 감람나무와 두 촛대니" (「요한계시록」 11:4) "아도나이"는 '주인'을 의미하는 셈어인 '아돈(adon)'의 복수형이다. 유대-기독교 전통에서 하나님은 '야훼/여호와(YHWH)', '엘(El)', '엘로힘(Elohim)', '엘 샤다이(El Shaddai)' 등으로 불리고, 이 거룩한 이름을 대신해서 가장 자주 쓰이는 말이 '아도나이'이다.

237. "그들이 권능을 가지고 하늘을 닫아 그 예언을 하는 날 동안 비가 오지 못하게 하고 또 권능을 가지고 물을 피로 변하게 하고 아무 때든지 원하는 대로 여러 가지 재앙으로 땅을 치리로다. 그들이 그 증언을 마칠 때에 무저갱으로부터 올라오는 짐승이 그들과 더불어 전쟁을 일으켜 그들을 이기고 그들을 죽일

우리는 인간의 본성에 엄청난 힘을 행사했던, '어린아이들'이라고 알려진 신비의 쌍둥이를 언급하는 매우 오래된 신화가 여기에 겹쳐 있다는 느낌을 받는다. 그러나 유대교 종말론자와 기독교 종말론자 모두 계시록에서 이 신화가 모습을 드러내는 걸 막는다. 이들은 그 어떤 종류를 막론하고 단순명쾌한 의미를 계시록에 부여하지 않았던 것이다.

이 쌍둥이는 모든 고대 유럽인들에게는 분명 공통적으로 알려졌던 매우 오래된 컬트에 속해 있지만, 사실은 하늘에 속한 천국의 쌍둥이로 보인다. 하지만 그리스인들이 이미 『오디세이아』에서부터 이 쌍둥이를 틴다레오스의 아들들인 카스토르와 폴리데우케스라고 여겼을 때, 이들은 천국과 하데스 모두를 목격하면서 두 곳에서 교대로 살았다.[238] 그런 의미

터인즉 그들의 시체가 큰 성 길에 있으리니 그 성은 영적으로 하면 소돔이라고도 하고 애굽이라고도 하니 곧 그들의 주께서 십자가에 못 박히신 곳이라. 백성들과 족속과 방언과 나라 중에서 사람들이 그 시체를 사흘 반 동안을 보며 무덤에 장사하지 못하게 하리로다. 이 두 선지자가 땅에 사는 자들을 괴롭게 한 고로 땅에 사는 자들이 그들의 죽음을 즐거워하고 기뻐하여 서로 예물을 보내리라 하더라. 삼일 반 후에 하나님께로부터 생기가 그들 속에 들어가매 그들이 발로 일어서니 구경하는 자들이 크게 두려워하더라. 하늘로부터 큰 음성이 있어 이리로 올라오라 함을 그들이 듣고 구름을 타고 하늘로 올라가니 그들의 원수들도 구경하더라. 그때에 큰 지진이 나서 성 십분의 일이 무너지고 지진에 죽은 사람이 칠천이라 그 남은 자들이 두려워하여 영광을 하늘의 하나님께 돌리더라." (「요한계시록」 11:6~13)

238. 호메로스의 서사시 『오디세이아』에서 쌍둥이 카스토르와 폴리데우케스는 틴다레오스의 아들들로 등장한다. 그러다가 시간이 지나면서 생겨난 다른 신화에서 폴리데우케스는 제우스가 백조로 변해 인간인 레다를 유혹해 낳은 아들로 신성을

에서 이들은 한편으로는 촛대 혹은 하늘의 별이고, 다른 한편으로는 지하세계의 올리브나무일 수 있다.

그러나 신화가 오래될수록 그것은 인간의 의식 속으로 더 깊이 침잠되고, 그것이 상위 의식upper consciousness 속에서 취하는 형식은 더 많이 다양해질 것이다.[239] 우리는 어떤 상징들은, 쌍둥이 상징도 그중 하나인데, 지금 우리의 현대적 의식마저도 1,000년 전으로, 2,000년 전으로, 3,000년 전으로, 4,000년 전으로, 그보다 더 오래전으로 되돌릴 수 있음을 기억해야만 한다. 암시의 힘이란 가장 신비로운 것이다. 암시의 힘은 전혀 작동하지 않을 수도 있고, 거대한 순환적 급강하를 통해 여러 시대를 관통하여 무의식을 과거로 퍼 나를 수도 있으며, 그저 부분적으로만 작동할 수도 있다.

[계시록의 두 증인을 보면서] 만약 영웅적 디오스쿠로이, 그리스 쌍둥이, 틴다레오스의 아들들[240]을 떠올린다면, 우리

• •

가졌으나 카스토르는 인간으로 그려지며, 제우스의 아들들이라는 의미의 '디오스쿠로이(Dioskouroi)'라고 불린다. 카스토르가 죽자 폴리데우케스는 제우스에게 자신도 죽게 해달라고 애원한다. 이들은 하루는 땅속에서 죽은 시체로 지내고 다음 날에는 살아나서 올림퍼스의 신들 속에서 산다. 황도12궁 중 쌍둥이자리(Gemini)이며 선원들과 여행자들의 보호신으로 알려져 있다.

239. 앞의 "인간의 의식"은 '무의식'을, 뒤의 "상위의식"은 겉으로 드러나는 소위 '의식'을 의미한다.

240. 디오스쿠로이, 그리스 쌍둥이, 틴다레오스의 아들들은 모두 카스토르와 폴리데우케스라는 쌍둥이를 의미한다.

는 오직 절반쯤만 되돌아가는 것이다. 그리스 영웅시대는 이상한 일을 했으니, 모든 우주적 개념을 의인화했으면서도 상당한 양의 우주적 경이를 남겨 두었던 것이다. 그렇기에 디오스쿠로이는 고대 쌍둥이이면서도 동시에 아니다.

그리스인들 자신은 영웅 이전의 시대로, 올림퍼스 신들과 그들의 힘이 있기 이전의 시대로 언제나 되돌아가고 있었다. 올림퍼스-영웅시대는 단지 막간일 뿐이었다. 올림퍼스-영웅의 비전은 언제나 너무 얄팍하게 느껴졌기에, 옛 그리스의 영혼은 지속적으로 수백 년을 거슬러 더 깊고, 더 오래되고, 더 어두운 종교적 의식의 층위들로 침잠하려 했다. 그런 점에서, 역시나 쌍둥이, 디오스쿠로이로 불렸던 아테네의 신비로운 트리토파토레스the Tritopatores는 바람의 주인이자 자녀 출산의 비밀스러운 보호자들이었다.[241] 여기서 다시 우리는 옛 층위로 돌아오는 것이다.

기원전 3~2세기에 사모트라키섬[242]의 컬트가 헬라스에 퍼졌을 무렵, 이 쌍둥이는 '카베이로이Kabeiroi' 혹은 카비리the

• •

241. '트리토파토레스'는 '3배 선조(thrice-ancestors)'라는 모호한 의미의 말로, 고대 아테네에서 유명한 조상신들을 합장해놓고 제사를 지내던 무덤을 가리킨다. 아테네 신들은 인간의 선조로 일컬어지며, 대개 바람의 주인으로 알려져 있었다. 하지만 이들은 '디오스쿠로이'와 연관되지는 않았다. 로렌스의 오해로 보인다.
242. 에게해 북부에 있는 섬으로 현재 그리스에 속해 있으나, 고대 그리스 시절에는 국가를 이루지 않았다. 헬라스(Hellas)는 그리스의 옛 이름이다.

Kabiri가 되었고, 다시금 사람들의 정신에 강력한 암시적 영향을 끼쳤다.[243] 카비리는 흐린 하늘과 공기의 움직임, 생식력의 움직임, 그리고 이 둘 간의 영속적이고 신비스러운 균형과 연결된, 어두운 혹은 신비스러운 쌍둥이라는 옛 관념으로 회귀한 것이었다. 종말론자는 이 쌍둥이에게서 화를 부르는 상태를, 하늘 물[비]과 땅의 물을 피로 바꿀 수 있는 주관자를, 하데스에서 나오는 재앙의 주관자를, 즉 사악한 쌍둥이가 가진 천상과 지옥의 측면을 찾아낸다.

그러나 카비리는 많은 것들과 연관되어 있었으니, 이들에 대한 컬트가 이슬람 국가들에서는 여전히 남아 있다는 말도 있다. 이들은 두 명의 비밀스러운 어린아이들, 난쟁이, '라이벌' 이었다. 이들은 또한 천둥과도 연관되어 있었으며, 두 개의 둥글고 검은 뇌석霜石과도 연관되어 있었다. 그래서 이들은 '천둥의 아들들'로 불렸고, 비를 지배하는 힘을 가졌을 뿐 아니라 우유를 응고시키는 힘과 물을 피로 변화시키는 악한 힘도 가지고 있었다. 뇌신이었던 이들은 구름, 공기, 물을

● ●
243. 카베이로이 혹은 카비리는 지하세계의 신들이자 비-그리스 신들이었으며, 이들에 대한 컬트가 사모트라키섬에서 시작해 그리스 전역에 퍼졌다. 카비리는 한 쌍의 신이었기에 후에 디오스쿠로이와 겹치게 된다.
　　로렌스는 '고대의 쌍둥이'라는 하나의 상징을 가지고 카스토르와 폴리데우케스에서 시작해 점점 더 과거로 회귀하면서 '쌍둥이' 상징의 신적 지위와 그것의 정신적 영향력을 '고고학적으로' 파헤치고 있다.

분리시키는 분리자들이었다. 그리고 언제나 이들은 좋든 나쁘든 라이벌, 분할자, 분리자의 측면을 가지고 있는 균형 유지자들balancer이다.

또 한 번 상징의 도약을 거치면, 바빌로니아, 에게해, 에트루리아의 수많은 그림과 조각 속에서 이들은 문설주를 지키는 고대의 신들이기도 했고, 문門의 수호자였으며, 재단 혹은 나무 혹은 [유골을 담은] 항아리를 지키는 쌍둥이 짐승들이었다. 이들은 퓨마, 표범, 그리펀gryphon,[244] 땅을 기는 야행성 짐승, 질투하는 존재들로도 자주 그려졌다.

공간을 만들고 입구를 열기 위해 사물의 틈을 연 채로 지탱하는 존재들이 바로 이 쌍둥이다. 이런 점에서 이들은 비를 만드는 자들, 아마도 뇌석으로 나타나 하늘의 문을 여는 자들이다. 같은 식으로 이들은 비밀스러운 섹스의 주인들이기도 하다. 섹스란 두 존재의 틈을 연 채로 지탱하는 것이기에 그 틈 사이에서 탄생이 생겨난다고 보았던 고대의 인식이 있었기 때문이다. 성적인 의미에서 이들은 물을 피로 변하게 할 수 있으니, 남근 자체가 난쟁이였고, 어떤 면에서 남근 자체가 땅의 쌍둥이들이었기에 한 난쟁이는 물을 만들었고 다른 난쟁이는 피로 차 있었다.[245] 이들은 남자의 본성과 지상

● ●

244. 그리펀은 사자의 몸통에 독수리의 머리와 날개를 지닌 신화적 동물이다. 그리핀 (griffin)으로 더 잘 알려져 있다.

의 자신 내부에 있는 라이벌들이었으니, 이들은 고환 속에 있는 두 돌을 상징하기도 했다. 따라서 이들은 올리브 열매와 생식력 있는 정자의 기름[정액]을 생산해내는 쌍뿔 올리브 나무의 뿌리이다. 이들은 또한 지상의 주인인 아도나이 앞에 선 두 촛대이기도 하다. 이들이 우리의 낮 의식과 밤 의식, 즉 깊은 밤 속에 있는 우리와 그와는 매우 다른 밝은 대낮의 우리 존재라는, 기본적 의식이 가진 두 개의 상반된 형태를 부여하기 때문이다. 인간이란 질투하는 이중의 의식을 가진 존재이며, 이 쌍둥이는 바로 그 이중성을 질투의 시선으로 목격한다.[246] 같은 의미에서 생리학적으로는 우리 몸에서 흐르

. .

245. 남근(phallos; phallus)은 그 자체로 또 하나의 존재인데, 남자의 신체에 달려 있기 때문에 '성인'이 아닌 '난쟁이(homunculus)'로 상징될 수 있다. 남근에 상처가 나면 피도 나오지만, 그곳에서는 물(소변, 정액)도 나온다. 따라서 난쟁이는 쌍둥이이다.

246. 1924년 6월, 로렌스는 대중잡지 『배니티 페어』(Vanity Fair)에 기고한 「인간으로 존재한다는 것에 대하여」("On Being a Man")라는 글에서 다음과 같이 쓴 적이 있다. "우리가 알다시피 십자가는 신체, 즉 신체 안에 사는 어두운 자신을 표상한다. 이 신체적 자아라는 십자가 위에서 나로 알고 있는 나, 나의 소위 진짜 자신을 의미하는 그 '자신(the self)'이 못 박힌다. 십자가는 의미심장한 고대의 상징이다. 그것은 우리의 피와 뼈에 어둡게 살고 있는 자신이고, 그런 의미에서 발기한 남근(the ithyphallus) 역시 또 하나의 상징이 된다. 내 피와 뼛속에서 어둡게 살고 있는 이 자신이란 나의 또 다른 자아(alter ego), 내 자신, 난쟁이, 카비리 중 둘째 아이, 쌍둥이자리의 쌍둥이 중 둘째이다. 메카에 있는 성스러운 흑석(黑石)은 남자와 여자의 피 안에 살고 있는 어두운 자신을 표상한다. 남근적(phallic)이라고 부를 수도 있겠지만, 남근적인 것을 훨씬 초과하는 것이다. 총체적 자신 안에 있는 이 분할의 십자가 위에서 우리 모두는 못 박혀 있다." 로렌스가 『아포칼립스』를 집필한 해가 1929년임을 떠올려보면, 그가 동일한 주제에 대해 수년

는 물줄기와 핏줄기를 따로 분리하여 붙들고 있는 이들이 바로 이 쌍둥이다. 몸에서 물과 피가 합쳐져 버린다면 우리는 죽을 수밖에 없다. 이 두 흐름은 이 어린아이들, 이 라이벌들에 의해 분리된 채로 유지된다. 이 두 흐름에 의존하는 것이 바로 이중의 의식이다.

이제 이 어린아이들, 이 라이벌들은 생명의 "증인"이다. 이들의 대립 사이에서 '생명 나무' 자체가 땅의 뿌리에서부터 시작해 자라나기 때문이다. 이들은 땅 혹은 다산의 신 앞에서 줄곧 증언한다. 그리고 줄곧 이들은 인간에게 한계를 설정한다. 이들은 지상의 활동 혹은 신체적 활동을 하는 인간에게, 저기까지만 가고 더 멀리는 가지 말라는 식으로 말한다. 이들은 모든 행동, 모든 '땅의' 행동을 자체의 범위에 따라 한계 짓고, [인간의 행동과] 반대되는 행동을 통해 균형을 잡는다. 하나가 다른 하나를 영원히 질투하고, 상대방을 경계 안에 묶어두는 이들은 문의 신들이지만, 또한 한계의 신들이기도 하다. 이들은 삶을 가능케 하지만, 동시에 삶을 제한시킨다. 영원히 남근적 균형을 유지하는 고환으로서 이들은 남근의 두 증인이다. 이들은 중독, 도취, 음란, 음탕한 자유의 적이다. 언제나 이들은 아도나이에게 증언한다. 그렇기에 심연에서 나온 짐승, 즉

전부터 공부해왔음을 다시 한번 알 수 있다. 이 기고문은 아래 주소에서 인터넷으로 읽을 수 있다. https://archive.vanityfair.com/article/1924/6/on-being-a-man

땅을 파괴하거나 인간의 몸을 파괴하는 지옥의 용 혹은 악마가 "소돔"과 "애굽"[247]에서 일종의 경찰로 여겨졌던 이 두 "선지자들"을 결국 살해하자 음란한 도시에 살던 인간들은 크게 기뻐한다. 살해당한 둘의 시체는 3일 반 동안, 즉 일주일의 절반 혹은 인간들 사이에서 모든 품위와 절제가 다 사라져버리는 시간의 절반 동안 장사지내지 않은 채로 내버려졌다.[248]

텍스트 속의 "즐거워하고 기뻐하며 서로 예물을 보내리라"는 구절은 이교도적 사투르누스 제전Saturnalia을 암시하는 것이니, 이는 크레타섬의 헤르마이아Hermaia나 바빌론의 사카이아Sakaia가 그렇듯 비이성의 축제이다.[249] 만약 [계시록을 수정한] 종말론자가 암시했던 것이 맞는다면, 이는 그가 얼마나 충실하게 이교도 풍습을 따랐는지를 보여준다. 고대의 사투르누스

· ·

247. 여기서 "소돔"과 "애굽"은 음란함을 이유로 하나님이 유황과 불의 심판을 내렸던 소돔과 고모라(「창세기」 19장)의 암시로, 부도덕함과 음란함이 행해지는 핵심 장소 전체를 비유하고 있다.

248. "그들이 그 증언을 마칠 때에 무저갱으로부터 올라오는 짐승이 그들과 더불어 전쟁을 일으켜 그들을 이기고 그들을 죽일 터인즉 그들의 시체가 큰 성 길에 있으리니 그 성은 영적으로 하면 소돔이라고도 하고 애굽이라고도 하니 곧 그들의 주께서 십자가에 못 박히신 곳이라. 백성들과 족속과 방언과 나라 중에서 사람들이 그 시체를 사흘 반 동안을 보며 무덤에 장사하지 못하게 하리로다. 이 두 선지자가 땅에 사는 자들을 괴롭게 한 고로 땅에 사는 자들이 그들의 죽음을 즐거워하고 기뻐하여 서로 예물을 보내리라 하더라." (「요한계시록」 11:7~10)

249. 고대 로마에서의 사투르누스 제전은 노예들까지도 포함해 모두가 즐기는 시간이었다. 크레타섬의 헤르마이아 역시 헤르메스 신을 기념하는 비슷한 축제이고, 바빌로니아의 사카이아도 마찬가지다. 세 축제 모두에서 음란함, 흥청망청 놀기, 포식하기 등은 공통요소이다.

제전들은 모두 통치와 법이라는 옛 질서의 파괴 혹은 최소한 중단을 표상했으며, 계시록의 경우에 파괴된 것은 두 증인들의 '자연적 통치'이다. 인간들은 잠시 동안, 즉 [제전이 열리던] 성스러운 주간의 절반이자 '짧은little'[250] 기간인 3일 반 동안 심지어 자기 본성의 법칙으로부터도 벗어난다. 이후, 새 땅과 새 육신의 도래를 알리면서 두 증인은 다시 일어서고, 인간들은 공포에 사로잡히며, 하늘에서 나오는 목소리가 두 증인을 부르자 이들은 구름을 타고 위로 올라간다.[251]

"둘, 둘은 백합같이 하얀 소년들, 온통 푸르게 차려입었지, 오!"[252]

• •

250. "짧은"은 사람들이 죽인 두 증인이 이교도 신화 속 쌍둥이, 즉 다른 명칭으로 '어린아이들(little ones)'이라는 점과 연결된다.

251. "삼일 반 후에 하나님께로부터 생기가 그들 속에 들어가매 그들이 발로 일어서니 구경하는 자들이 크게 두려워하더라. 하늘로부터 큰 음성이 있어 이리로 올라오라 함을 그들이 듣고 구름을 타고 하늘로 올라가니 그들의 원수들도 구경하더라." (「요한계시록」 11:11~12)

252. 영국에 기독교가 전해지던 무렵인 7세기경부터 있었다고 전해지는 영국 민요인 <골풀이 푸르게 자라네, 오!>("Green Grow the Rushes, O!")에 등장하는 가사이다. 이 민요는 <열두 사도>("The Twelve Apostles")라고도 불린다. 각 숫자에 해당하는 가사는 기독교 상징이나 인물이라고 해석하는데, 고대 민요라 그 의미는 모호하다. 로렌스는 하늘로 승천하는 두 증인에 대한 계시록의 구절과 "백합같이 하얀 소년들"이라는 민요 속 구절의 유사성에 주목한다. 즉, 둘은 '소년'인 것이다. 민요의 가사는 다음과 같다.

내가 12에 대해 노래 불러줄게, 오/골풀이 푸르게 자라네, 오/네 12는 뭐니, 오/12는 열두 제자들/11은 천국에 간 열한 명/10은 십계명/9는 아홉 명의 빛나는 자들/8은 4월의 히아데스/7은 하늘의 일곱 별/6은 자랑스레 걷는 여섯 명/5는 네 문의 상징들/4는 복음서의 저자들/3, 3은 라이벌/2, 2는 백합같이 따라서 이 두 성스러운 쌍둥이자 라이벌이 살해되기 전에는 땅도, 육신도 제대로 죽지 못하는 것이다.

지진이 나고, 일곱 번째 천사가 나팔을 불고서는 커다랗게 선포한다. "세상 나라가 우리 주와 그의 그리스도의 나라가 되어 그가 세세토록 왕 노릇 하시리로다."[253] 그리하여 하늘에서는 하나님이 다시 통치하는 데 대해 다시 한번 경배와 감사가 이루어진다.[254] 하나님의 사원이 하늘에서 열리고, 지성소와 언약궤가 모습을 드러낸다. 곧이어 한 시대의 종언과 다음 시대의 도래를 알리는 번개, 음성, 천둥, 지진, 우박이 등장한다. 이로써 세 번째 화가 끝난다.[255]

여기서 아포칼립스의 첫 부분, 즉 원래 아포칼립스의 전반부가 끝난다. 뒤이어서 책 전체와 극적으로 동떨어질 뿐 아니라

· ·

하얀 소년들/ 온통 푸르게 차려입었지, 오 1은 하나이자 홀로이며 영원히 그렇게 남을 분

253. "그때에 큰 지진이 나서 성 십분의 일이 무너지고 지진에 죽은 사람이 칠천이라. 그 남은 자들이 두려워하여 영광을 하늘의 하나님께 돌리더라. 둘째 화는 지나갔으나 보라 셋째 화가 속히 이르는도다. 일곱째 천사가 나팔을 불매 하늘에 큰 음성들이 나서 이르되 세상 나라가 우리 주와 그의 그리스도의 나라가 되어 그가 세세토록 왕 노릇 하시리로다 하니." (「요한계시록」 11:13~15)

254. "하나님 앞에서 자기 보좌에 앉아 있던 이십사 장로가 엎드려 얼굴을 땅에 대고 하나님께 경배하여 이르되, 감사하옵나니 옛적에도 계셨고 지금도 계신 주 하나님 곧 전능하신 이여 친히 큰 권능을 잡으시고 왕 노릇 하시도다." (「요한계시록」 11:16~17)

255. "이에 하늘에 있는 하나님의 성전이 열리니 성전 안에 하나님의 언약궤가 보이며 또 번개와 음성들과 우레와 지진과 큰 우박이 있더라." (「요한계시록」 11:19)

나머지와 전혀 조화를 이루지 않는 작은 신화가 등장한다.[256] 종말론자들 중 하나가 이론적 책략의 일환으로 이 신화, 곧 땅과 인간의 작은 죽음 이후의 메시아 탄생을 집어넣었던 것이다. 다른 종말론자들은 이 신화에 손대지 않고 그 자리에 남겨두었다.

● ●

256. 「요한계시록」 12장을 말한다.

15

이제 이어지는 것은 위대한 태양 여신에게서 새로운 태양신이 탄생하고, 태양 여신이 거대한 붉은 용에게 쫓기는 신화이다. 이 신화는 계시록의 중심부로 남았으며, 메시아의 탄생을 나타낸다고 여겨진다. 정통 주류 논평자들마저도 이 신화가 전적으로 비기독교적이고 거의 전적으로 비유대적임을 인정한다. 이로써 우리는 이교도적 기반에 매우 잘 안착했을 뿐 아니라, 동시에 얼마나 많은 유대적, 유대−기독교적 부가층^{附加層}이 [계시록의] 다른 부분에 덧씌워져 있는지 볼 수 있게 된 것이다.

그러나 이 이교도적 탄생 신화는 네 기수 신화 같은 다른 순수 신화가 그렇듯 매우 간략하다.

'하늘에 큰 이적이 나타났으니, 태양을 입고 달을 발아래에

둔 여인이 있고 그 여인은 머리에 열두 별의 왕관을 썼다. 임신을 한 그녀는 해산의 고통에 시달리며 울부짖고 힘들게 아이를 낳았다.

하늘에 또 다른 이적이 나타났으니, 보라, 일곱 머리와 열 개의 뿔을 달고 머리에 일곱 왕관을 쓴 거대한 붉은 용이 있다. 그의 꼬리는 하늘 위 별들의 1/3을 끌어다가 땅에 내던졌다. 이 용이 곧 해산할 여인 앞에 서서 아이가 태어나자마자 그 아이를 잡아먹으려고 기다린다.

여인은 남자아이를 낳았으니 이 아이는 철장鐵杖으로 모든 나라를 다스릴 것이었다.[257] 아이가 하나님과 보좌 앞으로 올려진다. 여자는 광야로 도망쳤는데, 하나님이 거기에 그녀가 숨을 곳을 준비해놓았고 여자는 그곳에서 1,260일 동안 먹고살 수 있었다.

하늘에서 전쟁이 벌어진다. 미카엘과 그의 천사들이 붉은 용에 맞서 싸웠고, 용도 자기 천사들과 더불어 맞서 싸웠지만 이기지 못했으니, [용과 용의 천사들은] 결국 하늘에서 자기 자리를 더 이상 얻지 못하게 되었다.

거대한 용은 내쫓겼으니 이 용은 세상 전체를 속이는 악마 혹은 사탄으로 불리는 옛 뱀이었다. 그가 땅으로 내쫓겼고,

• •

257. "철장(쇠로 만든 막대기)으로 다스린다"는 말은 엄하고 가혹하게 통치한다는 의미다.

그의 천사들도 그와 함께 내쫓겼다.'[258]

이 짧은 부분이야말로 진정 아포칼립스의 중심축이다. 그것은 그리스, 이집트, 바빌로니아의 다양한 신화들을 환기시키는 말기 이교도 신화처럼 보인다. 그리스도가 탄생하기 수년 전에, 태양에서 태어나는 메시아의 탄생이라는 자신의 환영을 표현하기 위해 아마 최초의 종말론자는 이 신화를 원래의 이교도 문서 속에 추가했을 것이다. 그러나 네 기수, 두 증인, 태양을 입고 초승달 위에 서 있는 여신과 결합하는 것은 [메시아 탄생에 대한] 유대적 환영과 조화되기 힘들다. 유대인들은 이교도 신들을 증오했으나 위대한 이교도 여신들에 대해서는 증오를 뛰어넘는 태도를 보였으니, 가능하다면 그들을 입에도 담지 않을 것이었다. 게다가 태양을 입고 초승달 위에 서 있는 이 경이로운 여인은 동방의 위대한 여신, 곧 로마인들에게 '모신母神, the Magna Mater'이 되었던 위대한 어머니를 너무나 강렬하게 암시하고 있었다. 아이를 가진 이 위대한 여신은 모계제가 여전히 무수한 나라들의 자연 질서였던 시절, 동지중해의 선사시대 역사 속에 깊이 자리하고 있다. 그런 여신이 어떻게 유대교 아포칼립스에서 핵심적 형상으로 우뚝 서게 되었을까? 우리는 그 이유를 알 수 없을 것이다. 악마를 앞문에

● ●

258. 「요한계시록」 12:1~9의 요약이다.

서 몰아내면 뒷문으로 들어온다는 옛 법칙을 받아들이지 않는다면 말이다. 이 위대한 여신은 동정녀 마리아에 관한 많은 이미지들에 영향을 주었다. 그녀는 이전까지는 결여되어 있던 요소를 성경에 들여왔으니, 곧 화려하게 예복을 입은 위대한 우주적 어머니가 고초를 당한다는 설정이 그것이다. 그녀는 당연히 권력과 영예의 제도에 필수적인 존재로, 이런 제도는 여자가 역할을 못 하는 금욕의 종교들과는 달리 반드시 여왕을 갖춰야 한다. 권력의 종교는 위대한 여왕과 왕대비를 필연적으로 갖고 있다. 이 어긋난 권력 숭배의 책인 아포칼립스 속에 그녀가 굳건히 서 있는 이유는 이 때문이다.

위대한 어머니가 용에게서 벗어나 도망친 이후, 아포칼립스 전체의 분위기가 변한다. 갑자기 대천사 미카엘이 등장하는데, 이는 지금까지 케루빔이었던, 별처럼 반짝이는 네 생물들에서 크게 도약한 것이다.[259] 용은 루시퍼 및 사탄과 동일시되지만, 그럼에도 자신의 힘을 네로를 연상케 하는 바다에서 나온 짐승에게 주어야만 한다.[260]

· ·

259. 지금까지 「요한계시록」에서 하나님의 곁을 보좌했던 존재는 네 '우주적 짐승들'이 었다. "모든 천사가 보좌와 장로들과 네 생물의 주위에 서 있다가 보좌 앞에 엎드려 얼굴을 대고 하나님께 경배하여" (「요한계시록」 7:11)

260. "내가 보니 바다에서 한 짐승이 나오는데 뿔이 열이요 머리가 일곱이라 그 뿔에는 열 왕관이 있고 그 머리들에는 신성모독하는 이름들이 있더라. (…) 용이 짐승에게 권세를 주므로 용에게 경배하며 짐승에게 경배하여 이르되 누가 이 짐승과 같으냐 누가 능히 이와 더불어 싸우리요 하더라." (「요한계시록」

커다란 변화가 있다. 우리는 고대의 우주적이고 근본적인 세계를 벗어나 경찰과 우체부 같은 천사가 있는 후기 유대 세계로 온다. 이교도들에게서 가져왔을 뿐 아니라 당연히 태양을 입은 위대한 여인의 역전인 '진홍색 옷을 입은 여인 Scarlet Woman'[261]이라는 위대한 환영을 제외하면, 그곳은 본질적으로 시시한 세계이다. 후대의 종말론자들은 태양을 입은 여인을 보고 그녀를 숭배하는 것보다 그녀를 음녀 등 다른 악명으로 부르며 저주하는 것을 훨씬 더 편하게 여겼다.

아포칼립스의 후반부 전체는 실망 그 자체다. 우리는 이를 일곱 개의 대접이 나오는 장에서 확인한다.[262] 어린 양의 진노가 담긴 일곱 대접은 일곱 봉인과 일곱 나팔에 대한 어설픈 모방이다. 이 [부분을 쓴] 종말론자는 그가 뭘 하고 있는지를 더 이상 모른다. 4와 3의 분할도 없고, 일곱 대접 이후의 재탄생이나 영광도 나타나지 않으며, 그저 어설픈 재앙만 연속될 뿐이다.[263] 그리고는 우리가 이미 [구약의] 옛 선지자들과 다니

• •

　13:1, 4)

261. "그 여자는 자줏빛과 붉은빛 옷을 입고 금과 보석과 진주로 꾸미고 손에 금잔을 가졌는데 가증한 물건과 그의 음행의 더러운 것들이 가득하더라. 그의 이마에 이름이 기록되었으니 비밀이라, 큰 바벨론이라, 땅의 음녀들과 가증한 것들의 어미라 하였더라." (「요한계시록」 17:4~5)

262. 「요한계시록」 16장.

263. 이 책의 11~12장에서 로렌스는 신성한 수는 '3'이고 천지와 우주를 표상하는 수를 '4'라고 말하면서, 「요한계시록」 8장에 등장하는 일곱 나팔이 3과 4로

엘에게서 본 것처럼 예언과 저주 속에서 모든 것이 땅으로 떨어진다.[264] 이 환영은 무정형적이며 꽤 분명한 알레고리적 의미를 띠고 있다. 주님의 분노라는 포도 액즙기를 계속 돌리는 것 등 말이다.[265] 이것은 옛 선지자에게서 빼돌린 것으로 만든 훔친 시다. 그 외에, 로마의 파괴는 뻔할 뿐 아니라 상당히 진부한 주제다.[266] 로마는 어쨌든 예루살렘을 능가하는 곳이었다.

· ·
분할된다는 해석을 펼친다. 하지만 16장에 등장하는 일곱 대접은 그렇게 분할되지 않는다.

264. 16장에 등장하는 일곱 대접에는 재앙이 담겨 있어서, 하늘에서 일곱 천사가 각 대접을 땅에 쏟으면 땅에서는 커다란 재앙이 발생한다. 예컨대 이런 식이다. "첫째 천사가 가서 그 대접을 땅에 쏟으매 짐승의 표를 받은 사람들과 그 우상에게 경배하는 자들에게 악하고 독한 종기가 나더라. 둘째 천사가 그 대접을 바다에 쏟으매 바다가 곧 죽은 자의 피같이 되니 바다 가운데 모든 생물이 죽더라. 셋째 천사가 그 대접을 강과 물 근원에 쏟으매 피가 되더라." (「요한계시록」 16:2~4)

265. 가령, 다음 구절을 보라. "일곱째 천사가 그 대접을 공중에 쏟으매 큰 음성이 성전에서 보좌로부터 나서 이르되 되었다 하시니, 번개와 음성들과 우렛소리가 있고 또 큰 지진이 있어 얼마나 큰지 사람이 땅에 있어 온 이래로 이같이 큰 지진이 없었더라. 큰 성이 세 갈래로 갈라지고 만국의 성들도 무너지니 큰 성 바벨론이 하나님 앞에 기억하신 바 되어 그의 맹렬한 진노의 포도주 잔을 받으매 각 섬도 없어지고 산악도 간 데 없더라." (「요한계시록」 16:17~20, 강조는 역자)

266. 「요한계시록」 17~18장에는 음녀가 등장해 처벌받는데, 이 음녀는 진홍색 옷을 입고 이마에는 "큰 바빌론" 혹은 '바빌론 대왕'이라는 표현이 적혀 있다. 이 '바빌론'은 곧 유대인들을 식민화하고 탄압했으며 예루살렘을 멸망시켰던 '로마'를 뜻한다. 로마의 황제는 진홍색 옷을 입으며 황제에게는 대개 '대왕'의 칭호가 부여되었다. 17:9에 나오는 "일곱 산" 혹은 '일곱 언덕'은 로마가 위치한 곳이다. 앞에서 로렌스가 「요한계시록」 13장에 등장하는 "짐승"을 네로 황제의 알레고리로 해석했던 점도 참조하라.

오직 자주색과 진홍색 옷을 입고 진홍색 짐승 위에 앉아 있는 바빌론의 큰 음녀만이 꽤 인상적이다.[267] 그녀는 사악한 특징을 가진 '모신'으로, 분노한 태양 색깔의 옷을 입고는 분노한 우주적 힘이라는 큰 붉은 용 위에 정좌해 있다.[268] 그녀는 화려하게 앉아 있으며, 그녀의 바빌론 역시 화려하다. 후대의 종말론자들은 사악한 바빌론의 금, 은, 계피에 대해 얼마나 소리를 높였던가?[269] 그들은 그 모든 것을 얼마나 원하고 있는가! 그들은 바빌론의 화려함을 얼마나 부러워하고, 부러워하고, 부러워하는가! 그들은 그 전부를 얼마나 파괴하고 싶어 하는가! 매춘부가 관능적 쾌락의 포도주가 담긴 금잔을 손에 쥔 채로 장엄하게 앉아 있다. 그녀가 든 잔을 종말론자들은 그 얼마나 마시고 싶었을 것인가! 하지만 그럴 수 없기에

●　●

267. "또 일곱 대접을 가진 일곱 천사 중 하나가 와서 내게 말하여 이르되 이리로 오라 많은 물 위에 앉은 큰 음녀가 받을 심판을 네게 보이리라. 땅의 임금들도 그와 더불어 음행하였고 땅에 사는 자들도 그 음행의 포도주에 취하였다 하고 곧 성령으로 나를 데리고 광야로 가니라. 내가 보니 여자가 붉은빛 짐승을 탔는데 그 짐승의 몸에 하나님을 모독하는 이름들이 가득하고 일곱 머리와 열 뿔이 있으며, 그 여자는 자줏빛과 붉은빛 옷을 입고 금과 보석과 진주로 꾸미고 손에 금잔을 가졌는데 가증한 물건과 그의 음행의 더러운 것들이 가득하더라. 그의 이마에 이름이 기록되었으니 비밀이라, 큰 바벨론이라, 땅의 음녀들과 가증한 것들의 어미라 하였더라." (「요한계시록」 17:1~5)
268. 바빌론의 음녀는 「요한계시록」 12장에 등장하는 임신한 여인의 반대항이다. 메시아를 낳는 12장의 여인은 태양을 입고 붉은 용의 박해를 피해 도망 다닌다. 17장의 음녀 역시 태양의 색깔(진홍색) 옷을 입었으나 이 태양은 "분노한 태양"이 며, 붉은 용의 박해를 받는 게 아니라 붉은 용을 타고 있다.
269. 「요한계시록」 17:4.

그들은 얼마나 그 잔을 부수고 싶었던가!

태양 같은 따스한 빛으로 감싼 채 우리의 살갗을 희게 만드는 달을 발로 밟고 선 우주의 여인을 볼 수 있었던 그 웅장한 이교도적 차분함은 사라졌다. 황도 12궁의 거대한 열두 별의 왕관을 쓴 우주의 위대한 어머니는 사라졌다. 그녀는 사막으로 쫓겨갔고, 물의 혼돈에서 출현한 용은 그녀에게 홍수를 쏟아낸다. 그러나 친절한 땅은 그 홍수를 삼키고, 독수리처럼 비행할 날개를 가진 위대한 여인은 한 때와 두 때와 반 때 동안 사막에서 길을 잃고 지내야만 한다.[270] [한 때와 두 때와 반 때 동안이란] 아포칼립스의 다른 부분에서는 3일 반 혹은 3년 반과 같은 시기로, 한 시대의 절반을 의미한다.[271]

우리가 그녀를 보는 것은 이게 마지막이다. 황도 12궁의 모든 별자리로 된 왕관을 쓴 위대한 우주의 어머니는 그 이래로 줄곧 사막에 있기 때문이다. 그녀가 도망친 이래, 우리가 보았

· ·

270. "용이 자기가 땅으로 내쫓긴 것을 보고 남자를 낳은 여자를 박해하는지라. 그 여자가 큰 독수리의 두 날개를 받아 광야 자기 곳으로 날아가 거기서 그 뱀의 낯을 피하여 한 때와 두 때와 반 때를 양육 받으매, 여자의 뒤에서 뱀이 그 입으로 물을 강같이 토하여 여자를 물에 떠내려가게 하려 하되 땅이 여자를 도와 그 입을 벌려 용의 입에서 토한 강물을 삼키니, 용이 여자에게 분노하여 돌아가서 그 여자의 남은 자손 곧 하나님의 계명을 지키며 예수의 증거를 가진 자들과 더불어 싸우려고 바다 모래 위에 서 있더라." (「요한계시록」 12:13~17)
271. "한 때와 두 때와 반 때"라는 표현에 대해 로렌스는 이러한 표현이 「요한계시록」 후반부가 쓰였던 시기의 주술적 분위기에 영향을 받은 것이라고 설명하기도 한다. 이 책 19장을 참조하라.

던 여자들이란 처녀 아니면 음녀, 즉 기독교 시대가 만들어낸 반 토막 난 여자들뿐이었다. 이교도적 우주의 위대한 여인은 옛 시대가 끝날 무렵에 황야로 쫓겨간 이후 다시 호출되지 않았다. 파트모스의 요한의 에페수스에 있던 '에페수스의 다이아나'는 이미 별 왕관을 썼던 그 위대한 여인의 모방에 불과했었다.[272]

어쩌면 이 [우주의] 여인에 대한 '신비'와 입문 의식에 대한 책이 당시의 아포칼립스에 파고 들어갔을 수도 있을 것이다. 만약 그랬다면, 그 책은 오직 그녀의 마지막 흔적만 남게 될 때까지, 그리고 그녀와 부합하는 또 하나의 흔적, 즉 우주의 위대한 여인이 '붉게 보인다'는 흔적만이 남을 때까지 수정되고 또 수정되었다. 오, 아포칼립스를 통해 이 모든 화와 재앙과 죽음을 보며 우리는 얼마나 지쳐 가는가! 마지막에 등장하는 새 예루살렘이 보석상의 천국이라는 생각만으로도 우리는 얼마나 한없이 지쳐 가는가?[273] 이 모든 광적인 반생명이라니!

● ●

272. 파트모스의 요한은 파트모스섬에서의 8년간 추방이 끝난 이후 에페수스로 돌아와 죽을 때까지 그곳에서 살았다. 에페수스에 있던 다이아나 사원(아르테미스 사원)은 세계 7대 불가사의 중 하나였다. 다이아나는 고대 로마의 달과 처녀성과 사냥의 여신으로, 그리스 신화에서의 아르테미스이다. 「사도행전」 19:24~35에 등장하는 '에베소의 아데미 신전'이 바로 아르테미스 사원을 가리킨다.

273. "새 예루살렘"은 종말 이후의 모든 화와 재앙과 죽음이 끝나고 펼쳐지는 최후의 천국 이미지로, 그 이미지는 수많은 보석으로 치장되어 있다. "그 성의 성곽의 기초석은 각색 보석으로 꾸몄는데 첫째 기초석은 벽옥이요 둘째는 남보석이요 셋째는 옥수요 넷째는 녹보석이요 다섯째는 홍마노요 여섯째는 홍보석이요

이 끔찍한 구원론자들은 심지어 태양과 달이 존재하게 놔두는 것조차도 견딜 수가 없는 것이다. 사실 이 모든 것은 그저 부러움일 뿐이다.[274]

* *

일곱째는 황옥이요 여덟째는 녹옥이요 아홉째는 담황옥이요 열째는 비취옥이요 열한째는 청옥이요 열두째는 자수정이라. 그 열두 문은 열두 진주니 각 문마다 한 개의 진주로 되어 있고 성의 길은 맑은 유리 같은 정금이더라." (「요한계시록」 21:19-21) 광활한 우주를 호령하는 이교도적인 호방한 이미지를 선호하는 로렌스의 눈에 이 이미지는 "보석상의 천국(jeweller's paradise)"으로 비치는데, 이는 천국을 상상하는 그 수준이 그저 보석상 정도가 상상할 법한 찬란함에 그치고야 마는 초라함 혹은 속물성에 불과하다. 아울러 보석상과 고리대금업 같은 직업은 디아스포라 이후 유대인들이 주로 종사했던 직종이기도 하다.

274. 자신이 열렬히 부러워하지만(envy) 가질 수 없기에 역으로 파괴해버려야만 하는 어떤 정신적 병리가 유대-기독교적 아포칼립스의 핵심에 자리하고 있다.

16

그 여인은 "이적" 중 하나이다.[275] 또 하나의 이적은 용이다. 용은 인간 의식의 가장 오래된 상징 중 하나이다. 용과 뱀 상징은 모든 인간 의식에 가장 깊이 박혀 있기에, 풀이 바스락거리는 소리 하나가 가장 억센 '현대인'마저도 속절없이 까무러치게 만들 수 있는 것이다.

무엇보다도, 용은 우리 안에서 꿈틀거리는 재빠르고도 놀라운 생명 운동의 상징이다. 뱀처럼 우리 속을 빠르게 통과하는, 혹은 뱀처럼 우리 안에서 똬리를 틀고 독하게 기다리는 그 놀라운 생명, 이것이 바로 용이다. 이는 우주에도 동일하게 적용된다.

• •

275. "하늘에 큰 이적이 보이니 해를 옷 입은 한 여자가 있는데 그 발아래에는 달이 있고 그 머리에는 열두 별의 관을 썼더라." (「요한계시록」 12:1)

태초 이래 인간은 궁극적으로 자신이 통제할 수 없는 자기 안의 — 또 밖의 — '힘' 혹은 역량을 알고 있었다. 그것은 꿈틀거리면서 파문을 일으키는 역량으로, 행사되지 않고 잠든 상태로 있으면서도 부지불식간에 터져 나올 준비가 되어 있다. 이런 것이 곧 우리 자신 안에서 튀어나오는 갑작스러운 분노로, 열정적인 이들에게서는 격정적이고도 끔찍하게 솟아난다. 심지어 잠들어 있을 때도 터져 나오는 폭력적인 욕망, 요동치는 성욕, 지독한 허기, 어떤 종류의 강렬한 욕망 같은 것. 에서로 하여금 장자의 권리를 팔도록 만들었던 그 허기가 그의 용이라고 불릴 수 있으리라.[276] 이후 그리스인들은 그것을 자기 안의 '신'이라고까지 부른다. 이 힘은 인간을 초월해 있으면서도 그의 내부에 있다. 그것은 뱀처럼 빠르고 놀라우며, 용처럼

276. 에서와 야곱은 이삭과 레베카가 낳은 쌍둥이 아들로, 형인 에서가 장자의 권리를 가지고 있었다. 어느 날 힘들게 밭일을 하고 돌아온 에서는 너무 허기가 져 있었고, 꾀 많은 야곱은 자신이 쑨 팥죽 한 그릇과 형의 장자권을 바꾸자고 제안한다. 에서는 별생각 없이 팥죽에 장자권을 팔아버린다. "그 아이들이 장성하매 에서는 익숙한 사냥꾼이었으므로 들 사람이 되고 야곱은 조용한 사람이었으므로 장막에 거주하니, 이삭은 에서가 사냥한 고기를 좋아하므로 그를 사랑하고 리브가는 야곱을 사랑하였더라. 야곱이 죽을 쑤었더니 에서가 들에서 돌아와서 심히 피곤하여 야곱에게 이르되 내가 피곤하니 그 붉은 것을 내가 먹게 하라 한지라. 그러므로 에서의 별명은 에돔이더라. 야곱이 이르되 형의 장자의 명분을 오늘 내게 팔라. 에서가 이르되 내가 죽게 되었으니 이 장자의 명분이 내게 무엇이 유익하리요 야곱이 이르되 오늘 내게 맹세하라. 에서가 맹세하고 장자의 명분을 야곱에게 판지라. 야곱이 떡과 팥죽을 에서에게 주매 에서가 먹으며 마시고 일어나 갔으니 에서가 장자의 명분을 가볍게 여김이었더라." (「창세기」 25:27~34)

압도적이다. 그것은 인간 내부의 어딘가에서 솟아나지만, 언제나 인간을 능가한다.

원시인 혹은 이를테면 고대인은 어떤 의미에서는 자기 자신의 본성을 두려워했으니, 언제나 '자신에게 뭔가를 행하는' 그것이 자기 내부에서 너무나 격렬하고 예측 불가능했기 때문이다. 그는 이른 시기에 자기 안에 있는 이 '예측 불가능한' 역량이 가진 반은 신성하고 반은 악마적인 성질을 인식했다. 삼손이 맨손으로 사자를 때려잡고 다윗이 조약돌로 골리앗을 죽였을 때처럼, 때때로 그것은 영광처럼 다가왔다.[277] 호메로스 이전의 그리스인들은 [삼손과 다윗의] 이 행위에 담긴 초인적 성질과 인간 내부에 있는 이 행위의 행위자doer of the deed[278]를 인식하며 이 두 행위를 '신'이라고 불렀을 것이다. 한 인간의 육신과 정신 전체를 통해 치밀어오르는 이 '행위의 행위자', 꿈틀대고 재빠르고 천하무적이며, 심지어 초감각적이기까지 한 이 역량, 이것이 용, 곧 초인적 역량을 가진 장엄하고 신성한 용 혹은 내적 파괴를 자행하는 강력한 악마적 용이

· ·

277. 삼손(기원전 11세기경)은 히브리인들의 영웅이자 블레셋인들의 적으로, 엄청난 괴력을 가지고 블레셋인들을 무찔렀다(「사사기」 13~16장). 다윗(기원전 970년경 사망)은 유대 왕조의 첫 번째 왕으로, 어린 시절 한 전투에서 블레셋의 거인 골리앗에 맞서 돌팔매로 그를 쓰러뜨렸던 일화로 유명하다(「사무엘상」 17:1~54).
278. "행위의 행위자"에서 "행위자"는 사람 자신이 아닌 사람 내부에서 솟아 나오는 (추상적) 힘과 역량, 곧 로렌스가 용과 뱀이라고 부르는 그것이다.

다. 이것이 우리 안에서 차올라 우리를 움직이게 하고, 우리를 행동하게 하고, 우리로 하여금 무언가를 낳게 하고, 우리를 긴장하게 만들고, 우리를 살게 하는 것이다. 현대의 철학자들은 이것을 리비도libido 혹은 **생의 약동**élan vital이라 부를지도 모르겠다.[279] 그러나 이 말들은 약해서 용이 가진 그 야생적 암시를 결코 전달하지 못한다.

인간은 용을 '숭배했다.' 먼 옛날, 적대적인 용을 정복했을 때, 자신의 팔다리와 가슴 속에 용의 힘을 가졌을 때, 영웅은 영웅의 자격을 얻었다. 모세가 이후 수 세기 동안 유대인들의 상상력을 지배했던 행동, 곧 황야에서 놋뱀brazen serpent을 세우는 행위를 했을 때, 그는 악한 용 혹은 뱀의 독을 선한 용의 역량으로 대체했던 것이다.[280] 즉, 인간은 뱀을 그의 편 혹은

· ·

279. 오스트리아의 정신분석가인 지그문트 프로이트(1856~1939)가 현재의 용법으로 사용하기 시작한 '리비도'는 본능적인 욕망, 특히 성적인 욕망이 가진 에너지를 뜻한다. 칼 융은 리비도를 모든 창조적 충동의 근원이라고 보았다. '생의 약동'은 철학자 앙리 베르그송(1859~1941)이 만든 용어로 우주의 창조적 진화가 가진 힘을 의미한다.

280. "백성이 호르산에서 출발하여 홍해 길을 따라 에돔 땅을 우회하려 하였다가 길로 말미암아 백성의 마음이 상하니라. 백성이 하나님과 모세를 향하여 원망하되 어찌하여 우리를 애굽에서 인도해 내어 이 광야에서 죽게 하는가. 이곳에는 먹을 것도 없고 물도 없도다. 우리 마음이 이 하찮은 음식을 싫어하노라 하매, 여호와께서 불뱀들을 백성 중에 보내어 백성을 물게 하시므로 이스라엘 백성 중에 죽은 자가 많은지라. 백성이 모세에게 이르러 말하되 우리가 여호와와 당신을 향하여 원망함으로 범죄하였사오니 여호와께 기도하여 이 뱀들을 우리에게서 떠나게 하소서. 모세가 백성을 위하여 기도하매 여호와께서 모세에게 이르시되 불뱀을 만들어 장대 위에 매달아라. 물린 자마다 그것을 보면 살리라.

그의 적으로 삼을 수 있다. 뱀이 그의 편에 있을 때, 그는 거의 신성하다. 뱀이 그의 적일 때, 그는 뱀에 물리고 독이 퍼져 안에서부터 몰락한다. 옛 시절에는 해로운 뱀을 정복하는 것, 그리고 자신의 내면에서 반짝이는 금빛 뱀, 곧 육신 안에 꿈틀거리는 금빛 생명수를 해방하는 것, 다시 말해 남자와 여자 안에 있는 위대하고 신성한 용을 깨우는 것이야말로 중대한 문제였다.

오늘날 인간을 괴롭히는 문제는 수천 마리의 작은 뱀들이 항상 그들을 물어 독을 푸는 반면, 위대하고 신성한 용은 무기력하다는 데 있다. 현대를 사는 우리는 그 용을 살려낼 수 없다. 용은 삶의 낮은 층위에서 깨어난다. 린드버그 같은 조종사나 뎀프시 같은 권투선수 속에서 잠시 동안 말이다.[281] 짧은 시간 동안이나마 이 두 남자를 어떤 종류의 영웅적 행위로 이끈 것은 자그마한 금빛 뱀이다. 그러나 높은 층위에서는 위대한 용의 흔적도 어슴푸레한 빛도 보이지 않는다.

하지만 용에 대한 일반적인 환영은 개인적인 것이 아니라

• •

모세가 놋뱀을 만들어 장대 위에 다니 뱀에게 물린 자가 놋뱀을 쳐다본즉 모두 살더라." (「민수기」 21:4-9) 장대를 감싼 뱀의 이미지는 오늘날 의학을 상징하는 이미지로 남아 있다.

281. 찰스 린드버그(1902-74)는 1927년 5월 20-21일에 사상 최초로 뉴욕에서 파리까지 논스톱 대서양 횡단 비행을 성공시킨 미국의 비행사로 이후 즉각 세계적 셀레브리티가 되었다. 윌리엄 뎀프시(1895-1982)는 미국의 헤비급 프로 복서로 1919년 7월 4일에 헤비급 세계 챔피언이 되었다.

우주적인 것이다. 용이 몸을 비틀고 후려치는 곳은 별들이 있는 거대한 우주이다. 우리는 용에게서 그의 사악한 속성, 즉 붉은 모습을 목격한다. 그러나 푸른빛으로 요동치고 완벽히 어두운 별밤을 번쩍이게 만드는 것은, 미끄러져 나아가며 행성들이 가진 소중한 힘인 면역력을 지키고 항성들에게 광채와 새 힘을 부여하며 달에게는 더욱더 고요한 아름다움을 선사함으로써 밤의 경이를 만드는 것은 바로 그 용이라는 점을, 하늘을 화려하면서도 고요하게 만드는 것은 용이 자신의 몸을 접어 다채롭게 똬리를 틀기 때문이라는 점을 우리는 잊어서는 안 된다. 태양 안에서 그가 똬리를 틀기에 태양은 기쁨에 겨워 빛을 뿜으며 춤추게 된다. 선한 속성이 드러날 때, 용은 우주 전체의 위대한 원기 부여자이자 위대한 증강자인 것이다.

중국인들이 아직까지 용과 함께 하는 이유가 여기에 있다. 중국 물건들에서 너무나 익숙히 나타나는 그 커다란 푸른 용은 생명을 가져오는 존재, 생명을 주는 존재, 생명을 만드는 존재, 원기를 주는 존재라는 선한 속성을 가진 용이다. 중국 관료들의 가슴팍에 그려진 문장紋章 속에서 그 용은 무시무시한 표정을 한 채로 가슴팍 가운데에서 몸을 휘감으면서 꼬리로 뒤쪽을 후려치고 있다. 그러나 사실 용의 주인인 푸른 용의 휘감긴 주름 안에 있는 이 중국 관료는 자부심이 넘치고 강력하며 위엄 있는 존재다. — 인간의 척추 끝에서 조용히 똬리를 틀고 있다가 가끔 똬리를 풀면서 척추를 따라 꼬리로 후려치는 용, 그래서 요가 수행자가 제어된 상태로 두려고 애쓸 뿐인 용, 힌두교 신화 속의 그 용도 이와 동일한 용이다. 용 컬트는 전 세계에 걸쳐, 특히 동양에서 여전히 왕성하고 여전히 강력하다.

아아, 그러나 별들 속에서 가장 밝은 빛을 내던 그 위대한 푸른 용은 오늘날 긴 동면에 빠져 단단히 똬리를 틀고 앉아 침묵하고 있다. 오직 붉은 용만이, 그리고 수백만의 작은 독사들만이, 때때로 그 머리를 드러낼 뿐이다. 수백만의 작은 독사들은 원망하던 이스라엘 백성들을 물었던 것처럼 우리를 물어뜯고, 우리는 어떤 모세가 등장해 놋뱀을 높게 매달기를 원하고 있다. 마치 나중에 예수가 인간의 구원을 위해 '높이 매달렸듯이' 뱀도 그렇게 '높이 매달리기를' 말이다.

붉은 용은 '카코다이몬kakodaimon', 즉 악하거나 해로운 성질을 가진 용이다.[282] 옛 설화 속에서 붉은색은 인간의 영예를

⁕ ⁕

282. '카코다이몬'은 악한(kakós), 영(daímōn)을 뜻하는 고대 그리스어이다. 반의어는 바로 다음 단락에 등장하는 '아가소다이몬'으로, '선한 영'을 뜻한다. 『리비도의 변환과 상징』(*Wandlungen und Symbole der Libido*, 1912)에서 칼 융은 신화 분석을 하며 이렇게 쓴다. "영웅은 그 자신이 뱀이고, 그 자신이 희생 집행자이자 희생 제물이다. 영웅 자신이 뱀의 성질을 가진다. (…) 뱀은 선하면서도 악한 영(Agatho and Kako demon)이다."

나타내는 색이지만, 동시에 우주적 존재 혹은 신들의 악한 성질을 나타내는 색이기도 하다. 붉은 사자는 악하거나 파괴적 속성을 가질 때의 태양이다. 붉은 용은 적대적이고 파괴적 활동을 할 때의 우주가 가진 엄청난 '역량'이다.

'아가소다이몬agathodaimon'은 결국 '카코다이몬'이 된다. 푸른 용은 시간과 더불어 붉은 용이 된다. 우리의 환희였고 우리의 구원이었던 것은 시간이 지나 시대의 끝에 이르면 우리의 골칫거리이자 우리의 지옥 형벌이 된다. 우라노스와 크로노스처럼 창조하는 신이었던 것은 시간의 종언과 함께 파괴자이자 탐식자가 된다. 한 시대의 시작에 있었던 신은 그 시대의 끝에 이르면 사악한 원칙으로 변해 있다. 시간은 여전히 순환 속에서 운행하기 때문이다. 순환의 시작 부분에서 푸른 용이자 선한 역량이었던 것은 종말에 이르면 서서히 붉은 용이자 악한 역량으로 바뀌어 있다. 기독교 시대 초기의 선한 역량은 이제 말기의 악한 역량이 된다.

이것은 매우 오래된 지혜의 한 조각이며, 언제까지나 진리로 남을 것이다. 시간은 직선 속에서가 아니라, 여전히 순환 속에서 움직인다. 그리고 우리는 기독교 순환 주기의 끝에 있다. 그 순환 주기 시작 부분에 있던 로고스와 선한 용은 이제 오늘날 악한 용이 된다. 이것의 역량은 새로운 것에 쓰이지 않게 될 것이며, 오직 낡고 치명적인 것들에만 쓰일 것이다.

이것이 붉은 용인바, 우리가 더 이상 천사에게 기대할 게 없기에 붉은 용은 다시 한번 영웅들에 의해 살해되어야만 한다.

옛 신화에 따르면, 용의 힘에 가장 절대적으로 종속되는 이는 여자이며, 여자는 남자가 그녀를 해방시키기 전에는 용에게서 탈출할 힘을 갖고 있지 않다. 새로운 용은 푸른빛 혹은 황금빛인데, 이 푸른빛은 마호메트가 다시 취했던 그 생생한 고대적 의미의 푸른색이자,[283] 모든 새롭고 생기 있는 빛의 정수인 그 푸르스름한 새벽빛에 담긴 그 푸른색이다. 모든 창조의 새벽은 창조주의 직접적 현존을 알리는 광택이었던 푸르스름하게 청명한 빛 속에서 발생했다. 파트모스의 요한이 전능한 하나님의 얼굴을 가리는 아이리스나 무지개를 녹옥綠玉이나 에메랄드 같은 푸른빛이라고 표현했을 때 그는 이 점을 떠올리는 것이다. 이 사랑스러운 푸른 보석의 빛이야말로 우주를 휘감고 비틀며 움직이는 용 그 자체이다. 그것은 우주 공간을 관통하며 몸을 감는, 인간의 척추를 따라 똬리를

· ·

283. 푸른색(여기서는 '녹색'에 가까운 색이다)은 이슬람교에서 다양한 중요성을 가진다. 『쿠란』에 의하면 천국은 푸른색과 결합되어 있다. 마호메트의 무덤 위에 세워진 돔 역시 '푸른 돔'이라 불리며 푸른색이다. 12세기에 푸른색은 시아파 파티마왕조가 정한 왕조의 색깔이 된다. 이후 푸른색은 시아파의 도상들 속에서 특별히 자주 쓰이는 색이 되는데, 이는 수니파의 경우에도 마찬가지여서 대표적 수니파 이슬람 국가인 사우디아라비아와 파키스탄의 국기 색 역시 푸른색 이다.

트는, 파라오의 이마 사이에 있는 우라에우스처럼 창조주의 이마 사이에서 봄을 내미는 코스모디나모스의 힘이다. 그것은 인간을 훌륭하게 만들고, 인간을 휘감아 돌 때 황금빛을 발산하는 용의 빛으로 왕과 영웅과 용자勇者를 반짝이게 한다.

그리하여 우리 시대가 시작했을 때 인간에게 또 다른 종류의 영예를 주기 위해 로고스가 왔다. 바로 그 동일한 로고스가 오늘날 우리 모두의 죽음을 부르는 라오콘Laocoön의 사악한 뱀이 되었다.[284] 봄날의 위대한 푸른 숨결 같았던 로고스는 이제 생명을 망치는 무수한 작은 뱀들의 잿빛 독침이 되었다. 푸르게 빛을 뿜는 새로운 용이 별들 사이에서 아래로 내려와 우리에게 생기를 불어넣어 우리를 위대하게 만들어 줄 수 있도록, 지금은 우리가 이 로고스를 정복해야만 한다.

이 낡은 로고스의 똬리 속에 여자보다 더 단단히 감겨 있는 존재는 없다. 언제나 그렇다. 한때 영감의 숨결이었던 것은 종국에 사악하게 고착된 형식으로 변하여 마치 미라를 감싼 천 조각처럼 우리를 감싸고 있다. 그리고 여자는 남자보다 훨씬 더 단단히 조여 있다. 오늘날, 여성성에 있어 최상의

· ·

284. 라오콘은 트로이의 아폴로 신전 사제로, 트로이전쟁 당시 그리스군이 남기고 간 목마를 트로이성 안으로 들이는 것을 막으려 했다. 그가 아폴로에게 제사를 드리려는 순간 아테나가 보낸 두 마리의 거대한 바다뱀(海蛇)이 그와 그의 두 아들을 휘감아 죽인다. 이를 하나의 징조로 여긴 트로이인들은 목마를 도시 안으로 끌어들인다.

부분은 로고스의 똬리에 단단하고 팽팽히 감싸여 있으며, 여자는 육체가 없고, 추상적이며, 보기에도 끔찍한 자기 결정권에 의해 추동되고 있다. 오늘날의 여자는 낡은 로고스라는 사악한 악령에 이끌려 기이하게 '영적인' 존재가 되어 있기에, 이로부터 벗어나 그녀 자신이 되는 일은 단 한 순간조차도 허락되지 않는다. 사악한 로고스는 그녀가 '의미 있는' 존재여야 하고, 그녀의 삶에서 '무언가 가치 있는 일을 해야' 한다고 말한다. 그리하여 그녀는 무언가 가치 있는 일을 하고, 우리 문명의 사악한 형식들을 더욱더 높게 쌓아 올리고, 새로운 푸른 용의 꿈틀거리며 반짝이는 똬리 속에 감싸이기 위해 [낡은 로고스의 똬리에서] 단 일 초도 벗어나려고 하지 않으면서 계속 나아간다. 우리의 현재적 삶의 형태life-forms 전체가 사악하다. 그러나 악마적이 아닌 천사 같은 의도를 가지고 지속적으로 여자는 최상의 삶을 주장하지만, 최상의 삶이란 곧 사악한 삶의 형태에서의 최상을 의미할 뿐이기에 그녀는 사악한 삶의 형태에서의 최상이야말로 실은 가장 사악한 것이라는 점을 결코 깨달을 수 없다.

따라서 현대의 수치와 고통이라는 잿빛 작은 뱀들 전부에 의해 비통해하고 고통받는 그녀는 '최상'을 위해 투쟁하며 분투하지만, 그 '최상'이란, 아아, 사악한 최상인 것이다. 오늘날 모든 여성은 자신 안에 커다랗게 여자 경찰police-woman을 품고 있다.[285] 안드로메다Andromeda는 나체로 바위에 묶였고, 옛 형태의 용이 그녀에게 독기를 내뿜었다.[286] 그러나 불쌍한 현대의 안드로메다는 대체로 여자 경찰 제복을 입고 일종의 현수막을 들고 곤봉 같은 것 — 혹은 경찰봉이라고 하던가! — 을 몰래 숨긴 채 거리를 순찰하도록 강요당하는데, 과연 이런 상황에서 이 여자를 누가 구원할 것인가? 그녀가 자신이 원하는 대로 나슬나슬하게 차려입거나 백색으로 순결하게 입어도, 여전히 그 옷 밑에서 당신은 최선을 다하는, 나름대로 최선을 다하는 현대 여자 경찰의 주름 잡힌 딱딱한 제복만을 보게 될 것이다.

아 하나님, 안드로메다는 적어도 나체였고 아름다웠기에

· ·

285. 여자 경찰 자치대(The Women's Police Service)는 1915년 영국에서 자원봉사 형태로 시작되었다. 그러다 1918년 가을에 런던 경찰국 소속으로 공식적으로 여자 경찰이 창설되었다.

286. 그리스 신화에서 안드로메다는 에티오피아의 왕 케페우스와 그의 아내 카시오페이아의 딸이다. 어머니 카시오페이아는 딸 안드로메다가 바다의 요정들인 네레이스보다 아름답다고 떠벌렸고, 요정들의 청을 받은 바다의 신 포세이돈은 괴물(용)을 보내 케페우스의 나라를 유린한다. 신탁에 따라 케페우스와 카시오페이아는 괴물의 공격을 끝내기 위해 딸을 나체로 바위에 묶어 제물로 바친다. 고르곤을 죽인 후 날개 달린 샌들을 신고 에티오피아 해변을 날아 돌아오던 페르세우스는 바위에 묶인 안드로메다를 보고 반하여 용을 죽인다. 이에 케페우스는 안드로메다와 페르세우스를 결혼시킨다. 하지만 '바위에 묶인 처녀와 이를 공격하는 용'의 이야기는 그리스 신화보다 더 오래된 것이다. 칼데아인들과 바빌로니아인들의 창조 신화에도 같은 내용이 있으며, 아마도 이것이 후에 안드로메다 전설로 이어졌을 것이다. 로렌스가 말하는 "옛 형태의 용"이란 그가 반복해서 대비시키는 "새로운 용"의 반대항, 곧 사악한 붉은 용을 뜻한다.

페르세우스는 그녀를 위해 싸우고자 했다. 그러나 우리의 현대 여자 경찰들은 나체가 아니라 제복을 갖춰 입고 있다. 도대체 누가 여자 경찰의 제복을 위해 옛 형태의 용, 독을 뿜는 옛 로고스와 싸우려고 하겠는가?

아 여자여, 그대는 쓰라린 경험을 수없이 했다. 그러나 그대가 옛 용의 명命으로 여자 경찰이 되는 벌을 받은 적은 이전에는 결코, 결코 없었다.

오 동트기 전 새날의 사랑스러운 푸른 용이여, 어서 와 우리와 상접하여 저 악취 나는 옛 로고스의 끔찍한 손아귀에서 우리를 해방시키소서! 침묵 속에서 아무 말 없이 오소서. 봄날의 미풍 같은 부드러운 새 감촉으로 우리를 만지셔서 저 소름 끼치는 여자 경찰 껍데기를 우리 여자들의 몸에서 벗겨주시고, 생명의 싹이 벌거벗은 채로 오게 하소서![287]

• •

287. 로렌스가 사악하게 변질된 현대 문명의 붉은 용, 옛 로고스를 비판하면서 여자 경찰을 이야기하는 게 갑작스럽게 느껴질 수도 있다. 실제로 영국에서는 1918년 이래 공식적으로 여자 경찰이 있었으나, 로렌스가 이에 대해 어떤 구체적인 불만을 가졌는지는 모른다. 다만 우리는 로렌스의 사상 속에서 국가, 정치, 법, 제도, 기계는 언제나 개인, 욕망, 자유, 사랑, 육체와 같은 로렌스적 이상의 반대항이 었음을 기억할 필요가 있다. 이는 『아들과 연인』, 『무지개』, 『사랑에 빠진 여인들』, 『레이디 채털리의 연인』으로 이어지는 그의 주요 소설 속에서 점점 더 강력하게 표현된다. 로렌스의 소설에서 '피폐한 내면을 가진 광부'(『아들과 연인』), '국가 간의 전쟁에 참가하는 군인'(『무지개』), '사랑하지 못하는 자본가'(『사랑에 빠진 연인들』), '하반신 불구가 되어버린 귀족'(『레이디 채털리의 연인』) 등의 부정적 이미지는 '제복을 입은 여자 경찰'이라는 이미지와 동일선상에 있는 것이다. 자신의 아름다운 몸(나체의 몸)을 옷, 그것도 법과 폭력을 상징하는 경찰 제복으로

아포칼립스가 기록되던 시절 옛 용은 붉은색이었다. 오늘날 그 용은 잿빛이다. 용이 붉었던 이유는 그것이 옛 방식, 권력, 왕권, 부, 과시, 욕정의 옛 형태를 표상했기 때문이다. 네로 시대까지는 이러한 과시와 관능적 욕정의 옛 형태가 사악하고 더러운 용이 되기에 진정 충분한 조건이었다. 그러다가 이 더러운 용, 이 붉은 용은 로고스의 흰 용에 자리를 내주어야 했으니, 유럽은 푸른 용을 결코 알지 못했던 것이다. 우리 시대는 흰색을 예찬하면서 시작했다. 흰 용의 시대. 그 시대는 역시 흰색에 대한 위생적 경배로 끝나지만, 흰 용은 이제 불결한 잿빛의 거대한 흰 벌레가 되었다. 우리의 색은 때 묻은 흰색, 혹은 회색이다.

그러나 우리 로고스의 색깔이 눈부신 흰색 — 파트모스의

<hr />

가리고 곤봉을 숨긴 채 국가의 법을 작동시키는 무수한 기계장치 역할을 한다는 것은 로렌스에게는 최악의 이미지이다. 심지어 그 주체가 '여자'라는 것은 로렌스에게는 더 씁쓸하다. 로렌스는 소설 속에서 사회의 관습과 규범을 거스르는 '적극적이고 강한 여자'를 언제나 긍정적으로 그렸지만, 이 '로렌스적 여자'는 학교 선생을 그만두거나(어슐러 브랑웬), 귀족의 지위를 내팽개치기는(레이디 채털리) 해도 국가/법의 장치로 기어들어 가는 여자와는 거리가 멀다. 제복을 입은 여자 경찰에 대한 로렌스의 비판은 여성의 사회참여에 대한 비판이라고 표피적으로 볼 것이 아니라, 가장 소중한 자신의 육체, 욕망, 자유, 개인성을 타락한 국가(용, 로고스)에 바치면서 의기양양해 하는 모습에 대한 안타까운 시선으로 보는 게 적절하다. 로렌스에게 여성은 욕망과 자유와 개인을 실현하는 데 있어 언제나 남성에 비해 훨씬 더 적극적인 존재이기에 '여자 경찰'에 대한 안타까움은 더욱 클 수밖에 없다. 물론, 여기서 '여자 경찰'을 구체적인 직업으로서 보다는 하나의 시대적 은유로 읽을 필요가 있다는 점도 덧붙여둔다.

요한은 성자들에게 흰 예복을 입힘으로써 흰색을 고집한다
— 으로 시작했다가 더러운 무색으로 끝났듯이, 옛날의 붉은
용도 최초에는 경이로울 정도의 붉은 색으로 등장했다. 옛
용들 중에서도 가장 오래된 용은 황금빛과 핏빛을 발산하는
경이로운 붉은색이었다. 그것은 가장 눈부신 주색朱色[288]만큼
이나 밝고, 밝고, 밝은 빛의 붉은색이었다. 이렇게나, 이렇게나
생생한 황금빛의 붉은색이야말로 저, 저 멀리 역사의 첫 새벽에
나타난 최초의 용에게 입혀진 최초의 색이었다. 먼 옛날 최초의
인간들은 하늘을 바라보며 황금색과 붉은색을 보았지, 푸른색
과 눈부신 흰색을 보지 않았다. 황금색과 붉은색이라는 측면에
서, 저 멀고 먼 과거에 인간의 얼굴에 반사된 용은 반짝이는
밝은 주색을 띠었다. 아, 그때 영웅들과 영웅 왕들의 얼굴은
햇빛이 관통하는 양귀비만큼이나 붉었던 것이다. 그것은 영광
의 색이었고, 그야말로 생명 자체였던 야생의 선명한 피가
가진 색이었다. 흥분으로 인해 선명해진 핏빛의 이 붉은 색,
그것은 최고의 신비였다. 느리게 자줏빛으로 흐르는 짙은
피를 가진 왕들의 신비.

　동지중해 지역의 문명에 비해 실제로 천년이나 뒤처졌던
고대 로마의 왕들은 신성한 왕으로 보이기 위해 얼굴에 주색을

· ·
288. 주색(vermilion)은 밝은 적색으로, 황금빛이 섞인 붉은 색이다. 진홍색(scarlet)과도
　　유사하여, 로렌스도 두 색을 병용한다.

칠했다. 북아메리카의 붉은 인디언들도 마찬가지다.[289] 이들
은 자신들이 '약'이라고 부르는 그 주색 물감을 바르는 게
아니라면 전혀 붉은 사람들이 아니다. 붉은 인디언들의 문화와
종교는 거의 신석기 단계에 속해 있다. 아, 얼굴에 반짝이는
진홍색을 바른 남자들이 뛰쳐나오던, 뉴멕시코 마을들의 그
암흑의 시간을 품은 정경이여![290] 신! 그들은 신처럼 보인다!
붉은 용, 아름다운 붉은 용이다.

그러나 그 용은 늙었고, 그의 삶의 형태는 고착되었다. 옛
삶의 형태가 위대한 붉은 용의, 가장 위대한 용의 삶의 형태인
곳인 뉴멕시코의 마을들에서조차도, 그곳에서조차도 삶의
형태는 진정 사악하기에 인간들은 붉은색에서 벗어나기 위해
파란색을, 터키옥색에 담긴 그 파란 색을 열렬히 좋아한다.
터키옥색과 은색, 그들이 열망하는 색은 이것들이다. 황금색
은 붉은 용의 색이기에 그렇다. 머나먼 옛 시대에 황금은
용의 물건이었으니, 황금의 그 부드럽고 빛나는 덩어리는
용의 영광을 위한 보상이었다. 에게해와 에트루리아의 전사들
이 무덤에 안장될 때 입혀졌던 것처럼 인간은 영광을 나타내기

· ·

289. 지금은 '아메리카 원주민(Native Americans)'으로 불리는 이들은 20세기 후반기까
지도 '아메리카 인디언(American Indians)' 혹은 '붉은 인디언(Red Indians)'이라고
불렸다.
290. 로렌스와 그의 아내 프리다는 1922~1926년에 뉴멕시코주 타오스(Taos)에서 살았
다.

위해 연한 황금색 옷을 입었다. 붉은 용이 카코다이몬이 된 후에야 인간은 푸른 용과 은색 완장을 갈망하기 시작했고, 황금은 영광의 징표에서 전락하여 돈이 되었다. 황금을 돈으로 만드는 것은 무엇인가? 미국인들은 묻는다. 바로 이것이다. 위대한 황금빛 용의 죽음과 푸른 용 및 은빛 용의 도래 말이다. 페르시아인들과 바빌로니아인들은 얼마나 푸른 터키옥색을 사랑했고, 칼데아인들은 얼마나 청금석lapis lazuli을 사랑했던 가. 그토록 오래전부터 그들은 붉은 용에게서 고개를 돌렸던 것이다! 네부카드네자르의 용은 푸른색이며, 자랑스럽게 걷는 푸른 비늘의 유니콘이다.[291] 그것은 고도로 복잡한 존재이다.[292] 아포칼립스의 용은 그보다는 훨씬 오래된 짐승이지만, 이 용은 카코다이몬이다. 그러나 왕의 색은 여전히 붉은색이었

⁑

291.  네부카드네자르는 바빌로니아의 왕(기원전 605~562)으로 예루살렘을 함락시킨 첫 번째 왕이다. 바빌로니아의 주신은 마르두크(Marduk)로 그의 곁을 보좌하는 짐승은 용 '무슈쿠슈'(mushkhushshu)이다. '네브카드네자르의 용'은 그래서 '마르두크의 용'이라고도 하는데, 이 용 무슈쿠슈는 머리에 하나의 뿔이 달린 유니콘이기도 하다. 기원전 575년경 네부카드네자르가 건설한 이슈타르의 문의 전면 벽에는 수많은 무슈쿠슈가 새겨져 있다. 이슈타르의 문 전면 벽은 푸른 터키옥색이고, 로렌스의 설명과는 다르게 무슈쿠슈는 황금빛 비늘을 가진 것으로 표현되어 있다.

292. 무슈쿠슈는 물고기의 몸통, 뱀의 꼬리, 사자의 앞발, 독수리의 뒷발, 뱀의 혀, 외뿔 달린 머리를 가진 복잡한 짐승이다.

다. 주색과 자주색은 보라색이 아니라 살아 있는 피의 색인 진홍색 계열이며, 왕과 황제를 위해 예비된 색이다. 주색과 자주색이 바로 사악한 용의 색이 되었다. 종말론자가 자신이 바빌론이라고 부르는 큰 음녀에게 입힌 옷이 바로 이 색이다.[293] 생명의 색은 이렇게 혐오의 색이 된다.

오늘날, 로고스와 강철시대가 낳은 때 묻은 흰 용의 시대에 사회주의자들은 가장 오래된 생명의 색을 취했고, 전 세계는 주색의 기미만 봐도 벌벌 떨고 있다. 오늘 대다수의 사람들에게 붉은색은 파괴의 색이다. 아이들이 말하듯, '붉은색은 위험하다.' 이렇게 순환 주기는 한 바퀴를 돈다. 황금시대와 은시대의 붉은 용과 황금빛 용, 청동시대의 푸른 용, 철기시대의 흰 용, 강철시대의 때 묻은 흰 용 혹은 잿빛 용, 그리고 다시 한번 최초의 선명한 붉은 용.[294]

. .

293. "내가 보니 여자가 붉은빛 짐승을 탔는데 그 짐승의 몸에 하나님을 모독하는 이름들이 가득하고 일곱 머리와 열 뿔이 있으며 그 여자는 자줏빛과 붉은빛 옷을 입고 금과 보석과 진주로 꾸미고 손에 금잔을 가졌는데 가증한 물건과 그의 음행의 더러운 것들이 가득하더라. 그의 이마에 이름이 기록되었으니 비밀이라, 큰 바벨론이라, 땅의 음녀들과 가증한 것들의 어미라 하였더라." (「요한계시록」17:3~5)

294. 그리스 신화에서 인간의 네 시대는 다음과 같다. 첫째는 황금시대(Age of Gold), 혹은 크로노스–사투르누스 시대로, 이 시대에 행복과 비옥함은 보편적이었고 인간은 악이나 죄를 모른 채 순수 속에서 살았다. 두 번째인 은시대(Age of Silver)에 이르러 인간은 신을 경외하지 않았고, 악을 알게 되어 서로를 죽이기 시작했다. 세 번째인 청동시대(Age of Bronze)에는 잔인하고 강인한 인간들이 금속 도구와 무기를 만들어 싸움을 계속했다. 네 번째로 철기시대(Age of Iron)에

207

그러나 모든 영웅적 시대는 본능적으로 붉은 용 혹은 황금빛 용에게로 향한다. 반면 모든 반영웅적 시대는 본능적으로 [붉은 용 혹은 황금빛 용을] 외면한다. 붉은색과 자주색이 절대 혐오가 되는 아포칼립스처럼 말이다.

아포칼립스의 거대한 붉은 용은 일곱 개의 머리를 가졌으며, 그 각각에는 왕관이 씌워져 있는데, 이 왕관은 용의 힘이 왕의 것에 필적하거나 그 힘의 현현이 가장 우월함을 뜻한다.[295] 일곱 개의 머리는 용이 일곱 개의 생명을 가진 것을 의미하며, 이는 인간이 자연적으로 혹은 우주의 '역량에 따라 가질 수 있는 만큼의 생명이다. 이 일곱 머리 전체는 내리쳐 참수되어야 한다. 다시 말해, 인간은 이제 용을 뛰어넘어 일련의 위대한 일곱 번의 정복을 완수해야 하는 것이다. 싸움은 계속된다.

• •

이르면 죄가 너무 번성하여 제우스는 대홍수를 일으켜 데우칼리온과 피라를 제외한 전 인류를 몰살시킨다. 현재 시대는 석기시대(Age of Stone) 혹은 강철시대 (Age of Steel)라고 불리는데, 이 시대는 인류의 존재 이래 가장 타락한 최후의 시대이다. 흥미로운 점은 이 시대의 변화가 나쁜 것에서 좋은 것으로의 진보가 아니라, 좋은 것에서 나쁜 것으로의 악화라는 데 있으며, 이는 그리스 신화와 유대-기독교가 가진 공통점이다. 다만 유대-기독교 전통에서는 악화의 끝에 새 하늘과 새 땅, 새 예루살렘이라는 최후의 유토피아가 남아 있다는 점이 다르다.

295. "하늘에 또 다른 이적이 보이니 보라 한 큰 붉은 용이 있어 머리가 일곱이요 뿔이 열이라. 그 여러 머리에 일곱 왕관이 있는데 그 꼬리가 하늘의 별 삼분의 일을 끌어다가 땅에 던지더라. 용이 해산하려는 여자 앞에서 그가 해산하면 그 아이를 삼키고자 하더니" (「요한계시록」 12:3~4)

우주적 규모의 이 용은 그가 하늘에서 쫓겨나 땅으로 떨어지기 전에 우주의 1/3을 파괴한다. 즉, 그는 자기 꼬리로 별들의 1/3을 끌어내린다. 그 후 여인이 "철장으로 만국을 다스릴" 아이를 낳는다.[296] 아아, 이것이 만약 메시아 혹은 예수의 통치에 관한 예언이라면, 이는 얼마나 옳은 것인가! 오늘날 모든 사람들은 철장으로 통치되고 있지 않은가. 이 아이는 하나님 앞으로 올라가는데, 이때 우리는 차라리 용이 그를 낚아챘기를 바란다. 여인은 광야로 도망친다.[297] 다시 말해, 이 위대한 우주의 어머니의 자리는 인간들의 우주 속에는 더 이상 없는 것이다. 그녀는 죽을 수 없기에 사막에서 몸을 숨겨야 한다. 그녀는 3년 반이라는 고달프면서도 신비로운 세월 동안 거기에 숨는데, 이 시간은 지금도 여전히 계속되는 것으로 보인다.[298]

이제 아포칼립스의 후반부가 시작된다.[299] 우리는 그리스도

* *

296. "그 꼬리가 하늘의 별 삼분의 일을 끌어다가 땅에 던지더라. 용이 해산하려는 여자 앞에서 그가 해산하면 그 아이를 삼키고자 하더니, 여자가 아들을 낳으니 이는 장차 철장으로 만국을 다스릴 남자라. 그 아이를 하나님 앞과 그 보좌 앞으로 올려 가더라." (「요한계시록」 12:4~5)
297. "그 여자가 광야로 도망하매 거기서 천이백육십 일 동안 그를 양육하기 위하여 하나님께서 예비하신 곳이 있더라." (「요한계시록」 12:6)
298. 「요한계시록」 12:6의 "천이백육십 일"은 인간의 시간으로 '3년 반'이지만, 실은 언제 끝날지 모르는 "신비로운 세월"이다. 종말은 아직 오지 않았기 때문이다. 로렌스가 "이 시간은 지금도 여전히 계속되는 것으로 보인다"고 한 이유다.
299. 로렌스에 따르면 「요한계시록」 13~22장을 말한다.

의 교회와 지상의 다양한 왕국의 멸망에 관한 다니엘 풍의
예언이 꽤 지루하게 진행되는 과정에 진입하는 것이다.[300]
우리는 로마와 로마제국의 예언된 몰락에 그다지 많은 흥미를
느끼지는 않는다.

· ·

300. "다니엘 풍의 예언"이란 구약의 「다니엘」에서 행해지는 심판의 환영과 유사한
예언을 의미한다. 「다니엘」은 바빌로니아제국의 네부카드네자르 왕이 예루살렘
을 함락시킨 이후를 배경으로 하며, 다니엘은 이후 하나님이 바빌로니아뿐
아니라 모든 나라를 부수고 깨뜨릴 것이며, 하나님이 세우는 한 나라가 모든
나라들이 멸망한 자리에 영원히 서 있을 것이라고 예언한다. 「다니엘」에 등장하
는 이 큰 구조와 환영 속 등장하는 상징들은 「요한계시록」의 그것과 매우 흡사하
다. 바로 다음 문장에서 로렌스가 쓰듯, 「다니엘」의 '바빌로니아'는 「요한계시록」
에 이르면 당시 이스라엘을 박살 냈던 '로마'로 변해 있을 뿐이다.

17

후반부를 들여다보기 전에 지배적인 상징들, 특히 숫자 상징들을 훑어보기로 하자.[301] 후반부의 전체 구조가 7, 4, 3이라는 숫자들[302]에 너무나 전적으로 기대고 있기에 이 숫자들이 고대인들의 정신에 어떤 의미를 가졌는지를 한번 알아보는 게 좋을 듯싶다.

3은 신성한 숫자였다. 삼위일체의 숫자이기에 3은 여전히 신성하며, 하나님의 본성을 나타내는 숫자다. 우리가 고대의 믿음에 대해 가장 흥미로운 의견들을 얻을 수 있는 곳은 아마

• •

301. 계시록 후반부 13~22장에 반복적으로 등장하는 숫자들을 말한다.
302. 고대 숫자론에 따르면, 7은 창조, 우주, 공간에 관한 숫자다. 7은 세계를 뜻하는 정사각형(4)과 신성을 뜻하는 삼각형(3)을 합한 숫자다. 피타고라스학파는 세계를 4와, 신성을 3과 동일시했다.

과학자들 혹은 먼 옛날의 초기 철학자들일 것이다. 고대 과학자들은 잔존하는 종교적 상징개념들을 취해서는 그것들을 진정한 '사상'으로 변모시켰다. 우리는 고대인들이 숫자를 구체적인 무언가로 — 점이라든가 늘어놓은 조약돌로 — 바라보았다는 것을 안다. 숫자 3은 세 개의 조약돌이었다. 피타고라스학파는 자신들이 만든 원초적 산수를 통해, 나눌 수 없고 가운데에 간극을 남기지 않는다는 이유로 숫자 3을 완전수로 여겼다. 이는 세 개의 조약돌을 보면 너무나 명백하다. 당신은 이세 돌의 완전성을 파괴할 수가 없다. 세 돌 중 양 측면의 돌 하나씩을 제거한다 해도, 여전히 가운데 돌은 두 날개 사이에 있는 새의 몸통처럼 두 돌 사이에서 완벽한 균형을 이뤘던 상태로 당당히 남아 있는 것이다. 3세기경까지도 숫자 3은 존재의 완전한 혹은 신성한 조건으로 여겨졌다. 우리는 기원전 6세기경에[303] 아낙시만드로스가 무규정적인 것, 무한정한 물질 개념, 즉 태초의 창조 속에서 뜨거움과 차가움, 건조함과 축축함, 불과 어둠 같은 두 '원소들', 거대한 '짝'을 양쪽에 갖추고 있는 물질을 구상했음을 알고 있다.[304] 이 세

· ·

303. 원문에서 로렌스는 "5세기에"라고 쓰고 있지만, 이는 오기로 보인다. 아낙시만드로스는 기원전 610-546년경에 살았던 철학자이기에 "기원전 6세기에"라고 고쳐서 번역했다.
304. 아낙시만드로스는 만물의 근원이 되는 물질을 무규정적인 것, 무한정한 물질로 봤으며, 이를 '아페이론(apeiron)'이라 칭했다. 아낙시만드로스의 우주론에 대한

원소들이야말로 모든 것의 시초였다. 유일신 관념이 분리를 겪기 전,[305] 살아 있는 우주를 3으로 나눴던 그 고대적인 분할의 뒤편에는 바로 이 관념이 존재하는 것이다.

태초의 고대 세계는 전적으로 종교적이었으나 신을 믿지는 않았다는 점을 괄호 안에 넣어 기록해두자. 인간이 나는 새 떼처럼 여전히 긴밀한 신체적 합일, 긴밀한 신체적 일체화 속에서, 즉 개인이 [집단에서] 거의 분리되지 않았던 태초의 부족적 합일 속에서 살던 시절에, 말하자면 부족들이 우주와 가슴을 맞대고 벌거벗은 채로 우주와 접촉하며 생활하고 우주 전체가 인간의 살과 접촉하며 살아 숨 쉬던 시절에 신이라는 관념이 여기에 침투할 여지는 없었다.

개인이 분리감을 느끼기 시작하고 그가 자신에 대한 의식을 갖게 되어 [집단의 일체화에서] 떨어져 나왔을 때, 그가, 신화적 으로 말하자면, '생명의 나무' 대신 '지식의 나무'의 과실을 먹음으로써 자신이 소격되고 분리되었음을 알았을 때에야 비 로소 유일신의 관념이 발흥하여 인간과 우주 사이에 개입했다. 인간이 가졌던 가장 오래된 관념들은 순전히 종교적이었으며, 거기에는 어떤 종류의 유일신이나 신들에 대한 개념이 존재하

<hr />

● ●

로렌스의 입장은 이 책의 6장을 참조하라.
305. 기독교의 신이 성부, 성자, 성령이라는 세 위상으로 분할되며 동시에 하나라는 '삼위일체설'을 말한다.

지 않는다. 유일신과 신들은 인간이 분리감과 고독감에 '빠졌을' 때 들어온다. 신성한 '무규정적 물질'과 신성한 이원소two elements[306]를 말했던 아낙시만드로스와 신성한 '공기'를 말했던 아낙시메네스[307] 같은 가장 오래된 철학자들은 유일신이 생겨나기 이전에 벌거벗은 우주라는 위대한 개념으로 회귀할 것이었다. 동시에 그들 역시 기원전 6세기경의 신들에 대해 모든 것을 알고 있었지만, 거기에 진지한 흥미를 보이지는 않는다. 관습적인 방식으로 종교적이었던 최초의 피타고라스 학파조차도 '불과 밤', 혹은 '불과 어둠' — 여기서 어둠은 짙은 공기 혹은 증기의 일종이라고 여겨졌다 — 이라는 두 핵심 형태에 대한 자신들의 관념에 있어 훨씬 더 심오하게 종교적이었다. 이 두 형태는 '무한'으로서의 '밤'이 자신의 '유한'을 '불'에서 발견하는 것, 곧 '유한과 무한the Limit and the Unlimited'이었다. 대립의 긴장 속에 있는 이 두 핵심 형태는 반대성에 의해 일체성을 증명한다. 헤라클레이토스는 만물이 불로 전환되고, 따라서 태양은 매일 새로워진다고 말한다.[308] "새벽과

· ·

306. 무규정적 물질인 '아페이론'에서 뜨거움과 차가움, 건조함과 축축함, 불과 어둠이라는 이원소 대립자들이 나오고, 거기에서부터 만물이 생겨난다.

307. 아낙시메네스(기원전 586~526년경)는 아낙시만드로스의 제자 혹은 동료로 알려져 있다. 그는 아낙시만드로스와 동일하게 우주의 토대가 되는 물질이 무한한 하나라고 했으나, 아낙시만드로스와는 달리 그 물질이 불확정적인 게 아니라 확정적이며, 증기 혹은 '공기'의 형태를 하고 있다고 주장했다.

308. 헤라클레이토스(기원전 535~475년경) 역시 피타고라스학파와 동일하게 대립의

저녁의 한계는 북두칠성이고, 북두칠성의 반대편에는 빛나는 제우스의 경계선이 있다." 여기서 '빛나는 제우스'는 아마 빛나는 푸른 하늘을 의미할 것이고, 따라서 그것의 경계선은 지평선이다. 또 헤라클레이토스에게 '북두칠성의 반대편'이란 [북두칠성의] 대척점 저 아래를 의미하며 그곳은 언제나 밤이다. 낮이 밤의 죽음을 살 듯, 밤은 낮의 죽음을 산다.[309]

기이하면서도 매력적이며 고대의 상징적 정신을 드러내는, 바로 이것이 그리스도가 나오기 4~5세기 전에 살았던 위대한 인간들의 정신상태이다. 종교는 이미 도덕주의적이거나 무아지경인 상태로 변모하고 있었고, 오르페우스교도와 더불어 '출생의 바퀴에서 벗어나는'[310] 것에 관한 단조로운 관념이 인간들을 삶으로부터 추상화하기 시작했다. 그러나 가장 순수하고 가장 오래된 종교의 근원은 고대의 초기 과학에서 찾을 수 있다. 이오니아의 인간 정신은 우주라는 가장 오래된 종교적

· ·

긴장과 반대성 속에서 생겨나는 창조를 주장했다. 그는 모든 사물이 반대되는 것들끼리의 충돌을 통해 존재가 생기고 사라지는 끝없는 유동성의 상태에 놓여 있고, 이 지속적 변화를 이루는 기원은 불, 즉 에너지라고 가르쳤다.

309. 헤라클레이토스의 다음과 같은 말을 보라. "불은 공기의 죽음을 살고, 공기는 불의 죽음을 산다. 물은 흙의 죽음을 살고, 흙은 물의 죽음을 산다."

310. 오르페우스 컬트(Orphicism)는 영혼을 몰락한 신으로 보았고, 그 신에 대한 의례를 드리는 주요 목적은 영혼을 '출생의 바퀴', 즉 동물이나 식물로 재탄생하는 윤회의 굴레에서 해방시키는 것이었다. 오르페우스 컬트에서 철학과 명상은 영혼을 정화시키고 '바퀴'에서 벗어나는 수단이다.

관념에 대해 회의했고, 거기서부터 과학적 우주를 숙고하기 시작했다.[311] 이 고대의 철학자들이 싫어했던 것은 새로운 종류의 종교에서 나타나는 황홀경, 도피주의, 순전히 개인 중심적 성질, 그리고 우주의 상실이었다.

그리하여 최초의 철학자들은 고대인들의 성스러운 3부 우주론을 취했다. 이는 「창세기」에서도 유사하게 발견되는데, 이 책에서 우리는 하늘, 땅, 물로 나누어 창조하는 하나님을 본다. 이 최초의 세 가지가 다른 요소들을 창조해냈던 것이고, 그런 의미에서 창조하는 유일신이[라는 개념이] 상정되었다. 살아 있는 하늘의 삼분할이라는 고대 칼데아의 관념은 하늘이 단지 신이 거주하는 곳이 아닌, 그 자체로 신성한 영역이라는 생각에서 만들어졌다. 인간이 유일신이나 신들의 필요성을 느끼기 전, 그러니까 광대한 하늘이 스스로 존재하면서 인간과 가슴을 맞대고 살던 시절에 칼데아인들은 종교적 황홀에 휩싸여 저 위를 응시하였다. 그러다가 어떤 기이한 직관에 의해 그들은 하늘을 세 부분으로 분할했다. 그러고는 별이 전혀

. .

311. 이오니아는 기원전 1100년경 그리스에 의해 식민화된 소아시아 지역의 이름으로, 최초의 고대 자연과학자들이 등장한 곳이다. 기원전 6세기를 전후하여 자연 현상 뒤에 있는 합리적 원인을 찾아 이를 바탕으로 자연을 설명하려고 했던 과학적 사고의 진보가 이오니아에서 생겨났고, 이를 '이오니아 계몽(Ionian Enlightenment)'이라고도 한다. 대표적으로 피타고라스, 제노파네스, 헤라클레이토스, 밀레토스학파로 묶이는 탈레스, 아낙시만드로스, 아낙시메네스 등이 있다.

앎의 영역이 아니었던 시절에 그들은 별을 제대로 알았다.

이후 '신' 혹은 '조물주' 혹은 '하늘의 통치자'라는 것이 발명 혹은 발견되었을 때 하늘은 다시 사등분되었고, 이 고대의 사분할론은 매우 오래 지속되었다. 신 혹은 데미우르고스의 발명과 더불어 점진적으로 별에 관한 오래된 지식과 숭배가 바빌로니아인들[312]에 의해 마법과 점성술로 축소되었고, 이 전체 체계는 잘 '작동되었다.' 그러나 여전히 옛 칼데아인들의 우주 지식은 사라지지 않았으며, 이오니아인들은 이 지식을 다시 취했음에 틀림없다.

사분할론이 지속되었던 세기 동안에도 하늘에는 여전히 세 개의 주요 통치자들이 있었으니, 태양, 달, 샛별[금성]이 그것이다. 그러나 성경은 태양, 달, 별들이라고 말한다.[313]

신들이 생겨나기 시작한 이래 샛별은 언제나 하나의 신이었다. 그러나 기원전 600년경 죽음과 부활의 신들에 대한 컬트가 고대 세계 전체에 퍼지기 시작했을 때, 샛별은 새로운 신을 상징하게 된다. 왜냐하면 낮과 밤 사이의 황혼을 지배하는 샛별의 신은 같은 이유로 한 발은 밤의 홍수에 다른 한 발은

· ·

312. 기원전 10세기 후반부터 존재했던 고대 칼데아는 바빌로니아에 의해 흡수되었다가 6세기 중반 바빌로니아의 멸망과 함께 사라졌다.

313. 로렌스가 앞에서도 말하듯 성경은 고대 칼데아인들의 천문 지식의 영향을 받았으나, 유일신 체제에서 하나님 이외의 '통치자'는 불가능하다. 고대 이방인들에게 하나의 신이었던 '샛별(morning-star)' 역시 성경에서는 '별들'로 대체된다.

낮의 세계에, 한 발은 바다에 다른 한 발은 해변에 디딘 채 서서 빛나는 둘[낮과 밤] 모두의 주인으로 여겨지기 때문이다. 우리는 밤이 증기 혹은 홍수의 형태였음을 알고 있다.[314]

· ·

314. 이 책을 쓰며 로렌스가 탐독했던 존 버넷, 『초기 그리스 철학』(1892; 1925)의 다음 구절을 보라. "기원전 6세기에 어둠은 일종의 증기로 여겨졌고, 기원전 6세기에 와서야 그것의 진정한 본성이 알려졌다." (John Burnet, *Early Greek Philosophy*, 4th Edition, A. & C. Black, London, 1930, p. 109.)

18

3은 신성한 것들의 숫자이고, 4는 창조의 숫자이다. 세계는 4, 곧 전능한 신의 보좌를 둘러싼 거대한 네 생물, 날개 달린 네 생물에 의해 통치되는 네 구역으로 분할된 정사각형이다.[315] 이 거대한 네 생물은 어둡고 밝은 장엄한 우주의 전부를 형성하고, 그들의 날개는 천둥처럼 창조주를 찬양하며 떠는 이 우주의 진동이다. 우주 만물이 그 조물주를 영원히 찬양하듯이 이들은 자기 조물주를 찬양하는 우주 만물인 것이다. (정확히) 그들의 날개 앞뒤로 눈들이 가득하다는 것은 그들이 영원히 변하고 이동하고 고동치는, 진동하는 하늘의 별들이라는 것을 의미할 뿐이다. 텍스트로서 뒤죽박죽되고 손상된 「에스겔」이긴 하지

· ·
315. 이 책의 11장 앞부분을 참조하라.

만, 그 책에서 우리는 회전하는 하늘의 바퀴[316] — 기원전 7세기, 6세기, 5세기에 존재했던 개념 — 가운데 있는 거대한 네 생물이 날개 끝으로 신의 보좌가 놓인 최후의 천국에 있는 수정 궁창을 떠받치고 있는 모습을 본다.[317]

기원의 측면에서 보면 이 생물들은 아마 하나님보다 더 오래되었을 것이다. 이들은 매우 원대한 개념이었으며, 동방의 거대한 날개 달린 생물들 대부분의 배후에는 이 생물들에 대한 암시가 있다. 이 생물들은 살아 있는 우주, 즉 창조되지 않은 우주, 그 자체로 완벽히 신성한데다 근원적이어서 아직 그 안에 신을 갖고 있지 않은 우주가 존재했던 마지막 시대에 속해 있다. 그 시절 모든 창조 신화의 뒤에는 우주가 언제나 존재했다는, 우주가 언제나 거기에 있었고 언제나 거기에 있을 것이기에 우주에는 어떤 시작도 있을 수 없다는 원대한 관념이

• •

316. 「에스겔」에 등장하는 아낙시만드로스의 천상의 바퀴 개념에 대한 로렌스의 자세한 설명은 6장을 참조하라.

317. 「에스겔」 1:1~28. "내가 보니 북쪽에서부터 폭풍과 큰 구름이 오는데 그 속에서 불이 번쩍번쩍하여 빛이 그 사방에 비치며 그 불 가운데 단 쇠 같은 것이 나타나 보이고 그 속에서 네 생물의 형상이 나타나는데 그들의 모양이 이러하니 그들에게 사람의 형상이 있더라. 그들에게 각각 네 얼굴과 네 날개가 있고 (…) 그들이 가면 이들도 가고 그들이 서면 이들도 서고 그들이 땅에서 들릴 때에는 이들도 그 곁에서 들리니 이는 생물의 영이 그 바퀴들 가운데에 있음이더라. 그 생물의 머리 위에는 수정 같은 궁창의 형상이 있어 보기에 두려운데 그들의 머리 위에 펼쳐져 있고 그 궁창 밑에 생물들의 날개가 서로 향하여 펴 있는데 이 생물은 두 날개로 몸을 가렸고 저 생물도 두 날개로 몸을 가렸더라." (「에스겔」 1:4~6, 21~23)

자리 잡고 있다. 그것 자체로 완전한 신이고 완전한 신성함이기에, 모든 것의 근원이기에, 우주는 자신을 만들어낼 신을 가질 수가 없는 것이다.

인간은 이 살아 있는 우주를 최초에 세 부분으로 분할했고, 그 이후 우리는 알 수 없는 어떤 거대한 변화의 시기에 우주를 네 부분으로 분할했으니, 4등분된 이 영역들에는 총체가, 총체에 대한 개념이 필요했고, 나아가 조물주, 창조주가 필요했다. 따라서 거대한 네 전형적 생물들이 [우주의 네 부분에] 종속되었고, 이들이 최고의 핵심 단위를 둘러싸고 이들의 날개가 모든 우주를 덮게 되었던 것이다. 더 시간이 지나면, 이들은 애초의 살아 있는 광대한 요소들이라는 지위에서 짐승, 생물 혹은 케루빔[318]으로 변모 — 이는 지위가 하락하는 과정이다 — 하게 되었으며, 이들에게 인간, 사자, 황소, 독수리의 네 가지 근원적 혹은 우주적 성질이 부여된다.[319] 「에스겔」에서 이 생물들 각각은 동시에 사방에 있으며 각 방향을 바라보는 다른 얼굴을 가지고 있다. 그러나 아포칼립스에서 각 짐승은

· ·

318. 아시리아에서 기원하는 케루빔은 구약에서 사자 혹은 사람의 얼굴에 황소 스핑크스 또는 독수리의 몸을 가진 날개 달린 거대한 생물로 등장한다(「창세기」 3:24). 각각 네 얼굴, 네 날개를 가진 네 케루빔이 히브리 선지자 에스겔에게 나타난다(「에스겔」 10:14). 계시록에서 이들은 끊이지 않는 찬양을 창조주에게 바치는 산 생물로 그려진다(「요한계시록」 4:8).

319. "그 얼굴들의 모양은 넷의 앞은 사람의 얼굴이요, 넷의 오른쪽은 사자의 얼굴이요, 넷의 왼쪽은 소의 얼굴이요, 넷의 뒤는 독수리의 얼굴이니." (「에스겔」 1:10)

각자의 얼굴을 가지고 있다. 그러다 우주의 관념이 시들어감에 따라, 네 생물의 네 우주적 성질이 처음에는 거대한 케루빔에게 적용되었다가 나중에 의인화된 대천사들인 미카엘, 가브리엘 등에 적용되고, 마지막으로는 네 복음서 저자인 마태, 마가, 누가, 요한에게 적용된다. "4는 복음서의 성질."[320] 이 모두는 위대한 옛 개념의 지위가 하락하거나 의인화되는 과정이다.

우주가 네 부분, 네 영역, 네 역동적 '성질'로 분할되는 것과 동시에 다른 분할, 즉 네 원소로의 분할이 생겨난다. 처음에는, 우주에 오직 하늘, 땅, 바다 혹은 물이라는 세 원소만 있었던 것으로 보이며, 여기서 하늘은 주로 빛 혹은 불이었다. 그 이후에야 공기를 인식하게 된다. 하지만 불[하늘], 땅, 물이라는 원소로 우주는 완전했고, 공기는 증기 형태로 상상되었으며, 어둠도 마찬가지[로 증기]였다.

최초의 과학자들(철학자들)은 우주의 원인을 하나의 원소, 혹은 최대한 두 원소로 한정하고 싶었던 것 같다. 아낙시메네스는 모든 것이 물이라고 했다.[321] 크세노파네스는 모든 것이

· ·

320. 로렌스는 14장에 등장하는 영국 민요 <골풀이 푸르게 자라네, 오!>("Green Grow the Rushes, O!")의 가사로 쓰고 있지만, 실제 이 가사는 "4는 복음서의 성질(Four for the Gospel Natures)"이 아니라 "4는 복음서의 저자들(Four for the Gospel makers)"로 되어 있다. 이 노래의 다른 버전 가사에도 "작가들(~writers)"이나 "설교자들 (~preachers)"이라는 변형은 있지만, "성질(natures)"이라는 표현은 찾을 수 없다.
321. 아낙시메네스는 유일하고도 무한한 물질에 '공기'라고 이름 붙였다. 근원적 물질을 '물'이라고 부른 이는 탈레스다. 로렌스의 착오다.

흙과 물이라고 했다.[322] 물은 수분을 발산하고 이 수분 발산 속에는 불꽃이 잠재해 있는데, 이 발산은 저 높이 구름에 이르고, 그보다 훨씬, 훨씬 높이 올라가 물로 응축되는 대신 **불꽃으로** 응축되어 별을 만들고, 나아가 태양까지도 만든다. 태양은 물에 젖은 흙의 수분 발산에서 나와 결합된 불꽃이라는 거대한 '구름'인 것이다. 신화보다 훨씬 더 상상적이지만, 이성이라는 절차를 사용함으로써 이렇게 과학은 시작되었다.

　이어서 '모든 것은 불이다.' 더 정확히는 '모든 것은 불로 전환된다'고 말하면서, 그리고 흩어진 사물을 붙잡아 그것들을 필수적인 것으로 유지하여 그것들의 존재마저도 가능하게 만드는 '다툼Strife'을 창조 원칙으로 주장하면서 헤라클레이토스가 등장했다.[323] 이렇게 불은 원소가 된다.

　이후 '4원소'는 거의 필연적인 것이 된다. 기원전 5세기의

• •

322. 크세노파네스는 "생성되어 자라는 모든 것은 흙과 물"이라고 말한다(John Burnet, *Early Greek Philosophy*, p. 120).

323. 헤라클레이토스에 따르면 '다툼'은 만물의 근원이 되는 핵심 물질을 그것의 현실적 현현으로 분리함으로써 세계를 존재하게 하는 창조 원칙이 된다. 핵심 물질 안에는 여러 '대립되는' 성질이 공존하고, 이 대립되는 성질들끼리의 '다툼'을 통해 새로운 무언가가 생성된다. 따라서 애초에 '다툼'이 없다면 새로움, 즉 창조 역시 없는 것이다. 그는 로고스, 세계 법칙, 법과 법률을 포함한 모든 것이 서로 뒤엉켜 싸우는 대립으로 이루어졌다고 주장한다. 대립적인 것들의 충돌, 즉 '다툼'을 통해 세계의 통일성이 나온다고 보는 헤라클레이토스는 존재하는 모든 것은 그 반대되는 것으로 제한되는 동시에 반대되는 것 자체를 자기 속에 품고 있다고 주장한다. 이는 플라톤에 의해 '변증법적 사고'라는 개념으로 철학사에 수용된다.

엠페도클레스와 더불어 불, 흙, 공기, 물은 네 개의 살아 있는 혹은 우주적인 원소로, 근본적 원소로 인간의 상상력 속에 영원히 자리 잡게 되었다. 엠페도클레스는 모든 존재의 네 가지 우주적 근원이라는 의미로 '4원소'를 '네 개의 뿌리'라고 불렀다. 그리고 이 '4원소'는 '사랑'과 '다툼'이라는 두 원칙에 의해 제어되었다.[324] "불과 물과 흙과 지극히 높은 공기. 이들 외에도 각기 동일한 중량을 가진 것들 사이의 '다툼'도 두려워 하고, 이들[4원소] 사이에 있는 길이와 너비가 동일한 것들의 '사랑'도 두려워하라."[325] 다시 엠페도클레스는 이 '4원소'를 "빛나는 제우스, 생명을 선사하는 헤라, 아이도네우스, 그리고 네스티스"라고 부른다.[326] 이렇게 우리는 '4원소'를 신들, 즉

324. 헤라클레이토스가 만물의 근원적 법칙을 '다툼'으로만 본 데 반해, 엠페도클레스는 여기에 '사랑'을 추가해 만물의 법칙을 '사랑과 다툼'의 이중적 운동으로 보았다. 엠페도클레스에 따르면 네 가지 근본 원소들은 새로 생성하거나 소멸하는 대신 매번 새로 섞였다가 다시 분리된다. 즉, 원소들은 서로 사랑하고 서로 미워한다. 사랑하는 것들은 서로 끌어당기고 미워하고 다투는 것들은 서로 밀어낸다. 혼합에 적합한 모든 것은 서로 유사하고 사랑으로 연결되어 있는 반면, 서로 결합하지 못할 정도로 멀리 떨어진 것들은 적대적이고 서로 다툰다. 이렇게 사랑과 다툼이라는 양극으로 인해 역동성과 변화가 생겨난다. 사랑이 힘을 내면 원소들은 최고의 응집력으로 섞이고, 세계는 균형적 이상 상태에 도달한다. 하지만 이 상태는 영원히 지속되지 않으니, 다툼이 등장해 우위를 점한다. 균형적이었던 원소들은 다시 나뉘어 분리되고 사랑이 강해져 원소들을 혼합할 때까지 그 상태를 유지한다. 이 과정은 계속 반복되며 영원히 순환된다.

325. John Burnet, *Early Greek Philosophy*, p. 208.

326. 아이도네우스는 하데스의 다른 이름이고, 네스티스는 페르세포네의 다른 이름이 며, 이 둘은 부부이다. 제우스는 불, 헤라는 흙, 아이도네우스/하데스는 공기,

시대를 초월하는 '커다란 네 명의 신'으로도 여긴다.[327] '4원소'를 고찰하는 과정에서, 우리는 그것들이 언제나 영원히 우리 경험의 4원소임을 알게 될 것이다. 불에 대해 과학이 모든 것을 가르쳐주었다고 해서 불이 다른 무언가가 되는 것은 아니다. 연소 과정 자체가 불과 같은 게 아니며, 연소 과정은 사고형식thought-forms에 불과하다. H_2O는 물이 아니라, 물로 실험하는 도중 발생한 하나의 사고형식이다. 사고형식은 사고형식일 뿐, 그것이 우리 생명을 만들어내지는 않는다. 우리 생명은 여전히 근원적인 불, 물, 흙, 공기로 이루어져 있고, 이들로 인해 우리는 움직이고 살고 존재한다.[328]

이 4원소로부터 우리는 혈액, 흑담즙, 임파액[황담즙], 점액 개념과 그 속성에 토대를 둔 인간의 네 기질에 이르게 된다. 인간은 여전히 자기 피와 더불어 생각하는 피조물이다. "반대편 방향으로 흐르는 피의 바다에 살고, 인간의 생각이 부르는 것을 주로 하는 곳이 심장이다. 심장을 도는 피가 인간의

●●
네스티스/페르세포네는 물을 표상한다.

327. "엠페도클레스는 4원소를 신들이라고 불렀는데, 모든 고대 초기 사상가들은 자신들이 핵심 물질로 여겼던 것들에 대해 그것이 무엇이든 막론하고 이런 식으로 불렀던 것이다. 우리는 이 단어[신]가 종교적 의미로 사용되지는 않았음을 기억할 필요가 있다. 엠페도클레스는 4원소에 대고 기도하거나 제사를 드리지 않았다." (John Burnet, *Early Greek Philosophy*, p. 230.)

328. "우리가 그를 힘입어 살며 기동하며 존재하느니라 너희 시인 중 어떤 사람들의 말과 같이 우리가 그의 소생이라 하나" (「사도행전」 17:28)

생각인 것이다."[329] — 이는 어쩌면 맞는 말일지도 모른다. 어쩌면 모든 기본적 생각이 심장을 도는 피에서 작동하고 그것이 그저 뇌로 전달되는 것일 수도 있으리라. 그리고 황금, 은, 청동, 철의 4금속에 토대를 둔 4시대가 있다. 기원전 6세기에 이미 철기시대가 시작되었으며, 그에 대해 이미 인간은 한탄하고 있다.[330] '지식의 과실'을 먹기 전의 황금시대는 멀고 먼 옛날이었던 것이다.

그러니까 최초의 고대 과학자들은 고대 상징 사용자들과 매우 가까운 거리에 있다. 우리는 아포칼립스에서 성 요한이 옛날의 원초적이거나 신성한 우주를 언급할 때마다 이것, 저것, 혹은 무엇이 됐든지 그것의 1/3을 말하는 모습을 보게 된다. 옛날 신성한 우주에 속해 있는 용이 자기 꼬리로 별들의 1/3을 쓸어버린다거나,[331] 신성한 나팔 소리가 만물의 1/3을 파괴한다거나,[332] 신성한 악마들인 심연에서 나온 기수들이

• •

329. 엠페도클레스는 "4원소를 뜨거운 것, 차가운 것, 축축한 것, 건조한 것과 동일시하는" 전통 의학에서 영향력이 컸으며(John Burnet, *Early Greek Philosophy*, p. 201), 이는 히포크라테스를 거치며 궁극적으로 4원소 각각에 대응하는 4기질론/4체액론을 낳았다. 공기(피/건조함)는 다혈질, 불(황담즙/뜨거움)은 담즙질, 물(점액/축축함)은 점액질, 흙(흑담즙/차가움)은 우울질에 대응한다.
330. 황금, 은, 청동, 철로 이어지는 시대는 좋은 시대에서 나쁜 시대로의 퇴보이다.
331. "그 꼬리가 하늘의 별 삼분의 일을 끌어다가 땅에 던지더라. 용이 해산하려는 여자 앞에서 그가 해산하면 그 아이를 삼키고자 하더니." (「요한계시록」 12:4)
332. "첫째 천사가 나팔을 부니 피 섞인 우박과 불이 나와서 땅에 쏟아지매 땅의 삼분의 일이 타 버리고 수목의 삼분의 일도 타 버리고 각종 푸른 풀도 타 버렸더라.

인류의 1/3을 살상하는 모습들 말이다.[333] 그러나 파괴가 비신성한 주체에 의해 행해질 때, 파괴되는 것은 대개 1/4이다.[334]—어쨌든 아포칼립스에는 파괴가 지나치게 많다. 그래서 더는 재미가 없다.

• •

둘째 천사가 나팔을 부니 불붙는 큰 산과 같은 것이 바다에 던져지매 바다의 삼분의 일이 피가 되고, 바다 가운데 생명 가진 피조물들의 삼분의 일이 죽고 배들의 삼분의 일이 깨지더라. 셋째 천사가 나팔을 부니 횃불같이 타는 큰 별이 하늘에서 떨어져 강들의 삼분의 일과 여러 물샘에 떨어지니 이 별 이름은 쓴 쑥이라. 물의 삼분의 일이 쓴 쑥이 되매 그 물이 쓴 물이 되므로 많은 사람이 죽더라. 넷째 천사가 나팔을 부니 해 삼분의 일과 달 삼분의 일과 별들의 삼분의 일이 타격을 받아 그 삼분의 일이 어두워지니 낮 삼분의 일은 비추임이 없고 밤도 그러하더라." (「요한계시록」 8:7~12)

333. "이 같은 환상 가운데 그 말들과 그 위에 탄 자들을 보니 불빛과 자줏빛과 유황빛 호심경이 있고 또 말들의 머리는 사자 머리 같고 그 입에서는 불과 연기와 유황이 나오더라. 이 세 재앙 곧 자기들의 입에서 나오는 불과 연기와 유황으로 말미암아 사람 삼분의 일이 죽임을 당하니라." (「요한계시록」 9:17~18)

334. "내가 보매 청황색 말이 나오는데 그 탄 자의 이름은 사망이니 음부가 그 뒤를 따르더라. 그들이 땅 사분의 일의 권세를 얻어 검과 흉년과 사망과 땅의 짐승들로써 죽이더라." (「요한계시록」 6:8)

신성한 것이 언급될 때 1/3이 파괴되고, 비신성한 것이 언급될 때 1/4이 파괴되는 이유는 '3'이 신성을 나타내는 숫자고 '4'가 세계를 나타내는 숫자인 것과 관련이 있다.

19

숫자 4와 3은 함께 성스러운 숫자 7을 만든다. 신이 머무는
우주다.[335] 피타고라스학파는 7을 '적시適時, the right time의 숫자'
라고 불렀다.[336] 인간과 우주 모두 네 개의 창조된 성질, 세
개의 신성한 성질을 갖는다. 인간은 지상에서의 네 가지 기질
다음에 영혼, 정신, 영원한 나를 가진다. 우주는 4등분된 영역과
4원소, 천국, 하데스, 그리고 완전성wholeness[337]이라는 세 가지

● ●

335. 고대 숫자론에 따르면, 7은 창조, 우주, 공간에 관한 숫자다. 7은 세계를 뜻하는
    정사각형(4)과 신성을 뜻하는 삼각형(3)을 합한 숫자다.
336. 신피타고라스학파는 사물과 숫자 사이에 많은 유비를 만들어냈다. 아리스토텔레
    스는 "그들에 따르면 적시는 (…) 7이고, 정의는 4, 결혼은 3"이라고 말했다(John
    Burnet, *Early Greek Philosophy*, p. 107~108).
337. 로렌스는 이 챕터부터 끝까지 'wholeness'라는 개념을 자주 사용한다. 이 개념은
    기본적으로 어떤 존재나 사물의 요소들이 파편적으로 분산되어 있지 않고 조화를
    이룬 완전한 총체로 있는 상태를 의미한다. 그래서 이를 '완전성' 혹은 '총체성'으

신성 영역을 가지며, 사랑, 다툼, 완전성이라는 세 가지 신성한 움직임이 있다. 가장 오래된 우주에는 천국도 하데스도 없었다. 그렇다면 태초의 인간 의식 속에서는 7이 성스러운 숫자가 아니었을 가능성도 있다.

하지만 태초 이래로 7은 언제나 반은 성스러운 숫자였으니, 7은 태양, 달, 그리고 목성, 금성, 수성, 화성, 토성이라는 다섯 개의 거대한 '방랑별wandering stars'이 포함된 일곱 개의 고대 행성을 가리키는 숫자였던 것이다. 특히 인간이 우주와 가슴을 맞대고 살았던 시절, 오늘날의 그 어떤 관심의 형태와도 전혀 다른 지극히 심오한 열정적 관심을 가지고 움직이는 하늘을 바라보았던 시절, 방랑별은 언제나 인간에게 하나의 커다란 신비였다.

칼데아인들은 심지어 바빌로니아제국이 멸망할 때까지도 우주의 근원적 직접성을 일부나마 지켜냈다.[338] 그들은 후에 마르두크를 비롯한 신들의 신화 전체, 점성술사와 점성가들[339]

• •

로 번역할 수 있다. 같은 의미라도 '완전성'이 온전하게 조화를 이룬 상태를 직접적으로 드러낸다면, '총체성'은 '집단적 총체성(collective wholeness)'과 같은 표현에서 보이듯 파편적 존재들이 '합하여' 하나의 커다란 집단적 완전성을 이룬다는 이미지를 더 잘 드러내며, 만약 이를 '집단적 완전성'이라고 번역할 때는 오해가 발생할 공산이 있다(무엇보다 로렌스에게 집단은 완전한 상태가 아니다). 따라서 이후에는 이 단어의 맥락상 의미의 오해가 발생하지 않는 선에서 'wholeness'의 번역어로 '완전성'과 '총체성'을 병용하려 한다.

338. 17장 <주 312> 참조.

의 묘책들 전부를 갖게 되었으나, 별에 대한 진지한 구전 지식 전체를 내다 버리지도, 별 관찰자들과 밤하늘 사이의 가슴을 맞대는 접촉을 전부 없애지도 않은 것으로 보인다.[340] 점성가들은 여러 시대에 걸쳐 명맥을 유지했던 것 같으며, 이들은 어떤 신이나 신들을 끌어들이지 않고 하늘의 신비에만 집중했다. 하늘에 대한 구전 지식이 나중에 점과 마법이라는 대단찮은 형태로 퇴행했다는 것은 그저 인간사의 일부에 불과하다. 종교에서부터 그 아래에 이르기까지 인간적인 모든 것은 퇴행하며, 따라서 반드시 재생과 재활이 필요한 법이다.

동지중해에서 물과 불에 관한 방대한 옛 우주적 구전 지식이 유지되어 이오니아의 철학자들과 근대 과학으로 가는 길을 닦았던 것과 마찬가지로, 신들을 끌어들이지 않고 있는 그대로 보존되었던 별에 대한 구전 지식으로 인해 후에 천문학으로 가는 길이 마련될 수 있었다.

● ●

339. 점성가(magus; 복수형 magi)란 고대 조로아스터교의 사제를 일컫는 말로, 천문과 점성술, 연금술에 관한 특수한 지식을 갖고 있었다. 이후 그들의 지식은 그리스 등 서방세계에 큰 영향을 주었고 여기에서 'magic(마술)', 'magician(마술사)'이라는 단어가 유래한다. 예수가 탄생했을 때, 별을 보고 베들레헴 마구간까지 찾아와 경배했던 동방박사 세 사람은 바로 천문과 점성술에 조예가 깊었던 이 조로아스터교 사제들을 가리킨다(「마태복음」2:1~12).

340. 칼데아인들이 바빌로니아에 흡수되면서 바빌로니아의 주신인 마르두크 신화 등을 받아들이고, 더 이전의 구전 지식에 비해 '발전된' 점성술과 마법 등도 갖게 되었으나, 예전부터 갖고 있던 별에 대한 구전 지식(star-lore)과 관찰 역시도 유지했다는 의미다.

살아 있으면서 [인간과] 결합된 하늘이 지상의 생명을 강력히 제어한다는 관념은 우리가 깨닫는 것보다 훨씬 더 강고하게 기독교 이전 시대 인간들의 정신을 사로잡았다. 모든 신들과 여신들, 여호와, 많은 민족들에게 있던 죽음과 부활의 구세주들에도 불구하고, 이 모든 신들의 아래에는 태초의 우주적 비전이 남아 있으며, 인간들은 어떤 신들의 통치보다도 별들의 통치를 훨씬 근본적으로 믿었을 공산이 크다. 인간 의식은 많은 층위를 가지는데, 그중 가장 낮은 층은 민족의 의식이 세련되고 높은 수준에 이르고 난 뒤에도 수 세기에 걸쳐 계속해서 노골적으로 작동하며, 특히 하층 민중의 경우에 그렇다. 또 인간 의식은 언제나 원래의 수준으로 복귀하려는 경향을 보인다. 이 복귀에는 두 가지 양식이 있는데, 하나는 퇴행과 타락이고, 다른 하나는 새로운 출발을 위해 뿌리로 다시 돌아가려는 의도적 복귀이다.

로마 시대에는 인간 의식이 가장 오래된 수준으로 강력히 복귀했던 일이 있었는데, 그 복귀는 타락의 형태와 미신으로의 퇴행으로 나타났다. 그러나 그리스도 이후 첫 두 세기 동안 그 어떤 종교적 컬트보다 더 강력한 미신의 힘으로 하늘의 통치가 전에 없이 인간에게 되돌아왔다. 즉 별점이 맹위를 떨쳤던 것이다. 숙명, 운, 운명, 성격 등 모든 것이 별, 즉 일곱 행성에 의해 결정되었다. 일곱 행성은 천공의 일곱 통치자였으니, 이들이 인간의 숙명을 되돌릴 수 없이 필연적으로 확정 지었다. 이 통치는 결국 광기의 행태로 변했고, 기독교인들과 신플라톤주의자들 모두가 그에 반대하게 되었다.

아포칼립스에는 마술과 주술에 접해 있는 이 미신적 요소가 매우 강하다. 우리는 「요한계시록」이 마술을 하기 위한 책이라는 점을 인정해야만 한다. 이 책은 주술적 활용을 위한 암시로 가득하며, 여러 시대를 거치며 주술적 목적으로, 특히 점과 예언의 목적으로 사용되었다. 이 책은 그 목적에 바쳐진 책이다. 아니, 더 정확히 말하면, 이 책은, 특히 후반부 절반은, 당대 주술사들의 마술적 주문과 매우 흡사하게, 끔찍한 예언의 심경으로 쓰였다. 이 책은 당대의 분위기를 반영하고 있는 것이다. 그로부터 백 년도 채 지나지 않았을 때 나온 『황금 당나귀*The Golden Ass*』[341]가 그 시대의 분위기를 반영하듯, 이 책도 크게 다르지 않다.

그러니까 숫자 7은 아포칼립스의 '신성한' 숫자가 되기를 거의 멈추고는 대신 마술의 숫자가 된다. 책이 진행되면서, 고대의 신성한 요소는 희미해져 가고 '현대적인', 즉 1세기의

..
341. 『황금 당나귀』의 원제는 '변신(Metamorphoses)'으로, 로마의 작가 아풀레이우스(123년경 출생)가 2세기 무렵에 쓴 풍자문학이다. 자서전이라고 추정되는 이 이야기에서 저자는 한 여자 마법사의 종이 범한 실수에 의해 당나귀로 변신한다. 이 당나귀는 한 주인에서 다른 주인에게로 옮겨 다니면서 인간의 어리석음과 악행을 관찰하다가 마지막에는 여신 이시스에 의해 다시 인간의 몸으로 돌아온다.

마술, 예언, 주술 행위의 얼룩이 그 자리에 들어선다. 이제 7은 실제 환영의 숫자라기보다는 점과 요술의 숫자이다.

그리하여 유명한 "한 때와 두 때와 반 때가 3년 반을 의미하게 되는 것이다.[342] 이 표현은 다니엘에게서 온 것으로, 그는 제국들의 몰락을 예언하는 반#주술적 행위를 이때부터 이미 시작하고 있다.[343] 이 표현은 성스러운 일주일의 절반 — 이는 일곱 '날'로 이루어진 성스러운 일주일 전체가 주어지지 않은 악한 군주들에게 유일하게 허락된 날 전체이다 — 을 가리킬 터이다. 그러나 파트모스의 요한에게 있어 그것은 그저 마법의 숫자일 뿐이다.[344]

먼 옛날, 인간의 육신을 지배하고 몸의 변화를 좌지우지하던 달이 하늘의 강력한 힘이었을 때, 그때 7은 달의 위상moon's

---

342. "그 여자가 큰 독수리의 두 날개를 받아 광야 자기 곳으로 날아가 거기서 그 뱀의 낯을 피하여 한 때와 두 때와 반 때를 양육 받으매" (「요한계시록」 12:14) '제임스왕 버전'에서는 "a time, and times, and half a time"으로 번역되어 있다.

343. 로렌스가 몇 차례 언급했듯 「요한계시록」은 「다니엘」의 영향을 크게 받은 바 있다. 본문의 표현은 「다니엘」 7:25("그가 장차 지극히 높으신 이를 말로 대적하며 또 지극히 높으신 이의 성도를 괴롭게 할 것이며 그가 또 때와 법을 고치고자 할 것이며 성도들은 그의 손에 붙인 바 되어 한 때와 두 때와 반 때를 지내리라.")와 12:7("내가 들은즉 그 세마포 옷을 입고 강물 위쪽에 있는 자가 자기의 좌우 손을 들어 하늘을 향하여 영원히 살아 계시는 이를 가리켜 맹세하여 이르되 반드시 한 때 두 때 반 때를 지나서 성도의 권세가 다 깨지기까지이니 그렇게 되면 이 모든 일이 다 끝나리라 하더라.")에 등장한다.

344. 다시 말해, 다니엘에게 "한 때와 두 때와 반 때"는 '악한 군주들'과 연관된 기간으로 흉한 맥락이었으나, 반대로 파트모스의 요한에게는 마치 "마법의 숫자"처럼 길한 맥락에서 쓰인다(용의 공격을 피한 여인이 광야에서 양육 받는 기간).

quarters 중 하나였다.[345] 달은 여전히 몸의 변화를 좌지우지하며, 우리의 일주일은 여전히 7일로 이루어져 있다. 바다에 면해 있던 그리스인들의 일주일은 9일이었다. 그 시절은 지나갔다.

그러나 이제 숫자 7은 더 이상 신성하지 않다. 아마 7은 여전히 다소 마술적이리라.

· ·

345. 달의 위상은 달이 공전하면서 태양빛을 받아 차고 이지러지는 현상을 뜻하며, 초승달(new moon)–상현달(first quarter)–보름달(full moon)–하현달(last quarter)로 이어진다. 각 위상은 약 7일간 지속되며, 7일×4단계=약 28일을 주기로 위상이 반복된다. 이는 여성의 월경(月經) 주기이기도 하다. "7은 달의 위상 중 하나"라는 표현의 의미는 아마 달의 위상 속에 7이 포함된다는 의미로 이해해야 할 듯싶다.

20

10은 수의 연쇄에서 자연스러운 숫자이다.[346] "헬라인들이 10까지 센 후 다시 처음부터 세기 시작하는 건 자연적인 본성에서 나온다."[347] 이는 물론 두 손의 손가락 수 때문이다. 본성을 통해 관찰된 이 5의 반복은 피타고라스학파가 '만물은 수'라고 주장했던 이유 중 하나였다. 아포칼립스에서 숫자 10은 수의 연쇄에서 '자연스러운' 혹은 완전한 수이다. 조약돌로 실험하던 피타고라스학파는 열 개의 조약돌이 4+3+2+1로 된 삼각형으로 놓일 수 있음을 발견했고, 그로 인해 그들의 정신은

. .

346. 자연수(natural number)라는 의미가 아니라 말 그대로 '자연적, 자연발생적'이라는 의미다.

347. John Burnet, *Early Greek Philosophy*, p. 103의 문장을 살짝 바꿔서 인용했다. 정확한 문장은 다음과 같다. "모든 헬라인들과 야만인들이 10까지 센 후 다시 처음부터 세기 시작하는 것은 '본성에 따른' 것이다."

상상에 빠져들었다.[348] — 그러나 요한의 [환영 속] 두 사악한 짐승에게 달린 열 개의 머리 혹은 왕관 쓴 뿔은[349] 아마 [당대] 황제들 혹은 왕들을 연속해서 완전히 표상하려고 했던 것일 뿐이라고 보이는바, 뿔은 제국이나 제국의 통치자들에 대한 상투적 상징이기 때문이다. 물론 뿔이라는 옛 상징은 힘의 상징으로, 원래는 살아 있는 우주로부터, 별처럼 빛나는 생명의 푸른 용으로부터, 특히 척추 아래에 똬리를 틀고 있다가 때로 척추 방향을 따라 이마가 위엄으로 상기된 채 자신을 내던지는 우리 몸 안에서 살아 있는 용으로부터 인간에게 주어진 신성한 힘이었다. 모세의 이마 위에서 생겨났던 황금 뿔이나[350] 이집트 파라오들의 눈썹 사이에서 꿈틀거리며 내려

••

348. 버넷에 따르면, 피타고라스는 "모든 종류의 사물에 숫자를 부여하곤 했고 (…) 조약돌을 특정한 방식으로 배치함으로써 이를 보여주었다. (…) 아리스토텔레스는 피타고라스의 방식을 숫자로 (…) 삼각형과 사각형 같은 모양을 만들어내는 이들의 방식에 비유했다." (John Burnet, Early Greek Philosophy, p. 100)

349. 「요한계시록」에는 두 짐승이 등장한다. 첫 번째 짐승은 바다에서 나왔으며 용에 의해 권위와 힘을 부여받았다. "내가 보니 바다에서 한 짐승이 나오는데 뿔이 열이요 머리가 일곱이라. 그 뿔에는 열 왕관이 있고 그 머리들에는 신성모독하는 이름들이 있더라." (13:1) 두 번째 짐승은 땅에서 올라왔으며, 지상의 만인이 처음 나왔던 짐승을 경배하도록 이끈다. "내가 보매 또 다른 짐승이 땅에서 올라오니 어린 양같이 두 뿔이 있고 용처럼 말을 하더라. 그가 먼저 나온 짐승의 모든 권세를 그 앞에서 행하고 땅과 땅에 사는 자들을 처음 짐승에게 경배하게 하니 곧 죽게 되었던 상처가 나은 자니라." (13:11~12) 첫 번째 짐승은 "뿔이 열이요 머리가 일곱이라. 그 뿔에는 열 왕관이 있고"라고 묘사되고, 두 번째 짐승은 "두 뿔이 있고"라고만 묘사된다. 로렌스의 말처럼 "열 개의 머리"를 가진 짐승은 등장하지 않는다.

왔던 그 황금 뱀 우라에우스[351]는 그 개인에 속한 용이다. 그러나 보편적으로 볼 때, 힘의 뿔은 발기한 남근, 남근, 풍요cor-nucopia[352]의 상징이었다.

· ·

350. 이마에 뿔이 난 것으로 묘사되는 모세는 「출애굽기」 34:29~30의 오역 때문에 생겨난 것이다. "모세가 그 증거의 두 판을 모세의 손에 들고 시내산에서 내려오니 그 산에서 내려올 때에 모세는 자기가 여호와와 말하였음으로 말미암아 얼굴 피부에 광채가 나나 깨닫지 못하였더라. 아론과 온 이스라엘 자손이 모세를 볼 때에 모세의 얼굴 피부에 광채가 남을 보고 그에게 가까이 하기를 두려워하더 니." 모세가 십계명 판을 들고 시내산에서 내려왔을 때 그의 "얼굴 피부에 광채'가 났다고 기록되었으나, '광채가 나다'는 뜻의 히브리어는 '뿔이 나다'라는 뜻으로 도 번역될 수 있었고, 이를 4세기 후반의 라틴어 역 성서인 불가타 성경(Vulgate)이 후자를 받아들이면서 그 이미지가 고정되었다.

351. 파라오의 이마에 얹혀서 꿈틀거리는 우라에우스는 뱀이지만 동시에 곧추선 뿔과 같은 이미지를 가진다.

352. 그리스 로마 신화에서 풍요의 대표적 상징은 염소의 뿔 속에 꽃, 과일, 옥수수 등이 가득 얹혀 넘쳐나는 이미지이다.

21

마지막 숫자 12는 확정되고 변치 않는 우주의 숫자로, 다른 모든 움직임과 떨어져서도 언제나 움직이는 (고대 그리스적 의미에서) 물리적 우주인 방랑하는 행성들의 숫자 7과는 대비를 이룬다. 12는 황도 12궁의 숫자이자 한 해를 이루는 달의 숫자이다. 12는 3을 4와 곱하거나 4를 3과 곱한 수로, 완벽한 대응 관계이다. 그것은 하늘이 완전히 회전하는 수이자 인간이 완전히 회전하는 수이다.[353] 옛 구조에서 인간은 일곱 개의 성질을 가졌으니, 즉 6+1이고, 여기서 1은 그의 완전성이다.[354]

353. 지구가 태양을 공전하는 주기인 1년은 12개월이고, 인간은 12개월마다 한 살을 더 먹는다. 로렌스는 바로 이어진 문장에서 영혼의 측면에서 "인간이 완전히 회전"하는 경우를 설명하고 있다.

354. 19장에서 7을 설명하며 로렌스는 이렇게 쓴다. "인간과 우주 모두 네 개의 창조된 성질, 세 개의 신성한 성질을 갖는다. 인간은 지상에서의 네 가지 기질 다음에

그러나 그 옛 성질뿐 아니라 이제 그는 상당히 새로운 또 다른 성질을 가지게 되는바, 그는 태초의 아담에 더해진 새로운 존재로 이루어져 있기 때문이다. 따라서 이제 그의 숫자는 12가 되니, 그의 성질 6에 그의 완전성 6을 더한 6+6이다.[355] 그러나 그의 완전성은 더 이상 그의 눈썹 사이에 있는 것으로 표상되지 않고 이제는 그리스도 안에 있다. 그리하여 이제 그의 숫자가 12가 되었으니, 인간은 완벽히 한 바퀴를 돌고 확정된, 확정되고 변치 않는 존재가 된다. 변치 않는다는 것은 그가 이제 완벽하고 다시 변해야 할 필요가 없다는 것이며, (미신에서는 불행한 수인) 열세 번째 숫자로 나타나는 그의 완전성은 천국에서 그리스도와 함께한다. 이러한 것이 '구원 받은 자들'이 스스로에 관해 가지는 의견이었다. 여전히 이는 주류 정통파의 신조이니, 그리스도 안에서 구원된 자들은 완벽하고 변치 않으며, 변할 필요도 없다는 것이다. 이들은 완벽하게 개인화되어 있다.

. .

영혼, 정신, 영원한 나를 가진다." 본문의 6+1에서 1이 곧 '영원한 나(eternal I)', 즉 완전성이다.

355. 여기서 로렌스가 말하는 것은 옛 인간이 신앙의 거듭남을 통해 죽고 다시 태어나 완전성을 갖춘 새 인간이 되는 과정이다. 그렇게 완성된 새 인간은 옛 인간+새 존재로 나타나며, 따라서 옛 인간의 성질(6)+새 인간의 성질(6)이 된다. 새 인간의 성질은 옛 인간의 성질이 새롭게 변한 것이기에 여전히 6이다. 이렇게 새로운 존재의 성질인 12에 완전성의 숫자 1이 추가되면 13이 된다.

22

    갓난아이가 하늘로 들어 올려지고 여인이 광야로 도망간 이후 계시록의 후반부에 이르면 급작스러운 변화가 발생하며, 우리는 고대적 흔적은 모두 사라져버린, 순전히 유대적이고 유대–기독교적인 아포칼립스를 읽고 있음을 느낀다.

    "하늘에 전쟁이 있으니 미가엘과 그의 사자들이 용과 더불어 싸울새."[356] — 이들은 용을 하늘에서 끌어내려 땅으로 내던졌으니 용은 사탄으로 변하고, 그는 전혀 흥미로운 존재가 아니게 된다. 신화 속 위대한 존재들이 이성적이거나 그저 도덕적인 세력으로 변모해버릴 때, 그들은 흥미로움도 잃어버린다. 우리는 도덕적 천사들과 도덕적 악마들로 인해 엄청난

••
356. 「요한계시록」 12:7.

지루함을 겪는다. 우리는 '이성적' 아프로디테[357]로 인해 엄청난 지루함을 겪는다. 기원전 1000년 직후 세계는 도덕과 '죄'에 대해 조금은 미친 듯이 집착했다. 유대인들은 언제나 거기에 물들어 있었다.

아포칼립스 속에서 우리가 찾아내길 바랐던 것은 윤리적인 사안보다 더 오래되고, 더 원대한 어떤 것이다. 생명에 대한 태초의 불타는 사랑과 보이지 않는 망자의 현현에서 나오는 기묘한 전율이 진정한 고대 종교의 리듬을 형성했다. 도덕 종교는 비교적 현대의 산물이다. 심지어 유대인들에게도 그렇다.

그러나 아포칼립스의 후반부는 전부 도덕에 대한 것이다. 즉, 전부 죄와 구원에 대한 것이다. 용이 다시 여인을 향해 몸을 돌리자 그녀가 독수리의 날개를 받아서 광야로 날아 도망가는 장면에서 태고의 우주적 경이에 대한 암시가 잠깐 등장하긴 하지만, 용은 이내 그녀를 뒤쫓아 압도해버리기 위해 홍수를 뿜어낸다. 그러자 "땅이 여자를 도와 그 입을 벌려 용의 입에서 토한 강물을 삼키니, 용이 여자에게 분노하여 돌아가서 그 여자의 남은 자손 곧 하나님의 계명을 지키며 예수의 증거를 가진 자들과 더불어 싸우려고 바다 모래 위에 서 있더

357. 그리스 신화 속 사랑과 미의 여신으로, 키테라섬 부근의 바다 거품에서 올라왔다.

라.”358

물론 강조된 단어들은 어떤 유대-기독교 필경사가 신화의 파편에 덧붙인 도덕적 결말이다. 여기서 나타나는 용은 물의 용, 혹은 혼돈의 용이며 여전히 사악한 속성을 갖고 있다. 용은 새로운 것, 새로운 시대의 탄생을 온 힘을 다해 막고 있다. 용은 기독교인들에게 맞선다. 그들만이 지상에 남은 유일하게 ‘선한’ 존재이기 때문이다.

그 이후 불쌍한 용은 초라하게 보인다. 그는 자기 힘과 보좌와 큰 권위를 바다에서 나오는 짐승에게 준다. 이 짐승은 “뿔이 열이요 머리가 일곱이라, 그 뿔에는 열 왕관이 있고 그 머리들에는 신성모독하는 이름들이 있더라. 내가 본 짐승은 표범과 비슷하고 그 발은 곰의 발 같고 그 입은 사자의 입 같은데”359 ――

우리는 이 짐승을 이미 알고 있다. 그는 「다니엘」에 등장하며 다니엘에 의해 해석된다.360 이 짐승은 최후의 강력한 세계제

• •

358. 「요한계시록」 12:16~17. 강조는 로렌스
359. 「요한계시록」 13:1~2.
360. “이에 내가 넷째 짐승에 관하여 확실히 알고자 하였으니 곧 그것은 모든 짐승과 달라서 심히 무섭더라. 그 이는 쇠요 그 발톱은 놋이니 먹고 부서뜨리고 나머지는 발로 밟았으며 또 그것의 머리에는 열 뿔이 있고 그 외에 또 다른 뿔이 나오매 세 뿔이 그 앞에서 빠졌으며 그 뿔에는 눈도 있고 큰 말을 하는 입도 있고 그 모양이 그의 동류보다 커 보이더라. 내가 본즉 이 뿔이 성도들과 더불어 싸워 그들에게 이겼더니, 옛적부터 항상 계신 이가 와서 지극히 높으신 이의

국 — 물론 로마이다 — 이고, 열 개의 뿔은 이 제국에 연합한 열 왕국이다. 표범, 곰, 사자의 특징들에 대해서도 역시 「다니엘」은 로마에 앞선 세 제국이라고 설명하고 있으니, 즉 표범처럼 날쌘 마케도니아, 곰처럼 완강한 페르시아, 사자처럼 포악한 바빌로니아가 그것이다.

우리는 다시 알레고리의 차원으로 되돌아가는 셈인데, 내 경우 진짜 흥미는 이제 사라져버렸다. 알레고리는 언제나 해석될 수 있고, 어쨌든 해석되게 마련이다. 진정한 상징은 모든 해석을 거스르며, 진정한 신화 역시 그렇다. 당신은 상징이나 신화에 의미를 부여할 수 있지만, 그 의미를 결코 제대로 해석할 수는 없는 것이다. 상징과 신화는 단지 정신적으로만 우리에게 영향을 미치는 게 아니라, 언제나 우리의 내밀한 정서적 중심부들을 이동해 다니기 때문이다. 정신이 가진

성도들을 위하여 원한을 풀어 주셨고 때가 이르매 성도들이 나라를 얻었더라. 모신 자가 이처럼 이르되 넷째 짐승은 곧 땅의 넷째 나라인데 이는 다른 나라들과는 달라서 온 천하를 삼키고 밟아 부서뜨릴 것이며 그 열 뿔은 그 나라에서 일어날 열 왕이요 그 후에 또 하나가 일어나리니 그는 먼저 있던 자들과 다르고 또 세 왕을 복종시킬 것이며 그가 장차 지극히 높으신 이를 말로 대적하며 또 지극히 높으신 이의 성도를 괴롭게 할 것이며 그가 또 때와 법을 고치고자 할 것이며 성도들은 그의 손에 붙인 바 되어 한 때와 두 때와 반 때를 지내리라. 그러나 심판이 시작되면 그는 권세를 빼앗기고 완전히 멸망할 것이요, 나라와 권세와 온 천하 나라들의 위세가 지극히 높으신 이의 거룩한 백성에게 붙인 바 되니 그의 나라는 영원한 나라이라 모든 권세 있는 자들이 다 그를 섬기며 복종하리라." (「다니엘」 7:19~27)

강력한 속성은 종결성이다. 정신이 '이해하면', 그걸로 끝난다.

그러나 인간의 정서적 의식에 속한 삶과 운동은 정신적 의식과는 상당히 다르다. 정신은 모든 문장 뒤에 마침표를 찍으면서 부분과 요점만을 알아차린다. 그러나 정서적 영혼은 마치 강이나 홍수처럼 전체를 흡수한다. 예컨대, 용이라는 상징이 있다 치자― 당신은 중국의 찻잔이나 고대의 목판에서 그것을 목격하고 동화에서 그것을 읽는다― 그래서 무슨 일이 생기는가? 만약 당신이 태고의 정서적 자아를 가지고 살아 있는 존재라면, 용을 더 많이 바라보고 생각할수록 당신의 정서적 인지는 억겁에 억겁의 세월을 거슬러 영혼의 어둑한 영역 안으로 쉬지 않고 더 멀리 더 멀리 흘러가는 것이다. 그러나 당신이 수많은 현대인들과 마찬가지로, 태고의 느끼면서 아는 방식feeling-knowing way을 취하지 못하고 그저 죽어 있는 존재라면, 그 용은 단지 이것, 저것, 혹은 다른 것을 '상징할' 뿐이다― 프레이저의 『황금 가지Golden Bough』[361]에서 용이 상징하는 그 수많은 것들[의미들]처럼 말이다. 약방 바깥에 놓인 금박 막자와 막자사발처럼, 그것은 그저 일종의 상형문자 아니면 꼬리표에 불과하다.[362] 더 나은 예로, 이집트에서

361. 제임스 프레이저 경(Sir James Frazer, 1854~1941)이 1890~1915년 사이에 12권으로 발간한 책으로, 신화적 상징과 그 해석을 집대성한 대표적인 신화 연구서이다.

생명의 상징 등으로 쓰이며 여신들이 손에 들고 있는 앵크 십자ankh를 보라.[363] 어떤 아이라도 '그게 뭘 의미하는지 안다.' 그러나 진정 살아 있는 인간은 단지 그 상징을 보는 것만으로도 자기 영혼이 고동치고 팽창하기 시작함을 느낀다. 하지만 현대 남성은 거의 모두가 반은 죽어 있으며, 현대 여성도 마찬가지다. 따라서 그들은 앵크 십자를 그저 쳐다보고 그것에 대한 모든 것을 알며, 그것으로 끝난다. 그들은 자신들의 정서적 발기불능을 자랑스러워하는 것이다.

자연히, 아포칼립스는 수 시대에 걸쳐 하나의 '알레고리' 작품으로 사람들에게 호소력을 발휘했다. 모든 것은 그저 '뭔가를 의미했다' — 그것도 도덕적인 뭔가를. 당신은 그 의미를 간단명료하게 기록할 수가 있다.

바다에서 나온 짐승은 로마제국을 의미하고, 이후에는 네로를, 숫자 666[364]을 의미한다. 땅에서 나온 짐승은 이교도 성직자의 힘, 황제들을 신성하게 만들어서 기독교인들조차 그들에게

• •

362. 약방의 막자와 막자사발의 진정한 용도는 그 안에 약제를 넣고 빻는 것이다. 약제가 없으면 막자와 막자사발은 아무것도 아니다.

363. '앵크 십자'는 윗부분이 고리 모양으로 된 십자가로, 고대 이집트에서 생명의 상징이었다.

364. "누구든지 이 표를 가진 자 외에는 매매를 못 하게 하니 이 표는 곧 짐승의 이름이나 그 이름의 수라. 지혜가 여기 있으니 총명한 자는 그 짐승의 수를 세어 보라. 그것은 사람의 수이니 그의 수는 육백육십육이니라." (「요한계시록」 13:17~18)

'경배하게' 하는 사제의 권력을 의미한다. 땅에서 나온 짐승은 양처럼 두 뿔을 가졌으나 이 양은 실제로는 거짓된 어린 양이자 적그리스도이고, 그를 따르는 사악한 추종자들에게 마법과 심지어 기적 ― 이는 마술사 시몬Simon Magus[365] 등이 행하던 것 같은 흑마술이다 ― 을 행할 수 있게 가르친다.

그리하여 우리는 거의 모든 선한 기독교인들이 희생될 때까지 그리스도의 ― 혹은 메시아의 ― 교회가 짐승에 의해 순교 당하는 모습을 본다.[366] 그러다 결국 그리 오랜 시간이 지나지 않아 ― 40년이라고 하자 ― 메시아가 하늘에서 내려와 짐승, 즉 로마제국과 짐승 편에 있는 왕들과 전쟁을 시작한다. 바빌론이라 불렸던 로마의 거대한 몰락이, 그리고 그 몰락을 이겨내는 거대한 승리가 일어난다.[367] 비록 언제나 「예레미야」나 「에스겔」이나 「이사야」에서 가장 좋은 시를 가져다 쓰는 것이라 전혀 독창적이지 않지만 말이다.[368]

* *

365. 사마리아의 마술사로 사도들이 이적을 행하고 기도로 성령을 내리는 것을 보고는 사도들에게 돈을 주고 성령을 내리는 능력을 사려고 한다(「사도행전」 8:9~24).
366. 「요한계시록」 13장.
367. 「요한계시록」 18장.
368. 「예레미야」, 「에스겔」, 「이사야」 등은 이스라엘이 바빌로니아, 아시리아 등에 의해 패망 당한 후 고통의 세월을 보내는 과정, 유대인의 죄악과 타락, 제국이 몰락하고 이스라엘이 다시 일어서는 새로운 희망에 대한 예언과 환상 등을 기록한 구약의 책들로, 「요한계시록」은 이 책들에서 많은 부분을 가져다 쓰거나 영감을 받았다.

선한 기독교인들은 무너진 로마를 보며 흐뭇해하는데, 그때 '승리의 기수'가 죽은 왕들의 피로 얼룩진 옷을 입은 채로 등장한다.[369] 이후에 '새 예루살렘'이 그의 신부가 되기 위해 내려오고,[370] 귀한 순교자들 모두가 자신의 보좌를 받고, 부활한 모든 순교자들과 더불어 위대한 천년왕국에서 어린 양이 천년 동안(요한은 에녹처럼 하찮게 40년 정도로 물러나려 하지 않았다),[371] 천년 동안 지상을 통치한다.[372] 만약 천년왕국의 순교자들이 아포칼립스의 성자 요한만큼이나 피에 굶주리고 흉포해지게 된다면 — 복수를, 디모데우스가 외친다[373] — 성인들이 통치하는 천년 동안 누군가는 꽤 즐거워할 게 틀림없다.

그러나 이로써 충분하지는 않다. 천년이 지난 후, 땅, 태양, 달, 별, 바다 등 우주 전체가 완전히 지워져야만 한다. 이

• •

369. 「요한계시록」 19:11~13.

370. 「요한계시록」 21:2~8.

371. 여기서 로렌스는 파트모스의 요한의 '천년'왕국을 에녹의 '40년'과 비교하는 것처럼 보이는데, 「에녹서」에 '40년'이라는 기간이 명시되어 있는지는 불분명하다.

372. 「요한계시록」 20:1~6.

373. 밀레토스의 디모데우스(기원전 447~357년)는 유명한 음악가이자 시인이다. 존 드라이든의 시 「알렉산드로스의 향연(*Alexander's Feast*)」(1697)에서 디모데우스는 알렉산드로스 대왕이 페르시아의 다리우스 3세를 물리친 후 펼쳐진 향연에서 음악가이자 시인으로 등장해 알렉산드로스를 칭송한다. "복수를, 복수를, 디모데우스가 외친다(Revenge, Revenge, Timotheus cries)"는 이 시에 나오는 유명한 구절이다.

초기 기독교인들은 세계의 종말을 무척이나 갈구했다. 이들은 먼저 자기들의 [복수] 순서를 원했고 — 복수를, 디모데우스가 외친다! — 그다음에는 태양, 별 등 만물을 포함한 우주 전체가 지워져야 한다고 주장했다. 즉, 영광스러운 옛 성인들과 순교자들과 함께 새로운 '새 예루살렘'이 나타나면, 악마, 악령, 짐승, 악인들이 영원히, 영원히, 영원히 불에 튀겨지며 고통당하는 불타는 유황 호수를 제외한 나머지 모든 것은 사라져야만 하는 것이다.[374] 아멘!

이렇게 이 영광스러운 작품은 끝을 맺는다. 꽤 역겨운 작품임에 틀림없다. 복수는 예루살렘 유대인들에게 진정 성스러운 의무였지만, 복수보다 더 중요한 것은 이 성인들과 순교자들의 영속적인 자기 예찬과 이들의 뿌리 깊은 오만함이었다. "흰 두루마기"[375]를 입은 이들은 얼마나 혐오스러운가. 이들의 독선적인 통치는 그 얼마나 구역질이 날 것인가! 새와 꽃, 별과 강, 모든 우주를 없애버리자고, 무엇보다도 자신들과 그들의 '구원받은' 귀한 형제들을 제외한 모든 이를 없애버려야 한다고 고집하는, 그야말로 그것만 고집하는 이들의 정신이란 진정 얼마나 사악한가. 꽃이 결코 시들지 않으며 영원히

. .

374. 「요한계시록」 20:7~15. "누구든지 생명책에 기록되지 못한 자는 불못에 던져지더라." (「요한계시록」 20:15)
375. 「요한계시록」 6:11.

그대로 피어 있는 이들의 '새 예루살렘'이란 그 얼마나 불쾌한가! 시들지 않는 꽃을 소유한다는 건 그 얼마나 끔찍하게 부르주아적인가!

이 '불경스러운' 기독교인들의 우주 파괴적 열망을 보며 이교도들은 섬뜩해 했음이 분명하다. 사실 구약의 옛 유대인들조차도 얼마나 섬뜩했었던가. 그래도 그들에게는 전능한 신의 위대한 창조력에 의해 빚어진 땅과 태양과 별은 영원했었다. 그러나, 이 오만한 순교자들은 그 모든 것들이 연기 속에 사라지는 걸 지켜봐야만 하는 것이다.

오, 이 아포칼립스의 기독교, 그것은 범속한 대중의 기독교이다. 우리는 이렇게 고백해야만 한다. 이 기독교는 흉측하다. 독선, 자만, 자부, 비밀스러운 부러움이 그 기저에 잔뜩 깔려 있다.

예수의 시대가 되면, 모든 최하층 계급과 범속한 민중은 자신들이 왕이 될 기회를 결코 갖지 못하리라는 것을, 자신들이 결코 마차를 타고 다닐 수 없으리라는 것을, 자신들이 황금그릇에서 따른 포도주를 결코 마실 수 없으리라는 것을 깨닫게 되었다. 그렇다면 좋다 — 그들은 그 모든 것을 파괴해버림으로써 복수를 할 수 있을 테니 말이다. "무너졌도다, 무너졌도다 큰 성 바빌론이여. 악마의 처소가 되었도다."[376] 그리고 나서 모든 황금과 은과 진주와 보석과 고급 리넨과 자주색과 진홍색의 비단, 그리고 계피와 유향, 밀, 짐승, 양, 말, 마차, 노예, 인간 영혼 — 이 모든 것들이 큰 성 바빌론에서 파괴되고, 파괴되고, 파괴되었다! 우리는 이 승리의 노래 속에서 비명처럼 퍼져 나오는 부러움, 그 끝없는 부러움을 듣지 않는가! 이제 우리는 동방교회의 교부들이 아포칼립스를 신약에서 제외하길 원했다는 점을 이해할 수 있다. 그러나 제자들 속에 유다가 끼어 있듯이, 그 책도 필연적으로 [신약에] 포함되어야만 했다. 아포칼립스는 장엄한 기독교의 이미지에 깃든 진흙의 발이다.[377] 그리고 바로 이 발의 취약성으로 인해, 그 이미지는

• •

376. "힘찬 음성으로 외쳐 이르되 무너졌도다 무너졌도다 큰 성 바벨론이여 귀신의 처소와 각종 더러운 영이 모이는 곳과 각종 더럽고 가증한 새들이 모이는 곳이 되었도다." (「요한계시록」 18:2) 본문의 인용은 이 구절을 살짝 다르게 표현했다.

377. 영어에서 "feet of clay"는 '약점, 불완전한 기초' 같은 의미를 가진 관용어로 쓰인다. 그 유래는 파트모스의 요한이 계시록의 레퍼런스로 삼았던 책 중 하나인 「다니엘」이다. 바빌론에 잡혀가 있던 다니엘은 어느 날 네부카드네자르 왕이 꾼 꿈을 듣는다. "왕이여 왕이 한 큰 신상을 보셨나이다. 그 신상이 왕의 앞에 섰는데 크고 광채가 매우 찬란하며 그 모양이 심히 두려우니, 그 우상의 머리는 순금이요, 가슴과 두 팔은 은이요, 배와 넓적다리는 놋이요, 그 종아리는 쇠요, 그 발은 얼마는 쇠요 얼마는 진흙이었나이다. 또 왕이 보신즉 손대지 아니한 돌이 나와서 신상의 쇠와 진흙의 발을 쳐서 부서뜨리매 그때에 쇠와 진흙과 놋과 은과 금이 다 부서져 여름 타작마당의 겨같이 되어 바람에 불려 간 곳이 없었고 우상을 친 돌은 태산을 이루어 온 세계에 가득하였나이다." (「다니엘」 2:31~35) 다니엘은 이 꿈을 해석하면서 이렇게 말한다. "왕께서 그 발과 발가락이 얼마는 토기장이의 진흙이요 얼마는 쇠인 것을 보셨은즉 그 나라가 나누일 것이며 왕께서 쇠와 진흙이 섞인 것을 보셨은즉 그 나라가 쇠 같은 든든함이 있을 것이나, 그 발가락이 얼마는 쇠요 얼마는 진흙인즉 그 나라가 얼마는 든든하고 얼마는 부서질 만할 것이며, 왕께서 쇠와 진흙이 섞인 것을 보셨은즉 그들이 다른 민족과 서로 섞일 것이나 그들이 피차에 합하지 아니함이 쇠와 진흙이

아래로 처박힌다.

예수가 있다, 그러나 성자 요한도 있다. 기독교적 사랑이 있다, 그리고 기독교적 부러움이 있다. 전자는 세계를 '구원'할 것이지만, 후자는 세계를 모두 파괴하기 전에는 결코 만족하지 않을 것이다. 이들은 동전의 양면이다.

• •

합하지 않음과 같으리이다." (「다니엘」 2:41-43) 여기서 신상을 떠받치는 '진흙의 발'은 "부서질 만한 것"으로 다른 금속과 "합하지 않"는 것으로 표상됨으로써, 이후 영어에서 어떤 좋은 것 속에 들어 있는 의외의 약점, 불완전한 토대를 뜻하게 된다.

23

왜 그런가 하면, 사실 모든 점을 고려했을 때 그저 파편적인 존재들이며 총체적 개인성을 가질 역량이 없는 방대한 인민대중에게 개인적 자아실현을 가르친다고 한들, 결국 그들 모두가 부러움에 사로잡히고, 억울해하며, 앙심을 품은 존재들이 되는 것으로 끝날 수밖에 없기 때문이다. 인간에게 공감하는 이라면 누구나 대부분의 인간들이 가진 파편성을 알고 있으며, 따라서 개인적 총체성을 획득할 수 없는 이 인간들이 자연스럽게 집단적 총체성에 빠져드는 권력 사회를 만들려 한다.[378]

• •

378. 로렌스가 사용하는 "총체성/완전성(wholeness)"은 "파편성(fragmentariness)"과 상반되는 개념으로 쓰이고 있다. '파편성'이 쪼개져 있고, 분리되어 있고, 통합적인 사고가 불가능하며, 그때그때의 상황에 따라 느끼고 행동하는 상태라면, '총체성/완전성'은 자아와 현실에 대한 분명한 이해를 통해 자신의 사고와 행동을 성찰할 수 있고, 그렇기에 단단하고 확고하게 자신의 조화로운 온전함에 이른 상태라고

이 집단적 총체성 속에서 대중은 충족될 것이다. 그러나 그들이 개인적 충족을 얻기 위해 애쓴다 해도, 그들은 본래 파편적이기에 실패할 게 틀림없다. 그렇게 되면, 어디에서도 총체성을 얻지 못하기에 생긴 이 실패들은 부러움과 앙심으로 변모하게 된다. "무릇 있는 자는 받아 풍족하게 되고"라고 말했을 때 예수는 이 모든 점에 대해 잘 알고 있었다.[379] 그러나 예수는 범속한 대중을 감안해야 한다는 걸 망각했으니, 이 대중의

• •

할 수 있다. "집단적 총체성(collective wholeness)"은 자신만의 독립적이고 "개인적인 총체성(individual wholeness)"을 달성할 역량이 없는 파편적 존재들이 모여 하나의 집단적 판타지 속에서만 달성하는(달성하는 것처럼 보이는) 총체성이다. 본문에서 드러나듯, 로렌스는 '개인성', '개인적 총체성'을 높이 평가하는 반면, '집단적 총체성', '집단성'에 대해 언제나 경계한다(그러나 뒤에서 드러나듯, 로렌스가 집단성에 반한 '개인성'을 하나의 진리로 설정하는 것은 아니다). 이 책에서 로렌스는 아포칼립스가 중심에 놓인 기독교를 자기 성찰을 결여한 무지한 대중의 '집단적 총체성'에의 도취가 강자에 대한 부러움에서 생긴 복수, 세계의 파괴에 대한 환상적 염원으로 나타나는 사례로 보고 있다. 로렌스가 자세하게 설명했던 고대의 이교도의 입문 의식에서도 '완전성/총체성'은 새로운 탄생을 통해 얻는 핵심적 성질이지만, 언제나 '개인적 총체성'의 차원이라는 점에서 유대–기독교적 아포칼립스 전통의 '집단성'과는 다르다. 이 책의 3장에서 로렌스는 개인성과 집단성을 기독교를 중심으로 비교하는 논의를 펼치고 있으니 참조하라.

379. "무릇 있는 자는 받아 풍족하게 되고 없는 자는 그 있는 것까지 빼앗기리라" (「마태복음」 25:29) 예수는 주인과 종의 비유를 들려준다. 타지에 나가게 된 주인이 세 명의 종에게 능력대로 각각 금 다섯 달란트, 두 달란트, 한 달란트를 주고 떠났다가 오랜 후에 돌아왔다. 다섯 달란트와 두 달란트를 받았던 종은 열심히 일하고 장사하여 받았던 돈을 두 배로 만들어 주인에게 바쳤으나, 한 달란트를 받았던 종은 그저 땅에 숨겨놓고 있다가 주인에게 한 달란트만 도로 바친다. 분노한 주인은 그 종에게 위에 인용된 말을 하며 저주한다.

좌우명은 이런 것이다. '우리가 아무것도 가진 게 없기에 아무도 뭔가를 가질 수 없게 될 것이다!'

그러나 예수는 기독교적 개인을 위한 이상형을 제공했고, 국가나 민족을 위한 이상형을 제공하는 일은 신중하게 피했다. 그가 "가이사의 것은 가이사에게 바치라"고 말했을 때,[380] 그는 어쨌든 시저가 인간 육신을 통치하도록 내버려 두었던 것이고, 이는 인간의 정신과 영혼에 심각한 위험이 야기되었음을 의미했다. 이미 기원후 60년 무렵에 기독교인들은 저주받은 분파였으며, 다른 모든 이들처럼 제물을 바치도록, 즉 살아 있는 시저에게 경배를 드리도록 강제되었다. 시저에게 인간 육신에 대한 권력을 줌으로써, 예수는 시저에게 자신을 경배하는 행위를 강제하는 권력을 주었던 것이다. 나는 네로나 도미티아누스[381] 같은 황제에게 예수 자신이 경배를 드릴 수 있었다고

⋅ ⋅

380. "예수께서 말씀하시되 이 형상과 이 글이 누구의 것이냐 이르되 가이사의 것이니이다. 이에 이르시되 그런즉 가이사의 것은 가이사에게, 하나님의 것은 하나님께 바치라 하시니" (「마태복음」 22:19~20) 같은 구절이 「마가복음」 12:17, 「누가복음」 20:25에서 반복된다. 예수를 시기하던 서기관들과 대제사장들이 예수를 책잡아 넘기기 위해 '가이사[시저]에게 세금을 바치는 게 옳은지, 옳지 않은지' 묻는다. 당시 로마의 압제하에 있던 유대인들의 상황에서 '옳다'고 대답하면 로마의 편을 들며 유대인들의 민족적 자존심을 건드리는 것이 되고, '옳지 않다'고 대답하면 지배자인 로마에 반대하는 것이므로, 어느 쪽이든 상대방에게 예수를 넘길 수 있게 된다. 이 질문에 대해 예수는 시저의 형상이 새겨진 로마 은전 하나를 집어 들어 '이 형상과 이 글이 누구 것이냐고 묻는다. 여기에 '가이사의 것'이라는 대답이 돌아오자, 예수는 인용된 말을 한다. 예수를 책잡으려던 이들은 이 말에 대꾸하지 못하고 침묵한다.

는 생각지 않는다. 그런 상황에서라면 의심의 여지 없이 그는 죽음을 택했을 것이다. 수많은 초기 기독교인 순교자들이 그랬듯이 말이다. 그러니까 [기독교가] 처음 시작될 때부터 가공할 만한 딜레마가 존재하고 있었다. 시저를 성자로 경배하는 황제 컬트에 복종하는 것은 기독교도에게는 불가능한 일이었기에 기독교도가 된다는 것은 로마제국에 의한 죽음을 의미했다. 따라서 모든 기독교인이 순교자가 될 날이 그리 멀지 않았음을 파트모스의 요한이 [환영 속에서] 목격했던 일은 놀랍지 않다. 황제 컬트가 사람들에게 절대적으로 강제된다면, 그날은 곧 오게 될 것이었다. 모든 기독교인이 순교하는 상황에서 기독교인이 '예수 재림', 부활, 그리고 완벽한 복수 말고 무엇을 바랄 수 있었겠는가! 구세주의 죽음 이후 60년이 지나서도[382] 기독교 공동체가 존재하려면 어떤 조건이 필요했던 것이다.

동전이 시저에게 속한 것이라고 말하면서 예수는 이를 필연적인 것으로 만들었다. 이는 실수였다. 돈은 빵을 의미하며,

· ·

381. 도미티아누스(Domitian, 51~96)는 로마 황제 베스파시아누스의 아들로 그의 형 타이투스의 뒤를 이어 81년에 로마 황제에 올랐다. 폭군이었던 그는 대중에게 자신을 신으로 경배하라고 요구했고, 그의 재위 기간 말기 즈음에는 유대인과 기독교인 모두가 박해를 받았다. 파트모스섬에서 유배 중이었던 요한이 아포칼립스에 기록된 환영을 보았던 때가 바로 기독교인들이 박해를 받던 이 시기였다.
382. 예수 사후 60년이 지났는데도, 그가 약속했던 재림은 이루어지지 않았으므로

인간의 빵은 어떤 이에게도 속하지 않는다. 돈은 또한 힘을 의미하는데, 사실상의 적에게 힘을 줘버린다는 것은 말도 안 되는 일이다. 조만간 시저는 기독교인들의 영혼을 훼손하고야 말 것이었다. 그러나 예수는 오직 개인만을 보았고, 오직 개인만을 고려했다. 예수의 뒤를 이은 파트모스의 요한은 로마제국에 맞서 기독교 국가의 기독교적 비전을 만들어내려고 했다. 요한이 아포칼립스에서 한 일이 이것이다. 그 비전은 세계 전체의 파괴와 궁극의 실체 없는 영광 속에서 행해지는 성인들의 통치를 수반한다. 달리 말해, 모든 지상 권력의 파괴와 순교자들의 과두 통치(천년왕국)를 수반한다.

오늘날 우리에게 다가오고 있는 것이 바로 이것, 모든 지상 권력의 파괴이다. 순교자들의 과두 통치는 레닌에서 시작되었으며, 내가 알기로 무솔리니[383] 또한 순교자이다. 이 순교자들, 이들은 기괴하게 차가운 도덕을 가진 이상한, 이상한 사람들이다. 모든 나라가 레닌 같은, 아니면 무솔리니 같은 순교자 겸 통치자를 갖고 있다면, 세계는 그 얼마나 이상하고 상상 불가능한 곳이 될 것인가! 그러나 그런 세계가 오고 있다. 아포칼립스는 여전히 마술을 부리는 책이다.

기독교 교리와 기독교 사상은 대단히 중요한 몇몇 사실들을

383. 베니토 무솔리니(1883~1945)는 1925년에 이탈리아의 파시스트 독재자가 되었다.

놓쳤다. 오직 기독교 판타지만이 그것을 파악했다.[384]

1. 누구도 순전한 개인이 아니며 그렇게 될 수도 없다. 만에 하나 대중에게 개인성이라는 게 있다면 그것은 그저 가장 미세한 흔적으로만 있을 뿐이다. 대중은 집단적으로 살고 움직이고, 생각하고 느끼며, 실제적으로는 그 어떤 개인적 정서, 느낌, 생각도 없다. 그들은 집단적 혹은 사회적 의식의 파편들이다. 언제나 그래왔으며, 언제나 그럴 것이다.

2. '국가', 혹은 우리가 집단적 총체로서의 '사회'라고 부르는 것은 개인의 심리를 가질 수 없다. 또한 국가가 개인들로 구성되어 있다고 말하는 것은 잘못되었다. 그렇지 않다. 국가는 파편적 존재들의 집단으로 구성된다. 어떤 집단적 행위도, 심지어 투표처럼 매우 사적인 행위조차도, 개인적 자아를 통해 구성되지 않는다. 집단적 행위는 집단적 자아를 통해 구성되며, 또 다른 차원의 비개인적인 심리 배경을 가진다.

3. '국가'는 기독교인이 될 수 없다. 모든 '국가'는 '권력'이다. 그 외에는 다른 것이 될 수 없다. 모든 '국가'는 자신의 경계를

---

384. 신약의 다른 책들과 「요한계시록」은 차별화된다. "기독교 판타지"로서의 「요한계시록」은 복음서의 예수마저도 놓쳤던, 인간과 세상의 본질에 대한 대단히 중요한 몇몇 사실들 ─ 이하 로렌스가 정리하는 여섯 가지 요점 ─ 을 간파해 드러내고 있다.

지키고 자신의 번영을 지켜야 한다. 그렇게 하는 데 실패한다면, 국가는 개인으로서의 시민들 전부를 배신하는 것이다.

4. 각각의 모든 시민은 세속적 권력의 한 단위이다. 한 인간은 순전한 기독교인이면서 동시에 순전한 개인이기를 바랄 수도 있다. 그러나 어떤 정치적 '국가' 혹은 '민족'의 구성원이어야만 하는 그는 세속적 권력의 한 단위로 존재하도록 강제된다.

5. 시민으로서, 집단적 존재로서, 인간은 자신의 권력 감각을 만족시키면서 충족감을 얻는다. 만약 그가 소위 '지배 민족' 중 하나에 속한다면, 그의 영혼은 자기 나라의 국력이나 힘에 대한 감각을 통해 충족된다. 만약 그의 귀족적인 나라가 영예와 힘의 위계 서열에서 최상위에 오른다면, 그 서열 안에 자기 자리를 가진 그는 더욱더 충족될 것이다. 그러나 만약 그의 나라가 강력하고 민주적이라면, 그는 타인이 자신들의 희망대로 하는 것에 간섭하고 이를 막는 데 자신의 온 힘을 기울이려는 영속적인 의지에 강박적으로 사로잡힐 것이다. 그 누구도 다른 사람보다 뭔가를 더해서는 안 되기 때문이다.[385] 이것이

- -
385. 로렌스의 이 생각은 민주주의의 문제적 본질에 대한 고전적 고찰에 속한다. 가령 플라톤의 고대 민주주의론(『국가』 8권)과 토크빌의 근대 민주주의론(『미국의 민주주의』)은 공히 민주주의의 핵심을 '평등'에서 찾는다. 평등은 민주주의의 최대 권익이지만 최대 약점이기도 하다. 이 평등의 실현이 과도해질 경우, 민주주의는 아나키와 독재로의 회귀(플라톤)나 고립과 타락(토크빌)으로 향할 수 있기 때문이다. "그 누구도 다른 사람보다 뭔가를 더 해서는 안 되기 때문"이라는 말은 평등의 체제에서 '다른 사람보다 뭔가를 더 한다는 것'은 뭔가를 더 하지

현대 민주주의의 조건, 영속적 괴롭힘^{bullying}의 조건이다.

민주주의에서는 권력이 머물던 자리를 괴롭힘이 차지하는 것이 필연적이다. 괴롭힘은 권력의 부정적 형식이다. 유기적 총체성이 아니라 단지 집단적 총체성만을 가진 파편[적 존재]들로 구성된 현대 '기독교 국가'는 영혼을 파괴하는 세력이다. 내 손가락이 나의 유기적이고 필수적인 일부이듯, 위계 서열 속에서 각 부분은 유기적이며 필수적이다. 그러나 민주주의는 결국 외설적일 수밖에 없으니, 그것은 스스로 잘못된 총체성, 잘못된 개인성을 상정하는 무수한 분열적 파편들로 구성되어 있기 때문이다. 현대 민주주의는 자신의 총체성을 주장하며 갈등을 빚는 수백만 개의 부분들로 구성된다.

6. 오직 개인적 자아에만 관심을 가지면서 자신의 집단적 자아는 무시하는 개인을 이상으로 여기는 일은 장기적으로 볼 때 치명적이다. 실존하는 위계 서열을 부정하는 개인성을 신조로 삼는 것은 결국 더한 무정부 상태를 부른다. 민주주의적 인간은 응집과 저항, '사랑'이라는 응집력과 개인적 '자유'라

않는 다른 사람의 '평등권'을 해칠 수 있기에 '저지'되어야 한다는 말이다. '타인이 하려는 것을 막는 데 온 힘을 기울이려는 의지'는 바로 이렇게 설명될 수 있다. 결국 민주주의는 평등이라는 '좋은 것'에서 타인을 괴롭히는 '나쁜 것'으로 이행하게 된다는 게 로렌스의 입장이다. 19세기 말부터 20세기 중반에 이르기까지 근대 민주주의에 대한 날카로운 비판적 통찰의 전통이 있었으며, 니체, 로렌스, 오르테가 이 가세트 등은 이 전통에서 빼놓을 수 없는 지성들이다.

는 저항력에 따라 산다. 사랑에 완전히 굴복한다는 것은 흡수된다는 것이고, 이는 개인의 죽음을 뜻한다. 개인은 반드시 자기 자신을 지켜야 하고, 그렇지 못했을 때 그는 '자유로운' 개인이 되기를 그치기 때문이다. 그리하여 우리 시대가 스스로 놀라움과 경악을 금치 못하면서 증명했던 점은 개인은 사랑할 수 없다는 것이다. 개인은 사랑할 수 없다, 이것을 공리로 삼아라. 현대의 남자나 여자는 개인이 아닌 자기 자신을 상상할 수 없다. 그리고 남자나 여자 속에 있는 그 개인은 결국 자기 속에 있는 연인을 죽이게 되어 있다. 이는 각자가 자신이 사랑하는 것을 죽인다는 말이 아니라, 각 남녀가 자기 안의 개인성을 고집함으로써 자기 속의 연인을 죽인다는 말이다. 기독교인은 감히 사랑하지 못한다. 사랑은 기독교적이고 민주주의적이고 현대적이며 개인적인 것을 죽이기 때문이다. 개인은 사랑할 수 없다. 개인이 사랑할 때, 그는 순전한 개인이 되기를 그친다. 따라서 그는 자신을 회복해야 하고, 사랑하기를 중단해야 한다. 우리 시대의 가장 놀라운 교훈 중 하나는 다음과 같다. 개인은, 기독교인은, 민주주의자는 사랑할 수 없다. 혹은, 그가 사랑할 때, 그녀가 사랑할 때, 그는 사랑을 거둬들여야만 한다, 그녀는 사랑을 거둬들여야만 한다.

사적이거나 개인적인 사랑에 대해서는 이만해 두자. 그렇다면, 다른 사랑, 당신의 이웃을 자신처럼 사랑하라는 '카리타스 caritas'[386]는 어떤가?

이 역시 동일하게 작동한다. 당신은 당신의 이웃을 사랑한다. 즉시 당신은 그 이웃에 의해 흡수되는 위험을 무릅쓰게 되고, [따라서] 당신은 뒤로 물러나야 하고, 당신의 입장을 고수해야 한다. 사랑은 저항이 된다. 결국, 저항만 남고 사랑은 사라진다. 이것은 민주주의의 역사다.

당신이 개인적 자아실현의 길을 걷고 있다면, 당신은 부처처럼 길에서 벗어나 홀로 지내며 타인에 대해 아무 생각도 하지 않는 게 좋다. 그러면 당신은 열반에 들 수 있을지도 모른다. 이웃을 사랑하라는 그리스도의 길은, 결국에는, 이웃에 대해 순전히 저항하면서 살아야만 하는 끔찍한 비정상성으로 이어진다.

아포칼립스, 이 이상한 책은 이 점을 명확히 한다. 이 책은 우리에게 기독교인이 '국가'와 맺는 관계를 보여주는데, 이는 복음서와 바울서신이 피하는 일이다. 이 책은 우리에게 기독교인이 '국가'와, 세계와, 우주와 맺는 관계를 보여준다. 이 책은 기독교인이 결국에는 그 모두의 파괴를 바라면서, 이들에 대해 광기 어린 적대감을 가지고 있음을 보여준다.

• •

386. 기독교적 자선, 신과 이웃에 대한 사랑을 뜻하는 라틴어이다.

이것은 기독교의, 개인주의의, 민주주의의 어두운 측면으로, 전반적 세계가 오늘날 우리에게 이러한 측면을 드러낸다. 간단히 말하면, 이것은 자살이다. 개인적 자살이자 '집단적' 자살. 인간이 원한다면 우주적 자살이 될 수도 있다. 그러나 우주는 인간의 힘에 의해 좌우되지 않으며, 태양은 우리를 기쁘게 해주기 위해 소멸하지 않는다.

우리 역시도 소멸을 원치 않는다. 우리는 잘못된 자리를 포기해야만 한다. 기독교인이라는, 개인이라는, 민주주의자라는 잘못된 자리를 포기하자. 우리 자신에 대해 새롭게 이해함으로써 고통스럽고 불행한 대신 평화롭고 행복하도록 하자.

아포칼립스는 우리가 부자연스럽게 저항하고 있는 것이 무엇인지를 우리에게 보여준다. 우리는 부자연스럽게도 우리가 우주와, 세계와, 인류와, 민족과, 가족과 맺는 연관성에 저항하고 있다. 아포칼립스에서 이 모든 연관들은 절대적 혐오이며, 우리에게도 역시 절대적 혐오가 되었다. 우리는 연관성을 참을 수가 없다. 이것이 우리의 병폐다. 우리는 그로부터 벗어나서 고립되어야 하는 것이다. 우리는 이것을 자유로움이라고, 개인적인 것이라고 부른다. 우리가 지금껏 도달해 있는 어떤 지점을 넘어서면, 그것은 자살이 된다. 아마도 우리는 자살을 선택했을 수 있다. 뭐, 어쩔 수 없다. 아포칼립스 역시 자살을, 그리고 자살 이후의 자기 예찬을 선택했으니까.

그러나 아포칼립스는, 자신이 하는 바로 그 저항에 의해서, 인간 마음이 비밀스럽게 동경하는 것들이 뭔지를 보여준다. 아포칼립스가 태양과 별, 세계, 모든 왕들과 모든 통치자들, 모든 진홍색과 자주색과 황갈색, 모든 음녀들, 마지막으로는 '인장을 받지'[387] 않은 모든 인간 전부를 파괴하며 발산하는 그 광분에 의해, 우리는 종말론자들이 이 인장 사안과는 별개로 태양과 별과 땅과 땅의 물, 고귀함과 지배력과 권력, 진홍색과 황금색, 영예, 정열적 사랑, 그리고 인간과의 참된 화합을 얼마나 뿌리 깊게 동경하고 있는지를 볼 수 있다. 인간이 가장 열정적으로 원하는 것은 그의 살아 있는 총체성과 그의 살아 있는 화합이지, 고립되어 맞이하는 자기 '영혼'의 구원이 아니다. 인간은 다른 무엇보다도 자신의 육체적 충족을 원한다. 그는 한 번, 오직 한 번만 살과 정력을 가진 채로 살기 때문이다. 인간에게 가장 놀라운 경이로움이란 그가 살아 있다는 것이다. 꽃과 짐승과 새가 그렇듯, 인간에게도 최고의 승리란 가장 활력 있게, 가장 완벽하게 살아 있는 것이다. 태어나지 않은 이들과 죽은 이들이 무엇을 아는지는 몰라도,

• •

387. "또 보매 다른 천사가 살아 계신 하나님의 인을 가지고 해 돋는 데로부터 올라와서 땅과 바다를 해롭게 할 권세를 받은 네 천사를 향하여 큰 소리로 외쳐 이르되, 우리가 우리 하나님의 종들의 이마에 인치기까지 땅이나 바다나 나무들을 해하지 말라 하더라. 내가 인침을 받은 자의 수를 들으니 이스라엘 자손의 각 지파 중에서 인침을 받은 자들이 십사만사천이니" (「요한계시록」 7:2~4)

확실한 건 그들이 실제로 살아 있다는 것에 담긴 그 아름다움, 그 경이를 알 수는 없다는 것이다. 망자들은 죽은 뒤를 보살펴 줄 수 있으리라. 그러나 이 위대한 실제 삶의 지금과 여기는 우리 것이고, 우리만의 것이며, 단지 일시적으로만 우리 것이다. 우리가 살아 있는 우주, 인간화된 우주incarnate cosmos[388]의 일부로서 살갗을 가진 채로 살아야 하기에, 우리는 황홀에 겨워 춤추어야 한다. 내 눈이 나의 일부이듯 나는 태양의 일부이다. 내가 땅의 일부라는 것을 내 발은 정확히 안다. 내 피는 바다의 일부이다. 내 영혼은 내가 인류의 일부임을 안다. 내 정신이 내 민족의 일부이듯 내 영혼은 거대한 인간 영혼의 유기적 일부다. 바로 내 자신의 경우, 나는 내 가족의 일부이다. 내 정신을 제외하고는 홀로 절대적인 것은 내게 없으며 우리는 그 정신마저도 독자적으로는 존재하지 않음을 알게 될 것이니, 정신이란 그저 물의 표면에 비친 태양의 반짝임에 불과하다.

그러니 나의 개별성이란 것은 실제로는 환상이다. 나는

• •

388. 이 책에서 반복되듯 고대 이교도들이 상상했으며 「요한계시록」 역시 일부 영향받았던 그 우주는 "인간화된 우주"였다. 우주의 지배자가 있다거나, 여인이 달을 밟고 서 있는 이미지들도 그렇고, 그리스 신화의 인물들이 아로새겨진 별자리들도 그렇다. 로렌스가 보기에 과학과 합리성이 지배하는 현대에 사라진 우주가 바로 이 '인간화된 우주'이다. 현대 과학의 우주는 인간이 없고, 형상이 없는, 천문학 이론만으로 설명 가능한 우주, 로렌스의 표현을 빌리면 단지 '사고형식(thought-form)'에 그친 죽은 우주일 것이다.

거대한 전체의 일부이며, 거기서 결코 벗어날 수 없다. 그럼에도 나는 내 연관성을 부정하고, 그것을 깨버리고는 하나의 파편이 될 수는 있다. 결국 나는 비참해진다.

우리는 특히 돈과 맺는 관계 같은 우리의 살아 있지 않은 가짜 연관성들을 깨고, 우주, 태양과 땅, 인류, 민족, 가족과 살아 있는 유기적 관계들을 회복하기를 원한다. 일단 태양에서부터 시작하라. 그러면 나머지는 천천히, 천천히 따라 움직일 것이다.

존 오만 박사의 『요한계시록』에 대한 서평[1]

아포칼립스는 이상하고도 신비로운 책이다. 그러므로 그 책에 관한 진지한 저작이라면 무엇이든 반기게 된다. 이번에 존 오만 박사(『요한계시록*The Book of Revelation*』, 케임브리지대학교 출판부)는 [계시록의] 구절들을 이해 가능한 순서로 재배치하는 작업을 수행했다. [오만 박사가] 이러한 순서를 만든 단서는 계시록의 테마가 진짜 종교와 세계 제국이라는 '짐승'에 기반을 두고 세워진 가짜 종교 간의 싸움이라는 생각에서다. 세계의 표면에서 생기는 거대한 사건들 뒤에는 신의 예정에 의해 생기는 보다 더 거대하고 보다 더 신비로운 사건들이

· ·

1. 케임브리지대학교 신학 교수인 존 오만(John Wood Oman, 1860~1939)이 1923년에 출간했던 「요한계시록」 연구서인 *The Book of Revelation*(Cambridge: Cambridge University Press, 1923)에 대해 로렌스가 쓴 서평이다. 이 서평은 잡지 『아델피』(*Adelphi*) 1924년 4월호에 게재되었다.

놓여 있다는 것이다. 아포칼립스는 세계 제국과 세계 문명의 몰락과 하나님의 길을 가는 인간들의 승리라는 이중 사건을 상징들을 통해 펼쳐낸다.

오만 박사의 재배치와 해설은 매우 만족스럽다. 그의 핵심 취지는 분명 수용할 만하다. 요한이 자기 시대의 문명에 대해 가졌던 열정적이고 신비로운 증오, 인간 존재의 실제 현실이 그 문명으로 대체되어버렸음을 알고 있다는 단 하나의 이유만으로 너무나 격렬했던 그 증오는 오늘날 다시 한번 영혼이 대답해야 할 문제가 되었다. 구약의 네 선지자[2]가 썼던 상징들을 오만 박사가 격렬하고 새롭게 활용하는 것 역시 답답하고 사소한 데 사로잡힌 현대 지성과 비교할 때 안도감을 주고, 열정적인 실재 속으로 풀려나온 것 같은 느낌이 들게 한다. 하지만 오만 박사의 계시록 해설이 완전하다는 데는 동의할 수 없다. 상징에 대한 어떤 해설도 최종적이지는 않다. 상징은 지성으로 측정하는 양이 아니므로, 지성에 의해 완전히 분석될 수 없다.

그리고 아포칼립스에 관한 글은 아마도, 아니 틀림없이 다양한 수준, 겹, 층위의 의미를 가지는 것이다. '하나님의 말씀' 앞에서 '세계 지배'와 '세계 제국'이 몰락하는 것 역시

2. 원래 '구약의 선지자들'은 전통적으로 이사야, 예레미야, 에스겔이다. 여기에 종말론적 책을 썼던 다니엘이 추가되어 '구약의 네 선지자들'이 된다.

하나의 층위임에 분명하다. 그리고 아마도 그냥 거기서 끝맺는 게 더 쉬우리라. 문제는 그게 만족스럽지 않다는 것뿐이다.

'세계 지배'의 몰락과 '말씀'의 승리라는 드라마 이외에도 또 다른 드라마가, 혹은 동시에 공존하는 몇 개의 다른 드라마들이 있다는 의견에 오만 박사는 왜 반대하는가? 우리는 두 '여인'과 '짐승'에 대한 오만 박사의 해석을 기쁘게 받아들인다. 그런데 왜 그는 다른 점성술적 참고자료들을 받아들이는 일을 그토록 꺼리는 것처럼 보이는가? 상징들이 점성술적 의미를 가지면 왜 안 되고, 드라마가 별에 관련된 우주적 인간의 드라마이기도 하면 왜 안 된다는 말인가?

사실 옛 상징들은 많은 의미를 가지며, 우리는 [상징이 갖는]. 다른 여러 의미들을 정의되지 않은 상태로 남겨두기 위해 하나의 의미만을 정의할 뿐이다. 『요한계시록』의 의미 역시 마찬가지다. 이런 이유로 그 책의 매력은 무한한 것이다.

— L. H. 데이비드슨[3]

• •

3. 로렌스가 썼던 여러 필명 중 하나이다.

프레데릭 카터의 『아포칼립스의 용』 서문[1]

    프레데릭 카터가 내게 자신의 책 『아포칼립스의 용』의
원고를 처음으로 보내줬던 때는 지금으로부터 몇 년 전이다.[2]

・ ・

1. 로렌스는 1923~1924년경부터 죽음 직전까지 아포칼립스와 상징에 대한 주제로
영국의 화가이자 신비주의자인 프레데릭 카터(Frederick Carter)와 교류를 지속했다.
1923년 6월에 로렌스는 당시 "The Dragon of the Alchemists"라는 제목이 붙어 있던
카터의 원고를 읽었고, 1929년에는 이 원고의 수정본을 읽었다. 카터는 이 수정
원고에 "The Dragon of the Apocalypse"라는 가제를 붙였고, 출간을 위해 로렌스에게
서문을 청탁했다. 로렌스는 1929년 11월 말부터 그해 말까지 25,000단어가량의
서문 원고를 썼지만(그 글이 이 책 『아포칼립스』이다) 카터에게 보내지 않고, 다시
1930년 1월 초에 그보다 더 짧은 분량으로 새로이 서문을 써서 카터에게 보낸다.
그 서문이 바로 이 글이다. 그러나 카터는 로렌스의 서문을 책에 싣지 않았고,
책 이름도 *The Dragon of Revelation* (1931)으로 바꿔 출간한다. 로렌스가 카터의
책 서문으로 보냈던 이 글은 로렌스 사후에 문예지 『런던 머큐리』(*The London
Mercury*) 1930년 7월호에 실렸다.
2. 이때는 로렌스 부부가 멕시코 차팔라에 거주하던 1923년 6월을 말하며, 당시 카터가
로렌스에게 보냈던 원고의 제목은 "The Dragon of the Alchemists"였다. 로렌스가
이 서평을 쓰던 때(1929년 말) 카터는 원고를 대폭 수정했고, 제목도 "The Dragon

내가 멕시코의 차팔라 지방에서 머물고 있을 때 그 원고가 도착했던 걸 기억한다. 마을 우체국장은 내게 우체국으로 오라고 청했다. 존경하는 세뇨르께서는 우체국으로 내방해주시렵니까. 북부 열대지방의 어느 찌는 듯한 4월 아침에 나는 집을 나섰다. 콧수염을 기른, 피부색이 어둡고 뚱뚱한 멕시코인 우체국장은 지극히 예의 발랐으나, 또한 꽤 수수께끼 같은 구석이 있었다. 소포 하나가 놓여 있었다 — 소포가 왔다는 걸 아셨나요? 아니오, 몰랐습니다. 수상쩍어하는 공손함을 한참 보인 후에야 소포가 개봉되었다. 거기에는 꽤 너덜거리는 『아포칼립스의 용』 타자 원고가 주로 점성술과 관련한 카터의 조각 동판화들 몇 점과 함께 들어 있었다. 우체국장은 그것들을 조심스럽게 다루었다. 이게 뭔가요? 이게 뭐죠? 책입니다, 영어로 된 책의 원고죠. 내가 말했다. 아, 그런데 무슨 종류의 책인가요? 무엇에 관한 책이죠? 나는 더듬거리는 스페인어로 『아포칼립스의 용』과 조각 동판화들이 무엇에 대한 것인지 설명하려고 노력했다. 제대로 하지는 못했다. 우체국장의 표정은 점점 더 어두워졌고, 더 뒤숭숭해졌다. 마침내 그가 의견을 내놓았다. 마술인가요? 나는 숨을 멈췄다. 종교재판이 다시 부활한 느낌이었다. 그러다가 나는 그의 의견에 맞춰주려고

· **·**
  of the Apocalypse"로 변경했다.

해보았다. 아니오, 마술이 아니고, 마술의 역사지요, 내가 말했다. 마술사들이 과거에 무슨 생각을 했는지에 대한 역사, 그리고 그들이 사용했던 도안들에 관한 책이죠 — 아! 우체국장은 안도했다. 마술의 역사군요! 학술서로군요! 이 그림들은 마술사들이 사용했던 도안들이고요! — 그러면서 그는 조각 동판화들을 손가락으로 조심조심, 그러나 매혹된 채로, 더듬었다.

그리고 나는 타는 듯한 태양 아래 부피 큰 소포를 팔에 낀 채로 마침내 집으로 향했다. 조금 후 서늘한 파티오에서 나는 『아포칼립스의 용』 초고의 시작 부분을 읽었다.

당시의 그 책은 현재 출간된 책이 아니었다. 당시 초고는 거의 전부 점성술astrology[3]에 대한 것이었고, 논지도 거의 없다시피 했다. 뒤죽박죽이었으며, 어떤 의미에서는 혼돈 자체였다. 게다가 「요한계시록」과도 별 관계가 없었다. 그러나 내겐 그런 점들이 문제가 되지 않았다. 당시 나는 단어들에 의해 숨이 막힐 때가 매우 잦았다. 그러다가 이 원고의 한 페이지, 한 챕터를 읽으면 내 상상력이 해방되면서 내가 옮겨갈 거대한

• •

3. 로렌스가 말하는 점성술은 근대 과학으로서의 천문학 탄생 이전 고대인들이 행했던 별에 관한 탐구와 지식 전반을 뜻하며, 이 글에서도 뒤에 등장하듯이 흔히 생각하는 '별점(horoscopy)'과 같은 '마술적' 행위를 뜻하는 게 아니다. 그는 별, 우주, 태양, 달 전체와 인간이 맺었던 적극적이고 유기적이며 상상적이고 신비스러웠던 관계에 경도되어 있는 것이지 고대인의 별자리 점으로 운명을 추측하는 등의 행위에는 관심이 없었다.

하늘 전체가 다가오는 것 같았다. 태어나서 처음으로 나는 하늘의 드넓은 벌판에 성큼성큼 발을 내디뎠다. 그것은 진정한 체험이었고, 그에 대해 나는 지금까지도 언제나 감사한 마음을 갖는다. 그때의 기분은 항상 내게 되살아온다. 멕시코의 베란다에 드리웠던 어두운 그늘, 그리고 고대 세계의 거대한 하늘, 황도 12궁의 그 하늘 속으로의 갑작스러운 해방 말이다.

나는 무한한 공간감으로 나를 아찔하게 만들었던 점성술책들을 읽어왔다. 그러나 외로운 별들만이 끔찍한 고립 속에 매달려 있는 이 무시무시한 우주 공간에 담긴 공허를 좇는 것은 오직 육체에서 분리된 정신뿐이고, 심장은 녹아서 사라진다. 이런 것은 해방이 아니다. 이상한 일이긴 하지만, 과학이 우주 공간을 무한히 팽창시킬 때 우리는 소름 끼치는 무한성의 감각을 얻는 동시에 감옥에 갇힌 것 같은 폐쇄적 감각도 남몰래 얻는다. 삼차원의 우주 공간은 동질적인 공간이며, 얼마나 크든지 간에 그것은 일종의 감옥이다. 공간의 범위가 얼마나 거대한지와는 상관없이, 거기에 해방은 없다.

그렇다면 『아포칼립스의 용』을 읽을 때 왜 해방감, 이 경이로운 해방감이 든단 말인가? 모르겠다. 그러나 어쨌든 그저 일부만이 아닌 상상력 전체가 해방을 맞는다. 천문학의 우주 공간에서 사람은 단순히 이동할 수는 있지만 존재할 수는 없다. 점성술의 하늘, 즉 고대 황도 12궁의 천공에서는, 일단 상상력이 경계를 넘는 순간 총체로서의 인간이 자유로워진다. 육체와 영혼을 가진 총체로서의 인간이 별이 가득한 웅대한 벌판을 걷고, 별들은 이름을 갖고 있으며, 발은 그들 위를 황홀하게 디딘다. — 우리는 이곳이 정확히 무엇인지는 모르지만, 그곳은 발 디딜 수 없는 우주 공간이 아니라 하늘이다.

이것은 체험이다. 우주 공간의 천문학적 하늘에 들어가는 것은 위대한 감각적 체험이다. 황도 12궁의 점성술적 하늘, 살아 움직이는 행성들의 하늘에 들어가는 것은 또 다른 체험, 또 다른 유형의 체험이고, 이는 진정으로 상상적이며 내게는 더욱 소중하다. 이것은 우리가 이미 알고 있는 것의 단순한 확장이 아니다. 처음에는 굉장하다가 나중에는 끔찍해지는 그런 확장 말이다. 그것은 또 다른 차원으로 측정되는 또 하나의 세계, 또 다른 유형의 세계로의 진입이다. 우리 안의 어떤 감금된 자아가 이 세계에서 살기 위해 앞으로 나오고 있음을 우리는 안다.

어떤 체험을 부정한다는 것은 우스꽝스러운 일이다. 나는 현대 천문학책을 읽으면서 내가 최초로 우주 공간에 대해 제대로 체험했던 때를 선명히 기억한다. 그 기억은 꽤 끔찍했으며, 그때 이후로 나는 그저 무한한 우주 공간만을 제시하는 것에 대해서는 질색하는 편이다.

그러나 나는 프레데릭 카터의 『아포칼립스의 용』을 읽으면서 최초로 점성술적 천공을 경험했던 때 역시도 매우 생생하게 기억한다. 유의미한 별들과 그 별들의 대단히 유의미한 움직임으로 가득한 위대한 하늘, 비어 있는 게 아니라 모든 것이 살아 작동하는 그 하늘의 훌륭한 신체적 광대함, 즉 대우주로 존재한다는 것이 주는 감각 말이다. 나는 이 체험을 더 가치 있게 여긴다. 천문학적 우주 공간이 주는 감각은 단지 나를 무력하게 만들 뿐이기에 그렇다. 반대로 살아 있는 점성술적 천공의 감각은 내 존재를 확장시켜서 나는 휘황찬란한 광대함을 느끼며 커지고, 반짝이고, 거대해진다. 내가 대우주일 때의 그 굉장한 느낌이란. 천문학적 우주 공간의 그 광대한 공허 앞에서 자신의 하찮음을 느끼는 게 두렵지 않은 나는 황도 12궁의 천공 속에서 황홀함을 느끼는 것 역시 두렵지 않다.

현재 출간되어 있는 『아포칼립스의 용』은 멕시코에서 내가 읽었던 그 『아포칼립스의 용』이 더 이상 아니다. 현재의 책은 전보다 뭔가가 더 추가되어 있다 — 이를테면 더 논쟁적이라고나 할까. 옛 원고를 주게, 그 원고에 서문을 쓰게 해주게나! 나는 강하게 말한다. 그럴 수 없네, 카터가 말한다. 탄탄하지 않네.

탄탄하지 않다고? 몇 년 전의 원고에서 펼쳤던 아포칼립스에 대한 자신의 점성술 이론이 탄탄하지 않았다는 말이다. 그러나 무슨 상관이란 말인가? 우리는 아포칼립스에 대한 이론들에 대해, 아포칼립스가 무슨 의미인지에 대해 정색하고 신경 쓰지 않는다. 우리가 신경 쓰는 것은 상상력의 해방이다. 상상력의 진정한 해방은 우리의 힘과 활력을 재생시키고, 우리가 더 강하고 더 행복하다고 느끼게 해준다. 학술 작업은 상상력을 해방시키지 않으며, 기껏해야 우리의 지성을 만족시키고 누룩 없는 덩어리 상태로 우리 몸을 남겨둘 뿐이다.[4] 그러나 내가 황도 12궁의 우주 속으로 해방될 때면, 내 발은 더 가볍고 단단해지며 내 무릎은 활력에 찬다.

아포칼립스가 우리로 하여금 또 하나의 활력적 세계를 상상할 수 있게 해주지 않는다면, 도대체 아포칼립스가 뭐 그리 중요하단 말인가? 결국 아포칼립스는 무슨 의미를 가지고 있는가? 보통의 독자에게 그 의미는 크지 않다. 평범한 학생들과 성경에 관심 있는 이들에게 아포칼립스는 기독교 교회의 순교, 예수의 재림, 세속 권력, 특히 대로마제국의 권력 파괴, 그 이후 천년왕국의 실현, 즉 부활한 기독교 국가의 순교자들에 의한 1,000년 동안의 통치, 그다음에는 모든 것의 종언, 최후의

• •

4. "너희가 자랑하는 것이 옳지 아니하도다. 적은 누룩이 온 덩어리에 퍼지는 것을 알지 못하느냐. 너희는 누룩 없는 자인데 새 덩어리가 되기 위하여 묵은 누룩을 내버리라. 우리의 유월절 양 곧 그리스도께서 희생되셨느니라. 이러므로 우리가 명절을 지키되 묵은 누룩으로도 말고 악하고 악의에 찬 누룩으로도 말고 누룩이 없이 오직 순전함과 진실함의 떡으로 하자." (「고린도전서」 5:6~8) "누룩 없는 덩어리 상태로 우리 몸을 남겨"둔다는 것은 거짓이나 왜곡, 허위 없이 사실과 진실만을 탐구하고 의지한다는 뜻으로, 지성의 중요한 덕목이다.

심판, 천국의 영혼들, 땅과 달과 태양 등 모든 것, 모든 별과 모든 우주가 다 지워져 버리는 것에 관한 예언적 환영을 의미한다. '새 예루살렘', 그리고 끝!

다 좋지만 이미 우리는 그 내용을 꽤 잘 알고 있으며, 따라서 그것은 대부분의 사람들에게 상상력의 해방을 제공해주지는 않는다. 그 내용은 아포칼립스에 대한 주류 정통적 해석이거나, 아니면 그 책이 의도하는 최종 의미일 수도 있다. 그래서 뭐 어떻단 말인가? 지루할 뿐이다. 신선하지 않은 모든 빵들 가운데서도 '새 예루살렘'은 가장 덜 신선한 빵에 속한다. 가장 최선이라고 해 봐야 그것이 이 세상의 모든 '이모들'을 위해 발명되었다는 것 말고 더 있을까.[5]

하지만 계시록을 읽노라면, 우리는 의미들 뒤에 [다른] 의미들이 있음을 즉각적으로 느낀다. 어린 시절부터 우리가 익숙히 알고 있던 그 환영들이 주류 정통파 논평자들이 말한다고 그리 쉽게 해결되는 게 아니다. 또 일생 동안 우리 뇌리를 떠나지 않던 그 구절들은 어떤가. '나는 하늘이 열린 것을 보았으니, 보라! 백마를!'[6] — 이런 것들은 정통적 해설이 있다

. .

5. 대체로 '이모들(aunties)'은 문학에서 신앙심이 깊고 경건하고 진실한, 그러나 '상상력의 해방'과는 전혀 관계없는 답답한 존재들로 재현되고는 한다.
6. "또 내가 하늘이 열린 것을 보니, 보라, 백마와 그것을 탄 자가 있으니 그 이름은 충신과 진실이라. 그가 공의로 심판하며 싸우더라." (「요한계시록」 19:11)

고 해서 쉽게 설명되지 않는다. 설사 모든 것이 설명되고 주해되고 논평되었다고 할지라도, 궁금증이 가끔가다 생기는, 반은 거짓 같고 반은 훌륭해 보이는 불가사의가 이 저작 속에 여전히 남아 있다. 때로는 위대한 형상들이 멋지게 등장하기도 한다. 때로는 도무지 이해되지 않는 드라마라는 기묘한 감도 든다. 때로는 그 형상들이 불가해한 자신만의 삶을 사는 게 도대체 완벽히 설명되거나 해석되지 않기도 한다.

그러다 보면 우리는 서서히 깨닫는다, 우리가 알레고리뿐 아니라 상징의 세계 속에 있다는 것을. 우리는 이 책이 단 하나의 의미만을 갖고 있지 않음을 서서히 깨닫는다. 거기엔 의미들이 있는 것이다. 의미 안의 의미가 아니라, 오히려 의미에 맞서는 의미가 있다. 의심의 여지 없이 마지막 작가가[7] 아포칼립스를 '천로역정'에서 '최후의 심판'을 거쳐 '새 예루살렘'에 이르는 일종의 완전한 기독교 알레고리로 남겨 놓았으며, 주류 정통파 논평자들은 그 알레고리를 꽤 만족스럽게 설명할 수 있다. 그러나 아포칼립스는 복합적 저작이다. 이 책이 각기 다른 사람들, 각기 다른 세대, 심지어 각기 다른

7. 이 책의 본문에서도 반복해서 주장하듯, 로렌스는 「요한계시록」을 이교도적인 아포칼립스 문학이라는 바탕에 다수의 유대-기독교 종말론 필경사(작가)들이 시대를 두고 가담하여 기독교적 상징과 의미를 덧붙여 만들어낸 일종의 혼종적 저작이라고 보고 있다. 로렌스에 따르면 계시록의 '마지막 작가'가 파트모스의 요한이다.

세기가 만들어낸 저작이라는 점은 틀림없다.

그렇기에 우리가 『천로역정』이나 혹은 심지어 단테[8] 같은 알레고리 속에서 의미를 찾아낼 수 있는 것처럼 [계시록에서도] 의미를 찾아내려고 할 필요는 없다. 파트모스의 요한은 아포칼립스를 창작하지 않았다. 아포칼립스는 어느 한 사람의 작품이 아니다. 아포칼립스는 그리스도가 탄생하기 두 세기 전쯤에 어떤 이교도 의식을 위한 소책자로, 혹은 상징으로 기록된 이교–유대적 아포칼립스 소책자로 시작되었을 것이다. 그것은 다른 유대교 종말론자들에 의해 수정되다가 결국에는 파트모스의 요한에게까지 왔다. 요한은 그 책을 다소간, 아니 많이는 아니고 조금은 기독교 알레고리로 변모시켰다. 그리고 이후에는 필경사들이 요한의 저작을 다듬었다.

따라서 이 책이 궁극적으로 의도하는 기독교적 의미는 어떤 면에서는 그저 덧입혀져 있다. 책에 포함된 위대한 이미지들은 시칠리아의 장엄한 그리스식 기둥들이 기독교 교회에 속하게 된 것과 다를 바 없다. 이 이미지들은 단지 알레고리적 형상들이 아니라 상징들이고, 따라서 파트모스의 요한 시대보다 더 큰 시대에 속해 있는 것이다. 상징으로서 이 이미지들은

* *

8. 단테 알리기에리(Dante Alighieri, 1265~1321). 이탈리아 시인. 『지옥편』(*Inferno*), 『연옥편』(*Purgatorio*), 『천국편』(*Paradiso*)으로 구성된 그의 걸작 『신곡』(*Divina Commedia*)은 1300년경에 시작해 1320년에 완성되었다.

요한이 의도한 표피적인 알레고리적 의미로는 담아낼 수가 없다. 당신이 고양이에게 '의미'를 줄 수 없는 것처럼 당신은 위대한 상징에 '의미'를 부여할 수 없다. 상징은 자신만의 생명을 가진 유기적 의식意識 단위로, 단순히 정신에만 속한 게 아니라 육체와 영혼의 감각—의식에 속한 것으로 그 가치가 역동적이고 정서적이기 때문에 그것을 결코 완전히 해석해낼 수 없다. 하나의 알레고리적 이미지에는 의미가 있다. 표리부동 씨Mr. Facing—both—ways[9]에는 의미가 있다. 그러나 나는 당신이 야누스Janus[10]의 완전한 의미를 정확하게 지적할 수 있다고는 믿지 않는다. 야누스는 상징이기에 그렇다.

알레고리와 상징 간의 차이를 매우 확실히 깨닫는 게 필수적이다. 알레고리는 어떤 분명한 성질을 표현하기 위해 대개 이미지를 사용하는 서사적 기술記述이다. 각 이미지는 어떤 것을 의미할 뿐 아니라 거의 언제나 도덕적 혹은 교훈적 목적의 주장 속에 들어 있는 용어로 기능한다. 알레고리 서사 아래에는 대체로 도덕적인 교훈이 주장의 형태로 자리 잡고 있는 것이다. 마찬가지로 신화도 이미지를 사용하는 기술적記述的 서사다.

· ·

9. 번연의 『천로역정』에 등장하는 인물이다.
10. 로마신화의 야누스는 문과 시작과 끝의 신으로, 그를 숭배하는 사원의 문이 닫혀 있으면 평화를, 열려 있으면 전쟁을 의미했다. 야누스는 반대 방향을 바라보고 있는 두 얼굴을 가진 신으로 그려진다.

그러나 신화는 주장이 아니고 교훈적이거나 도덕적 목적도 가지고 있지 않기에 거기에서 어떤 결론을 끌어낼 수는 없다. 신화는 총체적인 인간 경험을 서술하려는 시도로, 그 목적 자체가 너무나 심오해서, 즉 피와 영혼 속으로 너무나 깊게 들어가는 것이라서 정신[지성]을 사용한 설명이나 기술이 가능하지 않다. 물론 우리는 크로노스[11] 신화를 매우 쉽고 상세히 해설할 수 있다. 그 신화를 설명하고, 심지어 거기서 도덕적 결론을 끌어낼 수도 있다. 그러나 그렇게 할 경우, 우리는 조금 어리석은 짓을 한 셈이다. 크로노스 신화는 인간 육체와 영혼의 심오한 경험, 즉 현재 느끼고 겪고 있으며 인간이 인간으로 남아 있다면 앞으로도 느끼고 겪게 될 것이기에 철저히 파헤쳐지지 않았고 앞으로도 철저히 파헤칠 수도 없는 그런 경험을 기술하고 있기에, 설명을 뛰어넘어 존재하는 것이다. 당신이 신화를 완전히 설명할 수도 있겠지만, 그것은 당신이 고통을 상상적으로 이해하면서 맨정신으로 고통당하는 게 아니라, 이유도 모른 채로, 어리석게, "무의식 속에서" 계속 고통을 당하게 될 거라는 점을 의미할 뿐이다.

신화의 이미지들은 상징이다. 상징은 '뭔가를 의미하지'

---

11. 그리스 신화에서 크로노스('시간'이라는 뜻이다)는 하늘과 땅이 낳은 자식인 타이탄 족 중 가장 어린 존재로 나중에 자신을 죽여서 대체하게 되는 '올림포스의 신들'을 낳는다.

않는다. 상징은 인간 감정, 인간 경험의 단위를 나타낸다. 정서적 경험이 가진 복잡함이 상징이다. 상징의 힘은 이해를 넘어서 있는 깊은 정서적 자아, 역동적 자아를 깨워내는 데 있다. 수많은 세월 동안 축적된 경험이 하나의 상징 속에서 여전히 요동치고 있다. 우리도 그에 대한 응답으로 요동친다. 진정 의미심장한 상징 하나를 창조하는 데 수 세기가 걸린다. 십자가나 편자나 뿔 같은 상징 말이다. 어떤 인간도 상징을 만들어낼 수는 없다. 그는 이미지들을 조합한 문양이나 은유, 혹은 이미지를 만들어낼 수는 있다. 그러나 상징은 불가능하다. 어떤 이미지들은, 여러 세대를 거치면서, 자극만 받으면 곧바로 살아 움직일 정도로 영혼 속에 박히고 수 세기 동안 인간 의식 속에 보존되는 상징이 된다. 다시 말하지만, 인간이 반쯤 죽어 묵묵부답인 상태가 될 때, 상징도 죽는다.

자, 아포칼립스에는 우리를 요동치게 만들 빛나는 옛 상징들이 많이 담겨 있다. 상징은 상징적 기획schemes of symbols[12]을 동반한다. 아포칼립스도 그 상징들과 더불어 '그리스도의 교회'라는 기독교 알레고리적 표면 의미의 심층에 자리하고

. .

12. 상징을 쓰는 일종의 기술적 책략으로, 상징들을 활용함으로써 얻어내려는 목적, 상징들을 활용하기 위해 동원되는 프레임을 의미한다. 가령 로렌스는 아포칼립스의 기독교적 서사 아래에는 고대의 이교도적 점성술 구조가 하나의 프레임으로 깔려 있고, 그 점성술 구조를 통해 아포칼립스의 여러 상징들에 다양한 해석의 공간이 열린다고 본다.

있는 상징적 기획을 동반한다.

아포칼립스가 알레고리에 대한 정통적 감각과 반대되는 의미에서의 상징에 대한 감각을 가진 이라면 누구에게나 시사하게 될 주요한 상징적 기획 중 하나는 점성술적 기획이다. 몇 번을 반복해서 살펴도, 아포칼립스의 상징들은 점성술적이고 그것의 움직임은 별들의 운동인바, 이는 점성술적 기획이 작동함을 시사한다. 아포칼립스라는 순정하지 않은 텍스트로부터 점성술적 기획을 끌어내는 게 가치 있는 일인지의 여부는 그것을 가치 있다고 여기는 사람에 달려 있다. 그 기획을 끌어내는 것이 가능한지의 여부는 우리가 판단할 문제로 남는다. 한때 그 책에 점성술적 기획이 담겨 있었다는 점은 아마도 틀림없어 보인다.

분명한 점은 점성술 상징과 암시들이 아포칼립스에 여전히 남아 있으며 이 상징과 암시들이 우리에게 단서를 준다는 것이다. 그 단서를 따라가다 보면 우리는 때로 자유와 기쁨이 느껴지는 위대한 상상의 세계 속에 들어가게 된다. 적어도 내 경험은 그렇다. 그렇다면, 점성술적 기획이 손상 없이 온전하게 복구될 수 있든 아니든 그게 무슨 문제란 말인가? 알레고리적으로든, 점성술적으로든, 역사적으로든, 그 어떤 방법으로든 아포칼립스를 설명하는 것 자체를 무엇 때문에 신경 쓴단 말인가? 신경 써야 할 유일한 문제는 단서, 곧 상징적 형상들이 그것의 극적인 움직임에 관해 우리에게 주는 단서, 그리고 그것이 우리를 어디로 이끌어갈지에 대한 것이다. 만약 그 단서가 우리로 하여금 어떤 새로운 종류의 세계 속에서 상상력을 발산하도록 이끈다면, 그것이야말로 우리가 원하는 것이므로 감사할 일이다. 학문보다 삶을 훨씬 소중하게 여기는 우리에게는 무엇이 옳고, 무엇이 그른지에 관한 질문은 정말 하찮은 문제다. 도대체 '옳다'는 말이 의미하는 게 뭔가? '사나호리아Sanahoria'는 '당근'을 의미하는 스페인어이다. 나는 이게 옳은 단어이길 바란다.[13] 그러나 당근이 옳아야 할 이유는 뭔가?

당나귀가 원하는 것은 당근이다. 당근이라는 관념도, 당근이라는 사고형식thought-form[14]도 아니고, 그냥 당근이다. 스페인 당나귀조차도 그가 '사나호리아'를 먹고 있다는 것을 알지

• •

13. 아내와 함께 전 세계를 돌아다니며 살았던 로렌스는 멕시코와 미국의 뉴멕시코에서도 수년간 산 적이 있기에 스페인어에 익숙했을 것이다. 실제로 '당근의 스페인어는 'sanahoria'가 아닌 'zanahoria'이다.
14. '사고/생각을 가능케 하는 틀'을 말한다. 가령 당근을 아프가니스탄을 원산지로 하는 '쌍떡잎식물 산형화목 미나리과에 속하는 식물'이자 이러저러한 요리의 용도로 쓰이며 이러저러한 영양소를 가진 채소로 파악하는 것은 당근을 하나의 사고형식으로 대하는 것이다. 이 사고형식을 통해 당근에 대한 과학이나 문학이 가능해진다. 하지만 이는 당근을 기르고 먹으면서 느끼는 '체험'과는 완전히 다른 것이다. 로렌스는 '사고형식'과 '체험'을 이항 대립으로 설정하면서 후자를 강조하는 논의를 펼친다. 가령 로렌스는 이 책의 주제인 '아포칼립스' 역시 사고형식이 아닌 체험으로 이해하려고 한다. 사고형식에 대한 로렌스의 논의는 이 책의 18장을 참조하라.

못한다. 그는 그저 먹을 뿐이며, 당근이 가득 있다는 것에 더없이 행복감을 느낄 뿐이다. 자, 당근이 스페인어로 '사나호리아'(이게 옳은 단어이길 바란다)라고 불린다는 것과 식물학에서 '미나리과'에 속한다는 것을 알면서 당근을 먹는 당나귀는 더 많은 당근을 먹는가?

우리는 사고형식이라는 가스로 배가 가득 찬 채로 맛있는 당근을 갈망한다. 나는 누군가가 나의 흥미를 끌어서 내가 넋을 잃게 만들기만 한다면, 그가 무엇을 증명하려 하는지에 대해서는 관심이 없다. 나는 그가 또 하나의 허황된 사고형식 세트가 아닌 진정한 상상적 체험을 선사해주기만 한다면, 그가 자신의 논점을 증명하는지 못하는지 여부에는 전혀 관심이 없다. 사고형식이라는 영원한 소돔의 사과sodom-apples[15]만 먹고 살았던 우리는 굶어 죽을 지경이다. 우리가 원하는 것은 영혼과 육체에 총체적으로 퍼져나가는 완전한 상상적 체험이다. 이성을 희생해서라도 우리는 상상적 체험을 하길 원한다. 이성이 삶에 대해 최종 판결을 내리는 법관은 분명 아니기

* *

15. 여호와의 분노를 사 재로 변한 도시인 '소돔의 과일'을 의미한다(「신명기」 32:32-33). 로렌스는 소설 『사랑에 빠진 여인들』(1920)에서도 등장인물인 버킨의 입을 빌려 비슷한 말을 한다. "정말로 인류는 썩어빠졌어요. 수많은 인간이 가지에 매달려 있는데, 겉보기엔 매우 착하고 혈색 좋고 건강한 젊은 남녀로 보이죠. 그러나 실제로 그들은 소돔의 사과, 그러니까 사해의 과일이자 문드러진 사과일 뿐이에요." (D. H. Lawrence, *Women in Love* (London: Penguin, 2007), p. 126)

때문이다.

잠시 멈추고 생각해보면, 비록 우리가 배격해야 하는 것이 이성 자체가 아님을 깨닫게 될지라도, 상식적 관념과 사고형식들 같은 이성의 앞잡이들은 배격해야만 하는 것이다. 18세기와 19세기에 이성에 덧씌워졌던 크리놀린[16]과 파우더 바른 흰 가발로부터 이성을 해방시키기만 한다면, 그녀[이성]는 거의 어떤 것에라도 적용할 수 있을 것이다. 이성은 유연한 님프이며 본성상 물고기처럼 미끈거린다. 그녀는 삼단논법의 진리에 키스하듯이, 언제라도 부조리에 대고 키스할 수 있는 허가증을 가지고 있었던 것이다. 부조리가 [진리보다] 더 진리 같아 보이는 경우도 생긴다.

따라서 우리가 황도 12궁과 시시덕거린다고 수치심을 느낄 필요는 전혀 없다. 황도 12궁은 충분히 함께 시시덕거릴 가치가 있다. 하지만 별을 가지고 운세를 말하는 현대화된 방식의 어리석은 별점치기 같은 방식으로는 아니다. 별자리에 따라 당신의 운세를 말한다거나 경마가 시작하기 전에 마구간에서 팁이나 받아 챙기려고 하는 방식 말이다. 당신은 어떤 말에 돈을 걸어야 할지 알고 싶어 한다. 별점이 딱 그런 것이다. 사람들은 자신의 '운'을 듣고 싶어 한다. 불운은 절대 듣고

16. 여자들이 치마를 불룩하게 보이게 하기 위해 안에 입던 틀로 19세기 중엽에 소개되었다.

싶지 않고.

인류 역사상 최고로 상상적인 체험 중 하나는 태양과 달까지 포함한 별들에 관한 칼데아인들의 체험이었음이 분명하다. 때로는 이 별 체험이 그 어떤 신적 체험보다 더 위대했던 게 틀림없어 보인다. 신이란 단지 위대한 상상적 체험의 하나일 뿐이다. 살아 있지만 인간은 아닌 태양과 실시간의 우주 공간 속에서 빛을 내며 존재하는 별들에 대한 생생한 천공의 체험은 때로는 그 어떤 여호와나 바알Baal,[17] 부처나 예수보다도 더 위대한, 모든 체험들 중 가장 장엄한 체험이라는 게 분명해 보인다. 실시간의 우주 공간에 대해 말한다는 것은 부조리처럼 보일 수도 있으리라. 그러나 과연 그런가? 따스한 곳에서 건강히 지내며 우리 몸에 대해 '의식하지 않고' 있는 동안에도 사실 우리는 궁극적으로 항상 몸에 대해 의식하고 있지 않은가? 실시간의 혹은 살아 있는 우주에 대해서도 이와 동일하지 않은가? 공허만 있는 우주 공간[18]이 우리를 그토록 두렵게 만드는 이유는 바로 여기에 있지 않은가?

그리스도가 나타나기 2,000년 전에 별들을 알았던 칼데아인들처럼 나도 별들을 알고 싶다. 그 옛날 칼데아인들이 했듯이, 나도 자아는 태양에, 인격은 달에, 성향은 행성에 의탁한 채

• •

17. 아시리아인들과 바빌로니아인들의 주신으로 '마르두크(Marduk)'라고도 불린다.
18. 현대 천문학 속의 '과학적' 우주 공간을 의미한다.

천공의 삶을 살아볼 수 있으면 좋겠다. 인간 의식은 진정 동질적이다. 심지어 죽음에 의해서도 완전한 망각은 발생하지 않는다. 그렇기에 우리 내면의 어딘가에는 유프라테스강[19]의 옛 체험이, 강들 사이에 있는 메소포타미아[20]의 옛 체험이 여전히 살아 있는 것이다. 내 메소포타미아적 자아 속에서 나는 다시 태양과 달과 별을 갈망하고, 칼데아의 태양과 칼데아의 별을 갈망한다. 나는 그들을 지독히도 갈망한다. 우리의 태양과 우리의 달은 우리에게는 단지 사고형식, 즉 가스 덩어리들이자 사화산들이 있는 죽은 구체들, 알고는 있으나 체험으로 느끼지는 못하는 그런 사물들에 불과하기 때문이다. 체험을 통해서, 그 황홀한 포옹 속에서 우리는 야만인들이 느끼듯 태양을 느낄 것이고, 칼데아인들이 알았듯 태양을 '알' 것이다. 그러나 태양에 대한 우리의 체험은 죽었고, 우리는 완전히 차단되어 있다. 지금 우리에게 있는 것이라고는 태양에 대한 사고형식뿐이다. 태양은 불타는 가스 덩어리고, 일종의 소화 불량으로 인해 흑점들을 가지고 있으며, 차단되지 않을 경우 당신에게 구릿빛 피부와 건강을 선사한다. 만약 천문학자라

..

19. 서아시아에서 가장 긴 강이며, 구약성서의 에덴동산에서 흘러나온 네 강 중 하나이다 (「창세기」 2:14).
20. 유프라테스강과 티그리스강 사이에 있는 충적토 평원으로 고대 문명의 발상지 중 하나로 알려져 있다. 현재의 이라크에 속해 있는 지역이다.

불리던, 망원경으로 관찰하던 사람들이 우리에게 알려주지 않았다면 우리는 앞의 두 '사실'을 결코 알지 못했을 것이다. 그 '사실'들이 단지 사고형식일 뿐이라는 건 명백하다. 구릿빛 피부와 건강함에 관한 세 번째 '사실'을 우리가 믿는 이유는 의사들이 그렇다고 말했기 때문이다. 실제로는 많은 신경증 환자들의 신경증은 더욱 강화되고, 그들이 일광욕까지 함에 따라 피부는 더 구릿빛이 되고, '건강'은 더 증진된다.[21] 태양은 숙성도 시키지만 부패시키기도 한다. 세 번째 사실 역시 사고형식인 것이다.

이 하찮은 것들이 우리가 태양에 대해 알고 있는 모든 것이다. 두세 개의 피상적이고 불충분한 사고형식들 말이다. 칼데아인들의 그 위대하고 위풍당당한 태양을 우리는 어디서 찾을 수 있는가? 달리기를 좋아하는 힘센 장사같이 튀어나오는 그 구약의 태양[22]이라도 우리는 찾을 수 있는가? 우리는 태양을 잃어버린 것이다. 우리는 태양을 잃어버리고서는 몇 개의 시시한 사고형식들을 발견했다. 불타는 가스 덩어리! 흑점을

· ·

21. 신경증과 같은 '정신'의 병은 의사가 말하는 육체적 건강을 증진시키는 태양의 기능과는 상관없다는 뜻이다.
22. "그의 소리가 온 땅에 통하고 그의 말씀이 세상 끝까지 이르도다. 하나님이 해를 위하여 하늘에 장막을 베푸셨도다. 해는 그의 신방에서 나오는 신랑과 같고 그의 길을 달리기 기뻐하는 장사 같아서 하늘 이 끝에서 나와서 하늘 저 끝까지 운행함이여. 그의 열기에서 피할 자가 없도다." (「시편」 19:4-6)

가진! 당신을 구릿빛으로 그을리는!

분명한 것은 우리가 태양을 잃어버린 최초의 사람들이 아니라는 점이다. 바빌로니아인들이 태양을 잃기 시작했다. 칼데아인들의 살아 있는 위대한 천공은 이미 벨샤자르[23]의 시대에 운세를 알려주는 밤하늘의 원반으로 전락했다. 그러나 그것은 인간의 잘못이지 하늘의 잘못이 아니었다. 인간은 언제나 퇴락한다. 인간이 퇴락할 때면 그는 언제나 자신의 '운'과 자신의 운명에 대해 과도하게 관심을 가진다. 삶 자체가 매혹적일 때면 운세에는 완전히 흥미를 잃게 마련이고, 운명이라는 관념은 아예 들어서지도 못한다. 삶이 비참해지면 그때는 운을 걱정하고 운명에 놀라는 것이다. 예수 시대에 이르러 운에 대한 걱정과 운명에 대한 놀라움이 너무나 지나쳤던 인간들은 삶은 하나의 기나긴 고통이고, 하늘에 들어갈 때까지, 즉 죽기 전까지는 운을 기대할 수 없다는 장대한 선언을 내건다. 이 선언은 모든 인간들에게 수용되었고, 우리 시대에 이르기까지 부처와 예수를 막론하고 중요한 신조로 남아 있다. 이 신조는 우리에게 엄청난 양의 사고형식을 제공해주었을 뿐 아니라 우리를 일종의 살아 있는 죽음의 상태로 인도했다.

그렇기에 이제 우리는 태양을 다시 원한다. 당신을 고깃덩어

● ●

23. 벨샤자르는 네부카드네자르 왕의 아들이자 신바빌로니아제국 최후의 왕으로, 기원전 539년에 키루스 대왕의 바빌론 공격 당시 죽었다.

리처럼 구릿빛으로 그을리는 흑점 있는 가스 덩어리가 아닌, 옛 칼데아 시대의 그 살아 있는 태양, 살아 있는 달을. 달을 떠올려보라, 아르테미스와 키벨레를 떠올려보라,[24] 하늘 위의 그 흰색 경이를 떠올려보라, 그토록 둥글고, 그토록 부드러운, 그토록 고요하게 움직이는 달을. 그러고 나서 과학 사진 속에 있는, 마마 자국으로 가득한 끔찍한 달을 떠올려보라!

과학 사진 속에 있는 마마 자국 가득한 달의 얼굴을 보고 났다면, 우리에게는 그것이 달에 대한 최후의 모습가 되어야 하는가? 합리적으로? 나는 그렇게 생각하지 않는다. 그 사진이 커다란 타격이라는 건 맞지만, 상상력은 회복될 수 있다. 우리가 그 마마 자국 사진을 믿어야 한다고 해도, 우리가 달의 그 냉기와 눈과 완전한 황폐함을 믿는다 해도—사실 우리는 완전히 믿지는 않는다— 그런 이유로 달이 죽어 있는 텅 빈 사물이 되는 것은 아니다. 달은 기묘한 흰 세계이고, 밤하늘에 떠 있는 거대하고 하얗고 부드러워 보이는 구체이며, 우주 공간을 거슬러 그녀가 내게 실제로 보내는 메시지를 나는 결코 완전히 알지 못한다. 조수를 끌어당기는 달, 여성의 생리 주기를 제어하는 달, 광인들을 만지는 달인 그녀는 천문학자가 말하는 그저 죽어 있는 덩어리인 것은 아니다. 달은 여전히

24. 『아포칼립스』 5장의 각주 60을 참조하라.

위대한 달이고, 고양이 같은 부드러운 영향력을 발산하고, 우리를 여전히 동요시키며, 다시 한번 공감해주기를 요청한다. 소위 달의 황폐함 속에는 여전히 거대한 역량이 있으며, 우리의 삶에까지도 작용하는 힘이 있는 것이다. 달! 아르테미스! 인간의 빛나던 과거 속의 위대한 여신! 당신은 내게 그녀가 죽어 있는 덩어리라고 말할 참인가?

그녀는 죽지 않았다. 어쩌면 우리가 죽어 있는 것일 수도 있다. 어떤 관능적 현실도 갖지 않은 사고형식들로 눅눅한 시체를 채우고 있는 반쯤 죽은 자그마한 현대적 벌레들인 우리말이다. 우리가 달을 죽었다고 기술할 때, 사실 우리는 우리 안에 있는 죽음을 기술하고 있다. 우리가 우주 공간이 너무나 끔찍할 정도로 비어 있다고 여길 때, 우리는 우리 자신의 참을 수 없는 공허를 기술하고 있다. 우리들, 안경을 쓰고 망원경을 보고 사고형식으로 생각하는 불쌍한 벌레들인 우리들은 달을 아르테미스 혹은 키벨레 혹은 아스타르테 Astarte[25]라고 불렀던 과거 사람들보다 진짜로 더 우주를 의식하고, 더 필수적으로 우주를 인식한다고 생각하는가? 우리는 과거 사람들이 달을 알았던 것보다 실제적인 체험 속에서 달을 더 잘 안다고 진짜로 생각하는가? 달에 대한 우리 지식은

· ·

25. 아스다롯(Ashtorehth)이라고도 하며, 페니키아의 지모신으로 성과 전쟁의 신이지만 때로는 달의 여신으로 잘못 알려지기도 했다.

더 진정하고, 더 "탄탄한"가? 오해에서 벗어나자. 우리는 우리의 망원경과 우리의 황폐함을 통해 달을 안다. 우리는 우리의 황폐함을 통해 모든 것을 안다.

그러나 달은 여전히 아르테미스이며, 언제나 그랬듯 지금도 위험한 여신이다. 그녀가 하늘을 가로지를 때, 그녀는 당신에게, 달이 그저 죽어 있는 덩어리에 불과하다고 생각하는 불쌍하고 하찮은 자그마한 인간 벌레들에게 차가운 경멸을 던진다. 그녀는 신경과민에 빠진 당신들, 당신들의 비열하고 긴장되어 있는 신경에 그녀의 분노에 찬 경멸에 담긴 차가운 백색 독설을 다시 던지면서, 당신을 갉아 먹는다. 당신이 숨쉬기에서 벗어날 수 없듯이, 달에서도 벗어날 수 없다. 그녀는 당신이 숨쉬는 그 공기 속에 있다. 그녀는 원자 속에서 활동한다. 그녀가 내뿜는 따가운 [경멸과 독설의] 침은 전자의 활동에 속한 것이다.

당신은 우주를 따로 떼어놓을 수 있다고 생각하는가? 죽어 있는 덩어리는 여기로, 가스 덩어리는 저기로, 소량의 연기는 다른 어딘가로? 우주를 마치 인간이 하는 화학 작업의 뒷마당처럼 여긴다니 그 얼마나 바보 같은가! 진정 똑똑하기에 우주에 대한 궁극적이고 최종적인 기술을 할 수 있다고 여기는 인간은 얼마나 말도 안 되는 소리만 지껄이고 있는가! 인간은 자신이 단지 스스로에 대해서 기술하고 있을 뿐이라는 점을,

그가 기술하고 있는 자신이라는 것이 그저 인간이 살아가는 더 황폐하고 암울한 상태 중 하나에 불과하다는 점을 똑바로 바라볼 수 없을까? 인간이 자기 존재의 상태를 변화시키려면 그는 우주에 대해 완전히 다르게 기술해야 하고, 그랬을 때 우주는 인간을 대하는 자신의 성질을 완전히 변화시키는 것이다. 우리 우주의 성질이 칼데아인의 우주의 성질과는 완전히 다른 것처럼 말이다. 칼데아인들은 자신들이 파악한 대로 우주를 장엄한 곳으로 묘사했다. 우리는 우리가 파악한 대로 우주를 기술한다. 불특정한 수의 죽은 달들과 아직 탄생하지 않은 별들이 흩어져 있고 대체로 텅 비어 있는 곳으로, 마치 화학 작업을 하는 뒷마당처럼 보이는 곳으로.

우리가 한 묘사가 옳은가? 일단 우리 정신의 상태를, 영혼의 상태를 변화시키지 않는 한 어림도 없다. 우리가 현재 처해 있는 황폐한 정신의 상태에 비추어 본다면 그 묘사는 옳다. 우리 정신의 상태는 견딜 수 없는 것이 되어가는 중이다. 우리는 그것을 변화시켜야만 한다. 우리가 그것을 바꿨을 때, 우주에 대한 우리의 기술도 완전히 변화할 것이다. 그때가 되면 우리가 달을 아르테미스라 부르지는 않겠지만, [달에 붙이는] 새로운 이름은 죽어 있는 덩어리나 퇴화된 구체 같은 것보다는 더 아르테미스에 가까운 것이 될 터이다. 우리가 살아 있는 하늘에 대한 칼데아인의 비전을 되살리지는 못할 것이다. 그러나 하늘은 우리에게 다시 살아 있게 될 것이고, 그 비전 역시 새로운 인간으로 변한 우리를 표현하게 될 것이다.

아포칼립스에 대한 연구들의 가치가 여기에 있다. 이 연구들은 상상력을 일깨워서 때로 우리가 살아갈 새 우주를 제공해준다. 우리는 그것이 바빌로니아인들의 오래된 우주라고 생각할 수도 있지만, 아니다. 오래된 비전이 한번 다른 것으로 대체되어버리면 절대 회복할 수 없다. 우리가 할 수 있는 일은 우리 안에 잠들어 있는 오래되고 먼, 멀고 먼 경험의 기억과 조화를 이루는 새 비전을 발견하는 것이다. 우리가 죽거나 망가지지 않는 한, 칼데아인의 경험에 대한 기억은 여전히 우리 안의 저 깊은 곳에 살아 있어서, 우리가 그 기억을 깨워내기만 하면 새로운 방향으로 우리의 충동을 되살릴 수 있다.

그런 이유로 우리는 『아포칼립스의 용』 같은 책이 나온 것에 고마워해야 한다. 이 책이 좀 혼란스럽다 한들 뭐가 대수인가? 이 책이 내용을 반복하고 있다고 한들 뭐가 문제인가? 이 책이 어떤 부분에서는 별로 재미가 없고, 다른 부분에서는 엄청나게 재미있으며, 갑자기 문을 열어서 매우 오래된 세계이면서도 새로운 세계로 우리의 정신을 발산하게 한들 뭐가 문제란 말인가? 아포칼립스 자체에 대해서 나와 카터 씨의 의견이 완전히 일치하지는 않는다는 점은 인정한다.

나 자신은 파트모스섬의 늙은 요한이 등을 대고 누워 빛나는 하늘을 응시하면서 시간을 보내다가, 나중에 유대–기독교의 도덕적 위협과 복수를 웅장한 우주와 별의 드라마로 신중하게, 때로는 꽤 천박하게, 포장하는 책을 썼다고는 도무지 받아들일 수가 없다.

이는 의심할 여지 없이 그 책에 대한 우리의 다른 접근법 때문이다. 성경과 더불어 자랐던 나는 성경이 내 뼛속에 담겨 있다고 느낄 정도다. 아주 어린 시절부터 나는 아포칼립스적인 언어와 아포칼립스적인 이미지에 익숙했는데, 그건 내가 계시록을 읽으며 시간을 보냈기 때문이 아니라, 내가 등록된 주일학교와 교회에, 소년금주단과 공려회에 가면 언제나 내 주위에서나 내 앞에서 성경이 읽히는 것을 보면서 살았기 때문이다.[26] 나는 심지어 신경 써서 듣지도 않았다. 그러나 언어는 내 정신의 무의식 속에서 반복적으로 울리고 또 울리는 힘을 가진다. 나는 한밤중에 깨어나서는 낮에 내가 전혀 집중하지 않았던 어떤 구절들이 — 혹은 한 곡의 찬양이 — 귀에 울리는 것을 '들을' 수 있는 것이다. 그 소리 자체가 [내게] 기입된다. 마찬가지로 계시록의 소리가 매우 어렸을 때부터 내 속에 기입되어 나는 거기에 익숙해졌다. "주의 날에 내가 성령에

· ·

26. 어린 로렌스는 조합교회 신자였고 공려회(Christain Endeavor)에 참여했는데, 특히 공려회는 젊은 신도가 지역 교회에서 적극적으로 봉사하라고 독려했다.

감동되어 내 뒤에서 나는 나팔 소리 같은 큰 음성을 들으니 말하기를 나는 알파요 오메가라."[27] — 내가 '리틀 보 핍Little Bo-Peep' 같은 동요에 익숙한 것과 똑같이! 나는 성경 구절의 의미는 몰랐지만, 또 생각해보면 아이들은 흔히 의미보다는 소리를 더 좋아하는 것이다. "할렐루야, 주 우리 하나님 곧 전능하신 이가 통치하시도다."[28] 아포칼립스는 입에 딱 붙는 허장성세 같은 구절들로 가득 차 있고, 이런 구절들은 예배에서 제대로 힘을 발휘하기 때문에 교회 안의 무지한 성도들에게 사랑받았다. "친히 하나님 곧 전능하신 이의 맹렬한 진노의 포도주 틀을 밟겠고."[29]

아니, 내게 있어 아포칼립스는 웅장한 위장 별–신화star-myth[30]가 되기에는 전체적으로 너무 사나운 감정, 광포하고 도덕적인 감정으로 가득 차 있다. 그렇지만 또 그 책은 일종의 감춰진 별–의미star-meaning[31]로서 별–신화들 및 점성술적 천공

‥

27. 「요한계시록」 1:10과 1:8이 합쳐져 있다.
28. 「요한계시록」 19:6.
29. 「요한계시록」 19:15.
30. 현대 천문학의 별이 '가스 덩어리'라는 '사실'로만 기술되는 데 반대하며 로렌스는 고대 이교도의 점성술적 신화가 입혀진 우주의 회복을 염원한다. "별–신화" 속의 별은 천문학적 행성이 아니라 언제나 어떤 신적 존재의 형상 혹은 행위로 "위장되어 (disguised)" 있어서 별 자체가 아닌 하나의 크고 웅장한 이야기로 표상된다. "웅장한 위장 별–신화"는 그런 의미다.
31. 이 서평의 앞부분에도 쓰고 있듯이 로렌스는 「요한계시록」을 이교도의 점성술 이론을 후대의 유대–기독교도들이 세계제국의 몰락과 메시아의 등장, 천년왕국,

의 운동과 밀접한 관련성을 가진다. 이 책의 너무나 도덕적이기만 한 종교적 의미에서 벗어나 또 하나의 더 넓고, 더 오래되고, 더 웅대한 의미로 나아가는 것보다 나를 더 기쁘게 하는 것은 없다. 실제로, 중년이 주는 진정한 환희 중 하나는 성경으로 돌아가, 모팻의 번역과 같은 새 번역 성경을 읽고,[32] 구약의 몇몇 책들 및 복음서에 대한 현대 연구와 현대 비평을 읽고, 성경 자체에 대한 완전히 새로운 개념을 획득하는 데 있다. 현대 연구는 성경을 그것이 기록된 당시의 생생한 맥락 속으로 되돌려놓을 수 있었고, 이는 대단한 일이다. 성경이 더 이상 부도덕한 개를 때려잡기 위한 방망이로서의 유대적 도덕 교과서가 아닌, 이집트, 아시리아,[33] 바빌론, 페르시아 같은 과거의 위대한 옛 문명국들 사이에서 벌어졌던, 그리고 이후에는 그리스 세계, 셀레우코스 왕조,[34] 로마, 폼페이우스,[35] 안토니

• •

최후의 심판과 같은 유대-기독교적 알레고리로 포장했다고 보고 있다. 따라서 계시록의 '원형'에 등장하는 별-의미는 계시록에서 감춰진 채로 존재한다.

32. 로렌스는 『아포칼립스』에서 인용하는 모든 성경 구절을 흠정역으로 알려진 제임스 왕 버전(King James Version)이 아닌 제임스 모팻의 새 번역(1913년)으로 사용한다. James Moffatt, *The New Testament: A New Translation*(1913).

33. 기원전 12세기부터 7세기까지 존재했던 메소포타미아 문명권의 주요 열강이다.

34. 알렉산드로스 대왕의 휘하 장수 중 한 명인 셀레우코스 니카토르(Seleucus Nicator)에 의해 세워진 왕조로 기원전 312년부터 기원전 65년까지 시리아를 통치했고 서아시아의 큰 영토를 지배했다.

35. 카이사르, 크라수스와 함께 기원전 60년에 제1차 삼두정치를 했던 로마의 장군으로, 기원전 49-48년에 벌어졌던 내전에서 카이사르에 의해 패배했다.

우스[36]로 이어진 유대인 혹은 히브리인 혹은 이스라엘 민족의 모험에 대한 매혹적 서사가 되는 것이다. 현대적 주석과 논평이 달린 새 번역으로 성경을 읽는 일은 호메로스를 읽는 것보다 더 매력적이다. 성경의 모험은 시간과 역사 속으로 더욱더 깊숙이 들어가고, 수 세기를 거치며 이어지고, 이집트에서 우르Ur[37]로, 니느웨Nineveh[38]로, 시바Sheba[39]에서 타르시시 Tarshish[40]와 아테네와 로마까지 이동한다. 성경은 고대사를 매우 신속하게 섭렵한다.

성경의 가장 마지막 책이면서 아마도 가장 최근의 책일 아포칼립스 역시, 일단 우리가 그 책에 담긴 상징들을 바라보고 그들이 우리에게 제공하는 단서를 취하기만 하면, 위대한 새 생명을 가진 채로 되살아난다. 이 책의 텍스트는 우리를

. .

36. 안토니우스(기원전 83~30년경)는 카이사르 살해 이후 옥타비아누스와 함께 브루투스와 카시우스를 물리쳤고 로마제국을 분할했다. 동로마를 다스렸으나 클레오파트라와의 관계로 인해 옥타비아누스와 불화를 일으켰고, 이어진 전쟁에서 이집트에 가담했다 악티움 해전에서 옥타비아누스에게 패배한다. 기원전 30년에 자살한다.
37. 아브라함이 정착했던 고대도시로, 유프라테스강 어귀의 페르시아만에 위치해 있으며, 수메르 왕조인 '우르 제3왕조 시대'(기원전 2150~2000년경)의 수도였다.
38. 티그리스강 유역에 있는 고대 아시리아 도시로, 기원전 7세기에 세나케리브 왕(기원전 705~681년경)과 아슈르바니팔 왕(기원전 ?~626년경) 치하에서 번영했다.
39. 아마도 성경에 등장하는 이스라엘 남단의 도시 브엘세바(Beersheba)를 지칭하는 듯하다(「창세기」 26:26~33).
40. 타르시시 혹은 타르테수스(Tartessus)는 스페인 남부에 있던 옛 왕국으로 고대 페니키아인들과 카르타고인들과의 무역을 통해 융성했다.

1세기경 거대한 혼돈 속의 그리스 세계, 로마가 아닌 그리스 세계에 빠져들게 만든다. 그러나 책의 상징들은 훨씬 더 이전으로 우리를 이끈다.

이 상징들은 프레데릭 카터를 주로 칼데아로 그리고 페르시아로 끌고 가는데, 카터가 관찰하는 하늘이란 후기 칼데아인들의 하늘이고 그가 관찰하는 신비주의는 주로 미트라교Mithraic[41] 신앙이기 때문이다. 단서들, 우리에게는 [아포칼립스] 바깥에서 온 단서들만 있다. 그러나 나머지는 우리 몫이며, 만약 우리가 단서를 취할 수 있다면 그 단서들은 놀랍게도 우리를 멀고 매혹적인 세계들로 이끌 수 있다. 주류 정통파 논평자들은 말할 것이다. 판타지야! 그저 판타지일 뿐이야! 그러나 그것이 우리의 삶을 고양시켜 준다면, 판타지란 얼마나 고마운 것인가.

심지어 그것이 판타지라 해도, '비난'이 정당화되지는 않는다. 아포칼립스에는 오래되고 감춰진 점성술적 의미, 나아가서는 오래된 점성술적 기획까지도 담겨 있다. 단서들은 너무 명백하고 너무 인상적이다. 기독교 예배당에 합쳐져 있는 옛 사원의 폐허처럼 말이다. 예배당에 합쳐져 있는 사원을

· ·

41. 고대 아리아인들의 빛과 진리의 신인 미트라(Mithras) 숭배로, 이 컬트는 알렉산드로스 대왕의 제국 전체로 퍼졌다가 기원전 67년에는 로마에 이르며, 그로부터 로마제국 전체로 퍼져나갔다.

재건하려고 하는 게, 박혀 있는 이미지들과 기둥들은 기독교 건물 속에 있는 돌무더기에 불과하기에 아무 의미가 없다고 주장하는 것보다 조금이라도 더 판타지 같은 일인가?[42] 의미가 거기 있음에도 의미를 부정하는 것은 의미가 없는데도 의미를 만들어내려는 것만큼이나 판타지 같은 일이다. 게다가 훨씬 더 어리석기도 하다. 만들어낸 의미는 여전히 자기만의 생명을 가질 수도 있기 때문이다.[43]

● ●

42. '예배당에 합쳐져 있는 옛 사원의 폐허를 재건하려고 하는 일'이란 프레데릭 카터가 아포칼립스 분석을 통해 옛 점성술의 의미를 되살리려고 하는 일과 통하며, '옛 사원의 폐허는 돌무더기일 뿐이므로 아무 의미가 없다고 주장하는 일'이란 주류 정통파 논평자들이 카터의 책에 대해 하는 비난과 통한다. 논평자들은 카터의 작업을 '판타지'라고 비난하지만, 로렌스가 볼 때는 사실 둘 다 판타지이다. 문제는 판타지라는 것 자체가 아니라, 판타지가 우리의 상상력과 삶을 고양시켜 주는가의 문제이다.

43. '의미가 없음에도 의미를 만들어내는' 경우, 그렇게 발명된 의미가 쉽게 사라지는 게 아니다. 역사학자 에릭 홉스봄의 '만들어진 전통(invented tradition)'이라는 개념이 잘 드러내듯이, 오히려 만들어진 의미들은 자기만의 생명을 갖고 지속되거나 '진리'로 등극하기도 한다. 따라서 '의미가 있음에도 의미를 부정하는 것'은 훨씬 더 어리석은 일이다. 너무 오래되어 단서밖에 존재하지 않더라도 거기서 어떻게든 의미를 만들어내려고 하는 작업(카터와 로렌스의 작업)은, 만에 하나 그것이 결과적으로는 판타지에 불과한 것으로 판명 난다고 하더라도, 어쨌든 그로 인해 상상력이 생겨나고 우리를 지금의 세계가 아닌 다른 세계로 이끌어 줄 수 있다. 반면, 의미가 있음에도 의미를 부정하는 정통파 학자들의 입장은 그 어떤 것도 생성시키지 않으며 오히려 있는 것도 죽이는 완전한 부정이다. 로렌스의 입장에서 그것은 생명 없는 죽음이다.

너의 집을 버려라: '종말의 계시록'에 맞서는 '재생의 아포칼립스'

1

전기작가 프랜시스 윌슨은 자신의 로렌스 전기『불타는 인간』에서 다음과 같이 말하고 있다.

나는 상상력의 작업이라는 점에서 로렌스의 예술과 로렌스의 삶을 구분할 수 없다고, 또 로렌스의 픽션을 그의 논픽션과 구분하지 않는다고 선언해야만 하겠다. 나는 그의 소설, 이야기, 편지, 에세이, 시와 희곡을 장르의 규제를 벗어나기 위해 그가 개척했던 장르인 오토픽션[1]을 위한 연습의 결과들로 읽었다.

· ·

1. 오토픽션(autofiction)은 자신의 전기적 경험(auto-)을 소설(fiction)의 형태로 작품화하는 직접적인 자전적 소설을 일컫는다.

"나를 위한 예술"이라고 농담처럼 말했지만, 이 말을 할 때의 그는 완전히 진지했다. 그렇다면, 그의 편지는 이야기이고, 그의 이야기는 시이고, 그의 시는 희곡이고, 그의 희곡은 회고록 이고, 그의 회고록은 여행기이고, 그의 여행기는 소설이고, 그의 소설은 설교이고, 그의 설교는 소설을 위한 선언문이고, 그의 소설을 위한 선언문은, 역사에 대한 그의 글들과 그의 문학비평과 이 전기에 실린 그의 이야기들이 그렇듯, D. H. 로렌스로 산다는 것이 무엇인지에 대한 설명이다.[2]

윌슨의 통찰이 맞다. 모든 작가의 작품에는 그의 삶이 반영 되어 있게 마련이겠지만, 로렌스의 경우는 그 정도가 강력하여 거의 장르 구분 불가의 지경에 이른다. 가령 그의 글 「모리스 매그너스에 대한 회고」(1921~2)는 제목처럼 '회고록'으로 보 이지만, 실제 읽다 보면 로렌스 '소설'을 읽는 느낌이 들고, 그러다 찾아보면 모두 실제 있었던 일에 대한 '논픽션'이다.[3] 대책 없이 살아가는 미국인 여행가 모리스 매그너스의 일화들 을 서술하는 이 글은 삶, 돈, 명성, 문학, 미국인 등에 대한

• •

2. Frances Wilson, *Burning Man: The Ascent of D. H. Lawrence* (London: Bloomsbury, 2021), p. 3.

3. D. H. Lawrence, "Memoir of Maurice Magnus", *The Bad Side of Books: Selected Essays*, ed. Geoff Dyer (New York: New York Review Books, 2019), pp. 83~161.

로렌스의 사유가 담긴 '에세이'로도 읽히며, 나아가 글의 배경인 이탈리아를 떠올리노라면 '여행기'가 되기도 한다. 작가와 작품을 엄격히 구분하면서 작품이 독자 개인에게 받아들여지며 발생하는 해석의 다양성과 상대성을 높이 평가하는 일이 비평의 패러다임으로 변한 지 오래지만, 그와는 별개로 로렌스의 삶은 그의 작품을 더 깊게 이해하고 음미할 수 있게 만드는 핵심적 요소이다.

여기에 완역된 『아포칼립스』 역시 마찬가지다. 「요한계시록」(이하 「계시록」)에 대한 자세한 주석을 읽기 위해 이 책을 고른 독실한 기독교인 독자는 얼마 안 가 이 책에 절망하게 될 것이다. 심지어 로렌스는 첫 챕터에서부터 자신의 주일학교 경험을 이야기하며 「계시록」이 얼마나 혐오스러운지를 고백하고 있는 데다가, 책 전체가 기독교 비판으로 날 서 있다. 하지만 급한 절망에 빠지지 않고 열심히 읽어가다 보면 그는 교회 설교에서는 결코 들어본 적 없었을 「계시록」에 대한 다양하고도 급진적인 (그리고 이단적인!) 해석을 접하게 될 터이다. 최근 유행하는 종말과 파국의 서사들에 관심 있어 이 책을 고른 인문 교양 독자라면 『아포칼립스』에서 종말에 관한 기독교적 근본 이미지들이 무엇인지를 발견하게 될 것이다. 그는 세상의 종말이라는 관념이 기독교 이전부터 존재했던 이교도적 관념임을 알게 될 것이며, 고대 동방 이교도들의 상상력이 우주 전체에 펼쳐지고 있음을 보고 놀랄지도 모른다. 그는 포스트아포칼립스 영화의 근본 요소인 '살아남은 자들'이 세상의 끝이라는 절멸의 스펙터클에 이어지는 '새로운 유토피아'를 꿈꿨던 초기 기독교인들과 겹친다는 사실을 알게 될 것이다. 「계시록」이라는 주제보다는 로렌스의 소설을 좋아하는 문학 애호가들이라면 이 책에서 '공부하는 로렌스'를 발견하게 될 뿐 아니라, 공부를 하면서도 지식의 한계를 의식하면서 끊임없이 삶의 열정과 활력을 강조하는 로렌스의 전형을 다시 만나게 될 것이다. 그가 조금 더 알아본다면 『아포칼립스』에서 로렌스가 펼치는 주장들을 통해 『무지개』, 『사랑에 빠진 여인들』, 『레이디 채털리의 연인』, 「말을 타고 떠난 여인」, 「세인트 모어」 같은 그의 소설들을 다시 읽는 눈을 가지게 될 터이다. 그는 문학이라는 것이, 이야기와 소설이라는 것이 그저 맛깔스러운 문장만으로가 아니라 끝없는 공부, 세상을 보는 진지하고 독창적인 시선에 의해서 완성에 이를 수 있음을 깨닫게 될 것이다. 그러다 그는 외칠지도 모른다. 도대체 이런 책이 왜 지금껏 잘 알려지지 않았지?

『아포칼립스』(1931)는 로렌스가 죽기 전에 마지막으로 저술한 글이다. 결핵에 걸려 쇠약해진 로렌스는 프랑스의 방돌에 머물던 중 친구이자 동료 프레데릭 카터의 방문을 받는다. 카터는 1923~1924년경부터 로렌스와 아포칼립스라는 주제를 공유하며 친밀히 교류하던 화가이자 작가이다. 로렌스는 1923년 6월경에 『연금술사의 용*The Dragon of the Alchemist*』이라는 제목이 붙은 카터의 원고를 읽었고, 1929년에는 다시 『아포칼립스의 용*The Dragon of the Apocalypse*』으로 가제가 바뀐 이 원고의 수정본을 읽었다. 카터는 이 원고의 출간 전에 로렌스에게 서문을 청탁했다. 1929년 11월 중순부터 말까지 카터가 로렌스를 방문하고 떠나자 로렌스는 쓰고 있던 서문을 12월 말에 이르러 완성한다. 서문이 25,000단어를 넘길 정도로 길어지자 로렌스는 이 글을 따로 발표하기로 마음먹고는 1930년 초에 다시 짧은 서문을 완성하여 카터에게 보낸다(이 책에 실린 「프레데릭 카터의 『아포칼립스의 용』 서문」). 하지만 카터는 발간된 자기 책에 로렌스의 서문을 싣지 않았고, 로렌스는 먼저 썼던 25,000단어 원고를 책 형태로 다듬던 중 수년 전부터 그를 괴롭혔던 결핵 합병증으로 인해 1930년 3월 2일, 세상을 떠난다. 결국 이 원고는 그의 사후인 1931년에 『아포칼립스』라는 제목으로 출간된다. 로렌스는 원고를 쓰고 난 후에도 몇 차례씩 퇴고와 다시 쓰기를 거듭하는 작가였지만(그는 마지막 장편 『레이디 채털리의 연인』을 세 차례에 걸쳐 다시 썼다), 이 원고의 경우에는 건강 악화로 인해 그럴 수가 없었다. 따라서 우리가 읽는 이 책은 로렌스의 수정과 편집이 거의 이루어지지 않은 '초고'에 가깝다. 그의 꼼꼼한 수정이 가능했더라면 이 원고는 더 완성도가 높은 책이 되었을지 모르겠다. 하지만 그랬다면 우리는 이렇게나 생생하고 날 것 그대로인 로렌스의 목소리를 접할 수는 없었을 것이다. 지인의 책에 대한 '서문'으로 쓰였다가 한 권 분량의 '에세이'가 된 『아포칼립스』는 「계시록」에 대한 당대의 성서 연구를 열심히 공부했던 독학자 로렌스의 '리서치 페이퍼'이자 '주석서'이고, 평생 전 세계를 떠돌아다니며 살았던 로렌스가 마지막에는 지하와 지상과 천상을 넘어 우주에 이르렀음을 보여주는 독특한 '여행기'일 뿐 아니라, 아포칼립스에 지대한 관심을 갖고 살았던 로렌스가 자기 소설들의 근본에 깔려 있던 자신의 사유를 이야기하는 '로렌스 소설 참고서'이자 당대의 역사와 문화 전반에 대한 비판이 전면에 펼쳐지는 '문화비평서'이기도 하다. 그리고 이 모든 것 뒤에는 죽음 직전까지도 생을 끝까지 긍정했던 로렌스의 삶의 자세가 똬리를 틀고 있다.

『아포칼립스』는 무엇을 다룬 책인가? 외형적으로 『아포칼립스』는 「계시록」의 주해서 형태를 띠고 있다. 학술적인 주해서라면 「계시록」의 형성 과정과 역사, 의미, 각 구절과 챕터에 대한 연구 및 해석을 체계적으로 기술하는 형식을 가질 것이다. 『아포칼립스』도 전체적으로 이런 형식을 따르고는 있다. 로렌스는 1920년대 이후로 「계시록」에 대한 다양한 학술적 주해서를 구해서 열심히 공부하여 정리했고, 이를 바탕으로 역시

「계시록」을 다루는 카터의 책에 대한 서문을 쓰기 시작했다. 하지만 로렌스의 주해서는 학술적 주해서의 형식만 빌렸을 뿐 내용은 훨씬 자유롭고 독창적이다. 소설가답게 로렌스는 『아포칼립스』의 첫 챕터에서부터 어린 시절 자신이 주일학교와 가정에서 목격했던 하층민 신자들의 「계시록」에 대한 열광의 모습을 그리고 있다. 너무나 반복적으로 종말의 이야기에 노출되고 주입된 어린 그가 얼마나 그 책과 문장을 혐오하게 되었는지 로렌스는 솔직하게 쓴다. 학술적인 주해서라면 이런 식의 도입은 용인되지 않을 것이다. 「계시록」이 가지는 일반적 의미를 살펴본 후 로렌스는 이를 당대의 문화적 상황과 연결시킨다. 그리고 비로소 「계시록」 자체에 대한 주석이 등장한다. 하지만 이 '주석' 역시 학술적이거나 기독교적이라기보다는 고대 이방 종교의 이미지와 상징들에 대한 분석이 주를 이룬다. 「계시록」에서 로렌스가 주목하고 있는 부분은 1장에서 12장까지의 '전반부'인데, 이 전반부 장들, 특히 '일곱 봉인의 해제'를 그리는 부분에서 「계시록」이 이방 종교에서 받은 영향들이 강하게 드러나 있기 때문이고, 로렌스에게는 그 부분이 「계시록」을 다시 읽을 유일한 이유가 된다. 이후 「계시록」 13장에서 22장까지의 '후반부'는 로렌스에게는 고대 이방 종교의 아포칼립스 서사를 유대-기독교 서사가 완전히 전용하여 자기식으로 이야기하는, 파괴와 살육과 압도적인 절멸만 남아 있는 지루한 이야기에 불과하다. "어쨌든 아포칼립스에는 파괴가 너무 많다. 그래서 더는 재미가 없다."(227)[4] 로렌스가 「계시록」에서 찾는 "재미"는 파괴와 종말이 아닌 재생과 생명, 삶의 에너지이기 때문이다. 그리고 이것들은 모두 유대–기독교 서사가 아닌, 고대의 동방 종교들에서 찾을 수 있다. 「계시록」에 대한 학술적 주해서가 대부분 기독교적 시각에서 종말 서사의 의미를 해석하는 '신학' 저술이라면, 로렌스의 『아포칼립스』는 「계시록」을 읽는 척하면서 오히려 고대 이교도들의 상징과 세계관에 경도되는 책일 뿐 아니라 유대–기독교 전통이 가진 정신적 병리성에 주목하고 이를 극복하려는 의지가 전면에 드러나 있는 책이다. 어디에서 바라본다 해도 『아포칼립스』는 분명히 '반–기독교적' 저술이라고 말할 수 있으리라.

2

『아포칼립스』의 형식적, 내용적 구성을 좀 더 자세히 들여다보자. 이 책은 챕터 별로 크게 네 부분, 곧 1장~4장, 5장~8장, 9장~16장, 17장~23장으로 나뉠 수 있다. 먼저 1~4장은 이

⠐ ⠐
4. 이 책 『아포칼립스』의 227쪽에서 인용한 문장이다. 이후 이 작품에서의 인용은 괄호 안에 쪽수만 표기한다.

책의 '서문' 격이다. 로렌스는 어린 시절 「계시록」을 읽고 배우던 경험을 통해 그 책이 자신이 속해 있던 하층 노동자 계급에게 어떤 역할을 했는지를 묘사하면서 이 책의 문을 연다. 로렌스의 눈에 비친 「계시록」이란 가난하고 배우지 못한 하층민들이 현실에서 자신들을 억압하고 착취하는 상류층과 권력자들에 대해 천상에서 상상적 승리를 거두는 "민중 종교"의 핵심 서사이다. 「계시록」에 대한 하층민들 혹은 "이류 대중"의 집단적 열광은 약자들의 자기 예찬과 권력의지를 노골적으로 보여주는 것으로, 이는 예수라는 강한 개인의 사랑과 용서 메시지를 보여주는 복음서의 정반대 편에 위치한다.

　강자들의 종교는 포기와 사랑을 가르쳤다. 그리고 약자들의 종교는 강자와 권력자를 타도하고, 가난한 자들에 영광 있으라고 가르쳤다. 세상에는 강자보다 약자가 언제나 많기에 이 두 번째 종류의 기독교가 성공했고 성공하게 될 것이었다. 약자가 통치받지 않는다면 약자가 통치하게 될 것이며, 그것으로 끝이다. 약자의 통치란 이런 것이다. 강자를 타도하라! (25)

파트모스의 요한과 그의 「계시록」은 강자들에 대한 시기와 질투로 뭉친 약자들의 권력혼을 표상한다. 로렌스에게 약자란,

혹은 가난한 자들이란 언제나 '개인'이 아닌 '집단'이다. 자신의 개별성과 단독성과 고독을 갖지 못하는 이들은 경제적인 수단을 갖추었는지의 여부와는 상관없이 가난한 약자들이다. 이들은 언제나 "무리 속에 숨어들어서는 자신들의 궁극적 자기 예찬을 위해 비밀스레 열중한다."(32) 약자-대중-집단이 권력 파괴를 통해 권력을 염원하는 이러한 의지는 로렌스 당대에 볼셰비즘과 파시즘, 민주주의라는 형태로 나타난다. 우리는 로렌스뿐만이 아니라 니체와 호세 오르테가 이 가세트 등도 이와 거의 동일한 주장을 펼쳤음을 기억한다.[5] 20세기 들어 강력한 힘을 획득하게 되는 이 새로운 정치 체제들은 로렌스 등에게는 그리 새로울 것이 없다. 집단적 권력욕이란 인간에게 원초적으로 존재하는 욕망이기 때문이다. 이를 극복하면서 개별성을 획득하면 그는 '귀족' 혹은 니체가 말하는 '초인'의 경지로 나아가게 되지만, 언제나 이런 강한 개인은 소수다. 절대다수는 그러한 강함을 갖지 못하며 쉽게 무리의 감정 속에 휩싸인다. 대중은 자신들의 권력욕을 아름다운 말로 포장하지만, 로렌스에게 "그 성스러운 '민중의 의지'는 그 어떤 폭군의 의지보다 더 맹목적이고 더 저열하며 더 위험한 것으로 변한다."(43) 「계시록」은 바로 이 위험한 '민중의 의지'

. .

5. José Ortega y Gasset, *The Revolt of the Masses*, trans. anonymous (New York & London: W. W. Norton, 1993).

를 신의 거룩한 계획이 담긴 '민중 종교'로 뒤바꾸는 전조이다.

이러한 상황 판단 이후 이어지는 5~8장에서 로렌스는 「계시록」 자체에 좀 더 초점을 맞추면서 이 책 전체의 주제 중 하나가 되는 주장을 펼친다. 「계시록」에는 "좌절하고 억눌린 집단적 자아, 즉 복수심에 불타는 인간 내면의 좌절한 권력혼이 위험하게 으르렁거리는 소리"(45)가 울리고 있지만, 동시에 거기에는 완전히 색다른 예수의 모습도 담겨 있다는 것이다. 「계시록」 1장과 2장에 등장하는 예수는 "태양, 달, 다섯 개의 별이라는 고대의 행성을 나타내는 일곱 개의 영원한 촛대를 발 주변에 두고 그 사이에 서 있는 (…) 거대한 '우주의 주인'"(48)으로 묘사된다. 우주의 운행자로서의 이 예수는 바로 고대 이방 종교에 등장하는 신의 모습이다. 우주와 하나가 되어 태양, 달, 별과 대화하고 소통하며 결합되어 있던 고대 이방인들의 호방함이 이러한 예수의 모습에 담겨 있다. 이 "우주의 섬광들"은 "예언자들의 시대가 종언을 고한 이후인 기원전 200년경 어딘가에서 발흥했다."(63) 유대인들은 동방 이방 종교들의 이 장대한 이미지를 받아들이고는 거기에 신의 모습, 예수의 모습을 덧입힌 후, 세속 권력 전체의 파괴와 믿지 않는 자들 전체의 절멸이라는 이야기와 더불어 천상에서의 구원, 죽음 이후의 구원과 천상의 유토피아 이미지로 세계의 끝과 하나님 왕국의 시작이라는 서사를 써나간다. 즉 "에게문명의 고대 저술들 중 하나로 일종의 이교도 신비주의에 관한 책"을 저변으로 삼아 "그 책을 유대교 종말론자들이 다시 썼고, 그 내용이 확장되었다가, 마지막에 유대–기독교 종말론자인 요한이 이를 다시 고쳐 썼으며, 요한 사후에 이 책을 기독교 저작으로 만들려 했던 기독교도 편집자들에 의해 삭제되고 교정되고 다듬어지고 추가되었던 것"(69)이 바로 지금 우리가 읽는 「계시록」이다.

로렌스가 아쉬워하는 것은 수천 년에 걸친 「계시록」의 형성 과정에서 사라져버린 "우주 속의 별 같았던 인간"(51)이다. 그 우주적 인간이란 현대의 과학–기계문명이 낳은 인간과는 완전히 다른 차원의 존재로, "낯설고 야생적인 자유의 펄럭임"이라는 "진짜 자유"를 가진 존재다.(54) 그 존재는 태양과 달과 별과 더불어 영원한 생명으로 결합된, 소외되지 않은 인간이다. 「계시록」의 전반부(1~12장)에 담긴 다양한 이교도적 상징들은 바로 이 우주적 인간의 생명력과 활기를 나타내지만, 「계시록」의 후반부(13~22장)는 세계의 종말을 향한 유대–기독교적 광증으로 가득 차 있다. 로렌스의 흥미는 「계시록」의 전반부, 곧 고대 이방 종교들의 상징들을 향한다. 그는 약자들의 권력욕과 그로 인한 상상적 파괴가 담긴 종말의 이야기를 혐오하기 때문이다.

하지만 고대인들의 생명력과 활기는 기독교 문명을 거치면서 거의 사라져버린다. "우리는 고대인들이 위대하고 복잡하게 발전시켰던 그 감각적 인식 혹은 감각 지각력, 감각 지식 등을 거의 전적으로 상실했다"(99)고 로렌스가 말할 때, 그는 현대 서양 문명만을 유일한 세계로 알고 사는 당대인들을 고대인의 "낯설고 야생적인 자유"를 잃어버린 채 "권태와 무기력"속에서 사는, "죽은 채로 살아 있는 인간"(102)으로 판단하고 있는 것이다. 이것이 현실이라 해서 이를 그저 받아들일 것인가? 로렌스는 거부한다. "우주적 생명, 곧 우리 안의 태양과 우리 안의 달"을 상실한 현대인은 "태양을 경배하러, 핏속에서 약동하는 경배를 하러 앞에 나섬으로써"(60) "우주를 되찾아야만" 하며 "우리 안에 떨어져 죽어버린 그 거대한 규모의 응답이 다시 생명을 회복해야만 한다."(59) 이것이 로렌스가 『아포칼립스』를 쓴 이유이자 이 책 전체의 핵심 주장이다. 핵심은 「계시록」을 학술적으로 연구하거나 그 속에서 지식을 찾아 모으는 데 있지 않다. 다시 생명을 회복하기 위해 우리가 할 수 있는 뭔가를 하는 게 중요한데, 로렌스에게 그 행동의 하나는 「계시록」을 통해 그 안에 담긴 고대 이방인들의 삶의 활력을 탐구하는 일이다. 하지만 그 탐구는 지식으로 가능하지 않으며, 오직 상상력으로만 가능하다. "아포칼립스가 우리로 하여금 또 하나의 활력적 세계를 상상할 수 있게 해주지 않는다면 아포칼립스가 뭐 그리 중요하단 말인

가?"(276)

이후 9~16장은 「계시록」의 전반부를, 17~21장은 「계시록」의 후반부를 다룬다. 이 챕터들은 「계시록」 6~22장에 대한 로렌스의 주해라고 이해할 수 있는데, 여기서 그는 「계시록」에 담긴 고대 이교도들의 '이미지 중심 사유 방식'을 통해 각 구절에 깃든 원래의 이교도적 상징을 찾아내고 그것의 의미를 분석한다. 로렌스에게 「계시록」이 이교도 종교문서를 유대-기독교인들이 변형, 훼손시킨 책이라는 점을 상기해 본다면, 그가 이 챕터들에서 수행하는 서술은 일종의 비교종교적 관점을 통해 원래의 이교적 상징들이 유대-기독교인들에 의해 어떻게 변형되고 왜곡되었는지를 보여주는 방식임을 알 수 있다. 이 챕터들에서 로렌스는 네 명의 기수, 봉인, 여인, 말, 용, 황도 12궁, 숫자 4, 7, 10, 12, 별, 달, 태양, 색깔 등 엄청난 양의 상징들을 분석하고 있다. 역자를 포함해 우리들은 ─ 아마 현대의 서양인들 역시 ─ 이런 상징들에 전혀 익숙하지 않을 것이다. 심지어 성경을 열심히 읽어온 기독교인들이라고 해도 로렌스가 밝혀내는 고대의 상징들은 낯설 터이다. 상징들에 대한 로렌스의 분석에서 어떤 '지식'을 얻거나 쌓으려고 할 필요는 없다. 그렇게 하려는 순간 이 책은 매력을 상실한다. 심지어 로렌스 역시 자신의 「계시록」 공부가 '지식'으로 전달되는 것을 경계하고 있다. 가령 로렌스는 현대인과 고대인의 가장 큰 차이를 '지식'과 '상상력'의 차이로 여긴다. 그는 이 책에서 현대인의 과학과 합리적 지식을 "사고형식"(225)이라는 말로 표현하고 있는데, 이 사고형식이란 과학적이고 합리적으로 '사고'하기 위해 만들어놓은 일종의 '틀, 형식'에 불과하다. 그것은 그 자체로는 유의미할지 모르나, 현대인이 자신의 모든 '생각'을 오로지 '사고형식'으로 간주하는 순간 — 실제로 그는 그렇게 한다 — 인간과 자연과 사물의 생명은 말라비틀어진다. 예컨대 현대인의 과학적 사고형식 속에서 태양이란 불타는 가스 덩어리이자 흑점을 가진 행성에 불과하다. 하지만 과연 태양이 그것뿐일까? 로렌스는 말한다.

　이 하찮은 것들이 우리가 태양에 대해 알고 있는 모든 것이다. 두세 개의 피상적이고 불충분한 사고형식들 말이다. 칼데아인들의 그 위대하고 위풍당당한 태양을 우리는 어디서 찾을 수 있는가? (…) 우리는 태양을 잃어버린 것이다. 우리는 태양을 잃어버리고서는 몇 개의 시시한 사고형식들을 발견했다. 불타는 가스 덩어리! 흑점을 가진! 당신을 구릿빛으로 그을리는! (289~290)

　즉, 로렌스가 문학적 상상력으로 설명하는 고대의 이교적 상징들은 지식으로서가 아니라 상상력으로서, 우리의 가슴을 뛰게 하고, 우리의 답답한 현실을 자각하는 이미지로서 느낄 때만 의미가 있는 것이다. (그 '방법'이 무엇인지에 대해 로렌스는 우리에게 알려주지 않는다. 뒤에서 이야기하겠지만 로렌스의 '방법'이란 종말 이후의 '재생'에 대한 그의 비전과 연결되어 있다. 그는 끝까지 그 '재생'의 내용을 구체화하지는 않는다.)

9~22장의 다양한 내용 중에서 '일곱 봉인 해제'에 대한 로렌스의 해설(10~11장)만 간단히 음미해보자. 「계시록」 5~8장에 등장하는 이 상징은 그 극적인 내용 때문에 영화로 만들어질 만큼 유명하지만, 동시에 「계시록」에서의 상징에 대한 로렌스의 재해석과 주제 의식이 가장 두드러지게 드러났다는 점에서도 주목할 필요가 있다. 기독교적 설명은 이렇다. '보좌에 앉은 이의 오른손에 일곱 개의 인으로 봉해진 책이 있다. 봉인을 떼지 않으면 책을 읽을 수 없다. 그 책 안에는 하나님의 비밀이 담겨 있고, 따라서 인은 떼어져야 한다. 이를 할 수 있는 이는 '어린 양' 곧 예수 그리스도뿐이다. 어린 양이 나와서 책을 받은 후 일곱 개의 인을 하나씩 뗀다. 인을 뗄 때마다 재앙이 발생한다. 첫째 인을 떼자 흰 말 탄 자가 나와 세상을 정복하고, 둘째 인을 떼자 붉은 말을 탄 자가 땅의 평화를 없애고 전쟁을 일으키고, 셋째 인을 떼자 검은 말을 탄 자가 기근을 가져오고, 넷째 인을 떼자 창백한 말 탄 자가 죽음과

흉년을 가져온다, 등등. 그렇게 일곱 번째 인을 떼면 다시 일곱 천사가 나팔을 불면서 각각 또 다른 재앙이 터져 나온다.' 이 모든 것은 하나님의 비밀이 열리면서 죄악의 세상이 정화되는 과정인데, '정화'는 반드시 '재난'을 통해서만 가능한 것처럼 보인다. 내가 가진 한 성경에는 이 부분이 이렇게 주해되어 있다. "요한은 예수님께서 하나님의 손에서 인봉된 책을 받아 펴실 때마다 전쟁과 기근, 죽음과 지진, 하늘의 징조가 나타날 것이라고 적었다. 따라서 일곱 인으로 인봉된 이 책은 미래 역사 속에서 구체적으로 나타날 종말론적인 사건을 적은 책이라고 할 수 있다."[6]

같은 부분에 대해서 로렌스는 완전히 다른 해석을 제시한다. 그에 따르면 '책'은 '한 인간의 몸'을 상징하고 '그 책의 일곱 봉인'은 '그의 역동적 의식이 머무는 일곱 개의 심적psychic 중심부 혹은 문'이다. '책을 닫고 있는 일곱 봉인이 떼어지는 행위'란 '인간 몸의 심적 중심부들이 열리고 정복되는 것, 곧 그의 상징적 죽음과 거기에서 이어지는 새로운 탄생'을 뜻하는 것이다. 미국의 신비주의 종교 저술가 제임스 프라이스가 1910년에 발간한 책 『아포칼립스의 개봉』[7]을 읽고 프라이

• •

6. 『손 안에 비전성경: 개역한글판』, 하용조 목사 편찬(두란노서원, 2002).
7. James M. Pryse, *The Apocalypse Unsealed, being an Esoteric Interpretation of the Initiation of Iôannês (New York: J. M. Pryse, 1910).* 이 책은 전자책 형태로 https://openlibrary.org/

스의 영지주의적 해석을 받아들인 로렌스는 이 일곱 봉인의 해제를 "구체적으로 나타날 종말론적인 사건"이 아니라 '인간의 내적 죽음과 변형, 재탄생의 과정'으로 보는 것이다. 「프레데릭 카터의 『아포칼립스의 용』 서문」에서 쓴 로렌스의 표현에 따르면 그는 성경을 알레고리적이 아니라 상징적으로 해석하는 것이다. ("우리가 알레고리뿐 아니라 상징의 세계 속에 있다는 것을. 우리는 이 책이 단 하나의 의미만을 갖고 있지 않음을 서서히 깨닫는다. (…) 의미 안의 의미가 아니라, 오히려 의미에 맞서는 의미가 있다.")(278) 더 정확히 말해 일곱 봉인 중 처음 네 개는 인간의 본성 네 가지를 뜻하는데, 이 봉인이 떼인다는 것은 인간의 육체적 죽음을 상징한다. '과거의 나, 육체적 나'가 죽는 것이다. 그가 죽어 지하세계에 들어가면 그의 기존 영혼과 정신은 제거되고 새로운 영혼과 정신을 받아 진정 '살아 있는 나'의 모습으로 재탄생한다. 여기가 다섯 번째와 여섯 번째 봉인이 떼이는 과정이다. 마지막 일곱 번째 봉인이 떼어질 때 그는 이제 '새로운 삶을 받은 새로운 인간'으로 새롭게 태어난다. 주류 기독교적 해석에서 재앙이 분출하며 믿지 않는 자들에 대한 살육이 행해지는 이 장면은 로렌스에게는 상징적 죽음을 통해 옛사람을 벗고 새사람이

books/OL24150392M/The_Apocalypse_unsealed에서 읽을 수 있다.

되는 재탄생의 과정으로 재해석된다. 로렌스는 바로 이 봉인 해제 서사가 고대 이집트 여신인 이시스Isis 신비주의 컬트의 새 신자 입문 의식에서 기원을 두고 있다고 본다.(145) 기독교 는 이러한 이방 종교의 입문 의식이나 아포칼립스 문서를 받아들여 자기식 대로 변형한 것이다. '죽음과 새 탄생'이라는 극적인 요소를 받아들였음에도 불구하고, 기독교는 "지상에 서 살아 있을 적에 신성한 몸을 입고 새롭게 태어나는 것은 허용"하지 않기 때문에, 즉 기독교는 예수 그리스도를 통한 사후의 영생을 핵심 교리로 삼고 있기 때문에 '죽음과 새 탄생'을 현재에서의 새 탄생이 아니라 순교 후 천국에서의 영원한 생명으로 바꿀 수밖에 없다.(146) 지상의 모든 이들을 재앙으로 쓸어버리는 파괴가 가능해지는 것도 이 때문이다.

'일곱 봉인 해제'에 대한 상징적 해석은 로렌스가 「계시록」 을 어떤 식으로 바라보고 해석하는지를 단적으로 보여준다. 그는 당대의 문명이 쇠퇴하고 있으며 진정 종말을 향해 가고 있다고 보았으며, 그 쇠퇴와 퇴행의 마지막에는 반드시 새로운 탄생이 필수적이라고 믿었다. "종교에서부터 그 아래에 이르 기까지 인간적인 모든 것은 퇴행하며, 따라서 반드시 재생과 재활이 필요한 법이다."(230) '일곱 봉인 해제'라는 「계시록」 의 장면은 기독교가 전유한 고대 이방 종교의 퇴행-재생 의식을 보여주는 것이다. 기독교의 '재생'이 예수 그리스도에 대한 믿음과 그에 의한 구원에 의해서만 가능한 데 반해, 이교도의 '재생'은 신에 대한 무조건적인 믿음과 헌신이 아니라 영혼과 정신을 새롭게 하려는 자신의 강한 의지에 좌우된다. 신은 이 과정을 함께 해주고 이 과정을 지도해주는 영적 가이드 이상은 아니다. 하지만 이런 영지주의적 해석은 신의 힘보다 개인의 결단을 더 중시하기 때문에 기독교와는 맞지 않게 된다. '약자들의 도덕'(니체)으로서의 기독교를 경멸하는 로렌스로서는 신에 대한 의지와 나머지 모든 것의 파괴를 이야기하는 기독교적 종말 서사보다는 자신의 의지로 개안하여 현실 속에서 재생과 재활과 재탄생으로 나아가는 이야기를 좋아할 수밖에 없다.

마지막 22~23장은 이 책의 결론부이다. 지금까지 「계시록」의 이야기와 구절들을 분석했던 로렌스는 점점 더 강력한 파괴와 더불어 '자신들만의' 천국을 '새 예루살렘'이라는 이름으로 천상에 구축하는 결말을 맺는 기독교 아포칼립스에 대하여 사악하고 불쾌하다고 일갈한다.

새와 꽃, 별과 강, 모든 우주를 없애버리자고, 무엇보다도 자신들과 그들의 '구원받은' 귀한 형제들을 제외한 모든 이를 없애버려야 한다고 고집하는, 그야말로 그것만 고집하는 이들의 정신이란 진정 얼마나 사악한가. 꽃이 결코 시들지 않으며

영원히 그대로 피어 있는 이들의 '새 예루살렘'이란 그 얼마나
불쾌한가! 시들지 않는 꽃을 소유한다는 건 그 얼마나 끔찍하게
부르주아적인가! (248~249)

온 세상의 파괴와 천국의 건설이라는 이 기독교적 죽음과
재생 서사에서 로렌스가 포착하는 것은 "독선, 자만, 자부,
비밀스러운 부러움"(249)이다. 약자 집단인 이들은 강자의
횡포와 억압으로 괴로워하면서 동시에 그들의 자유와 권력,
화려함과 정열 등을 비밀스럽게 시기하고 질투하고 부러워한
다. 이 절망과 부러움의 실타래 속에서 탄생하는 것이 니체가
말하는 '노예의 도덕'일 것이다. 강자와의 싸움에서 실패하여
그들의 노예로 전락한 약자들은 그들과 직접 맞서 싸울 용기는
없기에 웅크리고 복종하는 척하지만 마음속 깊은 곳에서는
자신들의 약함을 인정할 수 없다. 강자들이 세상을 그저 자신이
좋아하는 것good과 싫어하는 것bad으로 나누고서는 좋아하는
것을 자기 의지로 쟁취하며 '잘' 사는 반면, 약자는 힘이 없고
의지가 약하기 때문에 자신의 선호에만 맞춰진 강자의 그런
단순한 삶을 부러워하면서도 스스로는 이룰 수가 없다. 그
비밀스러운 부러움을 부정하면서 약자들은 자신들이 '다른
면에서 강하다'는 이야기를 만들어내는데, 그것이 '도덕'이다.
약자들은 세상을 선한 것good과 악한 것evil으로 나눈 후 강자들

의 무자비한 자기 충족과 그에 따른 폭력, 경쟁, 승리, 무자비함, 가혹함, 강함, 힘 등을 악한 것으로 치부하는 한편 욕구 충족과는 먼 자신들의 빈한한 삶의 요소들— 동정심, 공감, 겸양, 헌신, 절제, 고통, 정의, 평등— 을 선한 것으로 규정한다. 선과 악이라는 이 약자들의 '도덕'과 그것을 지키며 사는 삶의 결실은 강자들이 점령한 현실에서는 부정되지만, 죽음 후 천국에서는, 또 종말 후 심판의 날이 닥치면 무자비한 강자들에게 억압당하며 살던 '착한' 자신들이 이제 강자가 된다(로렌스가 말하는 "자기 예찬"). 이 도덕의 결정판이 바로 기독교라고 니체는 말한다.[8] 『아포칼립스』에 드러난 로렌스의 기독교관은 니체의 그것과 놀랄 만큼 닮아 있다.

하지만 니체가 기독교적 도덕의 반대편에서 강한 개인, 즉 고귀한 인간의 자기 극복을 추구한다면, 로렌스의 결론은 다르다. 로렌스 역시 '강자/귀족/개인주의자 대 약자/대중/민주주의자'라는 니체적 이분법을 통해 세상을 바라보고, 기본적으로 대중의 비천함과 권력욕보다 개인의 강함, 고귀함과 거기에서 나오는 부드러움과 관용을 선호하지만, '개인 대 대중'의 이분법에 머무르지는 않는다. 복음서의 예수가 강한

8. Friedrich Nietzsche, *Beyond Good and Evil: Prelude to a Philosophy of the Future*, trans. Walter Kaufmann (New York: Vintage, 1989); *On the Genealogy of Morals*, trans. Douglas Smith (Oxford and New York: Oxford University Press, 1999).

개인의 표상이라면 「계시록」을 쓴 요한은 약한 대중의 표상이다. 로렌스는 복음서의 예수(혹은 바울이나 베드로)가 가진 개별성에 특별한 경의를 표하지만 그렇다고 요한을 떠나 예수의 친절한 품에 안기지 않는다. 그에게 이 둘은 "동전의 양면"(251)이다. 인간에게는 개별성과 집단성이라는 원초적 이중성을 갖고, 사실 이 둘은 서로 조화되어야 하는데도, 개별성에만 치우친 예수는 "가이사의 것은 가이사에게"(「마태복음」 22:19~20) 바치라고 말함으로써, 즉 집단으로서의 유대인을 로마의 권력에 바침으로써 — 물론 성자의 시선으로는 세상의 권력은 그저 보잘것없을 뿐이겠지만 — 역으로 로마에 억압당하던 유대인들의 집단적 저항 의지를 과도하게 키워 버렸던 것이다. 시저의 상 앞에서 절을 해야 할 때, 개별적 예수는 당연히 순교를 선택했겠지만 그리스도인 전체는 어떻게 해야 하는가. 모두가 순교해야 하는 상황이라면 예수의 재림과 복수와 부활, 그리고 지상 권력의 완전한 파괴 말고 무엇을 더 바라겠는가?(256) 그렇게 생겨난 것이 요한이고 「계시록」이고, 그 안에 담긴 완벽한 종말의 서사다. 따라서 예수와 요한, 부드러움의 기독교와 종말의 기독교, 세계의 구원과 세계의 파괴는 동전의 양면으로서만 존재할 수 있다.

로렌스는 개인과 집단 그 어느 곳에서도 재생의 씨앗을 발견할 수 없다. 지금껏 「계시록」 분석을 통해 하층민 대중의 집단적 권력욕을 비판해온 로렌스는 결말에서 개인 역시 대안이 될 수 없음을 주장한다. 현대의 국가 시스템 속에서 사는 인간들에게 개인이 되는 것은 불가능하다. "시민으로서, 집단적 존재로서, 인간은 자신의 권력 감각을 만족시키면서 충족감을 얻는다."(258) 이런 시스템 속에서 개인으로 산다는 것은 극도로 힘들다. 현대의 민주주의는 대중을 주권자로 포함시키면서 힘을 얻지만, 로렌스의 눈에 민주주의는 자신이 무너뜨린 왕정과 귀족정을 거꾸로 세워놓은 또 다른 권력 형식에 불과하다. 전에는 하나의 권력이 모두를 지배했다면, 이제는 주권자 대중 각자가 서로를 괴롭히면서 스스로가 권력이 된다.(258~259) 그렇다고 집단에서 벗어나 오직 개인적 자아에만 관심을 가지는 것 역시 치명적이다. 개인은 '자신'을 지켜야 하기 때문에 자신을 온전히 타인에게 바쳐야 하는 '사랑'의 행위가 불가능하다. 개인은 예수의 가르침인 '이웃을 사랑하라'는 예수의 가르침을 실천할 수 없다. 따라서 개인으로서의 기독교인은 사랑할 수 없다. 각자가 권력이 된 민주주의자는 타인에 의한 자신의 영역 침범을 허락할 수 없기 때문에 역시 사랑할 수 없다. 그렇기에 로렌스는 말한다. "개인은, 기독교인은, 민주주의자는 사랑할 수 없다."(260) 이 사회에서 개별자는 그저 홀로 살 수밖에 없으며, 그것은 대안이 될 수 없다. 남은 것은, 그래서 다시, 집단이다.

너의 집을 버려라: '종말의 계시록'에 맞서는 '재생의 아포칼립스' _ 325

약자들의 집단, 권력욕으로 가득한 대중, 자신들만 '새 예루살렘'에서 영광 속에 살고 나머지 세상 전부는 사라지는 종말의 서사, 「계시록」의 기독교, 세계의 구원을 위해 세계를 파괴시키는 "집단적 자살."(262)

파국 서사를 싫어하는 로렌스는 개인주의와 집단주의를 넘어서 자신만의 대안에 이른다. "연관성"이 그것이다. "우리가 우주와, 세계와, 인류와, 민족과, 가족과 맺는 연관성."(262) 연관성을 인식한다면 개인으로 고립되어 지낼 수도, 집단으로 모든 것을 파괴하며 환호할 수도 없다. 연관성에의 인식이란 결국 개인도 집단도 아닌 우주의 일원으로서 내가 아닌 다른 모든 것들과 연결하여 관계 맺으며 사는 삶으로 귀결된다.

우리가 살아 있는 우주, 인간화된 우주의 일부로서 살갗을 가진 채로 살아야 하기에, 우리는 황홀에 겨워 춤추어야 한다. 내 눈이 나의 일부이듯 나는 태양의 일부이다. 내가 땅의 일부라는 것을 내 발은 정확히 안다. 내 피는 바다의 일부이다. 내 영혼은 내가 인류의 일부임을 안다. (…) 우리는 특히 돈과 맺는 관계 같은 우리의 살아 있지 않은 가짜 연관성들을 깨고, 우주, 태양과 땅, 인류, 민족, 가족과 살아 있는 유기적 관계들을 회복하기를 원한다. 일단 태양에서부터 시작하라. 그러면 나머지는 천천히, 천천히 따라 움직일 것이다. (264~265)

로렌스가 "살아 있는 유기적 관계"라고 부르는 이 연관성에의 인식 — 이것이 「계시록」 전체를 읽어내면서, 고대 이방인들의 상징과 컬트에 담긴 의미를 해석하면서, 유대–기독교 전통이 왜곡하며 전유한 종말의 서사를 샅샅이 비판하면서 로렌스가 다다른 최종 목적지다. 「계시록」이 결국 '세상의 끝'과 '천상에서의 영생'을 말한다면, 로렌스는 '끝'과 '천상'을 지워버리고 '세상에서의 영생'을 염원하는 것이다. 로렌스의 말처럼 내가 태양의 일부이고 우주의 일부라면, 우리는 개별적으로는 죽음을 맞을지라도 태양과 우주의 일부로 영생할 수 있을 테니 말이다. 현대 과학과 합리성과 "사고형식"의 시선에서 보면 이런 시각은 지극히 낭만적이고 순진하며 신비주의적으로 보일지도 모르겠다. 하지만 최소한 그것은 사람들을 "반쯤 죽은 자그마한 현대적 벌레들"(292)로 만드는 과학적 현대 문명도, 자신들만을 남기고 나머지 세상 전체를 절멸시켜 버리는 「계시록」의 기독교도 절대 줄 수 없는 무언가를 전해준다고는 할 수 있을 것 같다. 황홀에 겨워 춤추는, 살아 있음의 떨림 말이다. 「계시록」이라는 '절망'의 서사를 경유하며 로렌스는 그렇게 『아포칼립스』라는 "희망의 진술서"를 뽑아내는 것이다.[9]

3

소설 『사랑에 빠진 여인들』(1920)의 서문에서 로렌스는 이렇게 쓴다.

지금 우리는 위기의 시대 속에 있다. 격정적으로 살아 있는 모든 이는 자신의 영혼과 더불어 격정적으로 씨름하는 중이다. 새로운 정열, 새로운 생각을 내놓는 이들, 이런 사람들은 견뎌낼 것이다. 낡은 생각에서 벗어나지 않는 사람들은 그들 안에 있는 새로운 생명이 목 졸려 밖으로 나오지도 못한 채 시들어갈 것이다. 인간은 서로에게 큰 소리로 말해야만 한다.[10]

『아포칼립스』를 쓰기 약 10년 전에도 이렇게 로렌스는 "위기의 시대"를 진단했고, 그 속에서 "견뎌낼" 사람과 "시들어갈" 사람을 구분했다. 아니, 이미 어린 시절부터 로렌스는 종말서사에 익숙했고, 거기에 집착하고 있었으며, 이런 성향은 제1차 세계대전을 겪은 이후 특히 눈에 띄게 된다고 비평가 프랭크 커모드는 말한다.[11] 전쟁 이후 그는 세계가 급격히

· ·

9. Mara Kalnins, "Introduction", D. H. Lawrence, *Apocalypse* (London: Penguin, 1995), p. 11.

10. D. H. Lawrence, "Preface", *Women in Love* (London: Penguin, 2006), p. 486.

위기 속으로 빠져들고 있으며, 이 위기는 반드시 재생과 회복을 만들어낸다고 보았다. 퇴행에 이은 재생, 죽음에 이은 탄생 ― 이것은 로렌스가 20세기 초 세계 문명을 바라보던 패턴이었으며, 우리는 이를 '아포칼립스적'이라 말할 수 있다. 실제로 로렌스가 요아킴주의자Joachite였다고 커모드는 주장하기도 한다. 12세기 이탈리아의 신부이자 신학자였던 요아킴Joachim of Fiore(1135~1202)은 중세 유럽의 가장 대표적인 종말론자로, 성경의 삼위일체를 인간 역사에 적용하여 구체적인 종말의 시간을 예언한 바 있다. '성부의 시대'(구약)에서 '성자의 시대'(신약~1260년)를 거쳐 임박한 '성령의 시대'(1260년 직후)로 나아가는 이 삼 단계 시대론은 「계시록」의 종말이 당대에 임한다는 해석으로, 이후 16세기에 등장하여 유럽 전체를 뒤흔들었던 '천년왕국 운동'에 큰 영향을 끼쳤다. 요아킴의 삼 단계 시대론을 받아들인 로렌스는 '성부의 시대'를 '법의 시대'로, '성자의 시대'를 '지식과 사랑의 시대'로, '성령의 시대'를 '새로운 재생의 시대'로 대체한다. 요아킴과 달리 로렌스는 '법의 시대'에는 '여성', '지식과 사랑의 시대'에는 '남성', 그리고 '새로운 재생의 시대'에는 '여성과 남성의 완전한 결합'이라는 성적 표상을 부여한다.[12] 『사랑에 빠진 여인

• •

11. Frank Kermode, "Lawrence and the Apocalyptic Types", *Critical Quarterly,* Tenth Anniversary Number (1968), p. 16.

들』의 어슐러와 버킨, 『레이디 채털리의 연인』의 콘스탄스와 멜러스가 곧바로 떠오른다. 즉, 요아킴과 기독교 종말론의 시대론과 종말 서사를 연구했던 로렌스는 이 프레임을 가져와 자신이 겪은 20세기 유럽의 문명 비판에 적용했고, 이를 자신의 소설 속에서 이야기로 구체화해 펼쳐 보였던 것이다.

비록 아포칼립스 프레임을 공유하고는 있지만, 로렌스의 아포칼립스는 기독교 종말 서사와는 완전히 다른 길을 간다. 그 길은 어떤 풍경을 하고 있을까? 그 길의 풍경을 살피기 위해 우리는 로렌스의 소설을 읽을 필요가 있다. 이 글의 서두에서 전기작가 윌슨이 말하듯, 로렌스의 작품들은 로렌스의 삶과 사유를 매개로 하여 모두 서로 연결되어 각 작품이 다른 작품을 이해하는 다리가 되기 때문이다. 「소설의 미래」 (1922~1923)라는 에세이에서 로렌스가 하는 말을 들어보자.

플라톤의 '대화편'은 기묘하고 작은 소설들이다. 내게는 철학 과 픽션이 분리되었을 때가 세계에서 가장 애석한 일인 것처럼 보인다. 신화의 시대 이래로 그 둘은 하나였기 때문이다. 그러다 가 둘은 서로 다투는 부부처럼 헤어져 아리스토텔레스와 토마 스 아퀴나스와 저 고약한 칸트와 더불어 다른 길로 가버렸다.

• •

12. Frank Kermode, "Lawrence and the Apocalyptic Types", p. 17.

그래서 소설은 질척해졌고, 철학은 난해하고 무미건조해졌다.
이 둘은 다시 하나로 합쳐져야만 한다 — 소설 속에서.[13]

로렌스는 "소설 속에서" 철학과 픽션이 하나로 합쳐져야 한다고 말한다. 그의 주장이 실현되었는지는 모르겠지만, 적어도 로렌스 자신은 소설 속에서 철학과 픽션을 하나로 합치려고 노력했다. 그의 소설을 재밌는 연애소설로 읽을 수도 있고, 20세기 초 영국 노동계급과 중간계급의 감정 구조를 발견하는 문화적 텍스트로 읽을 수도 있겠지만,『아포칼립스』를 읽는 우리의 경우에는 소설이라는 형식 속에 그의 철학이 어떻게 픽션과 결합되어 있는지를 발견하는 일, 즉 그의 소설 속에 깃든『아포칼립스』의 흔적을 찾아내는 일이야말로 흥미로운 지점이 될 것이다.

3–1.『무지개』(1915)

로렌스가 문명의 퇴행을 직감했던 사건인 제1차 세계대전 이후, 즉 1914년 이후 로렌스의 소설들에는 하나의 서사적 패턴이 있다. '주인공은 여성이고, 그 여성은 자신이 처한 현재의 지배적 질서에 불만족이다. 그녀는 흘러가는 대로

* *

13. D. H. Lawrence, "The Future of the Novel", *The Bad Side of Books*, p. 182.

가만히 있지 않고, 자신의 불만족을 제거하면서 새로운 가치를 찾아내려 한다. 이를 위해서 그녀는 결단을 내린다. 그녀는 그 결단의 결과에 후회하지 않고, 자신이 만들려는 새로운 세상으로 나아간다.' 우선 『무지개*The Rainbow*』(1915)는 로렌스의 고향이 있는 영국 미들랜드 지역의 브랑웬 가문 3대의 이야기인데, 이 중 마지막 3대에 속하는 어슐러(10~16장)가 이 소설에서 가장 부각되는 주인공이라 할 수 있다. 1대인 농부 톰 브랑웬과 그의 폴란드인 귀부인 아내 리디야의 결혼생활과 그들의 딸인 2대 안나와 남편 윌의 결혼생활의 경우, 리디야와 안나는 불만을 느끼지만 벗어나지 않고 질서 속에 있는 것을 택한다. 비록 이들이 그런 선택을 하긴 하지만 로렌스는 이들의 내면에 깊이 들어가 구체적인 사건들 속에서 변하는 감정들을 포착해냄으로써 이들이 그저 '수동적인' 삶을 살지 않았음을 보여준다. 리디야와 안나의 19세기에 이어 안나와 윌의 첫째 딸인 3대 어슐러의 이야기에 이르는 20세기 초가 되면 개인의 행위는 자신의 감정을 어떻게든 표현하고 욕망을 실현하는 데 초점이 맞춰진다.

비좁은 고향에서 벗어나고 싶어 하는 어슐러는 16세 때 스물한 살의 장교 스크레벤스키와 만나 육체관계를 갖지만 결혼을 약속하지 않고, 자신이 다니는 학교 여선생인 위니프레드 잉거와 동성애적 친교를 나눈다. 그녀는 노팅엄대학에

입학하지만 그곳에서 대학교육에 회의를 갖고 학위를 받지 못하며, 방황하다가 다시 스크레벤스키를 만나 육체관계를 갖지만 역시 그를 선택하지 않은 채 혼자가 된다. 어슐러의 '성장기'라고 할 수 있는 『무지개』에서 어슐러는 자신을 둘러싼 환경과 제도와 사람을 절대 무비판적으로 수용하지 않으며, 스스로의 생각으로 그것들의 모순을 찾아내고 비판한다. 가령 교사로 취직한 일크스톤의 한 학교에서 일하면서 기계적인 훈육시스템에 분개하는 어슐러는 훈육과 체벌과 기계적 원칙주의자 교장인 하비 선생을 "죽은 광부들의 또 다른 버전"(360)[14]이라고 표현한다. 여기서 "죽은 광부들"이란 실제 죽은 게 아니라 살아 있으되 죽은 것과 같은 노동자들로, 거대한 기계 장치가 된 세상에서 부속품으로 사는 인간들을 표상한다. 로렌스가 많은 저서들에서 반복해서 쓰는 표현이고, 『아포칼립스』에도 "죽은 채로 살아 있는 인간"이라는 표현이 등장한다. 그토록 가고 싶었던 대학에 들어간 후에도 어슐러는 대학에 주눅 들지 않고 대학의 본질이 "돈을 벌기 위해 더한 채비를 갖추는 조그만 도제 작업장"이자 "조그맣고 지저분한 공장용 실험실"임을 간파한다.(403) 16세의 어슐러는 기독교와 '사람의 아들'에 대해서도 깊이 고민한다. 주일학

· ·

14. D. H. Lawrence, *The Rainbow* (London: Penguin, 2007), p. 360. 이후 이 작품에서의 인용은 괄호 안에 쪽수만 표기한다.

교에서의 경험들에 향수를 느끼며 예수의 품으로 들어가려는 열망을 강하게 느끼면서도 그녀는 예수의 말과 세상의 삶 사이에서 괴리를 느낀다. "비전의 세계에서 예수는 일상의 세계에는 존재하지 않는 예루살렘을 이야기한다. 예수가 가슴에 품을 것은 집과 공장이 아니고, 집의 구성원들이나 공장 노동자들이나 가난한 이들이 아니라, 평일의 세계에서 아무런 역할도 없는 어떤 것들, 평일의 손과 눈으로 보거나 만질 수 없는 것들이다."(266) 어슐러의 이런 고민 속에서 우리는 『아포칼립스』에서도 등장하는, 로렌스가 10대 시절에 기독교에 대해 가졌을 법한 불만을 다시 발견한다. 『무지개』는 어슐러의 눈에 비친 세상의 질서에 대한 불만으로 가득한데, 이들은 『아포칼립스』에서 더욱 강력하게 반복된다. 특히 『아포칼립스』를 읽은 독자에게는 연인 관계인 스크레벤스키와 어슐러가 '국가, 애국심, 집단'에 대해 논쟁하는 『무지개』의 한 장면이 인상적으로 다가올 것이다.

"국가가 없다면 당신은 당신 자신이 될 수 없을 거요."
"왜죠?"
"왜냐면 당신은 모두에게 혹은 누군가에게 먹잇감이 되고 말테니까."
"어떻게 먹잇감이 되죠?"

"그들이 와서는 당신이 가진 모든 것을 **빼앗아버릴 거요**"

"글쎄요, 그렇더라도 그들이 많은 걸 **빼앗아가진** 못할 거예요. 나는 그들이 **빼앗아가는** 것에 대해선 관심 없어요. 내가 살 수 있는 걸 다 주는 백만장자보다는 나를 이곳에서 훔쳐 가는 강도가 더 나으니까요."

"그건 당신이 낭만주의자라서 그래요."

"맞아요. 난 낭만적이 되고 싶어요. 난 움직이지 않는 집이 싫고, 사람이 그저 집 안에서 사는 것도 싫어요. 모든 게 너무 **뻣뻣하고** 멍청해요. 나는 군인이 싫어요, 그들은 **뻣뻣하고** 어색해요. 당신이 싸우려는 진짜 목적이 뭐죠?"

"국가를 위해 싸울 거요."

"그렇더라도 당신이 국가는 아니에요. 당신 자신을 위해서는 뭘 할거죠?" (288~289)

국가를 자신 앞에 위치시키고 그것을 위해 목숨을 바칠 수도 있다고 외치는 스크레벤스키를 어슐러는 도통 이해하지 못한다. 로렌스에게 국가나 민족, 계급 같은 '집단'의 범주는 개별성을 가진 독립된 존재인 '자신'에 비해 언제나 열등하다. 『아포칼립스』에서 로렌스가 「계시록」을 가장 강하게 비판하는 지점은 「계시록」이 기독교도 집단과 하층민 대중이 부와 권력을 가진 제국과 상류 기득권층에 대해 가지는 부러움과 복수욕의 표상에 불과하다고 지적하는 대목이다. 「계시록」은 개별성을 갖지 않는다. 기독교와 파시즘과 공산주의는 개별성을 파괴한다. 이 이데올로기들을 믿고 그 안에 있는 한, 인간은 필연적으로 자신보다는 집단을, 자신의 생각보다는 집단의 이념을 따를 수밖에 없다. 광부의 아들로 태어나 영국 하층계급의 문화 아래서 자랐던 로렌스에게 집단 속에서 부속품처럼 살아가는 인간만큼 혐오스러운 건 없다. 노동이나 종교를 로렌스가 끝내 긍정할 수 없는 이유가 여기에 있다. 자신을 지키기 위해서는 결국 정의와 선을 외치면서도 실은 권력욕과 시기심이라는 인간의 원초적 욕구에 소구하는 이 집단적 소속에서 벗어나 '자신' 안에서 느껴지는 삶의 에너지에 충실한 방향으로 가는 길밖에 없다. 어슐러가 하는 일이 그것이다. 『무지개』의 어슐러는 집단, 기계, 제도 등 자신을 옭아매려는 모든 크고, 생명 없는 것으로부터 벗어나려 한다. 이제 이십 대 초반이 된 그녀가 십 대 이후부터의 모든 연애와 직업과 제도에서의 모험을 거쳐 가면서도 절대 그곳에 안주하거나 그것을 수용하지 않고 결국 홀로 집으로 돌아오는 장면으로 이 소설은 끝난다. 완전히 고독한 '자신'으로 남은 어슐러는 집의 창문 밖에서 비 온 뒤 영롱하게 솟은 무지개를 본다. 이 무지개에서 그녀가 보는 것은 모든 낡은 것이 사라져버린 후에 새롭게 창조되는 세상이다.

그녀는 무지개 속에서 지상의 새 건축물을, 집들과 공장들의 낡고 푸석한 부패가 싹 씻겨 내려가는 것을, 진실이라는 살아 있는 뼈대로 세운, 저 궁극의 천국과도 맞먹는 세계가 지어진 것을 보았다. (459)

어슐러가 보는 마지막의 이 무지개는 너무나 직설적으로 대홍수가 노아와 가족이 지은 방주만을 남긴 채 온 세상을 다 쓸어버린 후 노아부터 시작하는 새 세상이 왔음을 보여주는 「창세기」 속 신의 약속(「창세기」 9:13~16)을 환기시킨다. 로렌스는 이 장면을 자신의 소설 마지막에 집어넣음으로써 신의 약속으로서의 무지개를 인간의 것으로 전유해 버린다. 노아의 무지개가 신이 내린 선물이라면 어슐러의 무지개는 어슐러가 쟁취한 것이다. 대홍수 이전과 이후의 세계가 신의 뜻에 의해 좌우되는 것이라면 어슐러가 본 무지개 속 세계는 이미 낡은 것이 사라진 자리에 "지어진" 세계다. 그 세계는 "저 궁극의 천국과도 맞먹는 세계"로, 천국을 대체하여 지상에 존재하는 장소다. 우리는 천상이 아닌 지상에서 구원을 실현하고자 하는 『아포칼립스』 속 로렌스의 목소리가 14년 전 『무지개』에서 이미 울려 퍼졌음을 알게 된다.

3-2. 『사랑에 빠진 여인들』 (1920)

『무지개』에서 등장한 세상의 가치에 대한 비판과 아포칼립
스적 비전은 이 소설의 후편인 『사랑에 빠진 여인들*Women
in Love*』(1920)에 오면 더욱 강력해진다. 교사인 어슐러와 화가
인 여동생 구드룬은 각각 장학사인 루퍼트 버킨과 광산 자본가
인 제럴드 크리치와 사랑에 빠진다. 『무지개』에서 성장통을
겪을 때에 비해 훨씬 강인해지고 주체적이 된 어슐러와 그녀의
애인이 된 버킨 간의 대화와 사랑은 21세기의 기준으로 봐도
'현대적'이다. 특히 『무지개』에서 간접적으로 표현된 혼전
성교와 동성애 장면은 『사랑에 빠진 여인들』에 오면 더욱
노골적으로 묘사된다. 가령 구드룬이 물에 젖은 제럴드의
음부 형태를 보고, 어슐러가 버킨의 몸을 보면서 성적으로
흥분하는 장면들은 기존의 19세기적 성 관념에서 탈피해 여성
이 주체가 된 성욕을 긍정하는 놀라운 장면들이다. 버킨과
제럴드 간의 대화와 눈빛에서 나오는 미묘함은 우정을 넘어
동성애적 사랑을 떠올리게 한다. 기존의 잘못된 편견과는
달리 로렌스에게 육체적 사랑은 정신과 육체를 포함한 '완전한
결합'을 위한 필요조건일 뿐이다. "그녀[어슐러]는 그[버킨]를
만져야만 할 것이다. 말하는 것, 보는 것은 아무것도 아니다.
(…) 그녀는 가볍게, 생각하지 않고 그와 결합해야만 하고,
지식의 죽음으로써의 그 지식을 가져야만 한다."[15] 로렌스에게

사랑하는 연인들 간의 육체적 결합에 대한 묘사는 기존 세상과 소설의 문법을 극복하는 일뿐 아니라 자신의 세계관을 소설적으로 실천하는 일이다." 그[버킨]는 각자가 상대방의 자유를 구성하고, 서로가 마치 두 천사처럼 혹은 두 악마처럼 두 극단의 한 힘처럼 균형을 맞추는 존재로서의 남자, 존재로서의 여자라는 두 순수한 존재의 더 깊은 결합을 원했다."(199)

이에 더해 어슐러와 버킨은 기계와 자본, 국가와 전쟁, 기독교, 학교, 속물 등 세상의 주된 가치와 제도들을 신랄하게 비판하는 지성을 갖추고 있다. 서로의 사랑을 확인한 순간 맨 처음 한 일이 직장을 그만두기로 결정하는 것일 만큼 이들은 지성이 행동으로 곧바로 표현되는 거침없는 젊은이들이다.(315) 로렌스의 자전적 모습이 담긴 인물인 버킨은 특히 강렬한 인상을 남긴다. 어떻게 보면 인간 혐오자로 보일 정도인 버킨은 결국 집단으로서의 '인류'가 아닌 개별성을 가진 '개인'에 대한 예찬자이다.

"인류 자체는 썩어빠져 있어요. 수많은 인간이 그 관목에 달려 있죠. 거기서 당신이 말하는 건강한 젊은 남녀들은 매우 친절하고 쾌활해 보여요. 그러나 그들은 소돔의 사과이자, 실은

• •

15. D. H. Lawrence, *Women in Love* (London: Penguin, 2006), p. 319. 이후 이 작품에서의 인용은 괄호 안에 쪽수만 표기한다.

사해의 과일, 썩은 사과일 뿐이죠. 그들이 조금이라도 중요성을
갖고 있다는 건 사실이 아니에요. 그들의 내면은 씁쓸하고
부패한 재로 가득 차 있으니까요. (…) 인류는 개인보다 훨씬,
훨씬 더 작아요. 개인은 때로는 진실에 닿을 역량이 있지만,
인류는 거짓이 무성한 나무이니까요." (126)

국가보다 자신이 먼저라는 『무지개』의 어슐러는 이 소설에
서 인류 전체보다 개인이 크다고 말하는 버킨으로 확장된다.
무엇보다 로렌스의 페르소나로서 버킨은 세계의 끝을 상상하
는 사람이다. 「창세기」의 무지개가 등장하는 『무지개』의 마지
막 장면은 이 소설에 오면 「계시록」의 '세계 종말'로 변모한다.
"생산이 그런 것처럼 소멸이 전개되죠. (…) 그건 진보의 과정
이고, 보편적인 무로 귀결되죠. 세계의 끝이라고 할까요. 세계
의 끝은 세계의 시작만큼이나 좋은 것 아닌가요?"(173) 버킨에
게 세계의 끝이란 "진보의 과정"이며 "세계의 시작만큼이나
좋은 것"이다. 왜? 비록 세계의 끝은 「계시록」적인 은유이지
만, 버킨에게 그것은 기독교적 의미의 종말이 아니라 모든
낡은 것들이 새로운 것들로 교체되는 사건, 곧 새로운 창조의
사건("세계의 시작만큼")이기 때문이다. 버킨의 이 말은 어슐
러가 과거에 봤던 그 '무지개'를 환기시킨다. 새로운 재생이
가능하기 위해서는 기존 낡은 것들의 몰락이 필연적이다.

그래서 새로운 생명이 탄생할 수 있다면 몰락이란 환영할 만한 것이다. 『사랑에 빠진 연인들』의 마지막 장면 역시 몰락에 관한 사건, 곧 제럴드의 죽음이다. 버킨의 친구이자 자본가로 『무지개』의 스크레벤스키처럼 사랑, 결혼, 자본, 국가에 대한 관습적 관념에서 벗어나지 못한 제럴드는 구드룬의 사랑을 받지 못한 데 대해 고뇌하다가 드레스덴의 산속에서 길을 잃은 채 동사한다. 버킨은 친구의 죽음에 깊이 슬퍼하지만, 결국 이 죽음은 그가 말했던 낡은 것들의 소멸, 곧 '세계의 끝'과 공명하는 사건이다. 재생을 위해 필연적인 죽음은 그래서 "창조의 신비"와 이어질 수밖에 없다.

창조의 신비는 깊이를 알 수도, 틀릴 수도, 소진될 수도 없는 것이었다. 인종은 흥했다가 멸했고, 종들도 사라졌지만, 완전히 새로운 종들이, 더 사랑스러운 혹은 똑같이 사랑스러운 종들이, 언제나 대단한 경이로움을 가지고 생겨났다. 그것의 근원은 부패하지 않았으며 찾아낼 수도 없었다. 거기에는 한계가 없었다. 그것은 기적을 가져왔고, 자기만의 시간 속에서 완전히 새로운 인종과 새로운 종을, 새로운 의식의 형태를, 새로운 몸의 형태를, 새로운 존재의 단위를 창조할 수 있었다. 인간이 된다는 것은 창조의 신비라는 가능성에 비하기에는 턱없이 하찮다. 바로 그 신비로 인해 자신의 맥박이 뛰게 되는 것,

그것이 완벽함이자 형언할 수 없는 만족감이었다. 인간인지 비인간인지는 전혀 중요한 게 아니었다. [중요한 것은] 묘사할 수 없는 존재, 기적처럼 후대에 나타날 종들과 더불어 박동하는 완벽한 맥박이다. (479)

제럴드의 죽음 앞에서 슬퍼하던 버킨이 다다른 이 "창조의 신비"에 대한 결론은 기본적으로 기존 질서의 몰락을 받아들인다는 의미에서 아포칼립스적이지만, 동시에 기독교적이고 「계시록」적인 천상의 영생으로 귀결되는 대신 지상에서의 순환적 생명과 그것을 가능케 하는 신비로운 창조의 에너지를 긍정한다는 점에서 완전히 다른 길로 향한다. 인류세가 만든 지구 전체의 몰락이 가시화되는 현재의 생태적 관점에서 볼 때도 20세기 초 로렌스의 이러한 사유는 인간중심적anthro-pocentric 관점을 완전히 벗어나 '생명 자체'의 관점에서 크게 본다는 점에서 시대를 앞서가 있다. "인간인지 비인간인지는 전혀 중요한 게 아니었다'라는 말이 가진 현재성은 더욱 놀랍다. 로렌스의 사유는 오늘날 인간중심주의를 넘어선 새로운 물체/객체 지향적 철학으로 발흥하고 있는 'OOOObeject Oriented Ontology(물체지향 존재론)'라든가 티모시 모튼의 '초물체hyper-object'론과도 접점이 있어 보인다.[16] 비록 20세기라는 한계 때문에 로렌스 역시 '인간'을 중심에 두긴 하지만, 19~20세기의 소설가들 중 로렌스 만큼 인간중심주의를 벗어나 있는 급진적 소설가는 없다. 아포칼립스를 핵심에 두고서도 「계시록」과 로렌스는 이렇게 양 갈래 길로 나뉜다. 1차 세계대전으로 낡은 세계가 끝나고 거대한 전환기가 시작되었다고 보면서 "당대의 위기에 대한 설명으로 아포칼립스를 이용한"[17] 이 소설 『사랑에 빠진 여인들』은 로렌스 작품 중에서뿐 아니라 빅토리안–모더니즘 소설의 전통 속에서도 가장 독창적이고 진보적이며 실험적인 사유와 상상을 실현하고 있는 걸작이 아닐 수 없다.

3–3. 「말을 타고 떠난 여인」(1924), 「세인트 모어」(1924)

1922년 가을에 로렌스는 아내 프리다와 함께 유럽을 떠나 미국 뉴멕시코주 타오스라는 마을에 이주하여 1925년 봄까지 산다. 제1차 세계대전을 겪으며 문명의 몰락을 확신했던 로렌스는 신대륙의 푸에블로(인디언 부락)인 타오스에서 구세계

• •

16. Timothy Morton, *Hyperobjects: Philosophy and Ecology after the End of the World* (Minneapolis: University of Minnesota Press, 2013) 참조. 물체지향존재론과 초물체론은 공통적으로 인간을 주체의 위치에서 끌어내리고 모든 존재와 비존재가 하나의 '물체(object)'라는 위치에서 서로 교통하고 있다고 주장한다. 물론 19세기에 태어나 20세기 초에 죽은 로렌스의 사유에서 '인간'이 중심에 있지 않다고 말할 수는 없다. 하지만 동시대의 소설가 중에서 인간 종의 끝과 다음 종의 도래, 인간이 아닌 비인간 존재의 중요성에 대해 로렌스 만큼 진지하게 긍정한 작가는 없다고 말할 수는 있을 것이다.

17. Frank Kermode, "Lawrence and the Apocalyptic Types", p. 25.

에서는 볼 수 없었던 재생의 가능성을 본다. 1922년에 쓴 「타오스」라는 에세이에서 로렌스는 "지상의 어떤 장소는 일시적인 곳으로 느껴진다. 예컨대 샌프란시스코 같은 곳. 어떤 장소는 궁극적인 곳으로 느껴진다. 그곳들에는 진정한 접합점nodality이 있다"고 쓴다.[18] 여기서 "접합점"이란 세계의 중심부로 여겨지게 만드는 장소의 아우라를 말한다. 로렌스는 10년 전만 해도 런던에서 그 접합점을 느꼈으나 전쟁 이후 사라졌다고 한다. 베니스에서도 한때 동양과 서양을 결합시키던 옛 접합점이 느껴지지만 그것은 이미 지난 흔적일 뿐이다. 하지만 타오스의 인디언 부락에서 로렌스는 그런 "옛 접합점"이 여전히 남아 있음을 느낀다. 뉴멕시코 인디언들이 타오스를 "세계의 중심"이라고 부르는 것에 로렌스는 동감한다. 유럽에서 살면서 줄곧 문명의 죽음을 예감하고 확신했던 로렌스는 사막 한가운데의 인디언 부락에서 기계/속물/기독교/전쟁/폭력/죽음이라는 유럽 문명의 특징에 대비되는 면들을 본 것이다. 한마디로 그곳은 로렌스에게 속물적이고 퇴폐적인 문명을 떠나 태초와 야생의 자연으로 돌아가게 만드는 장소이자 접합점이었다.

타오스에 살던 1924년에 로렌스는 세 편의 단편소설을 쓴다.

• •

18. D. H. Lawrence, "Taos", *The Bad Side of Books*, p. 173.

「말을 타고 떠난 여인The Woman Who Rode Away」, 「세인트 모어St. Mawr」, 「공주The Princess」가 그것이다(우리는 이 중 앞의 두 편만 살필 것이다). 이 세 편에 나타난 로렌스의 세계관은 그가 아포칼립스를 어떻게 바라보고 있는지에 대한 단서를 제공해준다. 세 단편에서 펼쳐지는 이야기의 패턴은 거의 동일하다. '주인공은 (역시) 여성이다. 그들은 모두 남편 혹은 아버지라는 남자의 지배력 아래에 있다. 그렇다고 그들이 폭력 아래서 지배당하는 건 아니며, 오히려 겉보기로는 평범하거나 유복한 환경에서 남편 혹은 아버지의 사랑을 받으며 산다. 하지만 어느 순간 자신의 삶에서 불만을 느낀 주인공들은 불만을 그대로 두지 않고 해결하려고 한다. 그 해결은 떠나는 행위로 나타난다. 떠난 후에 그들이 얻은 게 진짜 행복인지 아닌지는 모르지만, 적어도 그들은 떠났다는 행위를 후회하지는 않는다.' 가령 「말을 타고 떠난 여인」의 주인공인 캘리포니아 출신의 '그녀'는 어린 시절 광활한 초원에서 말을 타며 자유를 느꼈었다. 이제 서른이 넘어 로키산맥 근처의 시에라 마드레 광산을 소유한 남편 사이에 아들과 딸 하나씩을 둔 주부로 평범하게 살지만, 그녀는 최소한 서른 이후에는 삶에서 행복을 경험하지 못했다. 그녀는 뭔가가 부족하다고 느끼지만 그게 뭔지는 모른다. 어느 날 그녀는 남편과 광산 엔지니어가 나누는 대화 속에서 멕시코 국경지대에 사는 칠추이족 인디언

the Chilchuis이 "남쪽의 고지대 계곡에 살며 모든 인디언 중 가장 성스러운 부족"이고, "몬테주마와 옛 아즈텍이나 토토낙 왕들의 후손들이 여전히 그 부족들 중에 있으며, 사제들이 고대 종교를 여전히 신봉하며 인간 제물을 바친다"(8)[19]는 이야기를 듣는다. 남편이 없던 어느 날 새벽, 그녀는 홀로 말을 타고 떠난다. 그녀가 떠나는 행위 앞뒤로는 어떠한 고민이나 설명도 없다. "그녀는 어디로 가는지도, 무엇을 위해 가는지도 몰랐다."(11) 그러다 사막에서 우연히 인디언들을 만나자 그녀는 "칠추이 인디언을 방문하고 싶다─ 그들의 집을 보고 싶고, 그들의 신들을 알고 싶다"라고 말한다.(13) 결국 그녀는 칠추이족의 영토로 안내된다. 들어가자마자 칠추이족의 원로들은 그녀의 옷을 갈아입히고, 빈방에 가둔다. 폭력은 없지만 그녀는 전혀 저항하지 않고 묵묵히 그들이 시키는 대로 따른다. 얼마 안 가 그녀는 자신이 칠추이족의 희생 제물로 바쳐지리라는 점을 알게 된다. 그녀는 말없이 그 운명을 받아들인다. 소설에서 가장 흥미로운 부분이 이 과정에서 등장한다. 자신의 죽음이 임박했음을 알게 된 이 백인 여자는 슬퍼하거나 도망치거나 후회하지 않는다. "그녀는 자신이 희생자임을 알았다. 그녀에게 행해진 이 모든 세세한 작업들이 그녀를 희생시키기

● ●

19. D. H. Lawrence, *The Woman Who Rode Away/St. Mawr/The Princess* (London: Penguin, 2006), p. 8. 이후 이 소설집에서의 인용은 괄호 안에 쪽수만을 표기한다.

위한 일이었음을 말이다. 그러나 그녀는 아무렇지 않았다. 그녀는 그것을 원했다."(33) 제물이 되기 전 인디언들이 준 약물을 먹으면서 오히려 그녀는 기묘한 방식으로 우주와의 일체감과 해방감을 느낀다.

그녀가 가진 여성성, 대단히 사적이고 개인적인 그것이 다시 제거될 것이었고, 여자의 개인적 독립이라는 실패 위로 위대한 원시의 상징이 다시 한번 솟아오를 것이었다. 좋은 교육을 받은 백인 여자가 가진 날카로움과 떨리는 신경과민 의식은 다시 파괴될 것이었고, 여성성은 비인격적인 성과 비인격적인 정열의 거대한 흐름 속으로 다시 한번 내던져질 것이었다. (26)

이것이 바로 그녀가 진정으로 인지했던 유일한 의식 상태가 되었다. 고차원의 아름다움과 사물의 조화로움 속으로 피를 흘리며 빨려 들어간다는 이 강렬한 감각 말이다. 그러다 그녀는 자신이 있던 방문 사이로 봤던 하늘의 위대한 별들이 내는 소리를 실제로 들을 수 있었으니, 별들은 그들의 운행과 광휘를 통해 말했고, 완벽한 파문들 속에서 거닐며 하늘의 마루에서 울리는 종소리와 같이 우주에 대하여 완벽하게 말했고, 암흑의 공간들 사이에서 서로 간에 혹은 모여서 영원한 춤을 추며

지나갔다. (28)

우리는 그녀가 느끼는 이런 감정들 속에서 로렌스가 서양 문명을 어떻게 파악했고, 그것이 어느 방향으로 가야한다고 생각했는지를 알게 된다. 30년 넘게 서양의 교양 있는 백인 여자로 성장했던 여자가 일순간 고대 제의를 수행하는 인디언들에 의해 희생 제물이 된다는 설정은 그 자체로 서양 문명의 몰락, 백인의 몰락, 현대의 몰락을 드러낸다. 어쩌면 너무 직접적으로. "사적"이고 "개인적"인 의식, "독립"과 "교육"과 같은 서양 문명의 계몽주의적 인간은 "원시의 상징"이라는 야생의 흐름 속에 내던져진다. 그런데 그렇게 되자 오히려 그 인간은 이제 "별들이 내는 소리"를 들으며 "고차원의 아름다움과 사물의 조화로움"을 강렬하게 느끼게 된다. '여성'이 제물로 바쳐지는 설정을 '반여성적인 것'으로 바라보는 기계적인 독해는 여기서 의미가 없다. 오히려 중요한 점은 여성과는 달리 '백인 남성'은 아예 떠날 생각조차 하지 않으며, 따라서 제물이 될 위치에도 있지 않다는 로렌스의 판단이다. 재생에 대한 로렌스의 비전 속에서 새로운 세상을 열어갈 수 있는 주인공은 남자가 아니라 언제나 여자다. 로렌스의 여자들이 재생의 편에 있다면 로렌스의 남자들은 몰락의 편에 있다. 로렌스의 남자들이(제럴드와 마찬가지로 '그녀'의 남편 역시

'광산 자본가'이다) 현재의 상태를 반성 없이 관성적으로 살아가는 반면, 로렌스의 여자들은 문명의 상태를 정확히 진단하는 예민한 감각을 가졌다. 희생 제단 위에서 푸른 하늘의 불꽃을 바라보며 그녀는 생각한다. "나는 이미 죽어 있다. 이미 죽은 상태의 내가 곧 죽을 상태의 나로 전환되는 것 사이에 무슨 차이가 있을까!"(34) 희생 의식을 집전하는 사제가 그녀의 목숨을 끊기 직전 소설은 끝난다.

과연 칠추이족이 백인 여자를 제물로 바치는 이 의식은 자신들의 믿음처럼 태양과 달의 운행을 정상화하게 될까? 그게 아니라면 '그녀'의 죽음은 아무런 의미 없는 죽음에 불과하지 않을까? '합리적 사실'에 관심을 두는 서양의 문명이라면 칠추이족의 의식을 야만과 공포로 단정 지었을 테지만, 로렌스의 관심은 거기에 있지 않다. 핵심은 인디언의 고대 종교 신앙의 진실 여부에 있는 게 아니라, 한 인간이 자신의 삶에서 느끼는 불만과 결핍을 해결하기 위해 기존 질서를 떠나는 결정을 했다는 데, 그 과정에서 문명이 틀 지어놓은 욕망과 행복과 즐거움이 아니라 자연과 우주 속으로 자신을 던져버리는 결정을 했다는 데 있다. 우리는 그녀의 자발적 희생 이야기 속에서 「계시록」의 '일곱 봉인 해제'를 상징적 죽음을 거친 후 새 생명을 얻는 서사가 펼쳐지는 고대 종교의 입문 의식으로 해석했던 『아포칼립스』에서의 로렌스의 목소리를 듣는다. 문명을 버리고 단호히 떠난 여자가 묵묵히 죽음을 받아들이면서 끝나는 이 충격적인 단편에는, 그러나, 아직 로렌스적 '재생'의 비전은 보이지 않는다. 몰락이 있고, 그것을 의식하고 홀로 길을 떠난 용감한 인간만 있다.

「세인트 모어」의 주인공 루 위트는 「말을 타고 떠난 여인」 속 그녀의 과묵함과는 반대로 말이 많다. 하지만 둘이 겪는 '현재'의 문제는 같다. 호주 귀족 리코와 결혼해 어머니 위트 부인과 함께 영국에서 부유한 삶을 살고 있는 미국 여성 루 역시 말을 타고 떠난 그녀와 마찬가지로 현재가 만족스럽지 않다. 예술가인 남편은 잘생기고 친절하고 예의 바르고 결혼생활에 충실하지만, 이상하게도 루는 행복을 느낄 수 없다. 로렌스 소설 속 모든 여자 주인공들처럼 그녀 역시 속물이 아니다. 루의 불만과 열망을 가르는 기준은 길들여졌는지의 여부다. 그녀는 길들여진 것에는 불만족스럽고, 길들여지지 않은 것에는 끌린다. 처음에 루는 자신이 무엇에 불만을 가졌는지 설명할 수 없지만, 웨일즈에서 왔다는 사나운 종마 '세인트 모어St. Mawr'를 보자마자 자신의 불만이 무엇인지 깨닫게 된다.

그[세인트 모어]가 머리를 뒤로 젖히고 풍경風磬이 깊게 울려 퍼지듯이 자신의 가슴 속에서부터 깊게 울어 젖혔을 때, 그녀 [루]는 우리의 세계와는 또 다른, 더 깊고, 더 광활하고, 더 위험하며, 더 찬란한 세계, 그녀 저편의 세계의 메아리를 들은 것 같았다. 그리고 그녀는 그곳에 가고 싶었다. (61)

세인트 모어를 보자마자 그에게 매혹된 루는 두 번 생각하지도 않고 말을 사버린다. 이미 말이 있는 그녀는 세인트 모어를 남편에게 선물하지만 남편은 그 말이 마땅찮다. 리코는 길들여지지 않은 사나운 말을 싫어한다. 그는 '말' 대신 '자동차'를 더 좋아하는 사람이다.(52) 마치 자신의 불륜을 들키지 않으려는 여인처럼 루는 세인트 모어를 '소유'하지 않고, 세인트 모어에 대해서 남에게는 말을 아낀다. 하지만 브론스키에게 반해버린 안나 카레니나가 역에 자신을 마중 나온 남편 스티바의 귀를 보고 그것이 얼마나 못생겼는지 처음 알게 되듯, 세인트 모어를 만난 이후의 루는 리코의 결점을 생생히 표현할 수 있게 되었다. 리코는 "그녀에게 무용함의 상징인 것처럼 보였다."(71) 여기서 '무용함futility'이라는 단어는 '불임'과도 연결되며(둘 사이에는 아이가 없다), 소설에 직접적으로 묘사되지는 않지만 리코에게서 루가 느끼는 성적 불만족도 나타내는 것 같다. ("얼마 안 가, 어떤 말도 없이, 결혼은 플라토닉한 우정과 더 비슷한 게 되었다. 결혼이었지만, 섹스는 없었다.")(44) 루는 리코를 포함한 영국 상류사회의 "정신, 영리함, 친절함 또는 청결함"이 아닌 무언가, 어떤 "동물(적인 것)"을 원한다.(79)

"말을 가지고 이리저리 코를 뜨며 뜨개질하는 남자들은 모두 여자"여서 이제 "그들에겐 야생의 동물이 남아 있지 않다. 그들은 심지어 용감하고 교양 있는 경우라도 모두 길들여진 개들"이다.(81) 남자들에게 이 야생성과 동물성이 부재한 상황을 루는 "신비mystery가 없다"(81)고 표현한다.

> "세인트 모어를 생각해보세요! 그에 대해 정말 많이 생각해봤어요. 우리는 그를 동물이라고 부르지만, 그게 무슨 말인지 우리는 알지 못해요. 제게 그는 똑똑한 남자보다도 훨씬 더 신비로운 것 같아요. 그는 종마지요. 왜 우리는 남자에 대해 똑같이 말하지 못하죠? '그는 남자다'라고? 남자라는 것 안에는 신비가 없는 것 같아요. 그렇지만 세인트 모어 안에는 끔찍한 신비가 있어요." (79~80)

'신비함의 부재'는 진부함과 같은 말이다. 리코를 비롯한 남자들, 나아가 런던의 상류층과 대중이 무슨 행동을 하고 무슨 말을 하고 무슨 생각을 할지 루는 예상할 수 있다. 위트 있는 대화와 예의 바른 에티켓이 있지만, 거기에는 언제 무엇이 튀어나올지 모를 긴장이나 알 수 없는 불가사의가 없다. 그것은 진부하다. 그것은 죽어 있다. 생명을 가진 살아 있는 것에는 예상 못 할 신비함이 있지만, 죽어 있는 것은 이미 결론 지어진 사물일 뿐이다. 좀 더 밀어붙이면, 루에게 문명은 살아 있는 세인트 모어가 아니라 살아 있는 것처럼 보이지만 사실은 죽어 있는 사물이다. "수백만의 그 모든 조상이 삶을 전부 소진해버렸어요. 우리는 조상들이 살아 있었다는 의미와 같은 의미에서 진정 살아 있지 않아요. (…) 우리는 존재하지 않아요. (…) 난 무엇 때문에 당신이 존재한다는 것을 그렇게 확신하는지 진짜 알고 싶네요."(94~95) 루는 남편 리코에게 말한다. 당연히 리코는 그게 무슨 말인지 알아듣지 못한다. 문제의식이 없는 이는 속뜻을 파악하지 못한다. 『아포칼립스』에 등장하는 '죽어 있는 삶'의 모티프는 로렌스 소설 전체에서 이렇게 계속 반복된다. 어머니인 위트 부인 역시 루와 인식을 공유한다. "알잖아, 루이즈, 난 이 세계에서 진정 살아 있거나 진정 죽은 사람이 아무도 없다는 결론에 이르렀단다. (…) 심지어 죽음마저도 진정 살아 있지 않았던 사람을 찌를 수는 없지."(112)

신비함이 사라진 이 죽은 문명은 그나마 남아 있는 살아 있는 존재를 지배하려 한다. 가족과 친구들이 말을 타고 소풍을 떠날 때 남편 리코가 세인트 모어의 고삐를 쥔 채 그를 타고 가는 장면이 그것이다. 그러나 통제당하기 싫은 세인트 모어는 날뛰고 그의 등에서 떨어진 리코는 평생 불구가 될 위험에 처하여 당장 세인트 모어를 쏴 죽이라고 소리친다. 이 사건이 일어난 직후 루는 말 그대로 "비전"을 경험한다. 이 장면은 로렌스적 아포칼립스와 재생의 비전이 그의 소설들 전체에서 가장 직접적으로 드러나는 곳이다.

그리고 그녀는 비전을, 악의 비전을 보았다. 엄격한 의미에서의 비전이 아닐 수도 있었다. 그녀는 지상을 뒤덮으며 몰려오는 거대한 파도가 된 악, 악, 악을 알게 되었다. (…) 그것은 인류가 알지 못하는 사이에 인류를 쓸어버렸다. 마치 솟아오르는 대양이 물고기들을 들어 올리듯이 민족들을 잡아챘고, 거대한 악의 바닷물 속에서 그들을 쓸어버리고 있었다. 그들은 알지 못했다. 사람들은 몰랐다. 그들이 이를 바랐던 것도 아니었다. 그들은 좋은 사람이 되고 싶었고, 모든 것을 즐겁고 유쾌한 것으로 여기고 싶었다. 즐겁고 유쾌한 모든 것을 모든 사람을 위해. (…) 안식처는 없었다. 세계 전체가 하나의 거대한 홍수에 뒤덮였다. 흰색, 갈색, 검정색, 노란색의 모든 민족이 저항할 수 없이 교묘하게 올라가는 이상한 악의 물결 속에 잠겼다. (…) [이 비전은] 끔찍한 것, 절대 벗어날 수 없는 것이었다. 그 종마[세인트 모어]가 뒤집혀 백금색 복부가 드러났을 때 이것이 그녀에게 비전 속의 풍경으로 다가왔다. (98)

인류를 집어삼키는 이 "악, 악, 악"의 파도는 「계시록」의

수많은 재앙 중 하나처럼 보이지만, 사실 그것은 「계시록」에서
처럼 믿지 않는 자들에게 떨어진 재앙이 아니다. 루/로렌스의
"악의 비전"에서 악은 인류가 만들어낸 것이다. 그것은 '죽어
있는 문명'의 특징, 곧 "모든 것을 즐겁고 유쾌한 것으로 여기고
싶"은 인류의 바람과 그 바람 아래 담긴 표피성과 외설성이다.
비전 속에서 루는 악의 진짜 모습을 목격한다.

아무것도 믿지 말고, 아무것도 돌보지 말라, 대신 표면은
매끄럽게 유지하고, 즐거운 시간을 보내라. 서로 서로의 토대를
허물자. 믿을 것이라곤 아무것도 없으니, 우리 모든 것의 토대를 허물자.
하지만 조심해! 추태는 부리지 말고, 게임을 망치지 말라. 게임의
법칙을 준수하라. 정정당당히 하고, 소란을 일으킬 수 있는 어떤 일도
하지 말라. 게임이 부드럽고 즐겁게 진행되도록 하고, 스포츠맨답게
너의 재갈을 견뎌라. 절대, 그 어떤 경우에도 너의 동포에게 대놓고
상해를 입히지 말라. 하지만 언제나 비밀스럽게 그에게 상처를 주어라.
그를 바보로 만들고, 그의 본성을 허물어라. 할 수 있다면, 몰래 그의
토대를 허물어서 그를 무너뜨려라. 이건 즐거운 스포츠다. (…) 인류는
더 이상 자신의 주인이 아니다. (…) 사람들은 밖으로는 충성,
신실함, 자기희생의 행동들을 내보인다. 그러나 안으로는 무너
뜨리고 배신하는 데 힘을 쏟았다. 긍정적으로 살아 있는 것에
맞서 모든 미묘한 악의 의지를 실행하기. 진정한 것을 독살시키

기 위해 이상적인 것의 가면을 쓰기. (강조는 저자, 99)

이것이 악의 진짜 모습이다. 문명이 만들어낸 최고의 인간적 행동 방식과 매너, 그것이 악이다. 언제나 즐겁게 유쾌하게 분위기를 만들고, 절대 소동을 일으키지 않되 반드시 "비밀스럽게 그에게 상처를 주어라"라고 말하는 이 이중적인 예의의 실체가 악이다. 이것은 동물의 직접적 야성이 아닌 인간의 세련된 이성이 만들어낸 추악함이다. 그렇게 상처받고 토대가 허물어진 이의 삶은 무너진다. 하지만 아무도 그를 대놓고 공격한 적이 없기에 그의 무너진 삶은 그저 그의 몫이다. 이러한 모습은 『사랑에 빠진 여인들』에서 버킨과 제럴드가 런던에 가서 만난 예술가들과의 술자리, 『레이디 채털리의 연인』에서 클리포드가 마이클리스 등 소설가들을 초청해 열던 모임에서 직접적으로 등장하며, 「세인트 모어」에서도 런던 상류층들이 루의 집을 찾아와 환담을 주고받는 장면들에서 나타난다. 이 악은 삶을 죽이는 데 힘쓴다. "살아 있는 것"과 "진정한 것"을 독살시키는 이 문명이라는 악. 이것은 『레이디 채털리의 연인』에서 콘스탄스가 육체 없이 "정신mind"만 있는 삶이라고 규정한 바로 그것이다.

이 비전을 본, 혹은 문명의 비밀을 알아버린 루가 할 수 있는 일이란 거기에서 벗어나는 일뿐이다. 루가 어머니 위트 부인과 세인트 모어, 웨일즈인 마구간지기와 혼혈 인디언 마구간지기와 함께 남편을 두고 미국으로 떠나는 소설의 후반부는 필연이다. 부차적이긴 하지만, 로렌스의 인종 정치라고 할 수 있을 만한 것은 이렇게 작동한다. 미국인/웨일즈인/혼혈 인디언/종마의 항은 문명 바깥에 있는 주변적 존재들이고 영국인/호주인의 항은 문명을 이루는 중심적 존재들(호주는 대영제국의 일원이었다)이다. 「말을 타고 떠난 여자」가 백인 가족을 떠나 인디언에게 가듯, 문명을 떠나 새로운 재생을 찾는 일은 유럽인들에게는 불가능한 일이 된다. 이는 다시, 영국을 떠나 미국으로 가는 루 일행과 백인 마을을 떠나 인디언 거주지로 가는 말 탄 '그녀'가 보여주듯, 지리적 선택이기도 하다. 『레이디 채털리의 연인』에서 콘스탄스가 저택을 떠나 숲으로 가는 것, 로렌스가 유럽을 떠나 뉴멕시코의 타오스 푸에블로로 터전을 옮긴 것 역시 동일하다.

이 악에 맞서 어떻게 해야 하는가? 루/로렌스의 비전은 이렇게 말한다.

나무가 새로 일어날 나무를 위해 쓰러지듯이 인간은 자신이 가는 곳마다 파괴해야만 한다. 삶과 사물의 축적은 부패를 의미한다. 창조를 펼쳐내기 위해 삶은 삶을 파괴해야만 한다. 모든 것이 부패로 가득할 때까지 우리는 그 펼쳐냄을 통해 삶을 지켜낸다. (…) 무엇을 해야 하는가? (…) 개인은 대중에게서 떨어져 나와 자신을 정화시키려 할 수 있다. 살아 있는 것을 꼭 붙잡아라, 그것은 가는 곳마다 파괴하지만 달콤하게 남는다. 그리고 수많은 악한 것들이 퍼붓는 무시무시한 키스와 독이 든 아가리로부터 자신 안의 삶을 지켜내기 위해 영혼 속에서 싸우고, 싸우고, 싸워라. (…) 삶 자체를 지키기 위해서 싸우고, 싸우고, 싸워라. 그와 더불어 강해지고 평안해질 것이다. (100)

「말을 타고 떠난 여인」에서 등장하지 않던 로렌스적 '재생' 의 비전은 「세인트 모어」에 이르러 모습을 드러낸다. 삶을 갉아먹고 죽음을 드리우는 문명의 악에 맞서 삶을 지켜내기 위해 싸우고, 싸우고, 싸워라. 이 삶은 "창조를 펼쳐내"는 행위를 말한다. 그것은 삶과 사물이 축적되고 쌓여 있는 곳에서는 가능하지 않기에, 창조하려는 이는 옮겨 가야 한다. 문명이 아닌 곳으로, 야생과 동물과 자연과 태양과 달의 힘이 아직 남아 있는 곳으로 루 일행이 영국을 떠나 미국, 그중에서도 뉴욕이나 시카고가 아닌 뉴멕시코의 타오스 근처로 와서 농장을 사는 것은 바로 이 이주의 행위다. 그곳 근처 어딘가에 로렌스 부부가 살고 있을 것이다. 요컨대 뉴멕시코로 이주한 로렌스는 『무지개』와 『사랑에 빠진 여인들』에서 제시하는 문제의식을 풀어내는 해답을 발견한다. 버킨이 지나가듯 말하는 '세계의 끝'에 대한 상상은 「세인트 모어」에서 구체적이고 직접적인 악의 비전과 재생의 비전으로 변모한다. 이 비전은 5년 후 『아포칼립스』에서 로렌스가 펼쳐낼 사유의 시초가 된다.

하지만 결핵에 걸린 로렌스는 1925년 봄에 치료를 위해 뉴멕시코를 떠나 다시 유럽으로 갈 수밖에 없다. 이탈리아에서 쓰기 시작한 그의 마지막 장편은 그래서 다시 유럽을 배경으로 한다. 몰락과 재생의 비전은 유럽, 그중에서도 그의 고국인 영국에서 펼쳐져야 한다. 아픈 그는 자신의 주장을 더 직접적으로 표현해내야 한다. 제럴드와 리코의 상징적 불구성은 이제 진짜 불구성으로 나타나야 한다. 루가 혐오하는 길들여진 남자, 생명력과 야성을 결여한 남자는 이제 다음 소설에서 전면에 등장해야 한다. 그 옆에 있는 여자는 자신의 불만과 채워지지 않는 삶의 열망을 더욱 솔직하게 좇아야 한다. 우리는 그렇게 『레이디 채털리의 연인』을 만나게 된다.

3–4. 『레이디 채털리의 연인』(1928)

로렌스의 마지막 장편인 『레이디 채털리의 연인*Lady Chatterley's Lover*』(1928)[20]은 『사랑에 빠진 여인들』에 비해 더욱 직접적이며, 이 작품을 둘러싼 소문, 외설법 위반, 판매 금지, 재판,

해금 등의 과정에서 보이듯 로렌스 소설 중 가장 시끄러운 논란을 만들어냈다. 자유와 지성을 즐기며 자란 중산층 여성 콘스탄스(어슐러와 구드룬처럼 콘스탄스도 힐다라는 언니가 있다)가 귀족인 클리포드 채털리와 결혼했다가 그 결혼생활에 불만족을 느끼며 쇠락하던 중 하인인 사냥터지기 멜러스와 육체적, 정신적 사랑을 나누며 삶의 에너지를 찾게 된다는 이 이야기는 기존의 가치 질서에 정면으로 대면하여 그것을 파괴한다. '불륜'을 주제로 한 수많은 19세기 소설의 여주인공들이 진정한 사랑을 느끼게 되었으면서도 결국 (독자와 세상의 가치관에 순응하(는 모습을 보이)기 위해) 죽어야 했던 것과는 달리,[21] 로렌스의 콘스탄스는 오히려 죽음의 편에서 뛰쳐나와 충만한 삶으로 나아간다. 이 얼개만으로도 우리는 『아포칼립스』에서 펼쳐졌던 로렌스의 사유가 이 소설에서 다른 방식으로 구현되고 있음을 인지하게 된다. 죽음의 문화 혹은 허무의 문화가 있고, 그 속에서 '죽은 채로 살아가던' 콘스탄스는

· ·

20. 이 소설의 한국어 번역본은 모두 '채털리 부인의 연인(혹은 사랑)'이라는 제목을 달고 있다. 틀렸다고는 할 수 없으나 'Lady Chatterley'를 '채털리 부인'이라고 옮길 경우 'Lady'라는 (여성 귀족에 대한) 호칭으로 드러나는 그녀의 '계급'이 가려져 버린다. 가령 '채털리 부인'이라고 하면 그녀의 밑에서 하인으로 일하는 '볼튼 부인(Mrs. Bolton)'과 호칭에서 차이가 사라진다. 로렌스의 소설들 중 계급의 문제를 가장 전면적으로 다루는 소설이 이 작품임을 환기해보면 'Lady Chatterley'는 '레이디 채털리'라고 번역하는 게 더 적절해 보인다.

21. 플로베르의 '보바리 부인', 톨스토이의 '안나 카레니나', 폰타네의 '에피 브리스트', 케이트 쵸핀의 '에드나 폰텔리에' 등은 대표적이다.

삶이 넘치는 곳으로 이동함으로써 재생을 택하는 것이다.

『무지개』에서 조심스러웠던 행동이『사랑에 빠진 여인들』에서 적극적으로 변한다면『레이디 채털리의 연인』에서는 노골적으로 바뀐다. 로렌스의 생각은 동일하지만 표현 방식이 더욱 직접적이 된 것이다. 그만큼『레이디 채털리의 연인』은 내용상의 이분법이 눈에 보이게 명확히 드러나 있다 (물론 명확하게 드러난 것이 그뿐만은 아니며, 그 때문에 이 소설은 외설 시비에 휘말린다). 가령 죽음–삶, 정신–육체, 불구–건강, 남자–여자, 귀족–평민, 기계–자연, 공허–충만, 노동–사랑, 몰락–재생이라는 이분법적 주제들이 보이는데, 이중 앞의 항은 부정적인 의미, 뒤의 항은 긍정적인 의미를 가진다. 예컨대, 노블리스 오블리쥬에 입각해 제1차 세계대전에 참전했던 콘스탄스의 남편 클리포드는 하반신 마비가 되어 돌아오는데, 쾌활하고 명랑했던 그는 신체적 불구라는 조건으로 인해 열등감에 시달린 결과 자신이 온전하게 가진 '정신'에만 매달려 소설가가 된다. 육체가 포기되고 정신에만 매달린 결과 클리포드가 속한 불구/정신/남자의 항은 콘스탄스에게 죽음/공허/몰락의 항으로 다가온다. 콘스탄스의 눈에 비친 클로포드와 귀족계급은 "마비된"(11),[22] "소외된"(14), "약함",

22. D. H. Lawrence, *Lady Chatterley's Lover* (New York: Modern Library, 1993), p. 11. 이후 이 작품에서의 인용은 괄호 안에 쪽수만 표기한다.

"무방비상태"(14), "가라앉는 배"(15), "공허"(24), "유령 같은"(24), "꿈"(25), "현실의 가상"(25), "현실의 겉모습"(25) 등의 단어로 표현된다. 유사한 뉘앙스를 갖는 이 단어들이 이르는 종착지는 "무nothingness"이다. 아래의 인용 중 밑줄 친 단어는 모두 'nothingness'이다(한국어 번역은 맥락과 구조에 따라 조금씩 달리했다).

불쌍한 코니! 몇 해가 지나자 삶에 아무것도 없다는 공포가 그녀에게 영향을 미쳤다. 클리포드의 정신적 삶과 그녀의 정신적 삶은 점차 아무것도 아닌 것처럼 느껴지기 시작했다. (72)

그것[클리포드의 소설]은 묘했으나 아무것도 아니었다. 코니의 영혼 밑바닥에서 울리고 또 울렸던 느낌은 바로 이것, 즉 그것이 전부 무라는 것, 무에 대한 경이로운 과시라는 것이었다. (73)

코니는 놀라서 그를 바라보았다. 하지만 아무것도 느끼지 못했다. (75)

무! 삶의 거대한 무를 수용한다는 것은 살아 있음이 가진 하나의 목적인 것처럼 보였다. 수많은 바쁘고 중요한 작은

것들 전부가 커다란 무의 총합을 이루는 것 말이다. (80)

    소설의 초반부에서 집중적으로 나타나는 이 단어들은 그 반복성과 집중성으로 인해 작품의 질을 떨어뜨릴 위험까지 감수한 채 실려 있다. 『무지개』나 『사랑에 빠진 여인들』과는 달리 『레이디 채털리의 연인』에서 로렌스는 '소설'(문학적 섬세함)보다 '철학'(사유의 강력함)에 더 신경을 쓴 것처럼 보이고, 자신의 철학을 더 강조하기 위해 썼던 단어를 반복하며 동일하거나 유사한 단어를 계속 쓰기까지 한다.[23] 그렇다. 소설적 가치는 뒤로 하더라도, 로렌스의 생각이 어디에 가 있는지만큼은 분명해 보인다. 이 작품을 쓰고 수정하던 시기에 이미 건강상의 문제를 안고 있던 로렌스는 이 소설 속에서 어떻게든 자신의 생각을 명확히 표현하고 싶었던 것이다. 그래서 이 작품에는 로렌스의 어떤 소설들보다도 문명 비판이 직접적으로 드러나 있다. 콘스탄스의 눈과 멜러스의 눈을 통해 로렌스는 끊임없이 육체와 정신의 불균형 문제, 영국의

---

23. 실제로 1960년 10월 20일-11월 2일까지 이 소설의 외설성 여부를 다뤘던 펭귄출판사 대 영국 정부 간의 유명한 재판에서 검사 측은— 우스꽝스럽긴 하지만— '반복된 단어 사용'을 들어 이 작품의 '작품성'을 깎아내리려 시도하기도 한다. "이 책 자체에 대해 조금만 더 자세히 말해주시죠. 일반적으로 수준 있는 작가가 쓴 수준 있는 책은 이렇게 뭔가를 계속 반복하지 않는다는 제 의견에 동의하시나요? 피곤하게 만드는 습관입니다. 그렇지 않은가요?" *The Trial of Lady Chatterley: Regina v. Penguin Books Limited*, ed. C. H. Rolph (London: Penguin, 1961), p. 47.

사회문제, 귀족사회의 불구성, 기계문명의 야만성, 노동에 찌든 대중에 대한 걱정과 혐오를 쏟아낸다. 외설로 악명을 떨치기는 했지만, 이 소설은 소설의 형태를 빌린 에세이 혹은 철학서 같은 느낌을 더 진하게 전달한다.

랙비 홀의 공허와 무, 그리고 그 속에서 죽은 채 살아가는 콘스탄스가 그려지는 전반부가 지나고 그녀가 사냥터지기 멜러스를 만나 사랑하게 되면서 육체/건강/자연/충만/사랑/삶 이라는 이분법 항이 후반부에 집중적으로 펼쳐진다. 콘스탄스 에게 있어 멜러스는 새로운 세상의 문을 열어주는 매개 같은 존재다. 『사랑에 빠진 여인들』의 버킨처럼 이 소설에서 멜러스 는 로렌스의 페르소나다. 콘스탄스와 달리 하층계급 출신에다 인도에서 군인 생활을 마치고 돌아와 사냥터지기를 하고 있는 멜러스는 자신이 겪은 힘들었던 세상살이를 통해 삶에 대한 자신만의 시각을 갖게 되고, 그것이 콘스탄스를 깨운다. 불구 가 된 귀족계급의 저택에서 멜러스의 숲과 오두막으로 가서 육체적 결합을 가짐으로써 콘스탄스는 정신/불구/기계/공허/ 노동/죽음에서 벗어난다. 이 과정에서 로렌스의 문명 비판은 삼인칭 간접화법의 놀라운 기법들을 통해 콘스탄스와 멜러스 의 생각과 대화와 상황 서술 속에서 집중적으로 표현된다. 소설 속 로렌스의 문명 비판에서 대표적인 주제는 정신/육체의 잘못된 힘 관계다. 가령 초반부에서 콘스탄스가 강렬한 감정적

동요를 느낄 때마다 그녀는 실제 자신의 '육체'에 요동치는 기운을 느낀다. ("동시에 밤에 우는 아기가 그[최초 불륜 상대인 마이클리스]의 가슴으로부터 울음을 뽑아내 그녀에게 전달되었고, 이는 그녀의 자궁 바로 그곳에 작용했다.")(35) 불구가 된 남편 앞에서 육체는 소용없는 것이었고, 따라서 억제되어야 했다. 그것은 바로 당대 영국의 상황이자, 문명의 상황이다. 나중에 멜러스와의 만족스런 관계 후에 콘스탄스는 이렇게 외친다.

"정신의 삶이 주는 최고의 쾌락이란 일종의 백치 아닌가요? 아니요, 나는 싫어요. 난 육체를 택할래요. 나는 육체의 삶이 정신의 삶보다 훨씬 더 실제라고 믿어요. 육체가 삶을 진정 알게 되었을 때 말이죠. 그러나 너무나 많은 이들이, 그 유명한 바람 소리 장치가 그렇듯이, 자신들의 시체에 정신을 붙이고 있을 뿐이죠. (…) 인간의 육체는 이제야 막 진정한 삶에 도달했어요. 그리스인들과 더불어 육체는 사랑스럽게 빛났지만, 후에 플라톤과 아리스토텔레스가 육체를 죽였고, 예수는 육체를 완전히 끝장내버렸어요. 그러나 지금 육체는 진정 삶을 향해 가고 있고, 진정 무덤에서 일어나고 있어요. 인간 육체의 삶이란, 이 사랑스러운 우주 속에서 사랑스럽고, 사랑스러운 삶이 될 거예요." (353)

귀족 부인이 자신의 명예와 위신과 계급적 인식을 모두 버리고서 이렇게 "육체의 삶"을 긍정하는 말을 남기는 경우는 『레이디 채털리의 연인』이 최초이자 유일할 것이다. 하지만 『무지개』부터 『사랑에 빠진 여인들』까지 읽고 나면 콘스탄스의 깨달음은 이미 어슐러에서부터 나타나고 있음을 알게 된다. 어슐러가 참을 수 없는 불만에 빠져 있다 해방될 때 그녀는 콘스탄스가 된다. 멜러스 역시 같은 인식을 공유한다.

"섹스야말로 실제로 유일한 감촉이자, 모든 감촉 중 감촉에 가장 가깝죠. 우리는 단지 반만 의식적이고 반만 살아 있어요. 우리는 활력 있게 살아야 하고 인지해야 해요. 특히 영국인들이 서로 감촉을 느껴야 하고, 조금 섬세하고 조금 부드러워져야 해요. 그게 우리에게 긴박하게 필요해요." (418)

정신/육체의 잘못된 힘 관계, 즉 정신이 과도하게 육체를 압도하는 상황은 산업주의와 기계가 자연을 과도하게 압도하는 상황과 연결되어 있다. 이 상황은 나무와 꽃의 쇠락, 모든 약한 것들의 몰락으로 이어진다. 『사랑에 빠진 여인들』과는 달리 이 소설에서 '세계의 끝'이라는 표현이 직접 등장하지는 않지만, 기계와 "쇠"에 의한 생명의 죽음은 로렌스에게 '세계의 끝'과 동일한 의미다.

　　잘못은 저기, 저 바깥, 저 사악한 전기등과 악마 같은 엔진
　소리 속에 있다. 저기, 전기등으로 눈을 부시게 하고 뜨거운
　금속이 흘러나오게 하고 도로를 시끄럽게 하는, 기계적인 탐욕
　과 탐욕적인 기계와 기계화된 탐욕의 세계 속에 있다. 저기에
　순응하지 않았던 모든 것을 파괴할 준비가 된 거대한 악의
　사물이 있다. 얼마 안 가 그것은 숲을 파괴할 거고, 히아신스는
　더 이상 피지 않게 될 것이다. 구르면서 돌아가는 저 쇠 아래서
　모든 약한 것들이 죽어버릴 것이다. (177)

　그런 의미에서 소설가였던 클리포드가 사업에 관심을 가지
다가 광산 경영자가 되는 일(10장)은 필연적으로까지 보인다.
광부의 아들이었던 로렌스에게 자본가, 그중에서도 광산 경영
자는 육체와 자연과 생명을 파괴하는 대표적인 표상으로 나타
난다. 『사랑에 빠진 여인들』의 제럴드와 「말을 타고 떠난
여자」의 남편 '그', 『레이디 채털리의 연인』의 클리포드는
모두 광산 자본가이며, 이들이 자동차, 큰 저택, 광산이라는
공간에 묶인 반면 버킨과 멜러스가 숲, 꽃, 자연 속에 사는
상황은 동일한 상관관계를 가진다.
　기계로 인한 자연의 죽음으로 표상되는 '세계의 끝'은 "인간

종의 절멸과 어떤 다른 종들이 나타나기 전까지 이어질 긴 중단에 대한 생각은 그 어떤 것보다 당신을 평온하게 만들죠'(327)라는 멜러스의 말 속에서 되풀이되기도 한다. 『아포칼립스』적인 맥락에서 볼 때, 몰락과 쇠락과 절멸에 대한 멜러스의 이런 판단은 재생에 대한 비전으로 나타날 수밖에 없다. 역시 그것은 기독교적이거나 「계시록」적일 수 없다. 이 작품에서 예수는 플라톤, 아리스토텔레스와 더불어 육체를 끝장내버린 인물 아닌가. 그는 영혼과 정신만을 과도하게 부풀려 현실에서가 아닌 죽은 후의 천국과 영생이라는 '신화'를 만들어내지 않았던가. 이에 반해 로렌스의 재생은 철저히 정신이 아닌 육체, 죽음이 아닌 생명, 천국이 아닌 지상의 차원에 있다. 로렌스적 재생의 비전은 멜러스에 의해 구체적으로 표현된다. 그것은 회개도 순교도 구원도 파괴와 영생도 아닌, 「계시록」의 흰옷이 아닌, '붉은 바지를 입은 남자들'의 이미지다.

"내가 말했듯, 남자들이 붉은 바지를 입는다면, 돈에 대해 그렇게 많이 생각하지 않을 거요. 그들이 춤추고 뛰놀고, 노래하고 뽐내고 아름다워지면, 최소한의 현금만으로도 살 수 있어요. 여자들을 즐겁게 해주고, 여자들에 의해 즐거워하겠지. 사람들은 벌거벗고 아름다워지는 것을, 함께 모여 노래하고 옛 군무를 추는 것을, 자기들이 앉을 의자를 제 손으로 만드는 것을, 자기들의 문장紋章을 스스로 수놓는 것을 배워야 해요. 그러면 사람들은 돈을 필요로 하지 않을 거요. 산업사회의 문제를 푸는 유일한 방법이 바로 이거요. 사람들이 돈을 쓰지 않고도 아름답게 삶을 살아갈 수 있도록 만드는 것 말이오." (453)

멜러스의 이 유토피아적이고 히피적이며 유기체적 공동체의 비전에서 "붉은 바지를 입는다"는 것은 욕망을 충족시키면서, 춤추고 즐기면서 함께 사는 삶을 나타내는 비유이다. 새 예루살렘의 흰옷도, 광부들의 검은 옷도 아닌 붉은 바지는 바로 육체의 옷이고 즐거움과 생명의 옷이다. '붉은 바지'의 반대편에 있는 게 바로 '돈'이다. 돈을 쓰고 소비를 해야만 영위할 수 있는 삶이란 노동과 소비가 삶 전체를 채우는 자본주의적 삶이다. 『아포칼립스』의 마지막 문장에서 로렌스는 "우리는 특히 돈과 맺는 관계 같은 우리의 살아 있지 않은 가짜 연관성들을 깨고, 우주, 태양과 땅, 인류, 민족, 가족과 살아 있는 유기적 관계들을 회복하기를 원한다"라고 쓴다. 멜러스의 유토피아적 비전은 이 "살아 있는 유기적 관계들을 회복"하는 것이 무엇인지에 대한 로렌스의 대답으로 보인다. "돈과 맺는 관계"에서 벗어나기 위해 로렌스는 볼셰비즘이나 민주주의나 기독교로 회귀하지 않는다. 이것들은 모두 이 문명 속에서 죽어 있는 대중이 열광하는 이데올로기이기 때문이다. 그것은

'광부들'의 종교다. 그렇다고 귀족의 삶이나 자본가의 사업체로 갈 수도 없다. 그것은 불구이거나 사악하기 때문이다. 로렌스의 답은 "유기적 관계", 곧 사람들이 사기보다는 만들고, 소비하기보다는 활용하고, 노동하기보다는 춤추고, 돈보다는 사랑을 하는, 그런 관계다. 붉은 바지의 비전. '재생'에 관련된 이 모든 비전을 총괄하는 하나의 답은 바로 '삶life'일 것이다.

우리 시대는 본질적으로 비극적이고, 따라서 우리는 그것을 비극적으로 받아들이기를 거부한다. 격변은 일어났고, 폐허 가운데 있는 우리는 새로운 작은 희망들을 만들기 위해 새로운 작은 습관들을 빚기 시작한다. 그것은 꽤 어려운 일이다. 이제 미래로 가는 평탄한 길은 없기 때문이다. 그러나 우리는 돌아가거나 장애물들을 넘어 기어 올라간다. 하늘이 몇 번씩 무너져도, 우리는 살아야만 한다. (3)

이 아름다운 문장은 『레이디 채털리의 연인』의 첫 단락이다. 로렌스는 바로 다음 문장을 이렇게 쓴다. "이것은 대체로 콘스탄스 채털리의 입장이었다. 그 전쟁은 그녀의 머리 위로 지붕이 무너져 내리게 만들었다. 그리고 그녀는 사람은 살아야만 하고 배워야만 한다는 것을 깨달았다."(3) 콘스탄스는 남편 클리포드와 1917년에 결혼하는데, 그 해는 제1차 세계대전이 끝나기 1년 전이다. 결혼하자마자 전쟁터로 떠난 남편은 6개월 후에 하반신 마비가 되어 돌아온다. 즉 콘스탄스의 '머리 위로 무너진 지붕'이란 제1차 세계대전과 남편의 불구라는 연결된 두 가지 사건을 의미한다. 문명적 대참사와 개인적 대참사. 몰락에서부터 시작한 소설은 콘스탄스가 "살아"가는, 그 과정에서 "새로운 작은 희망들"을 만드는 이야기로 나아간다. "살아야만 한다got to live; must live"는 표현은 두 차례 반복된다. 로렌스에게 몰락 이후의 '재생'은 어떤 신을 믿으면 자동적으로 주어지는 선물 같은 게 아니고, '반드시 해야만 하는 어떤 것'이다. 삶은 그냥 살아갈 수도 있는 것이겠지만, 로렌스에게 그것은 사는 게 아니다. 그가 '죽은 채로 살아 있는 인간'이라는 표현을 반복하는 이유는 주어진 대로 그냥 살아가는 삶을 죽음으로 단정 짓기 때문이다. 그에게 '살아간다'는 것은 폐허를 넘어 미래로의 고된 길을 어떻게든 기어가는 일이다. 그 과정에서 콘스탄스는 죽은 관계를 버리고 살아 있는 관계를 찾아 자신의 모든 것을 감수한다. 로렌스에게 그 길은 '십자가의 길'이나 '순교의 길'이 아니라 자신의 가슴과 자궁과 음경에서 느껴지는, 육체에서 "고동치는throbbing" 그 소리와 진동을 따라가는 일, 자신의 육체와 정신이 균열되지 않고 통합되는 즐거움을 찾는 일, 즉 "붉은 바지"를 입는 일이다. 어쩌면 이렇게도 말할 수 있겠다. 기독교의 「계시록」에서 구원이

'죽음'을 통해서만 가능하다면, 로렌스의 아포칼립스에서 구원이란 '삶'을 통해서만 가능하다고.

4

1914~1928년 사이에 로렌스가 쓴 장편과 단편을 통해 우리는 아포칼립스적 세계관이 로렌스 소설을 관통하는 하나의 핵심 주제임을 알게 되었다. 그것은 그의 마지막 장편 에세이로 여기에 번역된 『아포칼립스』와 뗄 수 없이 연결되는 주제다. 『아포칼립스』를 읽으면서 로렌스 소설을 안 읽을 수 없고, 로렌스 소설을 읽으면서 『아포칼립스』를 안 읽을 수 없다. 간단히 말하자면, 아포칼립스적 세계관이란 세계의 종말이 임박했음을 믿는 관점이다. 기독교의 「계시록」에서 그것은 예수를 믿지 않는 세계 제국과 인간들의 절멸 및 예수를 믿은 신앙인들이 천국에서 얻는 영생과 구원의 서사시로 나타난다. 기독교의 아포칼립스는 '새 예루살렘'의 도래라는 천상의 사건을 핵심으로 하기에 지상의 파괴와 절멸은 중요하지 않다. 믿는 사람의 죽음은 영원한 생명으로 연결되기에 오히려 그 죽음은 '반길' 필요가 있다. 추도 예배에서 자주 불리는 <찬송가> 291장의 노랫말은 이렇다. "이 세상 작별한 성도들, 하늘에 올라가 만날 때 인간의 괴롬이 끝나고 이별의 눈물이 없겠네.

며칠 후 며칠 후 요단강 건너가 만나리." 즉 기독교적 아포칼립스는 영원한 생명의 시간이 생겨나기 위해 거쳐 가는 관문이며, 진정한 끝이 아니다(우리는 "요단강 건너가" 다시 만난다). '세상의 끝'은 있으나 세속적 세상은 하늘에 올라가기 전에 머무는 일시적인 곳이기에 그것이 끝난다고 해서 슬퍼할 필요는 없다. 「계시록」이 재앙으로 시작해 영광스러운 찬양으로 마무리되는 이유다.

아포칼립스적 세계관을 공유하면서도, 로렌스는 완전히 다른 길을 간다. 일단 로렌스에게 천국이나 영생은 실재하는 개념이 아닌 허상일 뿐이다. 이 세상이 끝나고 저 세상이 오는 게 아니다. 로렌스에게 세상은 하나뿐이다. 우리가 사는 이 지상의 땅. 지상의 땅에 세워진 문명은 수천 년의 발전을 이뤄냈으나, 그 발전은 영속적이지 않다. 산업자본주의와 근대문명의 합리성은 인간을 도구화했고, 자연과 인간을 분리시켰으며, 육체와 정신을 나눠버렸다. 돈이 만들어낸 관계가 인간관계의 근본이 되었고, 거기서 실패한 이들은 짐승만도 못한 삶을 살며 거기서 성공한 이들은 탐욕에 눈이 멀어 있다. 인간과 인간 사이의 진정한 교류, 육체와 정신의 합일도 사라지면서 인간은 살아 있으되 사실은 죽어 있는 상태에 처해 있다. 로렌스에게 '세상의 끝'이란 바로 이러한 상태를 일컫는 다른 표현이다. 제1차 세계대전은 이 문명의 파괴적 속성을 적나라

하게 드러낸 문명사적 사건이었으니, 로렌스에게 그것은 우리 시대의 문명이 죽음과 종언에 이르렀음을 보여준다. 그런 의미에서 "우리 시대는 본질적으로 비극적"이며 많은 하늘이 무너져 내렸다. 하지만 여기서 끝날 수는 없다. 로렌스는 이 무너진 폐허를 헤치면서 뭔가를 만들어 내야하고 창조해야 한다고, 즉 "살아야만 한다"고 믿는다. 죽음과 몰락이 있으면, 그 이후에는 재생이 있다. 기독교 교리에서 종말 다음에 천국이 오듯이, 로렌스에게도 죽음 다음에 재생이 온다. 전자의 천국 이 지상을 넘어선 곳에서 벌어진다면, 후자의 재생은 바로 이곳에서 이루어져야 한다. 기독교와 로렌스는, 「계시록」과 『아포칼립스』는 이렇게 아포칼립스적 세계관을 공유하면서 도 완전히 다른 길을 간다. 우리는 로렌스의 소설을 통해 세상의 끝과 재생의 비전이 어떤 형태를 취하는지 살펴보았다.

세상의 끝에 대한 로렌스의 문명 비판은 지금껏 반복해서 보았다. 로렌스적 재생의 비전은 무엇일까? 『무지개』의 마지 막 장면에 등장한 '무지개'와 『사랑에 빠진 여인들』에서 버킨 이 사유하는 '창조의 신비'는 '재생'의 가능성과 방향성에 대해서 스케치할 뿐이지만, 다음 소설들로 갈수록, 혹은 로렌 스의 신체적 병이 깊어져 갈수록 그 재생의 비전은 구체성을 띠는 것처럼 보인다.[24] 「세인트 모어」에서 여주인공 루가 아포 칼립스적 비전을 보는 장면에서 로렌스가 등장해 마지막에 재생의 비전을 보여주고, 『레이디 채털리의 연인』에서 멜러스가 붉은 바지를 입는 사람들에 대해 이야기하는 것은 그전에는 나오지 않던 구체적인 청사진이다. 비록 철학자가 아닌 로렌스가 자신의 비전을 집대성해놓고 있지는 않지만, 산발적으로 드러난 이야기들을 조합해 로렌스적 비전의 핵심이 어디에 있는지 짚어볼 수는 있을 것 같다.

「세인트 모어」와 『레이디 채털리의 연인』에서 로렌스가 말하는 '재생'은 공히 '삶life'이라는 명사로 수렴한다. "자신 안의 삶을 지켜내기 위해 영혼 속에서 싸우고, 싸우고, 싸워라"라는 루의 비전 속 말이나 "하늘이 몇 번씩 무너져도, 우리는 살아야만 한다"는 콘스탄스의 가치관은 이를 보여준다. 삶을 지켜내며 삶을 살아간다는 것. 우리는 이러한 표현을 접하며 로렌스를 휴머니스트라고 생각하기 쉽다. 우리에게 삶이란 생명을 가진 우리들 각자가 살아나가는 노정을 말하는 것이니까. 하지만 그렇지 않다. 로렌스에게 '삶'이란 우리가 일상적으로 받아들이는 그러한 삶, 곧 인생을 말하는 게 아니다. 만약 로렌스가 휴머니스트라면 인간 종의 멸망과 그에 뒤이은 새로

· ·

24. 로렌스는 1925년 멕시코 여행 중 결핵에 걸리며, 그로 인해 치료차 타오스를 떠나 이탈리아로 이주한다. 병은 호전과 악화를 반복하며, 1928년에 『레이디 채털리의 연인』을 쓰고 1929년에 『아포칼립스』를 집필할 즈음 병은 심해진다. 결국 『아포칼립스』의 초고를 쓴 후 수정과 퇴고하지 못한 채 로렌스는 1930년 3월 2일 세상을 떠난다.

운 종의 출현을 그렇게 쉽게 긍정할 리가 없다. 우리는 『사랑에 빠진 여인들』의 버킨과 구드룬과 뢰르케에게서 세상의 끝과 인간의 끝에 대한 너무나도 '쿨한' 태도들을 목격한다. 휴머니스트는 세계 변화의 유일한 행위자agency를 인간으로 설정한다. 그래서 휴머니스트는 인간성의 상실을 슬퍼하지만, 동시에 인간성에 대한 구원 역시 인간을 통해서만 찾는다. 로렌스는 아니다. 로렌스의 사유 속에서 인간이란 독립적이고 주체적인 존재자, 행위자가 아니다. 사실 로렌스에게 있어 우리는 '자신self'을 소유한 자가 아니며 오직 그것을 관리하는 자에 불과할 뿐이다. 가령, 『무지개』속 월 브랑웬은 "그가 자신에게 속해 있지 않았다는 것을 알았다.[H]e knew he did not belong to himself."(40) 어슐러는 다음과 같이 고민한다.

어디로 가야 하나, 어떻게 나 자신이 되나? 사람은 자기 자신이 아니었고, 사람이란 그저 반쯤만 진술된 질문에 불과했다. 하늘의 바람처럼 이리저리 불면서 정의되지도 진술되지도 않는, 사람이란 게 단지 고정되지 않은 무언가이면서 아무것도 아닐 때, 어떻게 나 자신이 되나, 어떻게 나 자신에 대한 질문과 대답을 알 수 있나. (『무지개』, 264)

어슐러가 "어떻게 나 자신이 되나?"라고 고민하는 이유는

'나'가 존재한다고 해서 자동적으로 '나'가 '나 자신'이 되지 않기 때문이다. 우리는 우리 자신과 하나가 아니기에 자신의 최종 책임자가 되지 못한다. 우리가 할 수 있는 일은 한정적이다. 우리는 우리의 '의지'로 뭔가를 하는 게 아니라 '자신'에게 들어오는 어떤 힘, 에너지, 정신을 감지할 때, 그것을 무시하지 않고 적극적으로 받아들여 그것이 원하는 것을 실행해야 한다. 이 점을 명석하게 지적하는 이글턴의 말처럼, "우리의 과업은 무한성의 충실한 전승자가 되는 것이지, 우리 자신의 행동을 통해 우리 자신을 창조하려 하는 게 아니다."[25] 그럴 때만 우리는 우리 자신과 하나가 될 수 있다. 이렇게 '자신'에게 들어오는 힘, 에너지, 정신을 가리키는 이름이 바로 '삶Life'이다. '무한the Infinite'과 '영Spirit'은 로렌스에게 '삶'과 동일한 이름이다. 「세인트 모어」의 마지막 장면에서 런던의 화려한 상류층 생활을 버리고 미국의 황량한 초원에 정착한 루는 이렇게 말한다.

"나를 사랑하고 나를 원하는 어떤 뭔가가 있어요. 그게 뭔지 저는 말할 수가 없어요. 그것은 영spirit이에요. (…) 저는 여기, 아메리카의 이 깊은 곳에, 야생의 영, 남자들을 넘어선 야생의

⸱ ⸱

25. Terry Eagleton, *The English Novel: An Introduction* (Oxford: Blackwell, 2005), Ch. 12, Apple Books.

영이 내가 있기를 원하는 곳에 있어요." (「세인트 모어」, 175)

여기서 루는 마치 미국으로의 선택을 자신이 하지 않은 것처럼 말한다. 그녀는 "영", "야생의 영wild spirit"이 자신에게 미국에 있으라고 명령했다는 식으로 말한다. 루는 '자신'에게 들어온 그 영, 곧 삶의 힘을 따라 행동했을 뿐이다. 어슐러가 위니프레드의 제안에 이끌려 나체로 바다에 나가 수영하는 것, 스크레벤스키와 만나 밀월여행을 하는 것은 모두 어슐러가 자신에게 들어온 그 삶의 에너지를 느꼈기 때문이다. 「말을 타고 떠난 여자」의 '그녀'가 아무런 망설임 없이 남편과 자식을 버린 채 말을 타고 인디언 부족에게로 떠나는 것도, 루 위트가 세인트 모어를 처음 보자마자 그 말을 받아들이는 것이나, 말을 쏘아 죽이라는 남편의 명령을 거부하고 오히려 남편을 버리면서 말과 함께 미국으로 떠나는 것도, 레이디 채털리가 불구가 된 '불쌍한' 남편을 놔두고 멜러스가 있는 숲으로 가고야 마는 것, 멜러스와의 정사 이후 비가 내리는 숲속에서 벌거벗은 채 춤을 추는 것도— 이 모든 일은 그들이 자신에게 들어온 삶의 명령을 즉각적으로 따르는 행위다. 자신에게 들어온 삶의 명령에 망설이지 않고 그것을 받아 안을 때 '나'는 '자신'과 하나가 된다.

그렇게 하지 않는 인물들은 로렌스의 세계에서 배제되거나 제거된다. 아니, 그들은 아무것도 아니다nothing. 로렌스 소설의 주인공들과 맞물려 아무것도 아닌 이들의 계보가 있다.『무지개』의 국가주의자 스크레벤스키,『사랑에 빠진 여인들』의 자본가 제럴드 크리치,「말을 타고 떠난 여자」의 자본가 남편,「세인트 모어」의 속물 예술가 리코,『레이디 채털리의 연인』의 불구 소설가/자본가 클리포드가 그 계보에 담긴 이름들이다. 이들은『아포칼립스』에서 로렌스가 "죽은 채로 살아 있는 인간"이라고 말하는 바로 그 인간들의 전형이 된다. 그들은 삶의 명령을 '자신' 안에 받아 안지 못하는 사람들이다. 로렌스가 말하는 '광부' 혹은 '노동자', '대중'은 기계로 인한 노동의 과도함으로 인해 아예 삶의 명령을 받을 여유조차 없는 죽은 이들이다. 그 반대편의 '자본가'는 노동자와 대중을 죽은 이로 만들면서 자기 역시 죽어 있는 존재, 이중으로 죽은 이들이다. 개인들이 자신의 목소리를 듣지 못하게 만드는 움직임들, 이것이 로렌스에게는 최고의 악이다. 자본주의, 집단적 사회운동과 이데올로기(파시즘, 공산주의, 민주주의, 페미니즘), 기독교, 과학적 합리성 등이 그것이다. 이러한 상황을 낳은 문명의 소위 '근대성modernity'은 로렌스에게는 문명의 발전이 아닌 문명의 끝이며, 그것의 극적 발현이 제1차 세계대전이다.

이 강력한 힘 — 삶이라는 이름의 명령, 자극, 에너지는 기독교에서 말하는 '신'과 같다. 신도 삶도 모두 우리에게 명령한다. 신의 명령을 듣지 않을 때 구원이 주어지지 않듯, 삶의 명령을 따르지 않을 때 죽음이 온다. 우리 문명 전체가 삶의 목소리를 외면하는 상황에서 결국 '재생'이란 그 목소리를 외면하지 않으려는 '태도attitude'이다. 로렌스의 재생은 '새 예루살렘'과 '흰옷 입은 찬양대'처럼 구체적인 공간적, 형상적 이미지가 아니며, 그저 삶을 대하(려)는 태도, 자세이다. 이를 나타내는 이미지가 있다면, 그것은 아마 자신을 구속하고 자기의 의지에 반하는 모든 것을 거부하고 홀로 말을 타고 떠나는 여자의 이미지, 혹은 자신을 사랑한다고 고백하는 남자를 떠나 홀로 집으로 돌아와 하늘을 바라보는 여자의 이미지, 혹은 자신에게 힘을 주는 사람을 위해 화려한 저택을 떠나 누추한 오두막으로 가는 여자의 이미지일 것이다. 즉 로렌스의 구원은 기독교나 파시즘이나 공산주의처럼 집단적이 아니며, 극도로 개인적이다. 자신에게 오는 삶의 힘을 받아 안는 각각의 사람이 있을 뿐이다. 사람들이 모여 집단적 의지가 발현될 때, 위대한 정의가 어떻게 폭력이 될 수도 있는지 우리는 안다. 그런 의미에서 『아포칼립스』에서 비판하는 「계시록」의 집단적 이미지는 로렌스적 구원의 정반대 편에 있다. 하지만 『아포칼립스』의 마지막 챕터와 멜러스의 '붉은 바지를 입은 남자'론에서 보이듯 개인으로만 침잠하는 것 역시 해답은 아니다. 그 개인들 간의 창조적 '관계', 그리고 개인들과 그들을 둘러싼 우주, 자연, 인간 전체와의 살아 있는 '관계' 역시 중요하다.

　　삶 자체는 인간과 그의 우주, 즉 태양, 달, 별, 지구, 나무들, 꽃들, 새들, 동물들, 사람들, 모든 것 — 사이의 살아 있는 관계성으로 구성되는 것이지 어떤 것에 의한 어떤 것의 '정복'으로 구성되지 않는다. 심지어 공기의 정복마저도 세상을 더 작고, 더 답답하고, 더 숨통이 막히는 곳으로 만든다.[26]

'자신'에게 깃든 삶의 명령을 따르라는 강력한 개별성의 명령이 우리를 둘러싼 더 큰 관계 — 그 관계는 인간들 사이의 관계를 훨씬 넘어서는 우주적인 것이다 — 로 확장되는 로렌스적 '재생'의 비전에서 우리는 "살아 있지 않은 가짜 연관성들을 깨고, 우주, 태양과 땅, 인류, 민족, 가족과 살아 있는 유기적 관계들을 회복"해야 한다는 『아포칼립스』의 마지막 문장을 환기한다. 요컨대 '삶'은 어떤 형태와 내용을 가진 개념이 아닌, 오히려 '신비'에 가까운 에너지이자 죽음에 맞서는 강력한 명령을 따르는 '태도'이며, 우리 각자가 우리에게 깃드는

• •

26 D. H. Lawrence, "Pan in America," *The Bad Side of Books*, p. 206.

삶의 충동을 따라 행동할 때, 바로 그때 우리는 '살아가는' 것이다. 신의 명령에 귀의하여 다른 모든 생명과 지구 전체를 몰살시키면서 자신들만의 천국을 마련하는 「계시록」의 비전에 맞서면서, 로렌스는 그렇게 죽음과 몰락 이후의 새로운 삶의 모습을, 아니 삶의 방향성과 자세를 빚어낸다. 그런 의미에서, 다시, 종말과 끝을 뜻하는 '아포칼립스'는 로렌스를 통해 가장 날카로운 비판과 가장 강렬한 희망을 가진 메시지로 변신하여 우리에게 온다.

로렌스는 젊은 시절 선생의 부인과 사랑에 빠져 그녀와 함께 영국을 떠난 이후 평생을 떠돌며 살았다. 유럽과 아메리카, 오세아니아를 거치며 한 곳에서 수년 이상을 살지 않는다. 그는 집 없는 삶을 살았다. 『사랑에 빠진 여인들』에서 결혼 관습을 반대하는 버킨은 결혼을 옹호하는 친구 제럴드에게 이렇게 말한 적이 있다. "이 집 본능을 피해야만 해. 그건 본능이 아니라, 습관화된 비겁함이야. 결코 집을 가져서는 안 되는 거야."(352) 다시 말해 로렌스는 자신이 만든 인물인 버킨의 입을 빌려 "집 본능home instinct" 혹은 귀소 본능, 고향에 대한 갈망을 단호히 거부한다. 이렇게 평생을 집 없이 살며, 그럼에도 끊임없이 소설과 에세이와 시와 희곡을 써낸 작가를 찾기란 힘들다. 개별성의 강인함과 관계의 확장이라는 로렌스의 명령은 어쩌면 이 뿌리 뽑힌 로렌스의 삶에서 왔다. 집단

속에 들어가지 않고 죽을 때까지 개별성을 유지하면서, 떠돌아다니는 삶 속에서도 땅과 나무, 하늘, 인간들과 끊임없이 관계를 맺는 로렌스의 삶을 보면, '악을 싸워 이기며 살아내라'는 그의 말을 쉽게 여길 수 없게 만든다. 그의 삶이 그의 글 속에 완전히 녹아 있기에 그의 글을 허투루 읽지 않게 만드는 힘이 로렌스에게는 있다. 사실 지금 우리에게도 '집'은 사라지고 있다. 우리가 '집'을 원하는 것과는 상관없이 일은 일어난다. 이미 우리는 언제나 영원할 것 같았던 지구, 환경, 이념, 체제, 정서, 인지가 모조리 뒤흔들리는 시대에 살고 있지 않은가? 인류세 이후의 환경 파괴와 기후 격변이 종의 멸종을 예견케 하는 시대, 견제받지 않는 자본주의의 엔진이 모두를 경쟁과 생존의 서바이벌 장으로 몰아넣는 시대, 소셜 네트워크가 만드는 급박한 여론이 민주주의적 대화와 성찰을 대체해 버린 시대, 언제 어디서 나타나 전 세계를 죽음으로 몰아넣을지 모를 바이러스의 시대, 우주와 자연을 지배하고 통제하려 했던 인간이 이제는 역습 앞에서 초라해진 시대, 가장 긍정을 강조하는 환경이기에 가장 우울증이 만연한 시대 —이러한 '집 없는' 시대에 우리 각자는 어떻게든 집을 마련하려고, 집을 빌리려고, 집을 지키려고 안간힘을 쓰며 살고 있다. 마치 '집'이 없으면 '삶'도 없다는 듯이. 하지만 오히려 그런 때, 평생을 '집 없이' 살며 삶을 긍정했던 로렌스의 희귀하고도 특별한 삶은, '집'을 버리고 숲과 황야와 다른 대륙으로 미련 없이 떠나버리는 그의 인물들의 모습은 우리에게 새로운 질문을 던진다. 너의 삶, 그것이 진짜 사는 것인가? 「계시록」의 종말 비전은 세상의 집을 버리고 하늘의 집을 구하라고 비장하게 말한다. 반면 로렌스의 재생 비전은 네가 자란 집을 버리고 온 세상을 집으로 삼으라고 말한다. 이 일은 아무나 할 수 없는 일이다. 로렌스는 '아무나'에게 말을 거는 게 아니라 아무나 할 수 없는 일을 하려는 '누군가'에게 말을 건다. '아무나'가 아니라 '누군가'가 되려는 용기가 있는 사람이라면, 당신이 그런 용기를 가진 사람이라면, 로렌스가 건네는 메시지를 들을 필요가 있다. 『아포칼립스』를 읽을 필요가 있다.